英国女性通俗小说传统溯源

BRITISH WOMEN'S

WRITING
TRADITION OFPOPULAR NOVELS

张 琳◎著

九州出版社
JIUZHOUPRESS

图书在版编目（CIP）数据

英国女性通俗小说传统溯源／张琳著．－－北京：
九州出版社，2024.4
ISBN 978-7-5225-2846-5

Ⅰ．①英… Ⅱ．①张… Ⅲ．①妇女文学-小说研究-
英国 Ⅳ．①I561.074

中国国家版本馆 CIP 数据核字（2024）第 083159 号

英国女性通俗小说传统溯源

作　　者	张　琳　著	
责任编辑	周弘博	
出版发行	九州出版社	
地　　址	北京市西城区阜外大街甲 35 号（100037）	
发行电话	（010）68992190/3/5/6	
网　　址	www.jiuzhoupress.com	
印　　刷	唐山才智印刷有限公司	
开　　本	710 毫米×1000 毫米　16 开	
印　　张	17.5	
字　　数	307 千字	
版　　次	2024 年 4 月第 1 版	
印　　次	2024 年 4 月第 1 次印刷	
书　　号	ISBN 978-7-5225-2846-5	
定　　价	78.00 元	

目　录
CONTENTS

引　言

在文化实践中，女性通俗小说写作一直是英美社会大众文化中的活跃力量，也是文学传统形塑过程中的现实流脉分支，具有独特的文化历史功能。众多文学史料和文学市场数据证明，在英国文学历史中有源远流长的女性小说创作传统。英国小说一直产量惊人，在 20 世纪 50 年代每年出版大约五千部小说，到了 20 世纪 90 年代，上升到每年八千至一万部，① 通俗小说占有主要份额，而且女性作家的出版是其中的重要组成部分。遑论当代，即使在 18 世纪，绝大部分书信体小说是出自女性作家之手。②自现代小说体裁在 18 世纪的英国兴起伊始，众多妇女就以阅读或写作的形式加入通俗小说消费及创作的队伍，不论对于写作传统的传承还是文学市场的培养，她们的历史作用和具体贡献都不容忽视。这些女作家中不乏佼佼者，她们以富有特色的书写创造出普通读者喜闻乐见并具有较高艺术水准的作品，甚至逐渐被接纳为文学正典。基于在西方社会文化语境中特有的性别身份经历，女性作家群体形成了有别于男性作家的表达方式和艺术成就；而且，女性写作深深植根于各种具体的社会和个人语境，作为一个文化有机体的特异组成部分而与整个英国小说传统血脉相连。在 21 世纪，通俗小说已成为通俗文化的重要组成部分，不但在历史演变中形成较为固定的艺术传统，而且在当代信息传媒技术和消费文化的推动下，展现出新的面貌形态和发展趋势。因此，对英国女性通俗小说传统给予系统性的溯源具有重要的历史文化价值与现实意义。本书对英国女性通俗小说传统的"溯源"包含两重任务：一是在时间框架上回溯妇女写作的源头，二是梳理这个书写传统的流脉概貌，以纵横交错的视角描绘文本内外的文学与文化面面观。

女性作家与通俗小说写作素有不解之缘，但在西方传统文化层级中，不论

---

① 张和龙. 小说史的模式、问题与细节：评《当代英国小说史》[J]. 当代外国文学, 2009
　(4)：163-167.

② Elaine Showalter. *A Literature of Their Own：British Women Novelists from Brontë to Lessing*
　[M]. Princeton：Princeton University Press, 1977：17.

是通俗小说还是女性写作，都是充满悖论和歧视的领域，二者虽然在现实表达中高度活跃，但往往被简单化地否定，在严肃文学批评中经常沦为遭到流放的异端。英国女性通俗小说传统也是一个误解和偏见丛生的问题域，关涉众多历史与现实的争议话题。比如，在精英文化定式思维影响下，通俗小说通常被笼统视为与严肃小说、主流小说以及经典文学等概念截然对立的"亚文化"或"亚文学"领域。尤其在男权文化曾经垄断了话语权的文学史里，女性小说家和通俗小说家曾经一并被直接打入"低俗粗劣"的另册，成为"沉默"甚至"有害"的他者。正因这种源于性别与文化分类的双重偏见，英国女性通俗小说曾长期被排斥在学术研究视野之外，在文学史中也少有一席之地。在近三百年的英国小说发展历程中，女性通俗小说虽然享有巨大的消费市场和读者群体，并出现了众多富有特色的作者和文本，它的文化艺术传统却只能像一条波涛汹涌的地下暗河，流淌在缺乏理论自觉的大众消费潮流里。许多英国女性通俗小说家基本沦为文学史上的"隐形人"，被正统文化批评无情歧视排挤，被传统文学史所轻视和忽略，形成其虽创作丰富、消费活跃却在批评研究上沉寂滞后的文化怪象。这不但造成英国女性通俗小说方面知识普及不足甚至空白的问题，而且助长了文学史和文学理论中的定势成见，引发认知领域混乱的蔓延，既在社会现实中加深了文化隔阂，也破坏了文学史认知的科学完整性，并削弱了它的人文影响力，这显然无助于正本清源的严肃思考，也不利于在现实的社会潮流中合理引导艺术品位和价值判断。在大众文化和通俗写作空前繁荣的当代语境，在后现代文化洗礼后的文化表达里，对英国女性通俗小说传统的梳理已经迫在眉睫。在当下的学术语境里，我们迫切需要恰当介入，突破文化定式思维，梳理女性写作的历史资料，对其中存在的不定性和混乱问题给予学理反思，使文学研究更贴近人性，能容纳更加开阔的文化视角。而将"英国女性通俗小说传统"作为研究对象予以系统审视，将"通俗小说"和"女性写作传统"这两个重要的文学现象进行有机的关联研究，以期接近二者在小说和文化传统中的真实历史影像，正是本书写作的出发点。

总体而言，英国女性通俗小说经历着性别政治和文学观念上的双重歧视，对其研究也长期处于被忽视的状态，存在着若干突出问题。较之严肃小说或主流小说，英国女性通俗小说研究一直经历着两个严重的不对等：首先，它存在着在创作和消费上繁荣而研究领域冷落的长期失衡，有待更系统和深入的关注；其次，就中西方研究现状比较看，国内研究相对滞后，有待于整合吸收国内外研究成果继续创新。英国女性通俗小说的专门研究在国际范围里本身发展相对缓慢，基本在20世纪90年代后方略见规模。不过，早期的讨论肇始于20世纪二三十年代后，主要散见于论述通俗小说、通俗艺术或大众文化的研究成果中，对女性通俗小说家的关注并不集中。其标志成果是英国学者托普肯斯（J. M. Tompkins）的《英国通俗小说：1770—1800》（*The Popular Novel in England：1770—1800*，1932）。这一专著从小说市场、文学类型、写作模式、道德情感传统、哲学与宗教因素等方面对通俗小说做了具有先驱意义的研究，其中第四章专门论述女性通俗小说家。拉塞尔·奈（Russel Nye）在其《不窘迫的缪斯：美国通俗艺术》（*The Unembarrassed Muse：The Popular Arts in America*，1970）中介绍了美国通俗小说艺术，其中仅仅简单涉及女性通俗小说艺术家。在其后几十年里，英美女性通俗小说在创作上有过名家辈出、几度繁华的景象，但是在理论研究领域却进展缓慢。

直到 20 世纪六七十年代后，西方学者才开始将通俗小说以及女性通俗小说纳入学术研究视野，对众多淹没在历史尘埃中的通俗小说作家、作品予以推介，对其艺术类型和创作模式进行分类梳理。在英美文学史领域，少数文学史家开始将长期处于"亚文化"层次的通俗文学纳入文学正史，并对其中女性作家的写作给予更多关注。其中具有代表性的学者有约翰·瑞歇特（John Richetti），他在 1969 年出版了《理查逊之前的通俗小说：1700—1739 年间的叙事模式》（*Popular Fiction Before Richardson：Narrative Patterns 1700—1739*），并且主编了《哥伦比亚英国小说史》（*The Columbia History of the British Novel*，1994）。后一部作品将众多的通俗小说以及女性写作纳入其中，论及英国 17 世纪末以来的"罗曼司"、英国王政复辟至 18 世纪中叶的女性言情小说以及对奥斯丁之前的 17 位女性作家的发掘评介等[①]，具有独到的历史视角和学术史价值。不过，直到 20 世纪 80 年代，著名文学史家伯纳德·伯贡齐（Benard Bergonzi，1929—2016）在艾弗·埃文斯（I. Evans）所著的《英国文学简史》补录部分论及"最近的英国文学"时，依旧认为"妇女作家"这个称呼"十分不妥当，没有必要如此称呼"，[②] 代表了对女性写作群体特殊价值认知不足的保守观念。

自 20 世纪 80 年代初开始，一批英美通俗小说期刊如《畅销书：通俗小说系列》（*Bestsellers：Popular Fiction*）和《比坎姆通俗小说百科全书》（*Beacham's Encyclopedia of Popular Fiction*）持续对已有的通俗小说予以推介，在一定程度上

---

① John Richetti. ed. *The Columbia History of the British Novel* [M]. Beijing：Foreign Language Teaching and Research Press，2005：4.

② 艾弗·埃文斯. 英国文学简史 [M]. 蔡文显，译. 北京：人民文学出版社，1984：416.

推动了作品普及和理论研究。①在这一时期，另一个巨大的推动力来自女性主义运动的高涨及其理论启蒙。在英国、美国、加拿大和澳大利亚，随着一批学者对18世纪文学以及妇女作家的考古式研究取得成果，女性通俗小说研究开始取得突破，逐步形成对女性写作传统研究的热潮，其影响持续至今。迈克尔·麦基恩（Michael McKeon）在专著《英国小说的起源1600—1740》（*The Origins of the English Novel 1600—1740*，1987）中强调，性别属性是富有争议的意识形态问题，在形成早期小说主题和道德内涵过程中占据重要地位，是英国小说起源的基本问题之一。② 1994年，英国学者曼迪·海肯（Mandy Hicken）等撰写《现在继续阅读：当代通俗小说指南》（*Now Read on：A Guide to Contemporary Popular Fiction*），对通俗小说进行了多方位介绍。1996年英国学者班克斯契德与里凯蒂合作撰写的《1660—1730年间的女性通俗小说选》（*Popular Fiction by Women 1660—1730：An Anthology*）针对女性小说在文学史上不在场的问题，编选、评介了几位早期妇女小说家及其作品，就经典的形成、美学问题与早期女性通俗写作传统的关联进行了直观展示。③英国学者简·斯宾塞（Jane Spencer）的一系列论文和著作也致力于女性通俗小说传统的各个方面，在本领域具有重大影响。她的代表作有《女性小说家的兴起：从阿芙拉·贝恩到简·奥斯丁》（*The Rise of the Woman Novelist：from Aphra Behn to Jane Austen*，1986）以及《伊丽莎白·盖斯凯尔》（*Elizabeth Gaskell*，1993）等。深受女性主义思想影响的学者玛格丽特·安·杜德（Margaret Ann Doody）对18世纪女性作家的研究尤其深入，她的专著《弗朗西丝·伯尼：作品中的生活》（*Frances Burney：the Life in the Works*，1988）与《小说的真实故事》（*The True Story of the Novel*，1996）对早期女性小说写作传统的发掘也做出了贡献。

　　进入21世纪以来，英美女性通俗小说研究步伐加快，尤以女权主义问题形成局部热点，并开始在深度挖掘与视野拓展两个方面双管齐下。在2001年，英美均有多部专著问世：美国学者莫亚·梅肯恩（Merja Makinen）出版《女性主义的通俗小说》（*Feminist Popular Fiction*），借鉴女性主义理论视角来考察通俗小说艺术；英国格林威治大学资深讲师苏珊·罗兰德（Susan Rowland）在其专

① Mike Ashley. ed. *The Age of the Story Teller：British Popular Fiction Magazines，1880—1950* [M]. London：The British Library & Oak Knoll Press，2006：5.

② Michael McKeon. *The Origins of the English Novel 1600—1740* [M]. Baltimore & London：The Johns Hopkins University Press，2002：xxiv-xxix.

③ Paula R. Backscheider & John J. Richetti. *Popular Fiction by Women 1660—1730：An Anthology* [M]. Oxford：Clarendon Press，1996：xi.

著《从阿加莎·克里斯蒂到露丝·伦德尔》（*From Agatha Christie to Ruth Rendell*）中集中评介了英国女性小说中"侦探小说"与"犯罪小说"的流派传统，介绍了众多相关作家和作品。① 2004 年，肯·哥尔德（Ken Gelder）的《通俗小说：文学领域的方法与实践》（*Popular Fiction：The Logics and Practices of a Literary Field*）从主题选择和文学功能方面总结了通俗小说的艺术规律。②在大洋彼岸，美国的女性通俗小说研究也有进展。2002 年克莱夫·布卢姆（Clive Bloom）出版的《畅销书：1900 年后的通俗小说》（*Bestsellers：Popular Fiction Since 1900*）介绍了包括众多女作家在内的美国 20 世纪以来的通俗小说写作。埃利奥特（Emory Elliott）主编的《哥伦比亚美洲文学史》（*The Columbia History of American Literature*，2005）不论在编写模式还是作家选取方面，都特意模糊所谓"主要作家"和"次要作家"之间的界限，并突出对性别以及种族问题的重视，挖掘了丽贝卡·哈丁·戴维斯（Rebecca Harding Davis，1831—1910）与佐拉·尼尔·赫斯顿（Zora Neale Hurston，1891—1960）等优秀女小说家。在 2007 年，英国学者安东尼·曼都尔（Anthony Mandal）出版专著《简·奥斯丁与通俗小说：坚定的作者》（*Jane Austen and the Popular Novel*），从通俗小说艺术传统的角度来研究女性经典中的"奥斯丁巅峰"，具有理论独创性。③此外，剑桥大学出版社的"剑桥文学指南"推出了一系列极有价值的著作，有约翰·里凯蒂（John Richetti）主编的《18 世纪小说》（*The Cambridge Companion to the Eighteenth Century Novel*，1996）、戴尔·鲍尔（Dale M. Bauer）和菲利普·古尔德（Philip Gould）编辑的《19 世纪美国女性作品》（*The Cambridge Companion to Nineteenth-Century American Women's Writing*，2001），埃斯特·斯高（Esther Schor）编辑的《玛丽·雪莱》（*The Cambridge Companion to Mary Shelley*，2003）以及彼得·塞波（Peter Sabor）编辑的《弗朗西丝·伯尼》（*The Cambridge Companion to Frances Burney*，2007）等。不过，已有的研究成果主要属于对妇女作家或作品进行的零散的实证主义挖掘或对通俗小说广义特点的概括，在系统性和理论深度发掘方面仍然存在很大空间。

较之西方学界的研究，国内对英国女性通俗小说传统这一领域的独立研究

① Susan Rowland. *From Agatha Christie to Ruth Rendell：British Women Writers in Detective and Crime Fiction* [M]. Chippenham Wiltshire：Antony Rowe Ltd.，2001：i-v.
② Ken Gelder. *Popular Fiction：The Logics and Practices of a Literary Field* [M]. London：Routledge，2004：1-7.
③ Anthony Mandal. *Jane Austen and the Popular Novel：The Determined Author* [M]. Palgrave：Macmillan，2007：203-209.

起步更晚。自 20 世纪末以来，国内有少数学者对英美通俗小说做出了不同程度的开拓性研究。黄禄善在 1997 年出版《英美通俗小说概述》，填补了学界在通俗小说研究领域的空白，对英美通俗小说的起源、发展和现状作了初步介绍。他主要参照英美学者的惯例，按照时间线索对哥特小说、侦探小说、历史小说、幻想小说、恐怖小说等十种通俗小说类别予以概括梳理。之后，他的《美国通俗小说史》（2003）在研究上进一步深化，是国内第一部比较全面系统研究美国通俗文学发展历史的专著，从整体观角度上为美国通俗小说研究提供了资料和理论根据，其中论及从 18 世纪末到 20 世纪后半期的近四十位美国女性通俗小说作者。他编著的三卷本《英国通俗小说菁华》（*A Highlight of British Popular Fiction*），着力对历史传统深厚的英国通俗小说进行深入介绍，2007 年出版的第一册 18 至 19 世纪卷涉及十个主要通俗小说类型、三十个重要作家综述及作品选读；20 世纪两卷于 2010 年出版。这些成果提供了基础框架性的文献参考，启发和推动了国内英美通俗小说的研究。此外，翻译了美国畅销书作者丹·布朗多部作品的朱振武教授也呼吁对通俗小说因素予以严肃的学术讨论，他在《论福克纳小说创作的通俗意识》中指出，福克纳小说在艺术上不囿于传统，具有鲜明的通俗意识，这种意识能使他有别于一般"高雅文学"作者的独特理念，建构了自己的小说模式。① 学者林玉珍、胡全生在论文《后现代主义小说中的通俗性》中论及后现代主义小说对通俗模式的借用，确认通俗因素与后现代小说的同谋关系，② 观点也具有理论洞察力。

在国内文学史撰写领域，有多位学者发挥了引领作用。侯维瑞的《现代英国小说史》（1985）与瞿世镜的《当代英国小说》（1998）中都专辟"通俗小说"和"妇女小说作家"章节，描写女性与通俗小说创作的历史语境，评介了通常在文学史中缺席的"次要"女作家。进入 21 世纪，国内文学史界对通俗小说以及女性通俗小说给予了更多的学术关注，在文化历史批评中融合了文本形式分析，研究方法更加立体多元。李维屏的《英国小说艺术史》（2003）中收录了通常被归为通俗小说群体的女性作家，指出 17 世纪女作家阿芙拉·贝恩（Aphra Behn，1640—1689）创作时间上的前驱性，评介贝恩强调小说真实性、反对"虚假的罗曼司"情节的艺术理念，③ 从小说形式和艺术特征本身澄清了

---

① 朱振武. 论福克纳小说创作的通俗意识 [J]. 上海师范大学学报（哲学社会科学版），2003（4）：100-108.

② 林玉珍，胡全生. 后现代主义小说中的通俗性——通俗小说类型在后现代主义小说中的使用 [J]. 当代外国文学，2006（3）：51-58.

③ 李维屏. 英国小说艺术史 [M]. 上海：上海外语教育出版社，2003：436.

对早期女性小说家的部分误解偏见。这一文学史撰写方法受到学界好评，体现了主体性的学术立场，"实现了与西方学者在同一研究层次上的交流和对话"。① 侯维瑞、李维屏合著的《英国小说史》（2005）在"通俗小说"一章中专述了六位当代通俗小说家，并在其他章节里讨论多位 17 世纪和 18 世纪的通俗妇女小说家，除了阿加莎·克里斯蒂（Agatha Christie，1890—1976），还有萨拉·菲尔丁（Sarah Fielding，1710—1768）、夏洛特·伦诺克斯（Charlotte Lennox，1729—1804）、夏洛蒂·史密斯（Charlotte Smith，1749—1806）、伊丽莎白·因契伯德（Elizabeth Inchbald，1753—1821）、玛丽亚·斯图尔特（Mariy Stewart，1916—2014）等较少受关注的冷僻作家，是国内文学通史著作中对女性通俗小说家给予充分关注的文学史之一。稍后蒋承勇的《英国小说发展史》（2006）也收录了多位 18 世纪与 19 世纪女性通俗小说家的创作情况，包括范妮·伯尼（Fanny Burney，1752—1840）和玛丽亚·埃奇沃斯（Maria Edgeworth，1767—1849）的爱情故事、安·拉德克里夫（Ann Radcliff，1764—1823）的哥特小说等，并对相关小说类型进行了文学传统及其影响的阐述。在五卷本的英国文学史系列中，刘意青主编的《英国 18 世纪文学史》（增补版，2005）、钱青主编的《英国 19 世纪文学史》（2005）以及王佐良、周珏良主编的《英国 20 世纪文学史》（2006）都对妇女作家的贡献给予合理考量，对多位女性通俗小说家进行了专论。瞿世镜和任一鸣的《当代英国小说史》（2008）在"通俗小说"一章专论科幻小说、侦探小说、哥特小说和言情小说，结合生平与小说文本，介绍了四位当代女性通俗小说家。

此外，李维屏、宋建福等的《英国女性小说史》（2010）比较系统地评介了自 17 世纪末至今的英国女性小说传统，对通俗小说和女性写作的结合点给予了适当关注。该著作追溯了自小说文类诞生起英国女性作家的写作轨迹，勾画了女性通俗写作的传统流脉。其中第十四章通俗小说由本书作者撰写，聚焦 20 世纪后半叶创作成就突出的四位作家菲丽丝·詹姆斯（P. D. James，1920—2014）、鲁丝·伦德尔（Ruth Rendell，1930—2015）、尼娜·鲍登（Nina Bawden，1925—2012）以及贝丽尔·班布里奇（Beryl Margaret Bainbridge，1932—2010）的创作细节，反映女性通俗小说在当代大众文化语境中的活跃状态和作品艺术突破，② 更新了英国女性通俗小说的文学史资料。王守仁、杨金才

① 陈光孚，欧荣. 英国小说研究的最新成果——评《英国小说批评史》和《英国小说艺术史》[J]. 外国文学研究，2005（2）：165-167.

② 李维屏，宋建福. 英国女性小说史 [M]. 上海：上海外语教育出版社，2011：488-526.

主编的《战后世界进程与外国文学进程研究》系列专著在第四卷《新世纪外国文学发展趋势研究》（2019）中，对网络文学和通俗文学在二战后的英国、美国、澳大利亚、加拿大、日本、俄罗斯以及芬兰等国的当代发展和作家文本进行了总结评述，其中包括英国女性作家的典型案例，表明了世界文学断代史和专题史角度下对这个领域的批评场景。

近十年来，国内出现了关于女性通俗小说的专题性专著，显示出此领域的当代研究正走向系统分化和多元深化的态势。杨建玫的《女性的书写：英美女性文学研究》（2012）以主流作家为对象，对英美女性书写的性别特点做了总结。梅丽的《当代英美女性主义类型小说研究》（2013）将小说文本与体裁理论相结合，从类型小说（genre fiction）的角度对当代英美女性小说的活跃类型进行系统研究。她以当代女性作家在科幻、言情、侦探以及童话类型上的突出成就为基础，总结了类型小说的定义、范围和功能，并指出了女性主义对类型小说的有效挪用。① 在挖掘早期英国女性小说写作传统上，黄梅的研究不论在深度还是广度上都独树一帜。她的专著《推敲"自我"：小说在18世纪的英国》（2015）将众多早期女性小说家与男性作家并置，将主流作家与通俗小说家并置，全面考察"自我"问题在18世纪英国小说发展中的同质构建功能，② 论证了英国文学"现代主体"意识的早期文学表征。她以阿芙拉·贝恩的创作过程为例，展示了新读者群的形成、职业女作家的诞生以及新型小说人物的出现，将贝恩的写作视为18世纪英国小说主体性诞生的"序篇"。她的观点给予女性通俗小说家以合理的文学史地位，尊重了英国小说早期发展的社会生态样貌场景。王琼的《19世纪英国女性小说研究》（2014）对19世纪英国女性作家群进行了全面的聚焦梳理和理论评审，涵盖了包括奥斯丁在内的三十余位女性作家。

在具体小说的单个类型研究成果上，国外以科幻小说和哥特小说为热点，国内过去则主要聚焦哥特小说和侦探小说，此外科幻小说和奇幻小说（fantastic fiction）研究也有拓展，代表性成果有任翔的《文学的另一道风景：侦探小说史论》（2000）、李伟昉的《黑色经典：英国哥特小说论》（2005）、黄禄善的《境遇范式演进——英国哥特式小说研究》（2012）以及郭星的《符号的魅影：20世纪英国奇幻小说的文化逻辑》（2013）等。其中郭星的专著基于其博士论文，

---

① 梅丽. 当代英美女性主义类型小说研究 [M]. 上海：复旦大学出版社，2013：14.
② 黄梅. 推敲"自我"：小说在18世纪的英国 [M]. 北京：生活·读书·新知三联书店，2015：8-11.

借用了鲍德里亚关于象征秩序和符号秩序的观点以及叙事学理论总结了叙事、人物和读者的层级关系效果，指出奇幻小说具有"文学返祖"和"抽离现实"的两大特征,[①] 研究较有新意。目前，国内鲜有针对具体女性通俗小说家个案研究的专著，已出版的黄巍的《推理之外：阿加莎·克里斯蒂的小说艺术》（2014）是富有启发的开拓。该书从欧美犯罪小说发展史的视野展开，对英国通俗小说黄金时代的侦探小说女王阿加莎·克里斯蒂的艺术品质与深层主题给予重新审视，结合具体作品分析，从人物塑造、叙事类型、语言风格、主题多义性等各方面探讨克里斯蒂的小说艺术，论证其美学价值和其社会文化意义,[②]是国内克里斯蒂研究的重要成果之一。近年来，国内儿童文学研究成为热点，出现了对国外研究成果的活跃译介和系列专题国际会议，出现了若干醒目的研究成果，这些国内外研究涉及儿童文学的各种文本内外问题，包括语言与意识形态与人物修辞等理论问题的面面观。其中戴岚的专著《女性创作与童话模式——英国19世纪女性小说创作研究》（2009）从文艺民俗学角度观察源于民间文学的童话走向经典的过程，发现女性童话书写的模式特征及其对童话"提升"的作用。舒伟等人的《从工业革命到儿童文学革命：现当代英国童话小说研究》（2015）是一部有深度的断代史研究成果，对自1840年以来的英国儿童文学进行了史论结合的批评审视，集中包含了J. K. 罗琳等影响巨大的女性作家的专题讨论。

以上研究展示出与英美女性通俗小说传统密切相关的启发性成果，而中西方对于此领域的研究方兴未艾，仍有巨大空间有待挖掘，包括对系列重要范畴概念及其关系的深入分析，还有对数量巨大的作家和文本进行遴选评价和聚焦分析。对于女性写作和通俗文化，中外学者和理论家从历史传记、女性主义、马克思主义批评、文化研究、叙事学、后现代理论、读者接受理论、精神分析、存在主义哲学等众多角度展开，并且都各有斩获。对英国女性通俗小说传统的溯源本应涉及英国妇女小说家写作和接受的全景历史事实及其内在演变规律，涵盖女性小说写作、出版、流通、文学评论、读者接受、模式传承与艺术创新等综合因素。但囿于篇幅所限，本书无法进行面面俱到的深入探究，主要借鉴文化批评理论与小说史传统的研究成果，在通俗写作与女性写作这两大背景下对英国女性作家的"写作传统"进行综合梳理，以共时分析和历史纵览相结合

---

① 郭星. 符号的魅影：20世纪英国奇幻小说的文化逻辑 [M]. 天津：南开大学出版社，2013：3.

② 黄巍. 推理之外：阿加莎·克里斯蒂的小说艺术 [M]. 上海：上海交通大学出版社，2014：178.

的宏观框架展开例证阐释，将文本细读的审美研究与历史流变的文化视角结合，呈现英国妇女小说家写作和接受的历史事实及其内在演变规律，对女性作者在小说传统中的历史地位和文化作用进行反思，明确英国女性通俗小说写作在文学史和社会生活中的文化功用。一方面，对"通俗小说"这一存在分歧和混乱的范畴进行辨析，将其总结为"模式化写作"和"重视作品接受"两大基本特点，阐清它与"严肃小说"及"经典小说"等概念之间的关系，并在此基础上对"女性小说写作传统"展开讨论，对一系列二元对立的偏见思维和文化现实进行批判，对通俗小说/严肃小说、女性/男性、生活/写作、艺术/市场、高雅/低俗、流行/经典、基础/高度、在场/隐形等观念进行反思。另一方面，通过对作家、文本及历史语境材料的分析，展示写作、出版、批评以及阅读消费的文学事件和文化现象之间的动态有机联系，梳理出自17世纪以降英国女性通俗小说创作的历史流脉传统。反对将通俗写作与纯文学截然对立的刻板思维，避免简单化地对作者、作品进行标签式的本质论定论，对位列经典或有严肃创作思想的作家，也发现到她们对通俗模式元素的运用及其与当时小说创作环境的有机互动，注重对女性写作传统发展的整体考量。

本书主体部分共分为九章。前两章是对英国女性通俗小说传统在横向层面进行的共时性的概念范畴讨论。第一章对小说史研究中"通俗/经典二分法"范式进行批评，指出通俗小说模式化写作的特点，论证其独特的文化功能和社会心理学意义。第二章对英国女性通俗小说的四大类重要流派进行介绍，包括政治丑闻小说、女性风尚小说、哥特小说与侦探小说等。

第三章到第七章，按照纵向结构梳理英国女性通俗小说从17世纪到20世纪下半叶的流变脉络，从历时角度展示其从早期萌芽、全面繁荣、步入体裁成熟到当代多元并存的文化场景。在每个具体历史时期，对其中凸显的文化、文学事件进行问题导向的聚焦分析，涉及通俗文化精神、类型文学的发展、作家创作动因分析、性别与通俗小说消费、后现代语境中的模式流派和艺术多元化、低俗模式泛滥、派生文化现象等诸多问题。并对影响广泛、艺术成就大或具有特殊历史意义的作家进行重点案例研究，其中包括18世纪的弗朗西丝·伯尼、19世纪的弗兰西丝·特罗洛普、夏洛蒂·杨、奥斯丁及勃朗特姐妹等，还有20世纪的P. D. 詹姆斯、鲁丝·伦德尔、贝丽尔·班布里奇以及J. K. 罗琳等，繁简合计作家近六十人。

第八章和第九章返回共时性的理论探讨，进一步对英国女性通俗小说的艺术美学与文化传统进行考察。第八章从文本内部角度出发，对题材和主题、情节、人物与叙事模式、文体以及艺术美学原则进行了总结。第九章立足宏观角度，对英国女性通俗小说传统给予反思性的文化分析，对传统性别文化结构、经典以及文学史书写中长期存在的偏狭局限给予深度解析。最后总结论提出：重估通俗小说和英国女性写作传统，采用更加包容开放的文学、文化评价标准，书写更加全面而完整的小说史。

第一章

通俗小说范畴概述

作为大众文化传统中的重要组成部分，通俗小说这一名称明显带有约定俗成的色彩，长期以来存在着一些意义含混地带，很难用规定性的概念形式予以简单化的界定。但是，为了明确研究对象、划定领域范畴以期得出有价值的结论，本章力图阐清所谓"通俗"的含义，在借用解构主义策略对二元对立成见进行对比分析的前提下，对"通俗小说"这一名称进行描述性的归纳，在尊重其文化属性的基础上，总结其文化价值、创作机制以及读者群形态，提炼出通俗小说"模式化写作"和"重视作品的读者接受"的基本特点。在批驳一些固有混乱和传统谬见的同时，我们将通俗小说作为与所谓"严肃小说"相互参照的对象实体加以定位，讨论通俗小说与经典小说的关系，指出其特有的文化功能及社会心理学意义，为其模式类型和接受美学原则正名。

事实上，中外学界在通俗小说研究领域发展缓慢，主要源自两个原因：其一是上文所论的文化偏见；其二则是"通俗小说"概念本身就陷于范畴界定的悖论困境中，因此严重缺乏合理的研究范式。通俗小说是通俗文化的有机组成部分，但对于两者，西方学界一直未给出普遍接受的明确界定，只是长期流传着一系列约定俗成的名称或别称。"通俗小说"的英文表达一般使用"popular fiction"或"popular novel"。不过，在不同的文化语境中，它还被人们用来与"entertainment novel""pulp fiction""cult fiction""bestseller""formula novel""genre fiction""subliterature""low-brow fiction""trash art"等互指。此外，通俗小说还经常作为"严肃小说""经典小说""纯文学"（belles-lettres）、"高雅文学""精英文学"等概念的对立面被指称。这些约定俗成的名称虽然因频繁使用而拥有广泛影响，但是其中不乏偏颇之处。这种通俗小说的指称不但经常含义模糊，而且有些正是建立在僵化刻板的二元对立思维模式基础之上，忽视了文学实践的鲜活性和复杂性，直接使通俗小说概念陷入剪不断、理还乱的尴尬境地。托尼·贝内特认为，通俗文化的概念根本就没有实际用途，因为"似是而非的、相互矛盾的定义反而容易产生误导，把人带入理论的死胡同"，① 马修·阿诺德曾感叹：通俗文化纷繁杂芜，乃是一种无政府主义。我们认为，尽管名称界定上确实存在现实难度，但在日益多元化的文学创作现实和流变常新的文化历史语境中，这种概念范畴上的"无政府主义"却无疑是雪上加霜，会导致更多的认识混乱，进一步增加理论探讨的困难。对于通俗小说这一称谓，我们可以对其语言符号概念和文学实践分别做一检视，这有助于找出其突出的区别性特征。

现代语言学理论表明，词语指向概念，而不是指向现实的事物，通俗小说的命名与其现实实践之间同样存在着名与实的隔阂和差异。就词典释义与语用现实来看，"通俗"一词通常具有下述五种含义：受欢迎、流行普及、不登大雅之堂、有意迎合大众口味、来自大众。在具体的现实运用中，通俗小说概念也往往具有不同倾向侧重点的含义。西马文化批评家雷蒙德·威廉斯在其著作《关键词：文化与社会的词汇》（*Keywords：A Vocabulary of Culture and Society*，1976）中曾对"通俗"（popular）一词的词源和含义演变做过较为严谨的文化考古阐释。他指出，"通俗"本属于法律和政治术语，来自拉丁词源"popularis"，意思为"属于人民"，此外，它还有"低下"（"low" or "base"）的贬抑成分。在18世纪和19世纪，它形成了"广受喜爱的；备受欢迎的"（"widely favoured" or "well liked"）现代含义，而且含有非常强烈的"刻意迎合"（setting out to gain favour）成分，因而更趋向于一种政策举措（policy），并不仅仅是一种状态境地（condition）。威廉斯强调，18世纪以来的"大众文化"和"大众文学"等事物并非由人民认定命名，而是被其他事物界定的，虽然仍含有"次标准产品"和"刻意迎合"两层含义，但是已经开始主要用于正面语境，具有"借助大众渠道传达知识"（presenting knowledge in generally accessible ways）的专门含义。在20世纪，大众文化仍保持其积极意义，此外，又明显增加了"简单化"（simplification）和"琐屑"（the trivial）的色彩。② 从威廉斯的历史梳理及语言例证中，我们可以看到三个特点：通俗一词与具有民主精神的广泛大众基础密不可分；它属于被限定的客体身份，但是包含强烈的主体态度；通俗的应用对象大体经历了从贬抑或中性到褒赞肯定的变化趋势。

列宁指出过定义固化的弊端："所有的定义都只有有条件的、相对的意义，

---

① 转引自约翰·斯道雷. 文化理论与通俗文化导论（第二版）［M］. 杨竹山，等，译. 南京：南京大学出版社，2006：1.

② Raymond Williams. *Keywords：A Vocabulary of Culture and Society* ［M］. London：Fantana Press，1976：198-199.

永远也不能包括充分发展的现象的各方面的联系。"① 通俗小说的研究不应陷于单纯对一堆概念的抽象论证中,还必须以实证的视角对约定俗成意义上的通俗作品进行观察和概括。从外部社会因素看,英语通俗小说伴随着英美国家工商业和城市化发展的进程而萌芽、崛起并走向成熟。它从诞生伊始,就表现出相异于以往文学形式的民主精神,以广大中产阶级市民阶层为目标读者群,反映普通大众的社会价值观念,观照他们的情感和精神需求。从文学作品本身的众元素看,英国通俗小说具有自己独特的美学原则:在思想内容上,它立足社会传统心理机制,迎合、疏导大众的主流意识形态和时代情绪;在艺术形式上,它有效地借鉴各种文学传统,并形成某些较为固定的创作模式和文学类型;在文学功能上,它首先侧重趣味性和娱乐消遣性,其次也"寓教于乐"。从三个多世纪以来通俗小说作者及其文本的沉浮起落看,众多作家作品的读者接受之路大体有两个类型:一种命运是昙花一现式的瞬间繁华,弗兰西丝·特罗洛普就是其例;一种是绵延持久的读者拥戴,如阿加莎·克里斯蒂以及已经位列经典的伯尼、奥斯丁、勃朗特姐妹等。

综合上述,我们可以得出结论:通俗小说具有两个最本质的区别性特征,首先,它极为重视作品接受,密切关注读者群体的要求和市场及批评反应,追求作品在出版和销售上的现实成功;其次,它采取倚重"模式"(formula)的写作策略,充分利用以往作品在主题、情节、人物以及文体等方面的某些固定处理套式,通过将这些已被人们熟悉的文学因素加以重新整合,以期快速激起读者思想情感的共鸣,从而顺利达到文本流行、流通的目的。

第一节　通俗/经典二分法

通俗小说在文学史中的地位和作用是一个重要的课题,要了解这个领域,就必须对"经典小说"(canonical fiction)这个概念加以反思,并且应该将经典小说与严肃小说的指称内涵加以区别,而不是大而化之地画等号或不等号。经典小说指的是品质完美、堪称典范、能经得起时间检验的伟大作品,可谓是对小说作品的最高评价。有趣的是,通俗小说经常被笼统地放在经典的对立面,它的"流行小说"这一别称中被植入"短时性"的贬抑内涵。这种二元对立的

---

① 中共中央马克思恩格斯列宁斯大林著作编译局.《列宁选集》第2卷 [M]. 北京:人民出版社,2012:808.

界定折射出了人们对通俗小说根深蒂固的偏见，那就是先入为主地确认通俗小说为昙花一现的作品，认为它会随着时间流逝与大众口味的变化而丧失生命力。从理论层面看，这种看法注意到了大众趣味的流变性，却忽视了这种变动中固有的相对稳定性，也就是过度夸大了文学史中的变量因素，但对其中的常量因素认知不足。它只看到了时尚潮流的迁移，却忽视了普遍永恒的人性基础：从洪荒远古到科技飞速发展的今天，世界已沧海桑田，可是基本的人性又有多少改变呢？学者陈众议指出，"文学的变数与常数如量子纠缠般难分难解，这既是文学存在的基本方式，也是文学经典长盛不衰的重要前提"。他特别提醒，近现代以来的文学思潮出现"重变数轻常数"的偏差，会经常有意无意地忽略了文学的常数或常识。他将审美特征、社会责任以及像人物塑造、情节处理和修辞等创作方法列为他所认可的文学常识，认为这些基本元素"润物无声地感化读者，潜移默化地改变世道人心"。① 通俗写作与女性写作传统也都始终在陈先生所论的文学常数与变数交流纠缠中进行展开。此外，从文学出版接受的现实历史看，很多通俗小说同样具有与时光抗衡的生命力，比如美国著名的引诱言情小说《卖弄风情的女人》（Coquette，1797）出版后一直不断再版，在1802年和1803年连续重印两次，1824年至1828年间重印八次，现在仍有新版本面世。阿加莎·克里斯蒂的侦探小说更是一直拥有铁杆的书迷群体，保持着国际化的巨大影响。因此，"通俗小说—经典小说"二元对立的概念模式并无积极意义，是西方理性思维中文化霸权观念的滥用和误用。究其根源，这种认知误解在很大部分上来自于人们想当然地将"经典小说"与"严肃小说"画上了等号，认为既然通俗小说追求市场流通、进行模式化写作，那么就与严肃的艺术创作截然对立，也就因而必然应该在经典领域之外。但事实上，严肃小说未必都有伟大永恒的超越品质，而通俗小说也并非注定都是低级浅薄的文化垃圾。

通俗创作与严肃创作在具体作家的写作过程中并不一定总是存在泾渭分明的鸿沟，但是两者的确可作为相互对照的写作类型互为界定。基于结构性辨析的理由，我们认为可以接受关于"通俗小说—严肃小说"的概念模式，因为两者在读者定位、市场属性以及美学原则上各具特点，在概念范畴上存在对照性。正是在"注重作品的读者接受"和"模式化写作"这两个特点上，通俗小说与"严肃小说"的创作原则有所差异。通俗小说极为重视作品接受，它来自大众，服务大众，注重与世俗沟通，立场鲜明地关注自己的目标受众群体。它重视读

---

① 陈众议. 文学的变数与常数——兼论"外部研究"与"内部研究"[J]. 中国社会科学，2023（4）：83-98.

者心理，在思想观念和艺术形式上迎合大众读者的欣赏水平，尽力缩小作品与读者的期待视野在视域融合过程中的跨度，因此，多数通俗小说能够为未受过系统文学教育或艺术训练的普通读者所喜闻乐见。此外，通俗小说凸显文学的阅读愉悦功能，并且通过寻求共情认可积极满足不同读者的多元化消费需要，有意识地缩小与读者之间的心理距离。这些都为作品的普及畅销铺垫了道路。在商业出版领域，通俗小说具有追求畅销、最大化实现自己商业价值的诉求，经常表现为批量复制式的创作方法。正因如此，它经常与"畅销小说"（bestseller）一词相提并论。进入《纽约时报》畅销书排行榜的通俗小说，发行量可以达到十万册到百万册，现代硬派侦探小说大师米基·斯皮兰（Mickey Spillane，1918—2006）的几十部作品已经被译为十几种语言，总销售量达数亿册。① 当代的通俗小说具有更强的市场意识，它们与电影、电视、广播、舞台剧等媒介的互动越来越频繁，促进了文化共同体的繁荣。正是这种迎合大众的主观考虑，成功的通俗小说能迅速地赢得读者和市场，有些还能跨越时代的局限而持续流行。

与之对照，严肃小说则更专注于自我表达，追求艺术的自足自主，一方面竭力追求艺术形式的创新，另一方面青睐处理宏大主题，力图表达深刻的思想内容，体现出特立独行的高雅艺术趣味，因而也通常被叫作"高雅小说"（elevated novel）。在美国文学史上，赫曼·麦尔维尔（Herman Melville）在创作他的杰作《白鲸》（*Moby Dick*，1851）时感言，要创作伟大的作品，就必须有宏大的主题，表露的正是这种严肃小说的美学价值观。具有精英意识的现代主义文学更是追求作品的深度意义，在创作姿态上对市场表现出一种疏离的态度。也正因如此，很多稳居文学正史的伟大杰作在市场占有率上并不乐观，出现了"评论家的宠儿与出版商的噩梦"的吊诡局面。美国小说家纳撒尼尔·霍桑（Nathaniel Hawthorne，1804—1864）那部曾促使麦尔维尔焕发崭新创作观念的《古屋青苔》（*Mosses from an Old Manse*，1846）仅获得144.09美元的版税，而当时通俗女作家苏珊·沃纳（Susan Warner）的一部言情小说版税却高达35 000美元。对此，苦于市场恶缘的霍桑曾愤怒声言："当今的美国全被一群该死的胡涂乱写的女人占据了。"② 无独有偶，美国小说大师福克纳的现代主义意识流杰作《喧哗与骚动》（*The Sound and the Fury*，1929）和《我弥留之际》（*As I Lay Dying*，1930）接连遭遇读者冷遇后，他为了赢回市场和大众关注，采用通俗小

---

① 黄禄善. 英美通俗小说概述 [M]. 上海：上海大学出版社，1997：2.
② 黄禄善. 英美通俗小说概述 [M]. 上海：上海大学出版社，1997：2.

说的情节模式与煽动的细节描写方法，创作了美国南方哥特风格浓郁的《圣殿》（*Sanctuary*，1931），此书在严肃批评领域备受诟议，却一直是市场和书商的宠儿。

需要特别指出的是，通俗写作与严肃写作并不是泾渭分明的对立物。这种"通俗小说—严肃小说"指称显示出二者的差异，并且这种差异主要体现在语言概念层面。在文学阅读和批评实践中，简单化地给小说作品贴标签的做法是不负责任的，非但不能说明问题，反而会引起更多混乱和疑问。由于艺术作品具有的丰富复杂属性，对具体通俗小说作品的识别判定基本是约定俗成的，其尺度是相对的、变化的，并不具备终极判断意义。比如，并不是所有的通俗小说都能畅销，而严肃小说也并非都曲高和寡。"通俗"的具体含义随历史语境变化而演进，大众的阅读需要也呈现出丰富多样和动态流变的样貌。销售状况反映的仅仅是作品在有限的时间段里文化市场的接受情况，而文学作品艺术价值的实现涉及众多复杂因素，其价值大小和被接纳实现的速度也并不完全同步。随着读者越来越成熟，其文化艺术水平和阅读需要也会改变。事实上，众多公认的严肃小说都含有所谓的通俗小说因素，具有通俗特色。比如，18 世纪英国小说家塞缪尔·理查逊（Samuel Richardson，1689—1761）的两部书信体小说《帕美拉》（*Pamela*，1740）和《克拉丽莎》（*Clarisa*，1748）开创了英语言情小说的先河。[①] 还有一个突出的例子就是哥特因素对 19 世纪英国现实主义作家的影响。从勃朗特姐妹的《简·爱》（*Jane Eyre*，1847）、《呼啸山庄》（*Wuthering Heights*，1848）到狄更斯的《雾都孤儿》（*Oliver Twister*，1838）、《小杜丽》（*Little Dorrit*，1857）和《荒凉山庄》（*Bleak House*，1853），都大量运用号称通俗领域的哥特因素。所以，"娱乐"与"价值"不应该是截然对立的，"严肃"与"通俗"也不是泾渭分明。众多的事实表明：作品的艺术生命并不单纯取决于题材或体裁类型，不论通俗小说还是严肃小说，都要具备良好的艺术性才能赢得读者。在当代，《纽约时报》等报纸杂志通告的畅销书名单中，有相当数量的被广泛认可为严肃作家的作品。这已经表明，通俗和严肃曾经截然对立的僵化定势思维显然已经松动。因此，如果从内涵逻辑上分析，"受众人欢迎的小说"和"畅销书"这样的概念本身内嵌于含混和矛盾之处：一方面，读者对作品的喜憎好恶具有流变性，并非一成不变；另一方面，所谓"众人喜爱的"判断通常仅停留于印象式的判断，缺乏充分的依据。严格来说，它应该涉及通俗小说的量化指标，比如刊印数量、流通范围、市场调查数据等。但是在 20 世纪 70 年代

① 黄禄善. 英美通俗小说概述［M］. 上海：上海大学出版社，1997：1.

之前，关于通俗小说的资料鲜有记载和统计,[①] 而且已有的数据资料也并不足以为通俗小说提供恰当的定义条件。所以，"受众人欢迎"既非"通俗小说"的必要条件，也不是其充分条件。

　　在文化历史长河中，通俗小说所遭受的偏见根深蒂固，在很大程度上源自人们对"大众趣味"和"市民文化"所持的有意识或潜意识的文化歧视。西方文化深深浸染自古希腊发展起来的理性和怀疑主义精神，其主流文化圈素有带着文化优越感的强烈精英意识，其中一个突出代表是 19 世纪英国文化论者马修·阿诺德（Matthew Arnold, 1822—1888）。阿诺德对资本主义的批判态度使他对中产阶级市民文化持蔑视态度，在其著作《文化与无政府状态》中将中产阶级讥为没有文化品位的"非利士人"[②]，断然否定了大众趣味的社会伦理地位。亨利·詹姆斯（Henry James, 1843—1916）对大众口味同样持不信任的悲观态度，他对日益繁荣的通俗小说感到沮丧，发出悲叹："出版数字很不寻常，可以说令人感到非常不安。现任成百上千万的读者的口味只是模糊的、含混的、即时的。"[③] 英国学者利维斯夫妇既承认大众文化的力量，又同时对此表示深深的忧虑。奎·多·利维斯（Q. D. Leavis, 1906—1981）在其剑桥博士论文《小说与读者大众》（*Fiction and the Reading Publics*, 1932）中提到，大众趣味形成的历史也是职业作家发挥写作技巧、开发利用大众情感的历史。在资本主义大规模生产的年代，书商、策划和作者为制造并进而满足某些心理需要结伙形成一部商业机器，独立的批评家在这种运作完美的庞然大物面前几乎无能为力。利维斯对通俗小说提供的消遣作用持抨击态度，认为下层中产阶级为主体的读者阅读通俗小说是"一种毒瘾"（a drug addiction to fiction），阻碍了人们真正的感觉和认真的思考。[④] 她认为拉德克里夫的"惊悚小说"（sensation novel）与狄更斯的小说有本质的不同，前者的作品只会刺激读者的神经而不是激发其想象力。[⑤] 他们断定这种作为"补偿"和"转移"的自我沉醉阅读所起的作用与娱乐背道而驰，只不过是白日梦或虚无缥缈的幻想，非但不会增强和更新对生活

---

① Clive Bloom. *Bestsellers: Popular Fiction Since 1900* [M]. 3rd edition. Cham: Palgrave Macmilan, 2021: xi.

② Matthew Arnold. *Culture and Anarchy* [M]. Oxford: Oxford Univorsity Press, 2006: 75.

③ 黄禄善. 英美通俗小说概述 [M]. 上海：上海大学出版社, 1997: 2.

④ Q. D. Leavis. *Fiction and the Reading Public* [M]. London: Chatto & Windus, 1965: 152.

⑤ Q. D. Leavis. *Fiction and the Reading Public* [M]. London: Chatto & Windus, 1965: 153-154.

的感受，而且因为习惯了软弱逃避和拒绝面对现实，反而会加剧对社会的不适应。① 利维斯主义力主抵制通俗文化，来拯救文化以避免其走向没落。我们认为，利维斯主义对通俗文化的看法有其合理成分，但未免过于悲观和保守，而且其浓厚的文化精英意识也值得再度审视。赫尔曼·布罗赫（Herman Broch）将所有的"媚俗"之作视为一种绝对的罪恶（Kitsch as evil），不论对艺术还是对于任何价值体系而言，都是一种罪恶。而创作媚俗产品的人应受到唾弃，不是因为他制造出艺术的次品，而是因为这是根源上的向恶之行。② 我们认为，作家群体的创作和接受样态是丰富多元和动态开放的，作者个体与整个文学系统的关系处于交流变化之中，通俗小说与纯文学、严肃小说和经典文学之间并没有截然对立的本质论界线，一个有机整体的文学史视角才是看待英国女性通俗小说传统的合理出发点。

第二节　模式化写作

通俗小说快速赢取读者和商业价值的艺术策略是借助模式化写作，在主题、情节、人物以及文体模式上注重对类型化元素的借鉴和重复使用，有的作家甚至采用模式化的批量复制式手段写作。它经常将"软性生活"作为自己主要的创作素材，③ 并遵循相对稳定的艺术框架，体现出强烈的模式化特色。如今，通俗小说研究者基本达成了一种理论共识，认为不研究其模式，通俗小说研究就不得要领，就不能正视研究的基本问题。④ 还有学者主张用"模式小说"（Formula）来代表通俗小说。贝蒂·罗森贝格（Betty Rosenberg）和戴安娜·赫勒尔德（Diana Herald）认为："通俗小说是模式小说。每类通俗小说都必须遵循一定的情节人物创作规则和避免犯一些禁忌。这些规则和禁忌既被作者所承认，又被出版商所追求。"⑤美国学者约翰·卡维尔蒂（John Cawelti）对"模式小说"概念进行深层分析，将通俗小说的模式分为文化模式和情节模式两方面。

---

① Frank R. Leavis & Denys Thompson. *Culture and Environment：The Training of Critical Awareness* [M]. London：Chatto & Windus, 1960：100.

② Emberto Eco. *On Ugliness*, trans. Alastrir McEwen [M]. London：Harvill Secker, 2007：406.

③ 汤哲声主编. 中国当代通俗小说史论 [M]. 北京：北京大学出版社，2007：1.

④ George Dove. *Suspense in the Formula Story* [M]. Visconsin：Popular Press, 1989：7.

⑤ Betty Rosenberg & Diana Herald. *Genreflecting* [M]. Englewood：Libraries Unlimited, Inc., 1991：178.

其文化模式指的是通俗小说经常使用的反映一定时期和地域特征的文化形式，如边疆小镇、哥特式城堡、早期拓荒者、邪恶势力等；其情节模式指的是通俗小说的相对稳定的艺术框架，比如边疆生活的冒险故事、少女逃离魔窟的恐怖经历等。通俗小说的创作就是将文化模式和情节模式进行有机结合、在一定的艺术框架模式中融合进带有历史地域特色的文化形式。[①] 模式充当着读者与作者的审美桥梁，一方面塑造了读者阅读的期待视野，促进阅读活动的有效进行，另一方面，也制定独特的艺术规范，引导作者的写作。这些模式的运用很像积木玩具，某些模式因素的组合排列就形成了较为固定的小说类型，这样通过不断的融合，逐步衍生新的通俗小说文本和种类。发展至今，英美通俗小说已经形成了一些较为稳定的类型。这些门类相互交融，形成通俗小说流派纷呈、百花齐放的繁荣景象。根据黄禄善的梳理，通俗小说领域已经出现了哥特小说（Gothic fiction）、侦探小说（detective fiction）、科幻小说（science fiction）、言情小说（romance）、历史小说（historical romance）、西部小说（Western fiction）、恐怖小说（Horror fiction）、间谍小说（espionage fiction）、暴露小说（exposé fiction）、幻想小说（fantasy）等诸多大的类型，其中每种类型又包含众多次分类，比如言情小说中就有引诱言情小说（seductive fiction）、女工言情小说（women's fiction）、蜜糖言情小说（molasses fiction）、历史言情小说（historical romantic fiction）、哥特言情小说（Gothic romantic fiction）、甜蜜野蛮言情小说（sweet-and-savage romance）、新女性言情小说（new women's fiction）等繁杂子种类，不一而足。不同的题材类型有着不同的模式技巧，比如侦探小说常有"设谜—解谜—说谜"的三步范式，言情小说基本是"萌生爱情—波折迂回—情感遂愿"的三部曲结构，历史小说往往围绕"权力和情欲"的两要素演绎悲欢离合，哥特小说经常是女主人公"步入危境—经历磨难—获得解救"的框架叙事。[②] 在通俗小说作品中，这些固定的模式作为建构性的因素反复出现，具有原型意义上的艺术效果。而作家对这些模式的具体运用方式直接影响到其作品的质量，在很大程度上决定了它是否具有长久的生命力。众多的例子证明，在模式的选择和整合方式上，一方面因作者的个性天赋而存在差异，另一方面，又在很大程度上受到固有文学传统和当时读者需求的深刻影响。模式化写作在现实实践中经常被很多末流作者滥用、误用，但是它对通俗小说艺术传统的建构性意义不容低估，而且模式化写作并非必然导致其艺术品质的简单化和低劣性。

---

① 黄禄善. 美国通俗小说史［M］. 南京：译林出版社，2003：13.

② 黄禄善. 美国通俗小说史［M］. 南京：译林出版社，2003：1-4.

在结构主义的视角下，严肃小说以及众多文学经典在艺术框架上同样展现出类型化和特定模式特点。所以，模式化写作是通俗小说的建构性特点，但并不是它的所谓"弱点"。

文学艺术的发展就在于其传统的承续和创新两个方面，而"传统"就是指在某些人群范围内世代相传的文化运转的特色模式。自小说体裁诞生伊始，英国女性作家就以通俗写作模式投入其中，在近四个世纪的时间里历经各种文化思潮的洗礼与社会实践的磨炼，形成了具有一定个性品质的女性写作传统。可以看出，这种传统的发展绝非孤立于整个文学传统或者社会文化体系之外，而是与后者血脉相通、互为影响。因此，我们应该了解女性通俗小说研究的复杂性，必须对其生产、传播和消费的详细情况予以全面和动态的关注，既了解女性通俗小说体裁内部演变的艺术现实，又要考虑其文学现象发生的外部社会条件。通俗小说迎合读者和消费市场，并高度倚重模式化的写作，但是这并不意味着它完全放弃美学艺术追求。通俗小说遵循的首要美学原则是休闲和娱乐精神，以满足大众的阅读愉悦为主要艺术追求，通过提供符合大众需要的美学形式赢得读者青睐。可以说，相对于严肃高雅小说，通俗小说的功能价值重于其形式美学价值，这也许是通俗小说独特的美学原则。通俗小说体现着大众文化模式化和复制性的特征，是高度类型化的写作。它利用人物、情节和叙事的沿用或创新来得到市场的青睐，并借助优秀的文体形式，化琐屑为意义，展现情感与道德力量。比如，侦探小说虽是大众喜闻乐见的通俗模式，但是也不乏社会批判意义和观照现实的精神，具备其自身的文学伦理价值。总体来说，能表达出深度思考的小说更有可能获得隽永的品质，而停留于浅层宣泄的作品最多只能昙花一现，甚至根本得不到日益成熟的读者市场。就像自然界的水自然流向最近的出口一样，文学创作之流也会寻求最恰当的渠道，善于利用已有文学资源的作家们显然容易获得更快捷的流通效果，因此作家与读者、批评家以及市场在内的文化共同体之间存在着内在的合作需要和可能性。通俗小说反映市民意识，紧随社会时尚，深具消费性和市场性，所以对大众趣味和市民文化的倾斜并不是它的缺点，而是它的特点甚至优点。作品的艺术价值有待读者和时间的检验，而通俗小说与经典小说也并非泾渭分明的对立物，两者之间是相互混杂、辩证联系的。这一点将在第九章继续讨论。

然而，模式化的运用是个双刃剑，它既给通俗写作带来福祉，也造成作品艺术水准下降的潜在危机。通俗小说经常深陷负面批评，被认为粗制滥造、严重匮乏思想性和艺术性，是媚俗之作，属于低俗文化（low-brow culture）和垃圾艺术（trash art），其品质以低俗、劣质、庸俗为特征，其影响"有害无益"。

不可否认，通俗小说的低俗模式泛滥已成为普遍的现实，是其遭受诟病的主要原因，从而滋生了"高雅/低俗"二元对立的文化定式观念。严肃批评也通常把高雅认定为"严肃小说"的特点，而把通俗小说的"通俗性"放在对立面加以批判。客观而论，这种文化成见有其一定的现实依据：一方面，通俗小说创作门槛低，某些作者学养和艺术修养不足，而小说产品数量巨大，泥沙俱下，因而总体艺术品质往往低于有严谨创作意旨的严肃小说；另一方面，通俗小说对模式的运用通常更加表层、直接，而且尤其注重强化那些具有市场卖点的煽动性因素，对于艺术味觉极为敏感挑剔的文化精英读者来说，这种写作风格就会显得粗糙乏味、矫揉造作，甚至面目可憎。此外，现代高速发展的出版流通方式带来出版发表的快捷便利，对文化产品监督调控的难度同步增加，这为文字垃圾的泛滥打开了方便之门。在消费主义盛行的社会生活中，科学主义对技术复制的张扬反映到小说写作与传播领域中，大众对感官物质乐趣的需求产生了带有"文化习得"倾向的依赖和认可，对深度意义的探求势头减弱。文化快餐大行其道，信仰的时代渐成历史。在当代，围绕互联网信息网络和大数据技术发展起来的"数字资本主义"（Digital Capitalism）对社会生活产生了巨大的冲击，也深刻改变了人们的精神生活，包括体验内容和体验方式。本雅明（Walter Benjamin）在《机械复制时代的艺术作品》（*The Work of Art in the Age of Mechanical Reproduction*，1936）中以电影为例指出现代工业社会中机械复制艺术"光晕"（Aura）的丧失。本雅明独创"光晕"一词，特指"虽有一定距离但感觉极为贴近之物的独一无二的显现"，是兼具时间性和空间性的独一存在，关涉超脱性、非功利性以及不可复制的独特性等品质，具有经典艺术的特征，也是机械复制时代之前艺术的特征。① 当代学者对当代数字资本主义操控下虚拟空间中的精神政治进行了解析批判，认为人们沉浸于所谓"进步主义幻象过程中"，但自身的主体性日渐被抽离，主体性不足或丧失主体性的精神生活注定是空虚、贫乏和庸俗的，从而造成当代整体性、广泛性的精神危机。② 放眼世界范围的数字人文场景，我们对这种文化忧思和理性警醒深有同感，认为这种振聋发聩的呼声需要引起充分的重视，更多的理论反思和更有效的文化引导和网络伦理治理措施迫在眉睫。

就英国女性通俗小说的具体表现来看，低俗化问题主要表现为主题意义的

---

① 瓦尔特·本雅明. 迎向灵光消逝的年代. 本雅明论艺术 [M]. 许绮玲，林志明，译. 桂林：广西师范大学出版社，2004：58-104.

② 刘云杉. 数字资本主义与虚拟空间的精神政治——一种历史唯物主义的批判路径 [J]. 理论导刊，2023（2）：78-84.

浅薄低劣和形式模式上的粗制滥造两个方面。比如，在上述两方面都体现突出的一个问题就是色情化模式的公开侵蚀和蔓延。如今，色情化潮流在英美文化已成泛滥之势，尤以美国为甚。爱情与死亡本是文学领域的永恒主题，文学中的情爱题材大体分为情爱（love）、情色（erotica）和色情（pornography）三种等级，它们对肉欲因素的强调渲染呈递增趋势。① 情色文学（erotic literature）在西方文化里有悠久的传统，但是基本处于"地下状态"，受到主流文化的压制。情色描写在 17 世纪末的政治丑闻小说中已经存在，不过，一方面始终受到当时社会文化制度的强制规约，另一方面作品本身在其尺度和性质上也存在自我控制。比如，18 世纪职业妇女小说家中出现的女性言情小说"才智三丽人"（The Fair Triumvirate of Wit）贝恩、曼雷和海伍德，她们的作品就因为情色描写而遭到贬斥和轻视，在出版上长期受到压制，对其小说持否定态度的评论家珍妮特·托德（Janet Todd）则将她们贬称为"低俗三作家"（The Naughty Triumvirate）。② 进入 20 世纪，英美文化中出现对 19 世纪性压抑文化的反拨，女权主义和性解放运动更新了人们的性观念，科技成果的普遍应用和消费文化的盛行更是为其推波助澜，情色文学进入其空前繁荣活跃时期。有些英美女作家利用言情小说的模式，将"肉欲情感"进行夸张渲染，创作出肉欲言情小说、大漠言情小说、打工妹言情小说、色情暴露小说、甜蜜野蛮言情小说等名目繁多的流派。这些小说经常以肉身刺激作为文本描写重点，将身体变为色情的符码，极力铺张色情元素，将欲望放纵为淫荡，情爱沦为引诱和强奸，人际关系则以变态的虐待狂和受虐狂、酷刑、惩罚和毁坏为基调，连口腹之欲也夸张为令人厌恶的饕餮暴食。这种作品在本质上与意淫心理关联，或者源自暴露癖、施虐/受虐瘾症，或者为满足窥淫欲望，或者兼而有之，总体呈现出鲜明的低俗色彩，使身体与精神成为各种怪相丑态的展示场域。这种低俗潮流对读者市场具有持久广泛的影响，成为一种难以消除的社会文化暗疾。

　　情色文学的存在和起伏与西方社会生活状况及文化思潮紧密相关：在欧美世界，情色文学在 16 世纪一度繁荣；在 17 世纪因推崇理性的新古典主义及清教主义的打压而呈现低落；在 18 世纪随着法国大革命和英国市民社会的成型而迅速繁荣；在 19 世纪随着基督教复兴走向萧条；在 19 世纪末及 20 世纪再次复苏，③ 并一直保持活跃。刘文荣基于其对欧美情色文学文献的译介和研究指出，

---

① 刘文荣. 欧美情色文学史［M］. 上海：文汇出版社，2009：1-3.

② John Richetti, ed. *The Columbia History of the British Novel*［M］. Beijing：Foreign Language Teaching and Research Press，2005：51.

③ 刘文荣. 欧美情色文学史（引言）［M］. 上海：文汇出版社，2009：3.

欧美的情色文学在 20 世纪进入繁荣时期有四个主要原因：第一，19 世纪中后期社会性的"性压抑"造成寻求释放的心理张力，情色文学成为"变相释放"的方式；第二，性科学的兴起增加了文学中"性表现"的形式；第三，科技发展如避孕成果的推广使得现实中人们的性活动增加，带来了文学中的"普遍色情化"；第四，女权运动推动女性寻求包括身体的"独立自主权"，鼓励女性表达性欲望和追求性解放，从而催发了"富有女性色彩的情色作品"。从词源上看，"erotic"与"eroticism"这两个词现在通常作为贬义而用，几乎成为"感官欲望"（lust）和"变态"（abnormality）的同义词，但是它们最早的词义与爱这种高贵的情感相关，其词源来自希腊语的爱神厄洛斯（Eros）。从爱到性爱，再到淫秽，这其中有社会文化和心理机制相互作用的复杂张力活动过程。① 阿尔伯特·莫德尔（Albert Mordell）从精神分析学角度论证，色情幻想不仅是普遍存在的客观现实，而且人性中最高尚的情感如爱也与情色心理活动密切相关。他指出情色或色情因素在文学作品以及在人类心理中的普遍性：无论人们多么笃信宗教或道德高尚，都不能避免色情幻想，即使那些志在灌输道德和宗教教训的作者，也在绘声绘色的描写中暴露出色情幻想。比如，在清教徒和禁欲文学中，就有不道德和暴露癖的情形；而在中世纪文学中，这种精神活动经常被描述为诱惑圣徒的感官幻象。他特意指出，在正常爱情生活方式因经济和传统等缘故被阻断之处，这些幻想在数量种类和生动性程度上都会增加，而许多精神痛苦和肉体衰弱在很大程度上是由现代文明中在性问题上过度的禁欲主义所致。② 文学与梦一样，与欲望的满足相对应。莫德尔的观察有很大的合理性，也正如他所呼吁的，如何将色情幻想升华至更高的目的，转变为美好的行为和艺术作品，在不损害人类健康本能的情况下给予部分的满足，这些问题都是需要进行严肃研究的课题，也是通俗文学研究应该认真思考的问题。

在受柏拉图以及基督教影响的西方正统文化和美学观念中，身体与精神处于二元对立的分裂状态，而身体在这个二分法等级中处于低等之列。身体经常被认为是灵魂的监狱，是阻碍精神自由的羁绊，在艺术中过度展示和描绘身体的生物功能是人类堕落状态的表现。③ 在弗洛伊德以来的现代精神分析学家看来，文学中的色情描写既可能是性压抑的症状，也可以与一般意义上的压抑阐释相联系。不过，美学理论家埃克伯特·法阿斯（Ekbert Faas）认为，尽管艺

---

① 刘文荣. 欧美情色文学史 [M]. 上海：文汇出版社，2009：186-188.

② Albert Mordell. *The Erotic Motion in Literature* [M]. New York：Collier Book, 1962：14.

③ Ekbert Faas. *The Genealogy of Aesthetics* [M]. Cambridge：Cambridge University Press, 2002：81.

术对身体色情的病态表现会让人们受到危险的诱惑，但是从"唤起快乐感觉"（arousing feelings of a joyful kind）的意义上来说，它可以几乎不与情欲关涉。① 对于欲望与色情的关系，作家安吉拉·卡特（Angela Carter，1940—1992）认为，欲望是生命自我肯定的动力，也是女权主义倡导的自我解放的性力量，是女性主体性的表现，而脱离了爱情的欲望就是色情。她把色情视为"无性接触的观赏与暴力式的性关系"，批判其体现的男性对女性的压迫。② 她的小说含有明显的情色因素，但是不仅不流于低俗，反而成为解构男性霸权、抵抗性别压迫和暴力的有力表达。卡特的写作证明，素材和题材的选择并不是决定小说品质的要素，而对素材和题材的使用方式及能力才是区分作品优劣的关键。马克思主义经典作家和思想家主张，文艺要反映生活的典型性、理想性、普遍性与人民性。③ 文学写作富有不可推卸的社会责任，审美与娱乐也都不能完全脱离人之为人的社会身份和伦理责任。审丑美学在 19 世纪后影响巨大，但是在某些通俗作品中，审丑已经失去了早期的文化批判立场和思想锋芒，不再是"审丑旨在审美"，而是变成了"以丑为美"，这种审美品质的蜕化应该被给予警醒和遏制。

第三节　通俗小说的文化功能和社会心理学意义

通俗小说属于大众文化（mass culture）产品，总体表现出两个突出特色：一、在作品质量上，模式化和类型化思维占主导，有媚俗、保守倾向，容易平庸、浅薄，在深刻内涵、独创性形式和超越性上经常存在严重不足。二、在传播性上，优势是普及性和快速接受，缺点是通常生命力短暂、易被淘汰遗忘。不过，即使作为畅销品，现实中的通俗小说作品也存在差异巨大的两极：一端是孤立的、流行一时但生命周期极短的畅销书；另一端是保持持续畅销的作品，如侦探小说领域情形那样，已经产生了"类型忠诚"（genre-loyal）的读者粉丝群体，甚至长久地保持较为稳定的读者市场。④ 如前所述，一方面通俗小说的确

---

① Ekbert Faas. *The Genealogy of Aesthetics* [M]. Cambridge：Cambridge University Press，2002：81.

② 李维屏，宋建福. 英国女性小说史 [M]. 上海：上海外语教育出版社，2011：410.

③ 转引自陈众议. 文学的变数与常数——兼论"外部研究"与"内部研究"[J]. 中国社会科学，2023 年（4）：83 98.

④ John Sutherland. *Bestsellers：A Very Short Introduction* [M]. Oxford：Oxford University Press，2007：81.

因为模式化写作容易产生品质低劣之作，另一方面又因其作者数量巨大、素质参差而造成写作水准的悬殊。较之严肃小说，通俗小说的次品量和次品率相对更高，因此，失败的通俗写作群体无形中充当了通俗小说类群的代言人，使通俗小说整体上沦为艺术领域的贬义词。我们认为，对通俗写作全盘否定是以偏概全的错误，粗疏泛泛的结论会造成把孩子和洗澡水一起倒掉的谬误。事实上，严肃小说的创作又何尝不是良莠并存呢？杨建玫以 20 世纪早期作家达芙妮·杜穆里埃为例，指出其作品富有想象力，具有强大的情感策动性，而且反映了严肃的女性生存问题，但是却因为女性哥特主义的通俗作家标签而受到不当轻视。① 评价小说不应该依据通俗或严肃门类的僵化标签，从整体的文学接受历史来看，有生命力的小说应该指所有艺术上的成功之作。通俗小说具有不同于严肃创作的独特美学原则，如果用后者的尺度去衡量前者，必然会产生对通俗作品的歧视成见。

关于通俗小说的思想内容质量，文化批评家和众多学者的批判较为相似，主要集中在"认知浅薄""缺乏思想性""内涵意蕴不足""琐屑无聊"以及"媚俗"等方面。通俗小说的局限性难免令人们对它的文化功能及其存在的文化合理性提出质疑，进而容易认为它"有害无益"，应当被提防、压制甚至铲除。较之对畅销书文化热切拥抱并发展迅猛的美国，包括英国在内的欧洲曾长期持怀疑或抵制态度，对美国的畅销书排行榜并不认同。直到 20 世纪 70 年代中期，英国才效仿美国，开始实行畅销书排行榜的营销策略，由《书商》（Bookseller）杂志为图书行业收集信息、制作榜单，然后在《星期日泰晤士报》（The Sunday Times）上定期公告，逐渐形成英国图书业的新特色，并出现了水石书店（Waterstone's）、边界书店（Borders）以及亚马逊英国网上书店（Amazon. co. uk）等助力畅销的超级书店。英美两国的畅销书榜单中的最热销作品也渐趋一致，② 表现出畅销书文化和通俗小说在国际范围内的同步发展势态。我们认为，那种抵制畅销书文化的立场，在现实中确实有大量的作品案例作为理由支持，但是对于通俗小说整体而言，全盘否定仍属文化偏见，因为这实质上还是在用严肃小说的艺术尺度规范大众文学作品，犯了削足适履的常识性错误。如前文所述，严肃小说是一种倚重"内涵"和"价值观"的作品形式，③ 主要通过叙

---

① 杨建玫. 女性的书写：英美女性文学研究［M］. 北京：经济管理学院出版社，2012：54.

② John Sutherland. *Bestsellers: A Very Short Introduction*［M］. Oxford：Oxford University Press，2007：16-17.

③ John Sutherland. Bestsellers：*A Very Short Introduction*［M］. Oxford：Oxford University Press，2007：12-13.

事来探求真理以及人生、社会价值，主动承担着赞颂、彰奖、劝诫、警示、说教、启迪、教育、讽喻、揭露、批评等诸种功用。通俗小说则因其迎合读者和应用模式的特点，主要呈现为"题材小说"和"情节小说"类型，① 强调设置奇趣的情节和营造感召性的情感氛围，有时甚至只须陈列出某种写实或虚构场景就可以达到读者接受的目的。所以，虽然并不缺乏彰显真善美、惩抑假丑恶的主题，但通俗小说首先关注的是题材和表现手段的醒目程度，重视的是大众读者在阅读过程中所获得的愉悦满足。

就读者群体类型而言，英美通俗小说的消费者主要是中上层阶级、中层阶级和工人阶级。通俗小说直面社会人群复杂多元的现实真相，主动降低文学阅读的门槛，让未有能力进行严格专业艺术审美训练的众生也能获得在文学国度悠闲漫步的权利，具有鲜明的文化民主精神。它拥抱人性的基本欲望，对人的诉求和梦想不加歧视，对不论是理性或非理性，高尚优美抑或卑俗阴暗，都采取正视对话的态度。有些在传统严肃小说中属于敏感领域而不能轻易碰触的题材，在通俗小说中获得了极大的豁免权，自古以来被公认为有害的人性的幽暗之处，如哀怜欲、功利欲、隐私欲、占有欲、破坏欲以及情欲等在各类通俗小说中皆被大胆展示，获得观照。这种与读者平等、具有同情、同感姿态的写作直接拉近了作者和读者的心理距离，产生了巨大的亲和力，这也是为什么无数通俗小说读者会选择"浅薄并快乐着"的重要原因。

作家兼哲学家翁贝托·艾柯（Umberto Eco, 1932—2016）在美学著作《丑的历史》中将"媚俗"作为一种"丑"的社会现象做了审美分析。他从词源上追溯始自 19 世纪下半叶的"媚俗"的德语词 kitsch，考证出它来自当时到慕尼黑的美国观光客想买一幅便宜的画、开口索要一幅素描（sketch）的行为，由此这个词具有了讽刺底蕴，意指"庸俗的垃圾，专门供应急着想轻易获得美感经验的买家"。② 媚俗的词义生动例证了通俗文化与通俗小说中存在的因审美能力不足而"以虚假丑怪为美"的尖锐问题。他指出，媚俗的事物旨在引起情感反应，不是供人们作非关利害的静观，喜欢媚俗作品的人，会自以为享受着高品质的体验，因为艺术分为给有文化教养与没有文学教养的人两种，所以人们必须尊重这两种"品味"的差异。③ 艾柯的观点不无精英主义优越感的戏谑意味，不过他也不无包容性地说明了媚俗的另一种定义，即媚俗也是一种旨在提升自

① John Sutherland. *Bestsellers: A Very Short Introduction* [M]. Oxford: Oxford University Press, 2007: 12-13.

② Umberto Eco. *On Ugliness*, trans. Alastrir McEwen [M]. London: Harvill Secker, 2007: 394.

③ Umberto Eco. *On Ugliness*, trans. Alastrir McEwen [M]. London: Harvill Secker, 2007: 397.

我的艺术实践，是购买者为了自我提升才模仿并援引美术馆里的"高等"艺术。① 他还展示叔本华在《意志与表象的世界》中关于崇高与审美静观的文字，说明媚俗之物是"刺激使用者感官的艺术"，可以界定为"有趣"之物，有别于引起审美静观的崇高艺术。艾柯明确将媚俗与大众文化（masscult）对应，他的观念不无道理，也非常具有代表性。

伟大的作品具有金矿一样的价值，就像莎士比亚的戏剧、弥尔顿的史诗和菲尔丁的小说，不但读来精彩，而且回味无穷。那么，与致力于宏大叙事的高雅趣味比较，那些休闲和娱乐的通俗趣味是否有其社会和文化意义上的合理性呢？是否需要予以压抑甚至铲除呢？只需审视一下自然的人性，答案不难得出。阅读通俗小说是审美经历的一种，这种活动为读者提供一种精神和感官的刺激，激起他们的恐惧、感伤、怜悯、欣悦或者焦虑等各种情感体验，达到宣泄情感能量、平衡神经官能的作用。就像亚里士多德盛赞的悲剧"卡塔西斯"（Catharsis）的功用一样，通俗小说也具有宣泄、陶冶、升华等多种艺术之效。从形而上的层面看，人的精神需要是多元的；从形而下的层面看，健康的肌体需要劳逸结合。弗洛伊德在经典精神分析理论中曾论述了人格的深层结构，在其早期的"本我心理学"体系里，他提醒人们注意人类精神领域里那黑暗而又巨大的无意识领域里的惊人力量；在后期的"自我心理学"体系中，他又强调了个体在本我、道德的超我以及现实三者之间艰难调和的困境以及失去平衡后面临的心理疾病威胁。正如追求快乐满足的本我不能被压抑或者杀死一样，侧重愉悦满足的通俗趣味也是人性正常合理的组成部分。

不论通俗小说是否承担了传达严肃深刻意义的重任，至少在最基本的层次上，它观照普通人的情感价值观念，虚拟再现了大众经历或追求的生活形态，填补了一种审美体验的空白，满足了大众人性的自然需要，起到表述和释放时代情绪、宣泄社会心理情结的作用。不妨做一个牵强的类比，老人在家庭生活中看到年幼的孙辈做鬼脸取乐会倍感欢乐温馨，小孩做鬼脸固然算不上宏大深刻之举，但是它满足并激发了人的天伦之情，增加了家庭生活的愉悦和谐，我们又何必去呵斥禁止呢？刘扬体把通俗文学定位为人的精神现象，认为"文学中的高雅和通俗，作为精神现象都是社会文化历史运动的产物"②；范伯群明确

---

① Umberto Eco. *On Ugliness*, trans. Alastrir McEwen ［M］. London: Harvill Secker, 2007: 397-400.

② 刘扬体. 流变中的流派 ［M］. 北京: 中国文联出版公司, 1997: 2.

宣称"高雅文学和通俗文学原是文学不可或缺的两翼"。① 美国学者苏珊·桑塔格对主流文化优越论持批判立场,认为"群体社会里的大众化文学比少数文化贵族享受的高雅文学更应受到重视"。② 这些学者所言不虚,通俗小说的存在合理、合情,自有其艺术和社会伦理价值,它立足社会现实环境并充分利用各种文化资源进行自觉创作,为社会文化机体带来了持久的活力。

我们在考察通俗小说时,必须对它的丰富性和流变性予以充分的重视。在英美后工业化社会中,通俗小说的发展及其作用皆出现新的表征,值得我们密切关注。一方面当代通俗小说内部各类型继续进行着深化及整合,另一方面通俗文学与严肃文学的互动也成为引人注目的动向。通俗小说表现出更加开放包容的姿态,自由灵活地借鉴包括严肃小说在内的各种文学传统。它注重依托西方悠久的历史文化传统,频繁利用希腊神话、基督教素材和经典文学资源,体现出深厚的文化内涵,在写作技巧、结构形式以及语言风格上都具有较高艺术水准,在人物塑造上,也更加注重形象的生动性和心理的复杂性。比如,玛格瑞·艾林罕(Margery Allingham,1904—1966)的人物塑造技艺高超,心理分析富有特色,其作品侧重描写各种人物的当代经历,真实生动地反映了现代社会生活;③ 英国当代著名犯罪小说家 P. D. 詹姆斯的作品展示了广阔的社会背景,表现出深刻的思想性。通俗小说还深刻影响了当代英国主流作家的创作,众多英美作家如多丽丝·莱辛(Doris Lessing,1919—2013)、石黑一雄(Kazuo Ishiguro)和库尔特·冯内古特(Kurt Vonnegut,1922—2007)等都纷纷借用科幻小说的形式和题材,给自己的创作注入活力。石黑一雄 2005 年发表的以现代基因克隆技术为依托的科幻小说《千万别让我走》(Never Let Me Go)取得巨大成功,不但入围 2005 年布克奖短名单,而且获得 2006 年阿瑟·克拉克奖(Arthur C. Clarke Award)、2005 年全国图书批评家奖(National Book Critics Circle Award)、2006 年亚历克斯奖(Alex Award),被《时代周刊》 (Time Magazine)评为 2005 年最佳虚构类小说。

在当代,通俗小说与后现代文学以及其他艺术形式的相互渗透融合尤其明显。英美很多后现代主义小说借用了传奇、侦探、科幻小说等通俗模式,《拉格泰姆时代》《公众的怒火》《天秤星座》等兼具通俗性和后现代性的作品深受普

---

① 孔庆东. 超越雅俗 [M]. 重庆:重庆出版社,2008:1.
② 王晶. 西方通俗小说:类型与价值 [M]. 昆明:云南人民出版社,2002:1.
③ 李维屏,宋建福,等. 英国女性小说史 [M]. 上海:上海外语教育出版社,2011:492.

通读者喜爱，畅销一时。① 通俗的影视文化也纷纷从经典小说名著中取材，而越来越多的当代作家都重视现代媒体开拓市场的功用，种种互动不一而足。现在，有的学者指出经历后现代思潮洗礼后，文学领域加剧呈现通俗小说与严肃小说合流的趋势；有的学者指出现代通俗小说与后现代的理论同谋关系；还有的学者甚而提出后现代文学就是通俗文学。各种见解的真理性有待时间的检验。评价通俗小说不应该局限于高雅文学的单一标准，而是需要尊重通俗小说的文化属性与价值标准，并结合具体历史语境加以综合考量。在区分通俗写作与严肃写作的同时，还应看到通俗小说创作与文学经典之间复杂而密切的联系。可以说，通俗小说生生不息的动力正是来自其娱乐原则与价值原则的丰富交流互动。女性通俗小说传统正是艺术与消费诉求沟通与协调的产物，不论是主题呈现、叙事结构，还是文体风格方面，影响女性通俗小说写作的决定因素都不是所谓"本质"属性或孤立静止的美学规则，而是具体、复杂、常变常新的社会历史实践。约翰·斯道雷曾指出，在通俗小说等通俗文化作品的具体研究中，情况复杂，分歧纷呈，不宜根据某些偶然现象妄下结论。一方面，讨论通俗小说的意图不在于简单化地去为具体文本贴上"通俗"或"严肃"的标签；另一方面，也不能模糊甚至放弃艺术判断的标准。此外，对于女性写作这一同样富有争议的话题，我们既要承认它作为艺术创作的共性特征，也应正视性别身份差异导致的文化特殊性。只有这样，我们对英国女性通俗小说的探讨才真正具有意义，并能得出值得借鉴的结论。

综上所述，通俗小说作为与严肃高雅小说并存的文类范畴，与后者同步发展，并借助模式化技巧保持着与大众读者的血肉联系，扩大了文学的艺术观照范围。通俗小说与严肃高雅小说的相互交融则促进了通俗小说艺术水准的提高，还催生出当代众多具有独特艺术个性的新型小说作品，为小说艺术寻求突破和进一步发展提供了更多选择。作家约翰·巴斯（John Barth）在他著名的两篇论文《枯竭的文学》（*The Literature of Exhaustion*，1967）和《再生的文学》（*The Literature of Replenishment*，1980）中呼吁作家认真反思关于自我、真理、现实以及文学等传统概念，不断更新文学模式。当代读者已经越来越成熟，其文化艺术水平和阅读需要不断提高；"通俗"的具体含义也在随之演进，潜移默化地协助塑造着小说阅读的公共期待视野。追求创新、观照人性、超越雅俗局限的文学才能具有艺术活力。诚如孔庆东指出的，在雅俗文学的"结合部地带"，常常

---

① 王守仁. 兼评《美国后现代主义小说艺术论》和《英美后现代主义小说叙述结构研究》[J]. 外国文学评论，2003（3）：142-148.

体现出一个民族总体文学水平的提高。① 这种认知对于读者、作者以及文学研究者和批评家都极为重要。如果我们具备了多元的艺术思维、宽容的人性情怀和开阔的历史视野，对于通俗小说以及女性写作的传统将会得到更加科学公允的观察结论，这对于在泥沙俱下的当代社会生活中进行更有效的文化引领应当是有益的推动。

---

① 孔庆东. 超越雅俗［M］. 重庆：重庆出版社，2008：2.

第二章

英国女性通俗小说传统与重要流派

在文学和文化研究领域，"女性写作传统"这个概念一直颇具争议：它是否有本体性质的存在？女性写作有何特异性？这些基本问题始终尚未得到解答，有待做出慎重思辨梳理。不过，对这些问题的思考一直在进行中，并得到具有女性主义意识和结构主义思想家、学者及作者的推动。英国作家伍尔夫（Virginia Woolf，1882—1941）曾发表众多论文谈及"妇女和小说"的问题，在《一个自己的房间》（*A Room of One's Own*，1931）中，她对女性写作的文化困境表达了深切关注，指出"关于妇女的真实本质和小说的真实本质"是一个"重大问题"，不过，她自己并未提供出路式的解答，并表示永远不可能得出结论。①美国当代女性主义批评家肖尔瓦特（Elaine Showalter）提出了"女性批评学"（Gynocriticism）概念，建议从生物学、语言学、心理分析以及文化模式四个方面展开研究，"基于女性经验"来构建用于分析妇女文学的女性的框架，而不是直接借用男性中心的模式和理论。她在《走向女性主义诗学》（*Toward a Feminist Poetics*，1979）和《荒野中的女性主义批评》（*Feminist Criticism in the Wilderness*，1981）中聚焦女作家的意象、主题、情节以及文类问题进行了研究，旨在描绘女性创作传统以及建立对其分析的理论框架，力图挖掘和重新解读妇女写作，以"勾勒描绘女性文学传统的疆域"。② 肖尔瓦特在《她们自己的文学：从勃朗特到莱辛的英国女性小说家》（*A Literature of Their Own：British Women Novelists from Brontë to Lessing*，2004）中把英国女性文学写作的历史划分为女人阶段（feminine phase，1840—1880）、女权主义阶段（feminist phase，1880—1920）

---

① 弗吉尼亚·伍尔夫. 弗吉尼亚·伍尔夫文集 [M]. 瞿世镜，译. 上海：上海译文出版社，2000：64.

② Elaine Showalter. Feminist Criticism in the Wilderness [J]. *Critical Inquiry*，1981（2）：179-205.

和女性阶段（female phase，1920 至今）三个时期，① 涉及上百位英国女作家。肖尔瓦特认为，在第一阶段，女作家普遍模仿并采用男性文化标准，其标志为当时流行采用男性化的笔名，如勃朗特姐妹采用笔名柯勒·贝尔、安·埃文斯化名为乔治·爱略特。在这一阶段，女性小说向着包容一切的女性现实主义（female realism）发展，从广泛的社会角度探讨在家庭和社区中妇女日常生活和价值观念。这一阶段的女性作品风格也经常被称为"家庭现实主义"②。在第二阶段，由于受到女权主义思潮的推动，妇女在家庭、社会和政治领域提出与男性平等的要求，她们在作品中表达出对性属（sexuality）的自觉意识和对性别歧视的抗议，激进的女权主义者在生活和写作中甚至主张带有乌托邦色彩的分离主义。在第三阶段，妇女作家既反对男性文学的模仿，也超越了单纯反抗。她们逐步放弃男性文化标准和价值观念，她们把女人自身的体验看作是自主艺术的源泉，把女权主义的文化分析扩展到文学上，进行自我探索，追求自我实现和自主地位，试图建构真正的女性文学。

　　肖尔瓦特描绘的英国女性小说传统疆域广大，除了"奥斯丁巅峰"（the Austen peaks）、"勃朗特峭壁"（the Brontë cliffs）、"爱略特山脉"（the Eliot range）和"伍尔夫丘陵"（the Woolf hills），③ 以及盖斯凯尔（Elizabeth Gaskell，1810—1865）、莱辛等严肃作家外，还有夏洛蒂·杨（Charlotte Yonge，1823—1901）、玛格丽特·奥利芬特（Margaret Oliphant，1828—1897）和乔治·埃杰顿（George Egerton，1859—1945）等一直被文学史忽略的各阶段女小说家。虽然肖尔瓦特的时间划分和女性主义视角的艺术自觉未必适用所有英国女性小说作家和文本的具体个案，但是基本反映了英国女性小说在文化语境中的写作历史脉络，因而得到较为广泛的认可。这一描述跟上面女权运动的历史概况图一样，都反映了女性写作经历的共同规律：妇女主体意识在不断觉醒和提高，在社会实践和艺术实践上逐步走向自觉成熟。可以说，随着 18 世纪英国小说的兴起，女性通俗小说一直伴随其间稳步发展，积淀着自己的传统，只不过作为被忽视、误解的创作领域而流浪在文学正统王国之外。女性文学被称作"痛苦的文学"，在政治、经济、社会和心理压力下，表现出有规律行动的文学表征。肖尔瓦特等学者就是要以开放的姿态重构文学史，让在历史中"在场"却在文学史中

---

① Elaine Showalter. *A Literature of Their Own*：*British Women Novelists from Brontë to Lessing* ［M］. Princeton：Princeton University Press，1977：3-5.

② 李维屏，宋建福. 英国女性小说史［M］. 上海：上海外语教育出版社，2011：93.

③ Elaine Showalter. *A Literature of Their Own*：*British Women Novelists from Brontë to Lessing* ［M］. Princeton：Princeton University Press，1977：vii.

"缺席"的因素进入学术视野。因此，我们认为这其中必然应该包括女性作家和通俗写作等因素。

英国女性通俗小说传统的发展经历了各种文化和社会力量复杂整合的过程，有众多的文化和政治因素参与其中，它们之间既有相互的扶持和促进，也有斗争、镇压、抗争与妥协。英国女性通俗小说创作总体上经历着一种在压力下寻求现实生存的"折衷平衡"运动。鉴于这种错综复杂的关系网，我们对它的研究既要具备历史的意识，也应有共时的视角。因此，我们在本章将以共时框架为主，聚焦女性小说家成就突出的五个通俗小说流派，展示各流派创作的基本概貌，挖掘英国女性通俗小说传统所关涉的具体社会文化因素。自17世纪末以来，英国通俗小说在活跃的创作实践中形成了众多流派，妇女作家在其中贡献颇多。总体来看，女性作家尤其在政治丑闻小说、女性风尚小说、科幻小说、哥特小说、侦探小说这五个通俗小说流派中取得较大建树。其中成就最大的是侦探小说，不但名家辈出，传统源远流长，还一度在20世纪二三十年代达到黄金时代。在20世纪科学主义的推进下，英国科幻小说也蓬勃发展，与侦探小说构成英国当代通俗小说的两大主流。① 此外，有深厚传统的哥特小说依然与时俱进，并且与家庭言情小说、历史小说、侦探小说等其他通俗小说形式相互融合，衍生出现代哥特小说。我们下面予以分类阐述。

第一节　政治丑闻小说

在17世纪末的英国，政治丑闻小说（Scandal fiction）出现，几乎与小说体裁同步发展。同时它也作为一种先驱性的女性写作率先面世，开拓了女性小说先河。这种小说将煽情的爱情引诱故事与政治阴谋事件融合在一起，因而得名。其中心情节往往围绕着两性关系，展示男女之间利用情爱引诱手段争夺彼此控制权的性政治斗争，因此有时也被称作引诱小说。阿芙拉·贝恩、玛丽·戴勒瑞维尔·曼雷（Mary Delariviere Manley, 1670—1724）和伊莱扎·海伍德（Eliza Haywood, 1693—1756）是这派小说的三个突出代表。此类作品的代表包括贝恩的《奥隆诺科，王子的奴隶生涯：真史》（*Oroonoko; or The Royal Slave, A True History*, 1688）、曼雷的《新大西岛》（*New Atalantis*, 1709—1710）以及海伍德的《幸运的弃儿》（*The Fortunate Foundlings*, 1744）等。这种小说展示性与权力

---

① 瞿世镜. 当代英国小说 [M]. 北京：外语教学与研究出版社，1998：581.

的追逐与较量，充满刺激悚动元素，对以中产阶级妇女为主体的读者群极具诱惑，它的影响力直到 20 世纪初才逐渐消退。

这些作者本身往往具有独特的政治和社会身份，属于跻身政治领域的早期妇女活动家群体。她们涉足政界的党派活动，充当间谍，参与政治利益角逐。在当时的历史语境下，男性在党派政治活动中拥有绝对统治权，女性最大的政治资本就是情色，他们通过展示性魅力，上演引诱和被引诱的两性征服套路，进行着控制和反控制的挣扎奋斗。这些女作家多基于亲身经历来进行创作，并且将揭秘式的书写作为增加政治资本的方式，来帮助自己周旋于男性占统治地位的党派活动领域，体现出一种写作与人生交融的自发状态。比如，在《新大西岛》中，曼雷以寓言式的表达描写了政客党魁糜烂腐败的性爱生活，抨击了当时执政的辉格党官员。这部作品出现在托利党向辉格党发难的关键时刻，充当了她以写作的方式参与政治的手段。这类作品经常有露骨直白的情爱丑闻描写，因此经常遭到批评。在 18 世纪中期，贝恩、海伍德等人都被列入"不道德作家"的行列而受到压制。其实，政治丑闻小说不但并非毫无可取之处，而且具有重要的文化政治编年史意义。其作者创作背景与写作语境与其作品相互映照，生动展示了当时英国政治生活中的隐秘领域，是有别于宏大叙事的另类叙述。此外，这类小说以女性经历构成核心情节，[①] 作者和读者也主要为女性。这些作品将妇女寻求性别控制权与寻求政治表现权的故事进行类比，具有一种独有的女性视角，获得一种混合政治和性别斗争意识的崭新自我认知。这些作品不但颠覆了传统文学中妇女的角色身份，而且给小说带来一种具有颠覆意义的新价值观和愉悦性。[②]

约翰·里凯蒂指出，这些女性文本对于文学史至关重要，它们不但尖锐展示了当时的社会困境，并且大胆质疑了政治关系和亲密关系本质不同的虚假预设，将公共领域的权威和责任问题与性别权力问题合并为一，自有其独特价值。[③] 在 1740 年和 1747 年，塞缪尔·理查逊分别发表了影响巨大的《帕美拉》和《克拉丽莎》，开创了感伤言情小说的先河。理查逊的成功在很大程度上加速了政治丑闻小说的衰落。到 19 世纪 20 年代后，随着妇女解放运动的发展以及社会政治生活场景的变化，这些引诱小说逐渐被新兴的女性家庭小说所代替。

---

① 黄禄善. 英国通俗小说菁华：18—19 世纪卷 [M]. 上海：上海大学出版社，2007：1.

② John Richetti. ed. *The Columbia History of the British Novel* [M]. Beijing：Foreign Language Teaching and Research Press，2005：7.

③ John Richetti. ed. *The Columbia History of the British Novel* [M]. Beijing：Foreign Language Teaching and Research Press，2005：70.

下面将聚焦贝恩做具体介绍。

　　阿芙拉·贝恩生活于英国王政复辟时代，是英国小说早期发展阶段的重要先驱作家，被认为是英国第一个职业女作家。她涉足多种文学体裁，创作戏剧、小说、短篇小说以及诗歌。她创作了英国最早的书信小说，并且对言情小说（amatory fiction）模式的形成有很大影响，对英国早期小说做出了不容忽视的贡献。作为职业妇女作家的最早代表，贝恩在女性小说史上也占有一席之地。围绕贝恩的人生和写作有很多传闻，但是大多缺少准确的文献支持。关于她早年生平的资料尤其匮乏，一般认为她生于坎特伯雷附近的瓦伊镇，父亲是一个理发匠。很可能因为其家庭天主教背景的影响，贝恩在宗教观上同情天主教。在政治立场上，贝恩支持托利党，忠于复辟的查理二世。贝恩的人生带有传奇性，曾有过短暂婚姻，据传有双性恋倾向。她曾做过政治间谍，在第二次英荷战争中，她以荷兰权贵情妇的身份为英国刺探情报。据说其发表作品经常使用的化名"阿斯特瑞"（Astrea）即来自她做间谍时的代号。贝恩的间谍生涯没有为她带来太多经济保障，回到英国后，她因经济拮据被关入债务监狱。出狱后，贝恩开始了其职业创作生涯，用写作赚钱谋生，死后被葬于西敏寺。贝恩生前自言一生致力于追寻快乐和诗歌，死后其作品和人生经历了褒贬不一的戏剧性反差。

　　贝恩的出版生涯起始于戏剧，自1670起到她去世的二十多年里共发表了十七部戏剧作品，她最受欢迎的作品包括剧本《流浪者》（*The Rover*, 1677）。贝恩与王政复辟时期的剧坛交往频繁，她的《流浪者》曾在1677年上演，成为复辟时期最流行的喜剧作品之一。不过，著名评论家哈罗德·布鲁姆（Harold Bloom, 1930—2019）对贝恩的戏剧作品评价不高，认为跟莎士比亚相比，贝恩只能算是"四流剧作家"。他还将贝恩在当代的重新复活看作艺术"低俗化"（dumbing down）的例子。比起其众多的戏剧作品，贝恩的小说作品并不多，除了两部短篇小说以及众多诗歌作品外，只出版四部长篇小说：《美丽的薄情女郎》（*The Fair Jilt*, 1688）、《艾格尼丝·德·卡斯特罗》（*Agnes de Castro*）、《一名贵族与他妻妹之间的情书》（*Love Letters Between a Nobleman and His Sister*, 1684—1687）和影响很大的《奥隆诺科》。作为一个先驱作家，她对英国的小说以及女性通俗小说做出了独特的历史贡献，成为多种通俗文类模式的奠基人之一。

　　在小说体裁发展史上，贝恩的贡献也值得一提。她是英国书信体小说的先行者，她的《一名贵族与他妻妹之间的情书》是第一部英语书信体小说，其写作早于被称为书信体小说奠基人的理查逊。此外，贝恩的写作对政治丑闻小说、言情小说以及哲理小说等文类模式的形成都产生了重要的推进作用。但是因为性别与作品传播的各种因素，贝恩的体裁开拓长期被忽略和遗忘。贝恩尤其擅长书信体叙事，其文体风格富有浪漫气息，主题涉及爱情、荣誉、阴谋、政治、种族和性别等众多问题。她总是将煽情的爱情引诱故事和政治阴谋融合在一起，经常在叙事中融入对当代政治事件的描写和评论，使情爱故事具有了开阔的社会视野和现实主义触角。比如，《奥隆诺科》融合了新闻报道与历险传奇的元素，既有趣味性，又兼具启迪意义，被约翰·瑞歇特认为堪称英国最早的哲理小说。[①] 贝恩的小说作品注重叙事技巧，在《奥隆诺科》和《美丽的薄情女郎》中，叙事人物的运用都富有创造性。她作品的叙事语气独特而多变，有时是超脱疏离的旁观者，有时是身涉其境的关切者，有时采用反讽而与读者立场融为一体，具有很强的情感感染力和艺术魅力。

贝恩的主人公都表达出对生活和自由的强烈热爱，还有对在社会身份方面的束缚和奴役进行的抗争。她对各种特权尤其是男性的社会性别特权深感不满，对女性受到的压制提出质疑。她的作品颠覆了传统文学中妇女的角色身份，给小说带来一种具有质变意义的价值观。[②] 生活在一个风流时代，贝恩大胆直率地提出了女性性欲问题，在当代追求性解放的读者以及女性同性恋群体中享有独特地位。正因此故，贝恩的作品被伍尔夫赞为具有"贫民的幽默、活力和胆量"。[③]《奥隆诺科》是贝恩的小说代表作，描写了非洲王子奥隆诺科在争取爱情和自由的抗争中的悲剧命运。据学者考证，贝恩在23岁时曾到苏里南旅行，邂逅一个非洲奴隶首领，获得了这部小说的素材和灵感。这部小说人物性格鲜明，具有艺术感染力。作品还反映了贝恩对非洲奴隶制的矛盾态度。一方面，她赞同奴隶制，把它看作增强英国国家力量的方式；另一方面，她的文字又生动有力地揭示了奴隶制的非正义和野蛮残酷。小说还流露出对美国人所持的浪漫主义看法，故事中的美国人纯洁、单纯并且有优越感，与旧大陆的人物形成鲜明对照。

贝恩的声誉及作品在19世纪曾一直被贬低为属于不雅之列，未引起关注。现在，不论是贝恩其人还是她的作品都已重新引起人们的兴趣，成为文化研究

① John Richetti. ed. *The Columbia History of the British Novel* [M]. Beijing: Foreign Language Teaching and Research Press, 2005: 991.

② John Richetti. ed. *The Columbia History of the British Novel* [M]. Beijing: Foreign Language Teaching and Research Press, 2005: 7.

③ John Richetti. ed. *The Columbia History of the British Novel* [M]. Beijing: Foreign Language Teaching and Research Press, 2005: 4.

中的热门话题。在早期的研究中，评论家首先是肯定她作为女性先驱作家的特殊身份，新近的讨论则逐步转向对其众多作品的深入分析。女性主义者伍尔夫对贝恩推崇有加，她在其名作《一个自己的房间》中高度肯定贝恩作为职业作家的开启山林之功："所有的女性都应该把花撒在阿芙拉·贝恩的墓上，因为正是她为她们赢得了表达自己想法的权利。"①在女性写作这一层面，这不失为对贝恩写作意义和价值的准确概括。在国外学者中，瑞歇特在其《哥伦比亚英国小说史》中对贝恩给予了很大关注，詹尼特·托德（Janet Todd）对贝恩的多角度研究也富有启发，简·斯宾塞在 1995 年编辑出版了贝恩的《流浪者及其他剧作》（*The Rover and Other Plays*）。在众多学者中，罗斯·巴拉斯特（Ros Ballaster）针对言情小说类型的全面研究独树一帜，她主张修正对小说类型的认知，以新的方式重思价值问题，而言情小说或情色小说亦可进入严肃文学之列。② 在国内，学者黄梅是较早对贝恩研究做出开拓的专家，但这一领域仍有很大研究空间。

第二节　女性风尚小说

女性风尚小说（women's fiction of manners）属于一个包含众多子类型的泛指称呼，它囊括了以描写女性经历来折射社会风俗的众多流派模式，一般都带有鲜明的女性视角，或者表达感伤的情感波折，或者叙述曲折的婚姻经历，或者描写引诱堕落的情色纠葛，或者讲述受难女性宗教救赎的道德人生，或者融合几个因素构建其具体主题模式。总体来看，有些作品具有较高的艺术水准，比如奥斯丁和勃朗特姐妹；有的作品则质量较为粗劣，或者流于低俗的情色煽动，或者耽于过度的道德说教。从各个阶段的写作现实看，英国女性风尚小说的整体质量要高于美国的作品。在维多利亚时期的英国女作家中，已经有多位女性作家被列入经典行列。而美国的女性风尚小说主要表现为各种女性言情小说（women romance, romantic fiction），因受到自然主义文学的推动和英国色情小说的启发，在 20 世纪尤其张扬"肉欲"情感因素，为美国的通俗小说写作带来持久的低俗化影响。从常见的模式传统看，风尚小说（novel of manners）、家庭小

---

① Virginia Woolf. *A Room of One's Own* [M]. eds. David Bradshaw & Stuart N. Clarke. Chichester: Wiley Blackwell, 2015: 49.

② John Richetti. ed. *The Columbia History of the British Novel* [M]. Beijing: Foreign Language Teaching and Research Press, 2005: 69-70.

说（women's fiction）与言情小说等都是其中较大的流脉。囿于篇幅所限，本节不做具体案例分析，所论作家将在后面相关章节给予不同程度的聚焦专论。

风尚小说总体上是一种现实主义小说，主要是借助写实主义手法，描写在某一特定历史环境下某一群体阶层人们的行为、话语，展示其特有的社会风情、价值观念和道德风尚，经常表现个人愿望与社会行为规则之间的冲突。女性风尚小说深受理查逊的家庭言情传统的影响，集中描写妇女的恋爱和婚姻生活等女性经历，经常通过描写年轻单纯的女主人公步入社会的成长历程来折射社会生活的状貌。它立足妇女熟悉的家庭生活环境，在主题、读者对象与作家群上都与女性经历存在深刻密切的关联，因此拥有广泛的女性读者群，成为众多女作家持久青睐的领域，在英国女性作家那里得到了有效的传承。

女性家庭小说是典型的女性题材创作，围绕女性生活最重要的家庭与婚姻问题展开，此类写作注重人物塑造的生动性，对故事情节的矛盾冲突表现细腻，展现了不同历史时期的女性生活的丰富面貌。在 18 世纪，这种小说模式在伯尼的四部主要小说《伊芙琳娜，或少女入世记》（*Evelina, Or, the History of A Young Lady's Entrance into the World*, 1778）、《塞西莉亚》（*Cecilia, or Memories of An Heiress*, 1782）、《卡米拉》（*Camilia, or a Picture of Youth*, 1796）和《漂泊者》（*The Wanderer, or Female Difficulties*, 1814）中得以确立。① 其中《伊芙琳娜》不但风靡一时，而且启发了众多作家，还受到奥斯丁和伍尔夫的高度称赞。之后，爱尔兰裔的玛丽亚·埃奇沃思创作的《贝琳达》（*Belinda*, 1801）等小说也属此类传统。这一流派中成就最大的当属简·奥斯丁，她的《傲慢与偏见》（*Pride and Prejudice*, 1813）与《理智与情感》（*Sense and Sensibility*, 1811）等六部小说都与伯尼的作品一脉相连，在主题、人物对话和细节描写上既有继承，又独有个性化的地方色彩，写出了女性风尚小说的华彩乐章，反映了英国中产阶级女性在当时的社会境遇，也呈现了英国乡村乡绅社会的风俗人情。在维多利亚时代，家庭小说尤以家庭教师小说（novel of governess）为创作亮点，勃朗特姐妹的作品也多沿用了这种模式，已获得很高的文学声誉。夏洛蒂·杨和弗洛伦丝·玛雅特（Florence Marryat, 1833—1899）也都是当时较有影响的女性家庭小说作者，分别创作有《雷德克利夫的继承人》（*The Heir of Redclyffe*, 1854）和《爱的冲突》（*Love's Conflict*, 1865）等代表作。风尚小说在 20 世纪作家那里也有传承，在新西兰裔女作家恩加伊奥·马什（Ngaio Marsh, 1895—1982）的

① Sandra M. Gilbert & Susan Gubar. *The Norton Anthology of Literature by Women: The Traditions in English* [M]. London: W. W. Norton & Company, 1996: 242.

作品中再现风采。

在女性读者市场上，言情小说历来是备受欢迎的小说类型，并经常与其他通俗写作类型交叉混合，并受到英美跨大西洋交流的推动，在英美国家均获得充分的发展，尤以美国为甚。上文所述的英国女性写作先驱作家三人组贝恩、曼雷与海伍德的写作也属于言情叙事。18 世纪大洋彼岸的美国正在建国前后，小说创作尚未步入正轨，在严肃小说领域没有建树，但是在英国文坛的影响下，美国也出现了大量日志、游记等书信体作品，并且在女性通俗小说领域出现了"引诱言情小说"的畅销。在 18 世纪末和 19 世纪初，美国图书市场的引诱言情小说多达上千种，主要作家有汉娜·福斯特（Hannah Webster Foster，1758—1840）、伊莱扎·维赛瑞（Eliza Vicery，1845—1882）和苏珊娜·罗森（Susannah Rowson，？—1824）。其中罗森影响最大，其作品《夏洛特·坦普尔》（*Charlotte Temple*，1791）成为美国有史以来最畅销的作品，截止到 1824 年，已累计印刷 200 多次，发行量达数亿册。① 这些言情小说强调女性经历中的"引诱"和"磨难"的惊悚模式，少部分作品中也有较为出色的写实技巧。这些作品在情节设置以及性别意识形态上都具有强烈的定势化特色，通常展现男性的强势角色和女性被动弱势状况，展现出前者对后者进行性压迫、性剥削的文化氛围。大部分作者的写作对畸形的性政治并未有自觉的批判意识，甚至渲染其中的女性性欲作为卖点，艺术品质不高。不过，也有个别作家或者个别作品体现出一定的反叛和超越特色。比如贝恩的《美丽的薄情女郎》，就将通常男强女弱的定势模式颠倒，加入喜剧因素，记叙胆大好色的女主人公米兰达（Miranda）对教士施行强暴，反被误认为是受害者，从而免于惩罚、幸福终老，而可怜的教士却被作为施暴者投入监狱。贝恩的这部小说除了对性别政治的陈词滥调进行了戏谑解构，也是滑稽言情小说（Harlequin romance）的最早文本实践。19 世纪的美国，言情小说成为女性通俗小说的主流，20 世纪 30 年代前后分别以引诱言情小说和家庭言情小说为主体。凯瑟琳·塞奇威克（Catherine Sedgwick）是美国家庭言情小说的先驱，活跃于 19 世纪 20 年代。19 世纪 50 年代后，以 E. D. E. N. 索斯沃斯为代表的一大批作家涌现出来，牢牢占据了美国通俗小说销售市场。在 20 世纪上半叶，英美均出现了经典言情小说和新型言情小说流派的巨大创作群体。② 遵循经典言情小说模式的英国作家有弗洛伦斯·巴克利（Florence Barclay，1862—1921）、埃塞尔·德尔（Ethel Dell，1881—1939）、玛丽·克雷利

---

① 黄禄善，等. 英美通俗小说概述 [M]. 上海：上海大学出版社，1997：18-19.
② 黄禄善，等. 英美通俗小说概述 [M]. 上海：上海大学出版社，1997：20-47.

（Marie Corelli，1855—1924）和丹尼斯·罗宾斯（Denise Robins，1897—1985）。其中罗宾斯写有近200部长篇小说，并且题材多样，场景丰富，人物富有个性，是品质出众的多产作家。埃莉诺·格林（Elinor Glyn，1854—1943）与伊迪丝·赫尔则（Edith M. Hull，1880—1947）是对言情小说带来色情冲击的新流派中的突出代表。20世纪30年代，英美盛行历史言情小说，重要作家有英国的芭芭拉·卡特兰（Barbara Cartland，1901—2000）、玛格丽特·欧文（Margaret Irwin，1889—1967）、诺拉·洛夫茨（Norah Lofts，1904—1983）和美国的赫维·艾伦（Hervey Allen，1887—1949）及玛格丽特·米切尔（margaret Mitchcll，1900—1949）。二战之后，英美言情小说回归传统模式，并开始兴起医生护士小说，分别以英国的凯特·诺威（Kate Norway，1913—1973）和美国的伊丽莎白·塞弗特（Elizabeth Seifert，1897—1983）为代表。到20世纪70年代至90年代，英美言情小说发展到顶峰，在作家数量和市场份额上独占鳌头，而且涌现出家世小说和甜蜜野蛮小说、肥皂剧言情小说以及实验言情小说等新的流派风格。

此外，专注于展示上流社会风尚的"银叉小说"（Silver- fork novel）也是女性风尚小说的一个流脉分支，这些作品以对上层阶级时髦礼节和高雅举止的细致描写而著称，形成了19世纪20年代至40年代英国的流行小说时尚。"银叉小说"的名称是威廉·黑兹利特（William Hazlitt）在1827年关于"纨绔一族"（The Dandy School）的文章中以上流阶级用两个银叉吃鱼而得名。这种小说通常具有揭露和嘲讽贵族阶层的意旨，威廉·梅·萨克雷（William Makepeace Thackeray，1811—1863）的名作《名利场》（Vanity Fair，1848）曾受到这种小说形式的影响。① 银叉小说的女性作家有凯瑟琳·戈尔（Catherine Gore，1798—1861）、弗兰西丝·特罗洛普·夏洛特·伯里夫人（Lady Charlotte Bury，1775—1861）、卡罗琳·兰姆夫人（Lady Caroline Lamb，1785—1828）、苏珊·法瑞尔（Susan Ferrier，1782—1854）等人。其中戈尔的《赛瑟尔，或一个花花公子的历险》（Cecil, Or, the Adventures of a Coxcomb）是此类小说的代表作。此外，西奥多·胡克（Theodore Hook）、本杰明·迪斯雷利（Benjamin Disraeli）等男作家也热衷此类创作。不过，"银叉小说"虽不乏批判精神，但得到的文学评价普遍较低，被认为在思想和艺术性上都流于平庸肤浅。

---

① 关桂云. 文学术语 [M]. 北京：中国社会科学出版社，2017：189.

第三节　科幻小说

科幻小说（Science Fiction, Sci-Fi）是科学幻想小说的简称，中文有时也译作科学小说。从其消费量和影响看，它是当代最受欢迎的通俗小说文类之一。与通俗小说一样，它也暂时还未有一个公认的标准定义。总体看，科幻小说描绘的对象往往尚处于未知范畴，因此作品带有冥想的特色。比如，在民间科幻爱好者中盛传的所谓"最短的科幻小说"是这样："地球上最后一个人坐在房间里。这时响起了敲门声。"可以说，它的确反映了科幻小说的幻想特质。一般来说，科幻小说是一种很宽泛的文类体裁，它属于虚构性的想象作品，但是在很大程度上借助于对当代或未来科学技术的某种推测，艺术地反映了科技或想象的科学对社会或个人的影响，而强调幻想的品质使得它经常与广义的"推想小说"（Speculative fiction）作为同义词使用。19世纪是科学大发现和科技进步的时代，也是"科学崇拜"的世纪，另外它又是一个充满精神冲突、被信仰危机的幽灵所缠绕的时代。科幻小说正是依托19世纪发展起来的科学背景，放纵人类的想象力，探索人类生活和宇宙的各种领域，具有无穷魅力。它涉及科技或者假象的伪科技，其目的却并不在于科技知识本身。一方面，其美学品质带有浪漫主义文学特色，倚重想象和虚构来表现人对世界和自己的认识；另一方面，它也经常扎根于社会现实，反映社会现实中的矛盾和问题。

科幻小说在20世纪50年代成为英国都市文化的重要组成部分，对抗着当时灰暗压抑的社会现状。美国著名文学评论家伊哈布·哈桑（Ihab Hassan, 1925—2015）评价科幻小说"可能在哲学上是天真的，在道德上是简单的，在美学上是有些主观的，或粗糙的，但是就它最好的方面而言，它似乎触及了人类集体梦想的神经中枢，解放出我们人类这个机器中深藏的某些幻想"。《第三次浪潮》的作者托夫勒则指出："科幻小说描写我们一般考虑不到的可能性，即那另类的世界和另类的看法，以此来扩大我们对变化做出反应的能力。"[①] 美国科幻小说"黄金时代"的奠基人约翰·坎贝尔（John W. Campbell, 1910—1971）认为："小说仅仅是写在纸上的梦。科幻小说包含了对技术社会的希望、梦想和恐惧（因为有些梦想是梦魇）。"可以说，以上认识都在不同程度上描述了科幻小说的内容、主旨、技巧以及影响等方面的突出特色。

---

① 转引自王逢振主编. 当代西方著名科幻小说集［M］. 北京：大众文艺出版社，2000：1.

在英国，科幻小说的起源来自 1818 年英国女作家玛丽·雪莱（Mary Shelley, 1797—1851）的小说名作《弗兰肯斯坦，现代普罗米修斯的故事》（*Frankenstein, or the Modern Prometheus*, 1818）。1863 年后，法国作家儒勒·凡尔纳（Jules Verne, 1828—1905）创作了一系列脍炙人口的科幻名作，极大地普及了这种小说文类。19 世纪末到 20 世纪初，英国作家 H. G. 威尔斯（Herbert George Wells, 1866—1946）以《时间机器》（*The Time Machine*, 1895）、《莫洛博士岛》（*The Island of Dr. Moreau*, 1896）、《隐身人》（*The Invisible Man*, 1897）、《世界大战》（*The War of the Worlds*, 1898）等多部科幻小说促进了本领域的繁荣，上述三人被尊为科幻小说的鼻祖。① 与侦探小说领域的情况不同，创作科幻小说的英美女作家一般都并不专注于这一个流派模式，而是将其作为自己艺术创作的园地之一。在当代作家笔下，它往往又与生态和环境问题以及末世情结等主题联系，带有强烈的反乌托邦倾向。除了玛丽·雪莱外，P. D. 詹姆斯与多丽丝·莱辛的科幻作品也具有特色。

玛丽·雪莱是 19 世纪英国第二代浪漫主义诗人雪莱的第二任妻子，其父为英国著名政治家、哲学家以及空想社会主义者威廉·戈德文（William Godwin, 1756—1836），其母为作家和女权运动先驱玛丽·沃斯通克拉夫特（Mary Wollstonecraft, 1759—1797）。玛丽·雪莱曾一度被其家人的耀眼光环笼罩，其小说艺术遭受忽视，在 20 世纪末，她重新引起读者和学界的强烈兴趣，2003 年"剑桥文学导读"丛书专门推出了"玛丽·雪莱"一辑，对她进行了较为充分的多角度研究，这是一个里程碑式的学术成果。《弗兰肯斯坦》是玛丽·雪莱的第三部小说，其主题和艺术特色在 20 世纪收获诸多关注和好评。在 19 世纪 90 年代早期，英美有一半多研究浪漫主义的学生阅读了此作。之后，它成为"哥特艺术""19 世纪小说""妇女小说"和"后人类"等众多领域的重要研究话题。② 这部作品是关于科学家和他所制造的怪物的离奇故事。科学家弗兰肯斯坦用碎尸块制作了一个人造人，但是这个孤单的怪物却因外貌丑陋而备受世人歧视，心灵深受戕害，他逐渐对自己的创造者萌生仇恨，在愤怒中展开疯狂的报复。他杀死弗兰肯斯坦的家人和朋友，并无休止地骚扰、折磨弗兰克斯坦，声称："你是我的创造者，但我是你的主人。"最后，弗兰肯斯坦在迫害中痛苦地死去。怪物完成复仇后，消失在茫茫黑夜中的大海上。《弗兰肯斯坦》中含有威

---

① 詹姆斯·冈恩. 过眼烟云：英国科幻小说（序言）［M］. 郭建中，主编. 北京：北京大学出版社，2008：2.

② Esther Schor. ed. *The Cambridge Companion to Mary Shelley*［M］. Cambridge University Press, 2003：1.

尔斯的软科幻与"反乌托邦小说"的成分，涉及科学技术对未来世界的莫测影响和可能带来的社会问题。另外，她又创造性地注入了浓厚的哥特成分，使作品具有震撼的惊悚效果。正因这部小说，玛丽·雪莱被尊为科幻恐怖小说（scientific horror fiction）的先驱。①这部作品主题意蕴上具有多义性，涉及现代社会人的异化感、科学技术的伦理道德、精神领域的父母模式问题、复仇主题以及道德选择的因果报应等。小说的叙事结构极具特色，采用了嵌套式叙事结构，以三个不同人物/怪物的第一人称叙事进行逐层包裹，形成三层叙事圆环，具有艺术创新性。

　　当代科幻小说的阵地主要在美国，在世界范围和英国国内，科幻小说的创作主体也始终是男性作家占绝对优势，女性作家涉足科幻小说的情形相对较少，其作品总量相对有限，但是女作家的写作却不乏精品，其中以 P. D. 詹姆斯和莱辛为杰出代表。2007 年诺贝尔文学奖得主多丽丝·莱辛的一系列太空小说和詹姆斯带有末世忧思意识的反乌托邦小说《人类之子》（*The Children of Men*，1992）都展示了当代科幻小说的新发展。詹姆斯素以其侦探小说著称，不过，她的《人类之子》获得了科幻作品领域的迪奥·格洛里亚奖（Deo Gloria Award）。这部小说题目来自《圣经》，探索了民主、科学、宽容、罪恶、爱与救赎等多个主题，带有深刻寓意，宗教色彩浓厚。小说结构较有特色，混合了第三人称和第一人称错综叙事，在后面章节我们将专门予以介绍。莱辛是当代英国最重要的作家之一，并在 2007 年获得诺贝尔文学奖。她的作品数量众多，艺术风格多变，题材领域广泛。自 1979 年至 1983 年间，莱辛创作了五部系列太空科幻作品《南船星系中的老人星座：档案》（*Canopus in Argos：Archives*），包括《什卡斯塔》（*Shikasta*，1979）、《第三、四、五区域间的联姻》（*The Marriages Between Zones Thee，Four and Five*，1980）、《天狼星试验》（*The Sirian Experiments*，1981）、《八号行星代表的产生》（*The Making of the Representative for Planet 8*，1982）、《沃岩王国中多愁善感的使者们》（*The Sentimental Agents in the Volyen Empire*，1983）。这些作品反映出莱辛的历史反思意识，表达出她对人类命运的警醒忧思，思想主旨严肃，内容深邃而犀利。作为一个早已享誉世界的主流作家，莱辛能锐意开拓通俗题材，体现了其灵活的艺术技巧和开阔的创作视野，也反映出当代文学中通俗写作与严肃写作合流、雅俗交融的包容倾向。

---

①　黄禄善. 英国通俗小说精华：18—19 世纪卷［M］. 上海：上海大学出版社，2007：122.

第四节　哥特小说

哥特小说（Gothic fiction）诞生于 18 世纪末，之后一直流行于英国通俗文坛，成为通俗小说最重要的流派之一。哥特因素也被众多女性小说家广为借鉴使用，在拉德克里夫、伯尼、勃朗特姐妹和盖斯凯尔夫人作品里都有明显的体现。哥特小说在情节安排、环境设置、人物塑造和主导情感方面都有鲜明的经典模式，并且与其他通俗小说门类相结合，衍生出更多通俗小说分支，对西方通俗小说乃至小说艺术整体的发展产生了深刻的影响，有"黑色的经典"之称。①英文的"Gothic"一词含有恐怖、神秘、野蛮、迷信、超自然、中世纪、天主教甚至东方等多种含义，突出非理性思维，具有颠覆理性的审美诉求。因此，哥特式小说具有明显的非理性品质，倡导一种诉诸情感体验的恐惧审美，是一种黑色的浪漫主义。哥特小说因其故事环境主要为充满神秘、恐怖气氛的哥特式古堡而得名。哥特小说的背景总是笼罩在浓重阴影下的非常态环境，最常见的是有着高耸尖顶的教堂、修道院和古堡，经常描写墓地、鬼魂、秘道、地牢和荒野等，虽然现代哥特作品中也有日常生活居所，但是同样笼罩着神秘诡谲的气氛。

哥特小说的环境场景与人物塑造都高度体现了通俗小说的模式化特征。它的故事常常发生在遥远的年代和阴暗幽闭的场所，情节充满恐怖悬念和神秘感，通常涉及超自然的神秘体验和极端事件，浓彩重墨地描写恐怖、暴力、鬼怪、离奇怪诞的经历、超自然的神秘现象以及中世纪生活方式等。其核心情节多涉及家族秘密、玄秘身世、古老的预言或诅咒、争夺财产地位的险恶斗争等，通过独特的叙事策略构造悬念，令阅读过程充满刺激和诧异。哥特小说的人物有经典模式，基本类型有不择手段满足自己各种欲望的暴君或歹徒、充满精神悖论的教徒、柔弱无辜的少女和各种鬼怪。它借鉴了理查逊小说《克拉丽莎》"女郎—恶棍"的对立人物模式，树立主人公与反面势力的尖锐冲突，展现纯洁、善良、正义、高贵的品质与阴险、邪恶、丑陋、卑贱的行径之间的较量。小说主人公通常被卷入交织着阴谋、罪恶和感情漩涡的事件中，并在这个过程中遭遇迫害、磨难，心灵经受痛苦的挣扎和煎熬。对人物心灵和身体痛苦的展现是哥特小说的突出特色，具有独特的心理美学意义。

---

① 李伟昉. 黑色经典：英国哥特小说论 [M]. 北京：中国社会科学出版社，2005：17.

　　哥特小说是充满心理张力的作品，关涉人类的孤独、焦虑、恐惧、彷徨、自恋、异化情感，还大胆涉及变态心理，描写纵欲、毁灭色彩的罪恶冲动，它对人精神领域的挖掘在很大程度上推动了西方文学中心理小说的发展。① 很多女性主义学者已经指出，哥特小说中经常隐藏着女性性心理欲求的表述。它采取怪诞到变形的形式，反映现实中复杂纠结的心理体验。这种潮流在18世纪末兴起并非偶然，它是英国资本主义社会在现实困境中时代情绪的投射，是英国传统文化意识对启蒙主义和理性主义的质疑方式之一，与18世纪末英国的墓园派诗派存在一定的同构关系，并对后来的浪漫主义文学产生了重大影响。哥特小说中带有中世纪色彩的气氛与现代化生活方式构成鲜明的对比，是对产生各种严峻问题的工业化趋势的抗议。在很大程度上，英国深厚的宗教传统尤其是基督教文化滋养了哥特小说。浅层的表现就是小说常借用宗教恐怖意象和宗教人物原型，描写地狱、上帝、恶魔、修道士等；深层结构里则常含有罪恶、惩罚、救赎和信仰等精神领域问题，涉及善恶斗争、灵肉冲突、理性与情感的纠缠等等。这种宗教情结使哥特小说叙事往往带有强烈的主体情感色彩，并频繁出现作者的评论性干预。②

　　哥特式小说是一种恐惧审美，遵循着独特的美学原则，热衷于挖掘恐怖、渲染丑恶，用近似残酷的手段制造艺术的恐惧和反感。这种反常规的美学早就引起学者的关注，古罗马的朗吉弩斯（Longinus，约213—273）、19世纪的埃德蒙·伯克（Edmund Burke，1729—1797）和康德（Immanuel Kant，1724—1804）的美学理论都不同程度地阐释了哥特艺术的审美心理机制。伯克指出"惊惧是崇高的最高效果"，③ 因为崇高就是在克服了痛感之后产生的愉悦感。他认为崇高的对象都具有可怖性，令人望而生畏。他的著作《关于崇高与美的观念的根源的哲学探讨》（*A Philosophical Enquiry into the Origin of Our Ideas of the Sublime and Beautiful*，1757）被看作关于哥特作品的理论专著，④ 有力地维护了哥特小说美学体验的合理性。哥特小说在文学史中的地位并不明晰，褒贬不一，分歧较大。伊恩·瓦特（Ian Watt）对哥特小说极为鄙视，认为它迎合书商和读

①　Kevin J. Haye. ed. *Edgar Allan Poe* [M]. Cambridge University Press, 2002：72-74.

②　Thomas Keymer & Jon Mee. eds. *The Cambridge Companion to English Literature 1740—1830* [M]. Cambridge：Cambridge University Press, 2004：150.

③　朱光潜. 西方美学史上卷 [M]. 北京：人民文学出版社, 1984：242.

④　李伟昉. 黑色经典：英国哥特小说论 [M]. 北京：中国社会科学出版社, 2005：29.

者的低级趣味，没有内在价值，对文学带来堕落的影响，应从文学史中抹去。① 然而，阿尼克斯特、埃文斯、桑德斯等文学史家以及巴赫金（Mikhail Bakhtin）等都对哥特小说在小说发展史中的地位给予了肯定。② 当代美国学者詹姆斯·卡森（James P. Carson）对哥特小说的研究现居于领先地位，他的论文《启蒙，通俗文化与哥特小说》（Enlightenment, Popular culture, and Gothic Fiction）具有较大影响。③

众多创作事实证明，英国哥特小说对西方小说传统的影响深远而微妙。在19世纪初，哥特小说一方面遭受争议，另一方面又极为流行。瓦尔特·司各特（Walter Scott，1771—1832）在其《英国小说家传》（Lives of the Novelists，1821—1824）中较早对哥特小说的艺术特征做出过归纳，并在其历史小说《艾凡赫》（Ivanhoe，1819）中出色地借用了哥特技巧。美国的爱伦·坡与法国的波德莱尔等作家深具哥特审美情趣。众多表现异化与孤独心灵体验的现代主义作品也从哥特文化中汲取养分，并从中发展出积极的社会批判意义，美国南方作家弗兰纳瑞·奥康纳（Flannery O'Connor，1925—1964）便是哥特小说园地的一朵艺术奇葩。不少侦探小说、科幻小说和言情小说等纷纷融合哥特传统，不但强化了作品的艺术效果，而且衍生出新的通俗小说分支。哥特小说与科幻小说结合产生的反乌托邦小说是世界小说创作的重要题材。《弗兰肯斯坦》是此类小说的早期优秀之作，而在现当代全球问题不断加剧的社会语境里，反乌托邦小说充分借鉴了哥特因素，表现生态危机与科学灾难等文明忧思。可以说，哥特小说传统源远流长，几乎贯穿了英美小说历史。

西方哥特小说的开先河者是英国作家贺拉斯·沃尔波（Horace Walpole，1717—1797）。1764年，沃尔波以翻译作品的名义出版了《奥特朗托城堡：一个哥特故事》（The Castle of Otranto，A Gothic Story，1764），创立了早期古典哥特式小说的模式。他在其第二版的序言里声明，这部作品"旨在于恢复当代小说的想象和创造性品质"，④ 这个序言被视为现代哥特小说的宣言。小说描写了发生在贵族世家曼弗雷德家族里的现象，揭示了家族罪恶的故事，含有怪诞和超

① Ian Watt. The Rise of the Novels: Studies in Defoe, Richardson and Fielding [M]. Longon: Chatto & Windus, 1957: 290.

② 李伟昉. 黑色经典：英国哥特小说论 [M]. 北京：中国社会科学出版社，2005: 8-10.

③ John Richetti. ed. The Cambridge Companion to The Eighteenth Century Novel [M]. Shanghai: Shanghai Foreign Language Education Press, 2000: 255-277.

④ Ian Watt. The Rise of the Novels: Studies in Defoe, Richardson and Fielding [M]. Longon: Chatto & Windus, 1957: 120.

自然的色彩。它的情节模式被之后的哥特小说普遍沿用。哥特小说诞生后立刻获得英国读者的喜爱，引起大量作家的追随仿效，成为18世纪末和19世纪初流传最广的文学体裁之一，① 并迅速从英国扩展到整个欧美。克拉拉·里夫（Clara Reeve，1729—1807）的《英国老男爵》（*The Old English Baron*，1778）和索菲亚·李（Sophia Lee，1750—1824）的《密室》（*Recess of a Tale of Other Times*，1785）等小说都是这一潮流中的名作。到18世纪90年代，哥特式小说逐渐演化成两个分支。一个分支是恐怖型哥特式小说，其特点是坚持传统的手段，并在此基础上融入病态的邪恶，来增加神秘、恐怖的效果，代表作品有马修·刘易斯（Matthew Lewis，1775—1818）的《僧人》（*The Monk*，1795）。另一个分支是感伤型哥特小说，其特点是保留古堡场景，但抛弃过分的神秘成分和极度的恐怖气氛，赋予作品更大的现实性和世俗色彩。伯尼的最后一部小说《漂泊者》是处理历史题材的哥特小说，展现的是骇人的政治风暴和顽固偏见给女性命运带来的巨大威胁。不过，这一流派中影响最大的作家还是安·拉德克里夫。

拉德克里夫是英国哥特小说的先驱作家，以其六部小说进一步确立了哥特式小说的模式。她的第一部小说《安斯林与堂贝恩的城堡》（*The Castles of Athlin and Dunbayne*，1789）在英国上流社会和正在崛起的中产阶级中流行，尤其受到年轻女性读者的青睐。这部小说确立了她创作的特色基调，比如引进了哥特式恶人（villain-hero）的因素，描写天真而有勇气的少女在充满威胁的城堡中的历险经历。第二部小说《西西里的故事》（*A Sicilian Romance*，1790）描写了一个意大利贵族世家走向没落的惊心动魄的故事，其心理恐怖因素与环境描写的出色结合受到关注。《森林传奇》（*The Romance of the Forest*，1791）比前两部更受欢迎，在三年中就接连印刷四版，确立了她在历史哥特小说领域的地位。她的后三部作品更加受到关注，有《意大利人》（*The Italian*，1797）、《加斯顿·德·布朗德威尔》（*Gaston de Blondeville*，1826）和代表作《尤道弗的秘密》（*The Mysteries of Udolpho*，1794），曾激发出大量模仿作品，比如奥斯丁的《诺桑觉寺》就是戏仿《尤道弗的秘密》之作。拉德克里夫虽然也描写超自然现象，但是在之后情节中总是给出合乎常理的解释，来淡化作品的荒诞色彩，大大提高了小说的社会接受程度。此外，她擅长描写充满异国情调的阴暗场景，文笔优美生动，广受赞誉。她影响了一大批英美作家，对哥特小说发展做出了独特贡献。

① 阿尼克斯特.英国文学史纲［M］.戴镏龄，等译.北京：人民文学出版社，1989：270.

19 世纪后半叶，取材于民间故事的哥特小说和浪漫传奇风行英国文坛，吸引了包括盖斯凯尔夫人和乔治·爱略特在内的众多女性小说家。20 世纪后，以描写浪漫爱情故事为核心的哥特言情小说在感伤派哥特小说基础上发展起来，奠基性的作家有达夫妮·杜穆里埃（Daphne du Maurier, 1907—1989）和玛丽亚·斯图尔特。杜穆里埃写过十七部长篇小说以及几十种其他体裁的文学作品，1969 年被授予大英帝国贵妇勋章。她的作品情节曲折，人物刻画细腻，在渲染神秘气氛的同时，夹杂着带有宿命论色彩的感伤主义。她的代表作《丽蓓卡》（*Rebecca*, 1938）被著名导演希区柯克改编为电影《蝴蝶梦》，成为世界电影史上的经典。其中浓厚的悬疑成分动人心魄，被英国犯罪作家协会（The Crime Writers' Association，简称 CWA）和美国推理作家协会（The Mystery Writers of America，简称 MWA）列入百部最佳推理小说榜单。斯图尔特是 20 世纪七八十年代英国哥特小说的领军人物。她自 1955 年开始，已发表二十多部作品，涉及言情小说、哥特小说和犯罪小说多种题材。她的作品背景丰富，除了苏格兰外，还有叙利亚、希腊群岛、西班牙、法国和奥地利等异国城邦。她的五部"墨林系列"小说创作于 20 世纪 70 年到 90 年代中期，兼具历史小说品质和幻想作品的魅力，为作者带来巨大声誉。斯图亚特作品融合言情、悬疑和神秘为一体，具有独特魅力，享有国际知名度，其作品已被翻译为多种语言。她的间谍小说《我的哥哥麦克尔》（*My Brother Michael*, 1960）被 CWA 列为百部最佳推理小说榜单。

第五节　侦探小说

侦探小说（detective fiction）是 19 世纪末以来西方科学和理性精神的产物及艺术反映，它随着资本主义法律制度与警侦文化的发展而兴起，始终围绕着侦破犯罪的题材，依靠逻辑推理或者其他科技手段，破解罪案之谜，并展现侦探与罪犯的心理较量或生死搏斗。侦探小说融合智慧、理性和趣味于同一文本，一般采取"设置悬念—编排故事—案情分析及破解"的故事模式，重视情节构架铺张，善于设置悬念和伏笔，气氛细节的渲染引人入胜，事件惊险曲折，是一种智慧和情感的游戏。与言情小说、恐怖惊悚小说等其通俗题材比较，侦探小说具有更强的社会批判意义和观照现实的精神，具有独特的文学伦理价值。它展现法治社会的理性，弘扬正义和公正，揭示问题，催人反思。在人类文明和社会发展过程中，各种社会和心理问题层出不穷。在现当代西方社会里，在经济发展和科技进步的绚烂图景中，一直夹杂着危机和罪恶的阴影：贫富分化、社会不公、经济震荡、金钱物欲的侵蚀、人的异化、政治斗争、经济倾轧角逐、信仰危机、宗教极端情绪、道德沦丧、色情、暴力和毒品问题等，形形色色的犯罪和过失就在这现实的历史语境中发生，构成资本主义社会生活的真实图景。侦探小说展现暴力和罪孽等人性的丑恶，是为了惩恶扬善，伸张正义，深具向善、向美的伦理意义。

侦探小说在世界各国文化中都有悠久的传统，英美有犯罪小说和悬疑小说，日本有社会推理小说，中国有古老的公案小说和现代敌特、间谍小说。英美侦探小说又分为古典式、硬汉派、惊险派、心理悬疑派、幽默派等众多风格流派。美国 MWA 拟定的十大推理小说流派有古典模式、惊悚小说、硬汉派、法庭推理、幽默推理、历史推理、本格解谜、犯罪小说、间谍小说、警察程序小说。其中古典侦探小说影响深远，它主要包括五个要素：一、有明显的犯罪行为；二、在犯罪现场有待洗清罪责的无辜嫌犯；三、笨警察的错误判断；四、侦探的非凡观察力和推理能力；五、意外的结局，侦探解谜罪犯和罪行。因为其破解罪案的模式特征，侦探小说又叫作"whodunit"。侦探小说的历史渊源可以追溯到古希腊、古罗马神话和基督教《圣经》罪与罚的传说与断案故事。① 英国的犯罪小说也促进了侦探小说传统的形成。18 世纪早期描写犯罪的小说在英国极为流行，大多取材于 1773 年出版的纪实文献"新门监狱记事"（*Newgate Calender*），故又称为"新门小说/纽格特小说"。这种热潮直到 19 世纪三四十年代还是有增无减，② 其过分泛滥后来导致萨克雷的批评。现代侦探小说的模式主要来自 19 世纪上半叶美国作家埃德加·爱伦·坡（Edgar Allan Poe，1809—1849）、19 世纪后期的英国小说大师威尔基·柯林斯（William Collins，1824—1889）以及柯南·道尔（Conan Doyle，1859—1930）三个先驱作家，他们共同确立了古典式侦探小说的基本模式。

美国作家爱伦·坡的《莫格街谋杀案》（*The Murders in the Rue Morgue*，1841）、《玛丽·罗斯疑案》（*The Mystery of Marie Roget*，1842）、《失窃的信》（*The Purloined Letter*，1945）和《泄密的心》（*The Tell-Tale Heart*，1943）等六部短篇侦探小说将缜密推理与哥特小说的神秘、罪恶结合起来，开创了西方侦探小说的写作模式，因此，爱伦·坡也被称为侦探小说之父。爱伦·坡小说的结构是"罪案—侦察—推理—破案"，人物设置为"侦探—案犯—第三人"，这

---

① 任翔. 文学的另一道风景：侦探小说史论［M］. 北京：中国青年出版社，2000：1.

② 黄禄善. 英国通俗小说菁华：18—19 世纪卷［M］. 上海：上海大学出版社，2007：239.

些要素构成西方古典侦探小说的基本模式，① 在世界范围内具有深远影响。"侦探"（detective）这一名称是在爱伦·坡去世七年后才开始使用的，爱伦·坡在上述三部中篇小说中塑造的富有智慧、擅长推理的法国业余侦探奥古斯特·杜宾（C. Auguste Dupin）的形象深入人心，这种在小说中塑造智慧超人、逻辑严密、个性鲜明的侦探形象的技法被其后众多侦探小说家效仿，成为古典派侦探小说的最重要的特色之一。柯南·道尔深受爱伦·坡的侦探小说启发，成为第一个专门从事侦探小说创作的优秀作家，创造了英国侦探小说黄金时代之前的一个高峰，并将古典式侦探小说的模式基本确定下来，为其他作家带来启发。虽然柯南·道尔自己将这种所谓的通俗文学作品贬为"二流文学"，但是他极大地推动了这种文学形式，被尊为英国侦探小说之父。他塑造的大侦探夏洛克·福尔摩斯（Sherlock Holmes）的形象风靡世界，与多萝西·塞耶斯塑造的彼特·温姆塞爵爷（Lord Peter Wimsey）以及美国作家钱德勒塑造的菲利浦·马洛（Philip Marlowe）被 MWA 评选为最受欢迎的三个男侦探。其作品有多部入选CWA 和 MWA 最佳推理小说榜单，至今拥有众多书迷。

一战后，侦探小说在英国迅速发展，除了吉·切斯特顿（Gilbert Keith Chesterton，1874—1936）、理查德·奥斯丁·弗里曼（Richard Austin Freeman，1962—1943）、弗里曼·克罗夫特（Freeman Wills Crofts，1879—1957）、安东尼·伯克利（Anthony Berkeley，1893—1971）②、菲利普·麦克唐纳（Philip MacDonald，1900—1980）和迈克尔·恩尼斯（Michael Innes，1906—1993）等男性作家的贡献外，一大批女作家开始进行业余或者专业写作，活跃在 20 世纪三四十年代的通俗文坛，以她们空前的创作活力和非凡成就创造了英国侦探小说的"黄金时代"。③ 其中的优秀代表是被称为"推理三女王"的阿加莎·克里斯蒂、多萝西·塞耶斯（Dorothy Sayers，1893—1957）与约瑟芬·铁伊（Josephine Tey，1896—1952），此外玛格瑞·艾林罕和恩加伊奥·马什也是影响很大的作者。这段时期的犯罪侦探小说以古典式模式为基本范式，注重情节构建、推理解谜艺术和塑造个性鲜明的侦探形象。

---

① 任翔. 文学的另一道风景：侦探小说史论［M］. 北京：中国青年出版社，2000：29.

② Anthony Berkeley 是英国犯罪小说家 Anthony Berkeley Cox 的笔名，此外，他还使用过 Francis Iles 和 A. Monmouth Platts 两个笔名。

③ 评论家西蒙斯（Julian Symons）在通俗小说史中专辟两章"20 年代"和"30 年代"，来介绍英美侦探小说空前繁荣的状况，指出其中英国作家的突出成就，得到西方学界的认可。他还指出斯特思（Philip Van Doren Stern）的文章 "The Case of the Corpse in the Blind Alley"（1941）宣告着黄金时代的结束。

克里斯蒂继承了古典侦探小说的传统，并融入独具强烈艺术个性的品质，以八十部侦探小说和短篇故事集将侦探小说带至又一个巅峰，被誉为"侦探小说女王"。她的主要作品不但在英国脍炙人口，而且被搬上荧屏，风靡世界。她塑造了埃居尔·波洛（Hercule Poirot）和简·马普尔小姐（Miss Marple）两位经典的侦探形象。这两个侦探性格殊异，但是都精于推理，思维缜密，可排在文学史上最富魅力的人物之列。她创造性地设置特定的封闭式的"密室作案"（locked-room mystery）环境，创造出理想的推理背景。她是设置悬念、构建错综情节结构的大师，尤其擅于在罪案中通过叙事技巧设置众多嫌疑犯，制造障眼法，引导读者在猜谜、论证的阅读过程中享受推理的智力盛宴。联合国教科文组织1961年的报告中评价她为："目前世界上作品最畅销的作家，对世界文化做出了巨大贡献，她的著作在102个国家出售。书的总销量达四亿册。"① 在中国，她被广大书迷昵称为"阿婆"，享有持久的崇高声望。鉴于克里斯蒂的重要性，后面第六章案例研究中另有专论。

多萝西·塞耶斯是一个学者型的作家，受过良好教育，除了侦探小说外，她还创作戏剧、广播剧和杂文，并且致力但丁翻译和神学研究，都取得一定成就，在英国神学界享有较高威望。② 她于1923年开始发表侦探小说。塞耶斯最主要的贡献在于她重视作品的主题意义，探讨严肃问题，突破了推理小说"纯粹解谜"的单一娱乐目的，提升了侦探小说的艺术品质。其次，她重视人物刻画，将侦探彼特·温姆塞勋爵塑造得有血有肉、栩栩如生，具有思想和情感深度。③ 此外，她在设置情节、对话和描写背景方面的技艺都很高超，而且展现出广博的知识基础。在她的推动下，英国推理小说长足发展，开始具有关注现实的新精神。较之克里斯蒂，她更具有关注现实问题的社会批判意识，重视传递恰当的主题意义，突破了一般通俗小说缺乏思想深度的局限。她奉献的经典侦探形象是彼特·温姆塞勋爵，这个人物刻画得立体生动，是一个传统意义上的圆形人物，体现出一定的复杂性。塞耶斯的作品体现出她开阔的社会视野，显示出其渊博的知识框架。不过，在部分作品中，塞耶斯过分倚重某些冷僻的专业知识，有时反而破坏了情节结构的统一和谐。MWA将塞耶斯评为最受欢迎的三个女侦探作家之一，名次仅次于克里斯蒂，在苏·格拉夫顿（Sue Grafton）之前。她的五部作品《见证的云》（*Clouds of Witness*）、《烈性毒药》（*Strong*

---

① 转引自于洪笙. 重新审视侦探小说 [M]. 北京：群众出版社，2008：24.
② Susan Rowland. *From Agatha Christie to Ruth Rendell: British Women Writers in Detective and Crime Fiction* [M]. London: Antony Rowe Ltd., 2001: 3.
③ Jane Stevenson. Queen of Crime [N]. *The Guardian*, 2006-08-19.

Poison，1930）、《广告公司里的魔影》（*Murder Must Advertise*，1933）、《九曲丧钟》（*The Nine Tailors*，1934）和《俗丽之夜》（*Gaudy Night*，1935）同时入选 CWA 和 MWA 百部最佳推理小说排行榜，至今畅销不衰。她的其他作品还有《五条红鲱鱼》（*The Five Red Herrings*，1931）、《索命》（*Have His Carcase*，1932）与《绞刑吏的假日》（*Hangman's Holiday*，1933）。

约瑟芬·铁伊是苏格兰裔作家，历史学家，以神秘小说创作名闻遐迩。她原名伊丽莎白·麦金托什（Elizabeth Mackintosh），曾用过多个笔名，她以戈登·戴维特（Gordon Daviot）的笔名创作戏剧，以约瑟芬·铁伊的笔名创作了八部神秘小说，其中有五部小说是著名的伦敦探长阿兰·格兰特（Alan Grant）系列。她的小说有《人群中的杀手》（*The Man in the Queue*，1929）、《一先令蜡烛》（*A Shilling for Candles*，1936）、《皮姆小姐的主意》（*Miss Pym Disposes*，1946）、《法兰柴斯事件》（*The Franchise Affair*）、《博来·法勒先生》（*Brat Farrar*，1949）、《爱也有理性》（*To Love and Be Wise*，1950）、《时间的女儿》（*The Daughter of Time*，1951）和《歌唱的沙子》（*The Singing Sands*，1952），其中最负盛名的是末期的《时间的女儿》，属于历史推理小说的精品，《法兰柴斯事件》入选 CWA 百部最佳推理小说榜单。《博来·法勒先生》入选 MWA 百部最佳推理小说榜单。跟当时与她齐名的克里斯蒂以及塞耶斯不同，铁伊的作品数量不多，但篇篇佳品，小说模式上不落窠臼，作品背景具有类似历史小说的恢宏之气，结构严谨，推理细密，在众多侦探作家中独树一帜。

玛格瑞·艾林罕出生于创作世家，深受家庭艺术环境熏陶，她不但早慧，而且多才多艺，创作有小说、短篇小说和戏剧作品，尤以侦探小说成就最大。1923 年她在 19 岁时发表第一部侦探小说《黑方巾迪克》（*Blackkerchief Dick*），虽销量不佳，却得到评论界充分肯定，此后一直笔耕不辍。她曾尝试写作严肃题材的小说，但最终还是回到通俗题材上，创作的重点是犯罪小说和神秘小说。她的作品中有些失败之作，但精彩的篇目众多，主要作品有《黑巴德利的罪恶》（*The Crime at Black Budley*，1928）、《葬礼上的警察》（*Police at the Funeral*，1931）、《幽灵的死亡》（*Death of a Ghost*，1934）、《献给法官的花》（*Flowers for the Judge*，1936）、《给殡葬者添活干》（*More Work for the Undertaker*，1948）、《烟中之虎》（*The Tiger in the Smoke*，1952）和《遮起我的眼睛》（*Hide My Eyes*，1958）等。《烟中之虎》被公认为推理小说的精品之作，并入选 CWA 百部最佳推理小说榜单。艾林罕塑造的侦探阿尔伯特·坎皮恩也成为经典侦探形象之一。研究者简·斯蒂文森曾将艾林罕与"黄金时代"的其他诸位女作家予以比较，给予艾林罕很高的评价。① 斯蒂文森指出艾林罕在人物塑造上优于克里斯蒂和恩加伊奥·马什，因为后两位作家着重构建情节来描写"怎样"，人物难免粗糙，而前者将情节看作刻画人物的工具，还探索"为什么"，其作品经得起反复寻味。斯蒂文森还称赞艾林罕的作品像塞耶斯的一样韵味无穷，富有才智、技巧和人情味。艾林罕的作品带有女性主义色彩，却没有塞耶斯表现出的反犹派种族主义、阶级优越感和势利思想种种令人不快之处。此外，艾林罕擅用神秘怪诞因素，人物塑造也是极为出色。

恩加伊奥·马什具有双重文化身份，并同时耕耘于侦探小说和戏剧教育两个不同的艺术领域。她出生于新西兰，早年学习过绘画，热爱戏剧表演，做过业余剧社编导，成年后定居伦敦，与故乡也沟通频繁。她是英国著名作家，同时又因其对新西兰大学戏剧教育的开拓受到尊崇。她的创作受克里斯蒂和塞耶斯的影响，主要作品有《凶手进来》（*Enter a Murder*，1935）、《死时系白色蝴蝶结领带》（*Death in a White Tie*，1938）、《死亡建议》（*Overture to Death*，1939）等。恩加伊奥经常描写乡村谋杀案，多以故乡新西兰为背景，她的作品带有风俗小说的色彩。她的戏院谋杀罪案也极为精彩，其中《凶手进来》就是一个匪夷所思的谋杀：舞台上用的道具手枪里被装入了真子弹。不过，这种离奇的事件竟然在1958年美国的一个摄影棚成为现实，那就是著名影星李国豪的悲剧之死。恩加伊奥的人物分析具有特色，她塑造的职业警探特罗伊·阿莱恩爵士（Troy Alleyn）性格鲜明，富有魅力。

在侦探小说创作的黄金年代后，20世纪60年代至今，又一批优秀的女性侦探小说家竞相崭露头角，联手继续制造了这一领域的盛世嘉年华，她们中的佼佼者有P. D.詹姆斯、鲁丝·伦德尔以及贝丽尔·班布里奇。她们继承了克里斯蒂侦探小说的传统，又追求新的突破，塑造了一批智慧、勇气过人的男女侦探形象，反映了当代世界职业女性自立自强的心态和风采。此外，苏珊·穆迪和莎拉·寇维尔也在英国侦探小说界初步确立了自己的地位，作品荣登CWA百部最佳推理小说榜单。寇维尔虽然只写有四部小说，但是技艺精湛，深得侦探小说爱好者推崇。穆迪多才多艺，还是植物学家、历史学家。在一系列作品中，穆迪塑造了黑人女侦探潘妮的形象，潘妮经常置身于各种惊险刺激的戏剧性背景中，酷似一个女性007。穆迪的小说不侧重推理，而是以营造激烈的冲突场景见长，在模式上体现了穆迪接受现代文化中好莱坞风格影响的痕迹。

---

① Jane Stevenson. Queen of Crime [N]. *The Guardian*，2006-08-19.

第三章

英国女性通俗小说历史流变

　　英美女性小说创作的历程与小说文体发展的过程息息相关，并在社会文化环境可能给予的空间里积极参与这一历史的书写行动。从 17 世纪末早期小说的孕育成型期到已臻成熟完备的当代，都有众多妇女作家点点滴滴、或大或小的贡献。根据国内外专家对英国女性小说家挖掘整理的资料，已有近一百五十位作品接受良好、并产生过一定影响的妇女作家。比如，在肖尔瓦特描绘的英国女性小说家概貌里就涉及上百位英国女作家，其中包括长期被忽略的各阶段通俗女性小说家。①综观来看，英国女性小说写作大体分为下面四个历史时期：17 世纪末和 18 世纪属于女性小说创作的早期阶段；19 世纪的女性小说艺术随着英国小说进入其黄金时代而走向整体繁荣，其中部分优秀女性作家被纳入了文学正典，出现了奥斯丁等这样的巅峰作家；20 世纪真正成为女性通俗小说传统得以确立的黄金时代，女性的创作和消费都空前繁荣；当代的女性小说写作仍旧保持着活跃势头，并在后现代语境中呈现出多元并存、追求创新的时代精神。

第一节　早期创作：17 世纪末和 18 世纪

　　作为一种虚构的散文叙事文体，小说体裁的雏形可以追溯到 16 世纪英国"大学才子"们的"散文叙事"（prose fiction）创作，这种创作热潮在文艺复兴时代的英国大约持续了二十年，② 但是没有女性参与创作的可靠记载。在 17 世纪，由于宗教纷争和政治革命导致的社会动荡，这种散文叙事的发展受到遏止，在 17 世纪后半叶，除了创作有三部小说的孤独行者约翰·班扬（John Bunyan，

---

① Elaine Showalter. *A Literature of Their Own*：*British Women Novelists from Brontë to Lessing* [M]. Beijing：Foreign Language Teaching and Research Press，2004：2.

② 侯维瑞，李维屏. 英国小说史（上）[M]. 南京：译林出版社，2004：2-3.

1628—1688）外，英国文坛还见证了另一位坚韧的传承者，她就是英国历史上第一位女小说家阿芙拉·贝恩。如本书第二章已述，贝恩是英国小说早期发展阶段的重要先驱作家，也被称作英国第一个职业女作家。她活跃在 17 世纪中叶，涉足多种文学体裁，创作戏剧，尤其擅长书信体小说，对政治丑闻小说、言情小说以及哲理小说等文类都有独特的先驱性贡献。她的《一名贵族与他妻妹之间的情书》是第一部英语书信体小说，发表时间比理查逊的《帕美拉》早半个多世纪。贝恩在文学上的影响广泛而深远，但是迄今为止，未得到学界的足够重视。

18 世纪被公认为是英国现代小说文体真正得以确立的时期。随着工业化和城市化的发展，伴随着中产阶级和妇女群体的崛起，具有古老传统的诗歌和戏剧在社会的变迁中失去了统霸文坛的地位，带有宫廷贵族色彩的文学体系被颠覆，具有民主色彩的新文学体系开始繁荣。小说这种文学样式正是新文学体系的生力军。它语言形式自由、主题表达方式多样、人物关系丰富、情节生动，不论是用来启蒙知识或道德教诲，还是反映社会全景的众生群像，抑或传递个人心灵的明暗起伏，都是极为方便的手段。因此，小说诞生伊始，便形成了数量巨大的作者与读者群体，并呈现流派纷呈、名家迭起的快速成长之势。女性在民主精神日趋普及的社会里，获得了更多社会权利，尤其是大量中产阶级妇女文化素质提高，主体意识觉醒，对文学阅读和写作产生了空前浓厚的兴趣，纷纷加入小说的消费者和生产者行列。她们绝大部分人素有撰写书信、日记和日志（journal）的习惯，有些则大胆创作诗歌、戏剧和小说，甚至将自己的作品推向市场，从业余和私密的写作迈向公开出版的职业创作之途。自 18 世纪 60年代起，女作家以大约每十年增长 50% 的速度急增，① 逐步掀起英国文学历史上女性作家创作热潮。这些早期妇女作家立足女性经历和主体感受，继续将书信体裁模式和政治丑闻小说模式发扬光大，并在哥特小说、女性家庭小说以及风尚小说等领域做出了新的努力。18 世纪早期影响极大的英国小说家有简·巴克（Jane Barker, 1652—1732）、玛丽·戴维斯（Mary Davys, 1674—1732）、玛丽·戴勒瑞维尔·曼雷、伊莱扎·海伍德、伊丽莎白·罗（Elizabeth Rowe, 1674—1737）、珀涅罗珀·奥本（Penelope Aubin, 1685—1731）等人。

上述作家各有其艺术特色和创作领域，都是当时作品畅销一时的小说家。其中巴克和戴维斯是 18 世纪初极具活力和创造力的两个作家。她们的小说结构

---

① Edward Copelan & Juliet Mcmaster. *The Cambridge Companion to Jane Austen* [M]. Cambridge：Cambridge University Press，2001：13.

独特，都喜欢采用结构松散的自传式的叙事模式，将众多小故事串联起来，与当时流行的流浪汉小说有很多契合点。曼雷与海伍德在小说写作上延循着贝恩一脉，致力于女性言情小说，这三人都成为当时的职业作家，并称"才智三丽人"。不过，因为她们的作品中都含有大量性丑闻和情色描写成分，也被评论家讥为"低俗三作家"。伊丽莎白·罗也像贝恩一样创作书信体小说，其作品曾受到蒲伯、理查逊和约翰逊等大家的称赞，她的市场效应也很惊人，《死亡中的友谊：生者与死者的 20 封信札》（*Friendship in Death：in Twenty Letters from the Dead to the Living*，1728）这部小说在 18 世纪竟然再版次数高达六十次。奥本的作品不但篇幅较长，而且数量巨大，自 1707 年到 1728 年，她先后发表了大约十二部小说作品。她的作品带有浓厚的说教色彩，思想主题传统，不过她总是将道德训诫故事镶嵌在游历和探险的背景中，富有独特的魅力，具有很大的可读性。

在 18 世纪中叶，英国小说家数量激增，她们追求作品的出版和广泛的市场接受，出现了众多成功的小说家。弗朗西丝·伯尼是其中最杰出的代表，曾在 18 和 19 世纪享有过较高的文学声誉，在 20 世纪 80 年代后，已经被挤入边缘的她地位又迅速上升，被尊为英国文学的经典作家，其作品不但成为西方严肃学术研究的热点，而且在学校教育中获得普及。伯尼的六部小说作品开创了深受妇女作家及读者钟爱的女性家庭小说流派，在各个历史时期都得到了有效的传承。鉴于伯尼的独特性，我们将在第四章 18 世纪作家案例中予以详细论述。此外，萨拉·菲尔丁、弗朗西丝·谢里丹（Frances Sheridan，1724—1766）以及夏洛特·伦诺克斯这三位女作家正在引起越来越多的关注。[①] 伦诺克斯涉足小说、诗歌和戏剧领域，一生写有五部小说，其中最负盛名的是《女堂吉诃德》（*The Female Quixote*，1752）。她的作品表露出带有主体意识的女性认知特点，处理了妇女的自我和社会身份问题。如今，《女堂吉诃德》已经成为学者解读传奇文学、女性欲望和小说体裁关系的重要文本，而《解说莎士比亚》（*Shakespeare Illustrated*，1753—1754）则是英国早期的重要女性文学评论。总之，伦诺克斯的历史地位正日渐获得认可。萨拉·菲尔丁和弗朗西丝·谢里丹都涉及女性当时在家庭和社会生活中面临的身份反思问题，探讨了社会等级制度以及两性冲突与妥协问题。她们分别是小说家亨利·菲尔丁（Henry Fielding，1707—1754）

---

① Jane Spencer, *Women Writers and the Eighteenth Century Novel* ［M］//The Cambridge Companion to The Eighteenth Century Novel. ed. John Richetti. Shanghai：Shanghai Foreign Language Education Press，2000：213.

的妹妹与剧作家理查德·布·谢里丹（Richard Brinsley Sheridan）的母亲，她们的创作和出版生涯与其家庭的关系也成为文学史家关注的热点。

18 世纪末，最负盛名的英国小说家有安·拉德克里夫、夏洛特·史密斯以及伊丽莎白·因契伯德。其中，拉德克里夫是英国哥特小说先驱，以其六部哥特小说确立了经典哥特小说的模式，激发了无数模仿作品。她善用超自然元素构建哥特艺术效果，对后代众多作家产生了极为深远的影响，其中包括奥斯丁、萨克雷、司各特、华兹华斯、柯勒律治、拜伦、雪莱、爱伦·坡、勃朗特姐妹、狄更斯、威尔·柯林斯、亨利·詹姆斯以及达芙妮·杜穆里埃等著名作家。夏洛特·史密斯多才多艺，创作诗歌、小说、戏剧、儿童文学、书信。其诗歌被列入英语诗歌经典，确立了她作为英国浪漫主义运动早期主要诗人的地位。她共创作有十一部小说和对两部法国小说的改写，涉及哥特小说、感伤小说、家庭小说以及政治小说等。她持久关注女性困境的主题，也重视儿童文学的教育功能，具有独特的社会意识。她的第一部小说《艾美琳：古堡孤女》（*Emmeline, the Orphan of the Castle*，1788），出版后获得成功，几个月就出售 1500 册。不过，她的小说成就尚未得到充分研究，已经引起当代 18 世纪女性小说研究学者的浓厚兴趣。因契伯德是英国剧作家、小说家和演员，创作改编有二十多部戏剧，有十八部得到出版，有些在上演后流行一时，其中《情人们的誓言》（*Lovers' Vows*，1798）在奥斯丁的《曼斯菲尔德庄园》中也有提及。[①] 因契伯德只有两部小说《一个小故事》（*A Simple Story*，1791）和《自然与艺术》（*Nature and Art*，1796），但是都获得频繁再版的良好市场反应。她与英国社会批评家威廉·戈德文交往甚密，其政治激进态度在其小说中表现得尤为充分。

总体来说，英国早期的女性小说作品虽然数量众多，但艺术品质参差不齐，技巧处理都普遍粗糙，其中极少部分作品在 19 世纪尚有一定读者市场，在 20 世纪则基本无人问津。[②] 然而，早期妇女作家的积极参与是女性小说和女性通俗小说传统的高调开端，为 19 世纪英国女性小说的全面繁荣和 20 世纪女性通俗小说的黄金时代开拓了道路。以贝恩和伯尼为代表的作家更是成为女性通俗小说乃至女性小说传统的先驱人物，对整个英美小说艺术也做出了贡献。

① John Richetti. ed. *The Columbia History of the British Novel*［M］. Beijing: Foreign Language Teaching and Research Press, 2005: 290-293.

② Elaine Showalter. *A Literature of Their Own: British Women Novelists from Brontë to Lessing*［M］. Beijing: Foreign Language Teaching and Research Press, 2004: xviii.

第二节　全面繁荣：19世纪

在19世纪，大量女性加入小说写作的队伍，据理查德·奥尔蒂克统计，在1800年到1935年间，女性作家约占出版作家的20%，甚至包括学者在内的很多人经常将小说创作视为一种"女性工作"，而非"男性工作"。①英国小说在19世纪30年代中期后进入黄金时代，见证了灿若繁星的小说家和他们技艺精湛的艺术创作。尤其在维多利亚时代，以狄更斯、萨克雷、勃朗特姐妹、爱略特和盖斯凯尔、哈代为代表的作家以进行社会批判的艺术姿态呈现英国的社会痼疾与人性诟病，弘扬道德教化和精神追寻的崇高主题，着实令英国读者大众享受到了小说艺术的狂欢盛宴。上述作家的作品已被列入文学经典，标示着英国小说发展的里程碑式成就。不过，对于19世纪前三十年，部分学者认为，英国小说因受到浪漫主义诗歌的冲击而一度寥落，除了奥斯丁和司各特，基本乏善可陈。这种看法有一定的道理，但是无形中却掩盖了小说发展的连续性事实。其实，这段时期正是英国女性通俗小说汲取传统营养、茁壮成长的重要时期。女性小说家数量持续增长，增长速度超过了男性作家。她们培养着妇女读者市场，维系了大众媒介体系，为出版业、图书发售流通业、文学批评界提供了展现的舞台。她们积沙成塔的贡献奠定了英国小说传统坚实的社会基础，将英国变成了一个几乎全民读小说的民族，并形成维多利亚时代小说家与读者之间水乳交融的和谐局面。②另外，这一段时期里，女性通俗小说写作取得长足进展，不但出现众人景仰的"奥斯丁巅峰"，还有一大批作家承续了18世纪以来的传统，并以不同模式的写作形成了新的鲜明流派风格。

玛丽亚·埃奇沃思是连接伯尼时代与奥斯丁时代的作家，对书信体小说模式以及女性家庭小说传统都有所继承发展。玛丽·雪莱以1818年的小说名作《弗兰肯斯坦》开启科幻小说源头，与法国作家凡尔纳和英国作家H. G. 威尔斯一起被尊为科幻小说鼻祖。③此外，凯瑟琳·戈尔、弗兰西丝·特罗洛普、卡罗琳·兰姆夫人、苏珊·法瑞尔的"银叉小说"一度成为19世纪40年代的流行

---

① 玛丽·伊格尔顿. 女权主义文学理论［M］. 胡敏，陈彩霞，等译. 长沙：湖南文艺出版社，1989：148.

② 朱虹. 英国小说的黄金时代［M］. 北京：中国社会科学出版社，1997：5.

③ 詹姆斯·冈恩. 过眼烟云：英国科幻小说序言［M］. 郭建中，主编. 北京：北京大学出版社，2008：2.

小说热点。奥斯丁的小说更是有意识地融合了理查逊、菲尔丁的技巧，还受到伯尼与萨拉·菲尔丁的影响。① 爱米莉亚·奥珀等（Amelia Opie，1769—1853）在 19 世纪初到 1828 年间也十分活跃，不但发表诗歌作品，还出版了大约十六部长篇和短篇小说。

在维多利亚时代前期，英国小说除了追求社会批判和道德外，还极为注重作品的趣味性和可读性，怀有娱乐大众的写作理想，② 这种深入人心的文坛风气成为通俗小说持续发展的积极推动力，并开始为通俗小说与严肃小说的交流对话提供了重要契机。自 19 世纪开始，浪漫传奇文学与哥特故事成为英国小说界最流行的大众读物，吸引了众多女性小说家乃至狄更斯在内的男性作家参与。尤其在 19 世纪后半叶里，这种广泛的创作和阅读结出了果实，出现了一系列富有影响的作品。盖斯凯尔在 1858 年至 1863 年间的创作主要以哥特题材为主，著有《一个阴暗之夜的工作》（*A Dark Night's Work*，1863）和《女巫洛伊丝故事集》（*Lois the Witch and Other Tales*，1861）等哥特短篇故事。夏洛蒂·勃朗特与艾米莉·勃朗特的多部小说中都带有浓厚的哥特成分。连富有理性哲思的乔治·爱略特也勇于尝试这种模式，她 1859 年的短篇小说《撩起的面纱》（*The Lifted Veil*）就是带有科幻色彩的恐怖心理小说。③

在 19 时期工业革命和儿童文学革命双重浪潮交汇的历史语境中，儿童幻想小说与童话小说（fairtale novel 或 the fiction of fair-tale）在英国蓬勃发展，不但作品众多，而且艺术成就很高，在世界文坛成为瞩目的存在。在 19 世纪中叶到 20 世纪初，英国童话小说开创了世界文学童话史上一个星汉灿烂的"黄金时代"。④ 这其中女性作家群体做出了独特的贡献：维多利亚时代后期到爱德华时代，发表众多作品的伊迪丝·内斯比特（Edith Nesbit，1858—1924）以及贝特丽克丝·波特（Beatrix Potter，1866—1943）及其"兔子彼得"（Peter Rabbit）系列都是其中的优秀代表。此外，萨拉·柯勒律治（Sara Coleridge，1802—1851）的《凡塔斯米翁》（*Phantasmion*，1837）被认为是第一部英语创作的童话小说；⑤其他活跃的女性作家有凯瑟琳·辛克莱（Catherine Sinclaire，1800—1864）、弗

① Thomas Kermer & Jon Mee. eds. *The Cambridge Companion to English Literature* 1740-1830 [M]. Cambridge University Press，2004：xi-xii.
② 蒋承勇. 英国小说发展史 [M]. 杭州：浙江大学出版社，2006：132.
③ 马建军. 乔治·爱略特研究 [M]. 武汉：武汉大学出版社，2007：43.
④ 舒伟，等. 从工业革命到儿童文学革命：现当代英国童话小说研究 [M]. 北京：中国社会科学出版社，2015：10-11.
⑤ 舒伟，等. 从工业革命到儿童文学革命：现当代英国童话小说研究 [M]. 北京：中国社会科学出版社，2015：221.

朗西斯·布朗（Frances Browne, 1816—1879）、马洛克·克雷克（Mulock Craik, 1826—1887）、安妮·伊莎贝拉·里奇（Anne Isabella Ritchie, 1837—1919）、吉恩·英格罗（Jean Ingelow, 1820—1897）、克里斯蒂娜·罗塞蒂（Christina Rossetti, 1830—1894）、玛丽·路易斯·莫尔斯沃思（Mary Louisa Molesworth, 1839—1921）以及朱莉安娜·霍瑞肖·尤因（Juliana Horatia Ewing, 1841—1885）。① 其他女性童话作家还有艾丽丝·科克伦（Alice Corkran）、玛丽·德·摩根（Mary De Morgan, 1850—1907）、哈里特·路易莎·蔡尔德-彭伯顿（Harriet Louisa Childe-Pemberton, 1844—1912）、露西·莱·恩克利福德（Lucy Lane Cliffore, 1853—1929）与伊芙琳·夏普（Evelyn Sharp, 1869—1955）等人。② 她们题材和风格各有特色，丰富了英国儿童文学的表达。其中既有对传统童话母题的继续演绎，也有各种变奏、改写、戏仿乃至完全独立的原创事件，展示出女性作家令人瞩目的创作能力。其中里奇的作品对睡美人以及美女与野兽等传统童话进行的颠覆性改写独树一帜，预示了 20 世纪安吉拉·卡特成人本位新童话的出现。③

　　19 世纪中叶后，通俗小说领域的女性作家数量巨大，除了上述提及的名家以外，其他在当时影响较大的女小说家包括夏洛蒂·杨、玛格丽特·奥利分特、玛丽·伊丽莎白·布兰登（Mary Elizabeth Braddon, 1837—1915）凯瑟琳·克罗（Catherine Crowe, 1803—1876）、萨拉·格兰德（Sarah Grand, 1854—1943）、伊丽莎白·琳·林顿（Elizabeth Lynn Linto, 1822—1898）和戴娜·穆洛克·克雷克（Dinah Mulock Craik, 1826—1887）、奥利弗·施莱娜（Oliver Schreiner, 1855—1920）、乔治·埃杰顿等作家活跃在写作领域。④ 夏洛蒂·杨和奥利芬特都具有贴近生活的世俗化写作态度，她们兴趣广泛，题材领域繁杂，作品数量巨大，在当时拥有骄人的读者市场。杨是英国家庭言情小说的先驱，其作品《雷德克利夫的继承人》以关于爱情婚姻波折、人生磨难成长和高贵德行的故事奠定了英国家庭言情说的模式。奥利芬特一共出版有一百二十多部各类作品，涉及小说、游记、历史和众多富有影响力的文学评论，创作力相当惊人，受到

---

① 舒伟，等. 从工业革命到儿童文学革命：现当代英国童话小说研究［M］. 北京：中国社会科学出版社，2015：221-233.

② 舒伟，等. 从工业革命到儿童文学革命：现当代英国童话小说研究［M］. 北京：中国社会科学出版社，2015：237.

③ 舒伟，等. 从工业革命到儿童文学革命：现当代英国童话小说研究［M］. 北京：中国社会科学出版社，2015：237.

④ George Egerton（1859—1945）是 Mary Chavelita Dunne Bright 的笔名，女权主义者。19世纪末和 20 世纪上半叶从事创作，生于澳大利亚，在爱尔兰都柏林度过青少年时代。

学者里凯蒂的重视。布兰登更是一位在文学模式流派上具有承前启后意义的作家，她继承了 18 世纪的犯罪小说（又称为"新门小说"或"纽格特小说"）传统，创作出自己的犯罪惊悚小说（sensation fiction），代表作为《奥德雷夫人的秘密》（*Lady Audley's Secret*, 1862）。[1] 克罗对 19 世纪的短篇小说创作做出了贡献，她精于叙事，以一系列哥特故事集著称。此外，她还是戏剧家和儿童文学作者。

女权主义思想文化运动对英美女作家都产生了深刻的影响，成为她们实行人格反思、确立生活哲学的重要力量，也在女作家作品的题材选择以及表现形式中留下了种种印记，促使她们勇于思考和书写妇女在西方文化和社会现实中受压制乃至受奴役的状况。英国的女权主义潮流也此起彼伏，从 18 世纪的玛丽·沃斯通克拉夫特到 19 世纪的"提灯女士"弗洛伦斯·南丁格尔（Florence Nightingale, 1820—1910），再到世纪之交的弗吉尼亚·伍尔夫都在妇女解放运动中发挥过里程碑式的作用。维多利亚时代的妇女小说家在女权主义思想启蒙下具有了更加开阔的社会视角和强烈的自主意识。上文提到的乔治·埃杰顿以女权主义倾向和社会批判意识著称，成为 19 世纪"新女性"作家最重要的代表之一。在直接揭示英国现实问题、暴露资本主义社会弊端题材上，伊丽莎白·克·盖斯凯尔也取得突出成就，并在 21 世纪得到了更加客观全面的评价。

从整体看，女性小说传统在 19 世纪取得了辉煌的成就，不仅得到全面繁荣，而且与严肃小说创作产生对话，在实践中打破了两者截然对立的理论误解。其中有些优秀的作家甚而逐步融入主流文学行列，成为经典的组成部分，并为 20 世纪英国女性通俗小说的成熟和突破奠定了基础。

第三节　成熟时代：20 世纪上半叶

随着社会的发展，英国妇女在教育权、工作权和选举权等公民权利境遇上不断改善，其社会身份和公共生活在 20 世纪得到广泛拓展，这为她们走上创作之路提供现实基础。此外，女权主义思潮和女权运动产生了巨大的启蒙与激励作用，使女性在小说写作以及文学批评领域都生发出更强烈的自觉意识和更清晰的身份诉求。如伍尔夫在 1910 年的演讲中呼吁妇女积极从事写作事业时所提醒：自 1866 年以来，英国已有至少两所女子学院提供专业教育；1880 年以

---

① 黄禄善. 英国通俗小说菁华：18—19 世纪卷 [M]. 上海：上海大学出版社，2007：240.

后，法律允许已婚妇女拥有个人财产；在 1919 年，妇女获得选举权。① 英国妇女的职业化趋势快速发展，大多数职业在 20 世纪已经向女性开放。尤其在两次世界大战期间，因为劳动力短缺，大量中产阶级妇女被推上了就职谋生之路。不过，公共生活领域对女性的开放接纳仍有源自漫长传统的局限之处，而出版的运作平台和渠道日益成熟和开放，因此对于受过教育的女性来说，写作出版不失为合适的职业选择。通俗小说是一种能够带来较大经济收益的领域，因而吸引了众多有现实谋生需要的中产阶级妇女，激发了她们职业化的写作意识。在这种文化背景下，在维多利亚小说繁荣的创作基础之上，英国女性通俗小说在 20 世纪上半叶走向成熟，在各个类型领域都有发展，尤其在侦探小说等领域取得骄人成就，真正走向崛起。截止到 20 世纪 60 年代，侦探小说、浪漫言情小说、哥特小说和儿童小说领域都出现了一批优秀的女性作家。她们并不在意通俗和严肃的标签分类，而是结合自己的专长和兴趣点，以作品的成功出版和赢得读者为职业目标，其中优秀的作者成为名副其实的"畅销作家"。

20 世纪的英国女性小说家数量巨大，创作手法丰富多样，尤其值得一提的是她们中不断涌现突破模式写作、追求内容和形式创新的开拓者。在妇女作家看来，女性的感性具有神圣品质，运用这种感性能力可以更真切地呈现和理解生活的真相。在内容主题方面，她们擅于表现丰富细腻的女性感受；在技巧方面，这些女性作家放弃表现物质世界的现实主义手法，重视精神与心理状态的呈现，充分体现了妇女作家的艺术创造力。其中，20 世纪上半叶的杰出代表是伍尔夫和理查逊（Dorothy Richardson，1873—1957），两人都是意识流小说的先驱人物，也是英国实验小说历史上的重要里程碑。伍尔夫是声誉卓著的作家、文学批评家和文学理论家，也是意识流文学代表人物和 20 世纪现代主义与女性主义的先锋。除了像《达洛维夫人》（*Mrs. Dalloway*，1925）、《到灯塔去》（*To the Lighthouse*，1927）等已经位列经典的小说作品外，伍尔夫还发表了一系列影响巨大的文学批评和文化随笔，以其独特的诗意叙事风格和对女性主义的关注而著称。在两次世界大战期间，伍尔夫是伦敦文学界的核心人物，也是著名的布卢斯伯里集团（Bloomsbury Group）的成员；在现代主义文学运动中，她是与詹姆斯·乔伊斯（James Joyce，1882—1941）齐名的领军人物，对英国小说以及女性创作传统都产生了广泛而深远的影响。

理查逊同样对借助小说体裁表现女性经历怀有独到而深刻的见解，并且是

---

① Virginia Woolf. *A Room of One's Own* ［M］. eds. David Bradshaw & Stuart N. Clarke. Chichester：Wiley Blackwell，2015：81.

最早使用意识流技巧的英国女性小说家，被伍尔夫称为"严肃小说家"。①理查逊的首部小说《尖屋顶》（*Pointed Roofs*，1915）与伍尔夫的小说《远航》（*The Voyage Out*）同一年出版，之后发表十二部长篇小说和众多短篇小说，她的代表作是她近 40 岁时开始创作的半自传性小说《人生历程》（*Pilgrimage*，1915—1938），这个作品的写作始于 1912 年，分为十三部陆续出版，总体跨越二十余年。小说围绕女主人公米里亚姆·亨德森（Miriam Henderson）走向职业作家之路的心路历程展开。在后几部中，米里亚姆对自我身份的认知与对伦敦城市生活的探索紧密相连。她对传统的女性气质规约深感不满，试图在男性气质和女性气质之间创造出崭新的第三空间，通过大都市公共生活提供的可能，她在城市的街道、咖啡馆、餐馆和俱乐部的活动过程也是其性别认同历程不断发展的过程。理查逊对米里亚姆精神意识的描写真切细腻，最早运用了"意识流"手法，并受到批评家、小说家、哲学家和女权主义思想家梅·辛克莱（May Sinclair）的高度评价。辛克莱认为《人生历程》展现心理现实的方式极具新颖性，首次用"意识流"一词指称小说对女主人公精神活动的展现。对于理查逊放弃倚重外部事件呈现的做法，辛克莱认为这种"彻底抹除结构性经验"（total obliteration of structured experience）的技巧富有表现力，其效果是对生活本身的真切呈现："什么都没有发生，只有生活在继续、继续。"② 虽然理查逊本人不接受这个词，但是"意识流"从此进入批评领域，并成为重要的文学技巧和流派的名称。同时代的伍尔夫极为认同理查逊的文体，称其发明了对女性经历独具表现力的"阴性的心理句法"（psychological sentence of the feminine gender）：

> 她发明了一种句法，……发展并应用于她自己的用途，我们可以称之为阴性的心理句法。它比旧的句法更有弹性，能够伸展到极限，悬浮最脆弱的粒子，包裹最模糊的形状。其他男性作家也用过这样的句子，并把它们发挥到了极致，但这是有区别的。理查逊小姐有意识地塑造了她的句子，以便它可以到达米里亚姆·亨德森意识深处去探究那些缝隙。这是女人的句法指的是在这个意义上被使用，即用来描述一个女人的思想，在从女性心理中发现任何东西时既不感到骄傲也不感到恐惧。因此，我们认为理查逊小姐带来的奖品，无论大小如何，都是真品。她关注的是存在的状态，

---

① Virginia Woolf. *Contemporary Writers*［M］. London：The Hogarth Press，1965：123.

② Elaine Showalter. *A Literature of Their Own*：*British Women Novelists from Bronte to Lessing*［M］. Beijing：Foreign Language Teaching and Research Press，2004：242.

而不是行事的状态。米里亚姆意识到了"生命本身"，她关注的是餐桌上的气氛而不是餐桌，她关注的是寂静而不是声音。因此，她在对事物的感知中加入了一个元素，这个元素以前没有被注意到，或者即使被注意到也被错误地压抑了。①

伍尔夫认为理查逊对亨德森意识的表现是深层的现实主义，能够深入到人物意识中最偏僻的角落，是一种具有自觉意识的艺术创新，其产生的真实感远远超过了普通手段所产生的效果。这种艺术手法会使读者感到直接置身于人物思想的中心，能在纷乱的意识碎片中感受到某种统一性、意义或作者的匠心设计：

> 读者看到的不是故事，他被邀请进入米里亚姆·亨德森的意识中，一个接一个地不停标记，话语、哭泣、呼喊、小提琴的音符、演讲的片段，跟随这些在米里亚姆脑海中闪烁的印象，以奇怪的方式唤醒其他思想，不断地编织无数色彩斑斓的生活的线索，但这种引用远胜过了描述。②

肖尔瓦特对 20 世纪初这些具有思想共鸣的女作家的写作给予美学层面的肯定性评价，认为是理查逊、伍尔夫与凯瑟琳·曼斯菲尔德共同创造出了"深思后的女性美学"（deliberate female aesthetic），这种美学将自我牺牲的女性符号改造为"叙事自我的毁灭"（annihilation of narrative self），将女性主义的文化分析灌注于小说的词汇、句子和语言结构的各个层面。③从其现代主义实验以及女性主义思想的革命性来看，这些女作家取得了巨大的突破，并且在文学思想交流上形成了共鸣和呼应。不过，她们的艺术超越也同时是在与男性占主导的主流文学传统的张力关系中磨炼而成。不论伍尔夫还是理查逊，她们的创作都是对威尔斯、阿诺德·本内特（Arnold Bennett，1867—1931）和高尔斯华绥（John Galsworthy，1867—1933）等爱德华时代小说家物质主义文化的决然反叛。比如，理查逊的写作来自威尔斯的鼓励，并也曾跟从后者学习，但她的小说创作是"反威尔斯式的"（anti-Wells），在精神气质上与威尔斯属于不同时代，是属于乔治时代的作家。

在 19 世纪 90 年代，女性主义抗议文学在妇女参政论者影响下变得政治化，

---

① Virginia Woolf. *Contemporary Writers* [M]. London: The Hogarth Press, 1965: 124-125.

② Virginia Woolf. *Contemporary Writers* [M]. London: The Hogarth Press, 1965: 121.

③ Elaine Showalter. *A Literature of Their Own: British Women Novelists from Bronte to Lessing* [M]. Beijing: Foreign Language Teaching and Research Press, 2004: 33.

或者缘于不愿让作品背负政治斗争的负担，或者出于对女权主义运动言行的不满，大多数维多利亚时代的女性小说家纷纷与妇女选举权运动划清了界限。①不过在 1905 年到 1914 年，女性争取选举权运动再次高涨，逐步成为女性意识的组成部分。1908 年，记者西塞莉·汉密尔顿和贝西·哈顿推动成立了"女作家参政联盟"（The Women Writers Suffrage League，简称为 W. W. S. L.），作为全国妇女选举权协会联盟的一个附属机构，来实现"以与男性相同的条件获得妇女的议会选举权"。② 联盟简章中申明，妇女作家有必要加入联盟，志同道合的一群作家为了一个共同的事业而努力，才会对公共观念产生影响。而加入联盟的条件就是"出版或创作一本书、一篇文章、一个故事、一首诗或一出戏，并为此获得报酬"③。这个联盟对女性写作产生了一定影响，前文所述的梅·辛克莱就是其中的活跃参与者，她的小说《天堂之树》（The Tree of Heaven，1917）就直接描写了主人公参加妇女参政权的示威游行。女权主义运动普及了女性权利意识，在很大程度上推动了女性写作和女性通俗小说的发展，见证了 20 世纪女性小说的繁荣成果。

20 世纪上半叶，从事严肃创作且作品众多、影响较大的女性作家中，还有艾维·康普顿-伯内特（Dame Ivy Compton-Burnett，1884—1969）、凯瑟琳·曼斯菲尔德（Katherine Mansfield，1888—1923）、伊丽莎白·鲍恩（Elizabeth Bowen，1899—1973）、穆丽尔·斯帕克（Muriel Spark，1918—2006）以及多丽丝·莱辛等。其中，康普顿-伯内特的小说主要描写爱德华时代英国中产阶级上层家庭的生活面貌和紧张家庭关系，多部作品涉及谋杀主题，她的小说属于对话式的模式类型，人物对话占据文本主体，在简练的对话中展现冲突和暴力的扭曲人际关系，作品感染力很大。新西兰裔的曼斯菲尔德主要致力于短篇小说创作，不但与理查逊及伍尔夫一起开创了英国小说历史上的女性美学传统，④ 而且对英国现代短篇小说艺术的创新做出了开拓性的历史贡献，赢得了"英国短篇小说女王""短篇小说界的乔伊斯"等一系列崇高声誉。她在故乡被尊为伟大

① Elaine Showalter. *A Literature of Their Own*：*British Women Novelists from Bronte to Lessing* [M]. Beijing：Foreign Language Teaching and Research Press，2004：216.

② Elaine Showalter. *A Literature of Their Own*：*British Women Novelists from Bronte to Lessing* [M]. Beijing：Foreign Language Teaching and Research Press，2004：218.

③ Elaine Showalter. *A Literature of Their Own*：*British Women Novelists from Bronte to Lessing* [M]. Beijing：Foreign Language Teaching and Research Press，2004：219.

④ Elaine Showalter. *A Literature of Their Own*：*British Women Novelists from Bronte to Lessing* [M]. Beijing：Foreign Language Teaching and Research Press，2004：33.

的新西兰作家，成为新西兰文学的骄傲。① 其作品具有诗化的风格和意境，心理刻画细腻，主题丰富多变，艺术形式新颖，将英国短篇小说艺术带至成熟阶段。在艺术观念上，她发现代主义之先声，启发并推动了展现心理现实的现代主义写作。

从模式类型看，20世纪三四十年代以女作家为主力军的英国侦探小说取得了突出成就，不但数量众多，而且名家辈出，一度造就了英国侦探小说的"黄金时代"。在英国，出现了阿加莎·克里斯蒂、多萝西·塞耶斯、约瑟芬·铁伊、玛格瑞·艾林罕和恩加伊奥·马什等作家，她们都善于借鉴经典侦探小说模式传统，但创作特色各异，表现出优秀的文学品质。克里斯蒂继承了古典侦探小说的传统，以八十部侦探小说和短篇故事集将侦探小说带至又一个高峰，被誉为"侦探小说女王"。学者型作家塞耶斯赋予作品严肃的主题意义，走出了推理小说"纯粹解谜"的单一娱乐目的，提升了侦探小说的艺术品质。苏格兰裔作家铁伊虽然作品不多，但是篇篇都是佳品，其小说模式不落窠臼，结构严谨，推理缜密，且作品背景具有类似历史小说的恢宏之气，在众多侦探作家中独树一帜。克里斯蒂、塞耶斯与铁伊因其鲜明的创作特色被称作"推理小说三女王"。此外，多才多艺的艾林罕擅用神秘怪诞因素，人物塑造手法高超。马什具有新西兰和英国作家的双重文化身份，耕耘于侦探小说和戏剧教育两个艺术领域，她的小说以富有新西兰乡村风情的谋杀案引人注目，戏院谋杀罪案也是其小说常见的内容。

英美的言情小说在两次世界大战期间均获得继续发展，并形成新的特色和流派。除了经典言情小说外，还出现了情色言情小说、打工妹言情小说、历史言情小说、哥特言情小说等诸多模式分支。总体看，这些作品的道德说教色彩淡化，内容题材有所拓展，人物刻画更加复杂立体，在艺术品质上有所提升。在美国，经典言情小说成就较大、作品众多的小说家有埃德娜·费伯（Edna Ferber，1885—1968）、弗朗西斯·凯斯（Francis Keyes，1885—1970）和泰勒·考德威尔（Taylor Caldwell，1900—1985）。而在新的言情小说流派中，英国作家埃莉诺·格林与伊迪丝·赫尔表现突出，成为英国情色小说的先导，一方面其声誉颇有争议，另一方面享有巨大的读者市场，不仅影响了国内众多作家的写作，还对美国通俗小说写作造成了冲击。1924—1925年度，英国畅销书市场繁荣，被称为"奇迹之年"（Annnus Mirabilis），作家玛格丽特·肯尼迪（Margaret

---

① Witi Ihimacra. *Dear Mansfield：A Tribute to Katheleen Mansfield Beauchamp* ［M］. Auckland：Penguin，1989：9-10.

Kennedy）的《专一的少女》（*The Constant Nymph*）居美国畅销榜第二名。① 打工妹言情小说以美国作家为主体，反映社会底层劳动女性的生存经历，融合磨难经历与情色描写模式，以维纳·德尔玛（Vina Delmar，1905—1990）和范尼·赫斯特（Fannie Hurst）为代表。②哥特言情小说是言情小说中的一个模式分支，在英美女性通俗小说传统中具有极为广泛的读者和作者基础。前文已述的英国小说家达夫妮·杜穆里埃以其名作《蝴蝶梦》、《牙买加旅馆》（*Jamaica Inn*，1936）、《法国人的小港湾》（*Frenchman's Creek*，1942）以及《雷切尔表妹》（*My Cousin Rachel*，1951）等确立了哥特言情小说的模式典范。之后的玛丽·斯图亚特也有出色表现。斯图亚特写过十九部长篇小说以及几十种其他体裁的文学作品，《加布里艾猎狗》（*The Gabriel Hound*，1967）、《水晶洞》（*The Crystal Cave*，1970）、《空山》（*The Hollow Hills*，1973）、《最后的迷惑》（*The Last Enchantment*，1979）和《别碰那只猫》（*Touch Not the Cat*，1976）等都是其著名作品。

此外，幻想小说在英国女性作家中也得到继承发展，二战前后，帕米拉·林登·特拉弗丝（P. L. Travers，1906—1996）创作了"玛丽·波平丝"（Mary Poppins）系列，既有其个人经历的投射，也融合了神秘主义思想，兼具历险故事的生动细节和象征性的精神内涵。③

第四节　多元并存：20 世纪后半叶至今

20 世纪 60 年代以来，随着西方社会步入后工业化时代，人们的社会生活方式与精神文化领域都悄然发生着革命性的变化，后现代文化潮流席卷了全球，对英国小说造成了强烈冲击。首先，在小说流通和消费领域，在电脑网络、电视以及各种现代媒体带动下，以往传统经典小说的出版和阅读都已经失去了往日崇高的文化霸主地位，呈现出一种相对低迷的状态。其次，在创作实践和理论领域，面对成熟的读者受众日益挑剔的口味选择，作者与文学理论家也敏感地察觉到小说创作在内容和形式创新之路上的艰难，试图提出可能的出路选择。

---

① John Sutherland. *Bestsellers：A Very Short Introduction*［M］. Oxford：Oxford University Press，2007：12.

② 黄禄善等. 英美通俗小说概述［M］.上海：上海大学出版社，1997：29-37.

③ 舒伟等. 从工业革命到儿童文学革命：现当代英国童话小说研究［M］.北京：中国社会科学出版社，2015：341-350.

与此同时，通俗小说这种原来被列为亚文化层次的文学形式却在全球范围蓬勃发展。现当代通俗小说表现出一种包容开放，善于借鉴、融合的精神，广泛吸收以往文化传统的丰厚滋养，并且与电影、电视、网络以及其他各种现代传媒达成同谋，互相推波助澜，展示出强劲的发展势头。

二战后，拥有深厚传统的各种女性言情小说流派继续发展，同时，在这个言情小说流行热潮中萌生了肥皂剧小说和实验言情小说的新趋势。肥皂剧小说受到在英美社会广受欢迎的连续广播剧或者电视连续剧的影响，以有趣的故事场景和感伤煽情的情感为亮点，产生了一批新人新作。具代表性的有埃里希·西格尔（Erich Segal）、辛西娅·弗里曼（Cynthia Freeman，1915—1988）、鲁丝·哈里斯（Ruth Harris）、海伦·范·斯莱克（Helen Van Slyke，1919—1979）和罗娜·贾菲（Rona Jaffe）等。其中影响最大的当属斯莱克和弗里曼，前者的小说《成为最佳地》（*The Best Place to Be*，1976）等九部肥皂剧小说累计销售数量达 600 万册。在 20 世纪 80 年代末和 90 年代初，英美言情小说领域出现一批努力跨越严肃小说和通俗小说分界的"实验言情小说"。其代表作家有英国的吉莉·库珀（Jilly Cooper）和美国的朱迪思·克兰茨（Judith Krantz，1928—2019）、丹妮尔·斯蒂尔（Danielle Steel）。这些带有实验色彩的言情小说在题材、情节、人物等众多方面既保留了通俗小说的读者吸引力，又力图打破言情小说的窠臼俗套之处，是当代女性小说与通俗文学在创作和消费上的新尝试。

20 世纪 70 年代后，家世小说在英美通俗文坛兴起。这类小说具有较为固定的模式，往往篇幅较长，故事时间跨度较大，主要关注特定历史背景下的某个家族的命运沉浮，叙述其中几代家庭成员的复杂关系纠葛。泰勒·考德威尔（Taylor Caldwell，1900—1985）是美国家世小说的女性作家先驱，她以反映美国政界和工业界巨头家族兴衰的家世言情小说著称，获得了 1948 年的全美女作家联盟金奖，翌年又获得布法罗晚间新闻奖。在 20 世纪七八十年代，美国出现了女性家世小说的创作高潮，涌现出一大批作家。其中罗伯塔·吉利斯（Roberta Gellis，1927—2016）先后创作了三大系列的家世言情小说。芭芭拉·约翰逊（Barbara Johnson）的多卷本及单卷本的作品富有异国情调和神秘主义特色，自成一格。学者型的作家玛丽琳·哈里斯（Marilyn Harris）成就更大，其"伊登"（Eden）系列有七卷，反映了 18 世纪英国社会的历史变革和人性经历，曾两次获得文学奖项。[①] 此外，苏珊·豪沃奇（Susan Howatch）的家世小说带有哥特色彩，其《父辈的罪》（*Sins of the Fathers*，1980）等作品对家族争斗历史的叙事

---

① 黄禄善，等.英美通俗小说概述［M］.上海：上海大学出版社，1997：43.

引人入胜。萨拉·哈里森（Sarah Harrison）的十多部小说融合了家庭小说和历史小说的模式，尤其借鉴历史小说家哈里特·安德森特有的喜剧特色，形成别具风格的一派家世小说。英国家世小说虽然在妇女作者数量上不敌美国，但是创作力惊人，不论在作品的数量、质量方面，还是对当代通俗文化的影响上，都毫不逊色。其中最典型的代表当属维多利亚·霍尔特（Victoria Holt，1906—1993）和凯瑟琳·库克森（Catherine Cookson，1906—1998）。霍尔特曾使用菲丽帕·卡（Philippa Carr）和埃尔伯·福特（Elbur Ford）等众多笔名，是英国20世纪作品最多，最受欢迎的女性通俗小说家之一，在长达五十年的创作生涯中共写了一百五十余部小说。她的历史小说富有浪漫和悬疑因素，通常采用女性主人公的第一人称叙事，并以极具特色的英国乡村庄园为背景，描写爱情、历险和解密的家庭传奇，深受女性读者喜爱。库克森又名凯瑟琳·玛强特（Catherine Marchant），也是当代英国著名畅销作者，她的写作生涯漫长，从20世纪50年代初持续到90年代，至今已发表近一百部作品。她把家庭小说、传奇小说和历史小说因素混合在一起，反映家族传奇命运。她经常以女强人作为主角，对母亲、女儿和妻子等类型的人物塑造极富特色。她的作品具有极好的市场和读者接受，销量已经过亿，被翻译成二十多种语言，并被改编成舞台剧、电影、电台版本，其作品的电视改编形式影响巨大。

这一阶段，女性作家在历史小说领域也有所建树。历史小说一般被归为通俗小说模式，它以历史人物或历史事件为题材，经常利用历史材料加以想象充实，通过融合历史纪实和虚构想象的叙事，重新赋予历史场景以某种意义。它采用的人物或者是真实的历史人物，或者是虚构的，或者二者兼而有之。有的学者认为，当代历史小说并不致力于再现历史，而是立足反映现代社会。现代历史小说的新发展在于其多元性、交融性以及与现代社会的互为关照视角。[①] 18世纪90年代到19世纪初，夏洛特·史密斯、简·韦斯特、萨拉·菲尔丁以及伯尼都有历史小说作品，刻画出性格各异的历史人物和虚构人物，表达对法国大革命、英国内战或古罗马历史等的反思。历史小说既倚重历史事实，又借助虚构想象，根据对两者重视程度的差异，大体分为"严肃纪实史派"和"浪漫演绎派"两大类。在20世纪中后期，这两大类别在英美都获得发展，尤其出现了历史小说与哥特小说、历险小说、言情小说和家庭小说等模式融合的局面。历史小说在20世纪的美国获得普及，英国历史小说虽然有源自沃尔特·司各特的传统，但是女作家相对较少。20世纪下半叶最重要的英国妇女历史小说家有

---

① 黄禄善，等.英美通俗小说概述［M］.上海：上海大学出版社，1997：97.

诺拉·洛夫茨（Norah Lofts，1904—1983）和贝丽尔·玛格丽特·班布里奇。洛夫茨也使用朱丽叶·阿斯特雷（Juliet Astley）或彼特·科特斯（Peter Curtis）的笔名发表作品，在 20 世纪 40 年代中期后陆续推出《国王的快乐》（*The King's Pleasure*，1969）等一系列历史题材的小说。她的作品富有戏剧效果和浪漫气氛，情节有趣，语言精确，拥有一定的读者。不过，作为通俗小说作家，多才多艺的班布里奇影响更大。本章第四节将继续聚焦介绍。

在科幻小说领域，诺贝尔奖得主多丽丝·莱辛的写作极为突出。莱辛是当代英国女性小说家中的奇才，她的创作风格多变，作品众多。她的小说写作大体分为四个阶段，20 世纪 70 年代末到 80 年代中期是其第三阶段，也是她采用寓言和幻想的科幻小说模式进行其小说实验的一个时期。[①] 莱辛的科幻小说洋洋洒洒有五部，统称为《南船星系中的老人星座：档案》。这些小说都以广袤的宇宙空间为故事背景，号称"太空系列小说"。受到伊斯兰神秘主义的影响，莱辛将西方的理性哲学传统与苏菲主义的智性思考加以融合，发展出自己独特的文明观。在这些太空小说中，她借助疏离而宏大的视角审视人类历史和地球文明，传达出复杂的思想，既有对文明的由衷赞美和肯定，也蕴藏深刻的忧思意识。作品汇聚了神话寓言、历史宗教、科技文明以及政治社会等诸多因素，大胆探索直觉知识和理性思维、意识与潜意识、疯狂与清醒、虚构与真实之间的复杂关联，传递出多元包容的文化视角。总体看，莱辛的科幻小说带有强烈的实验性，在严肃的主题探索和通俗的娱乐形式之间架起了一座桥梁，是当代女性通俗小说传统发展中的一个醒目进步。

二战后，英国保守的传统社会等级制度全面松动，各层次的大众教育得以普及深化，这种重视教育的社会思潮反映在文学领域，催生出英国儿童小说的一个热潮，与当时美国文坛上的儿童小说先驱罗伯特·考米尔（Robert Cormier，1925—2000）遥相呼应。英国女作家尼娜·鲍登与北爱尔兰女作家玛丽·贝克特（Mary Beckett）都是其中的佼佼者，最早将成人题材与儿童小说创作加以融合。其中，鲍登作品众多，特色鲜明，在儿童文学领域和家庭题材、女性题材等多个领域都有所建树，赢得广泛赞誉。鲍登的作品中约有二十一部属于儿童题材，她被《每日邮报》称为"最优秀的儿童作家之一"。她的儿童小说总是从生活中取材，是对自己儿时生活经历和回忆的再加工。她的艺术穿行在成人社会和儿童世界之间，用其良好的判断力和分寸感记录那些值得回忆的经历和感情，具有将微妙和清晰融为一体的杰出才能。在这些作品中，她往往采用孩

---

① 瞿世镜. 当代英国小说 [M]. 北京：外语教学与研究出版社，1998：279-282.

子的视角，展示丰富的儿童心理和琐屑平凡的生活中强大的情感能量。她塑造人物的技艺高超，善于揭示人的关系，被《泰晤士报》称赞为"从不滥用对话，从不说陈词滥调，从不忽视人物。这正是儿童作品应该做到的。"她小说中的儿童世界丝毫不显贫乏苍白，而是充满着丰富有趣的人物关系，正如她自己声称："我最感兴趣的是人物的关系，尤其是孩子们之间的关系。"《树上的鸟儿》（1970）是鲍登早期的儿童小说，是她小说艺术拓展的标志作品。中心情节是受到宠惯的男孩托比（Toby）与爱慕虚荣、自以为是的父母之间疏远隔阂的故事。小说以现实主义的技巧聚焦中产阶级的家庭生活，描写青少年激荡多变的情感世界和孩子之间围绕爱、敌意与忠诚的风波，还展示了在家庭教育中父母的困惑与挫折。现在，鲍登已经成为英国当代儿童小说创作领域最重要的作家之一。

侦探小说与犯罪小说在 20 世纪下半叶持续繁荣，其中两位长寿作家贡献巨大，她们就是 P. D. 詹姆斯和鲁丝·伦德尔。两人不但作品众多，而且艺术水准高，均为当代英国文化界具有影响力的活跃人物，成为官方认可的社会名流。詹姆斯出版十七部犯罪侦探类小说，她创造性地发展了柯南·道尔和克里斯蒂的英国经典侦探小说模式，并基于深切的人文情怀赋予其作品强烈的现实主义观照，对英国当代的社会问题给予了揭露和思考，其作品思想深刻，广受读者和批评家认可，被誉为阿加莎·克里斯蒂之后的"犯罪小说女王"，[1] 是二战后崛起的当代英国通俗女性小说家的杰出代表。伦德尔是英国当代最具影响力的犯罪推理小说家之一，[2]也使用笔名芭芭拉·维恩（Barbara Vine）出版作品。她擅用心理洞察与批判现实主义相结合的手段打造情节紧密而线索错综的小说。伦德尔尤其精于探索社会边缘人的错位心理，巧妙融合哥特因素探索人物心理的幽暗层面，体现出高超的心理洞察力和鲜明的现实主义关怀视角。在当代英国通俗文坛，她已赢得崇高的地位，获得英国犯罪小说家协会表彰终身成就的钻石匕首奖，还四次获得 CWA 金匕首奖和一个银匕首奖（Crime Writers'Association Silver Dagger Award）。在 CWA 的"最佳女性推理作家"评选中，她甚至超过克里斯蒂和塞耶斯，成为得票最高的女作家。

在新的历史语境中，小说写作的新概念、新现象不断产生，其中依托互联网技术发展起来的网络小说（network fiction）即是其中重要的一种。在技术和资本两种力量合作的全球文化语境中，数字人文与数字资本主义带来的各种理

---

① Clive Bloom. *Bestsellers: Popular Fiction Since 1900* [M]. Cham: Palgrave Macmilan, 2021: 212.

② Clive Bloom. *Bestsellers: Popular Fiction Since 1900* [M]. Cham: Palgrave Macmilan, 2021: 224.

论与现实课题，涉及政治、伦理、性别等种种敏感问题，都值得我们予以探究。网络小说是在互联网发表或流通、供网络用户阅读或参与的当代新型文学形态。欧阳友权曾将网络文学分为四类，① 参考他的分类模式，我们也把网络小说分为四类：第一类指网络上存在的所有小说作品，既包括电脑写作、网络首发的原创小说，也包括以传统形式发表流通、再经电子化处理后进入网络的小说；第二类是网络超文本，包括 BBS 小说、故事空间（storyspace）、互动小说（interactive fiction）、合作接龙小说（collaborative fiction）、超小说（hyperfiction）、参与式小说（participatory novel）、超文本小说（hypertext fiction）、非线性文本（non-liner text）等，其中各类不无交叉重合之处；第三类是多媒体小说，是文字与音频、视频等媒介结合制作的综合产品；第四类是由特定创作软件自动生成的小说，比如将 ChatGPT 等 AI 技术应用于文学写作的实验已经不断涌现，不过目前这种尝试主要在篇幅较短的诗歌体裁中进行。这些新型的小说文本通常栖身于固定的文学网站，拥有较为稳定的读者群，成为新的流行书写和传播产品，更新了我们对小说和文学的理解。苏格兰小说家多娜·莱舍曼（Donna Leishman）的互动小说是网络文学实验先锋的一个代表，她将电子游戏融于文学写作，添加上音乐、动画等音频和视频效果，并使用非线性的超链接，让读者参与到故事情节的构建中。② 她的创作形式对于喜爱文学的年轻读者富有吸引力，拓展了小说创作的媒介形式。

　　网络文学大约在 20 世纪 90 年代出现并迅速发展，③ 与传统文学在存在和传播方式上存在重大区别。它通常遵循后现代文化逻辑，具有虚拟世界特有的自由性，体现了某种"新民间文学"精神。④ 它的新奇形式带来了文化活力，但是网络小说的局限和问题也很突出：首先是作者责任感的弱化，创作随意性极强，存在很多价值观不当的问题；其次，电脑写作方式带来的复制粘贴习惯加剧了通俗小说已有的模式复制和批量生产倾向，不仅很多作品缺乏创新性、独特性和文学性，而且作品容易被剽窃、盗用。鉴于这些问题，在未来的时间里，我们应该加强网络文学的监督和约束机制，将调控与自律相结合，通过加强审核环节，倡导创新意识，提高作品质量，从而构建更加丰富、健康的网络文学空间。

---

① 欧阳友权主编. 网络文学概论［M］. 北京：北京大学出版社，2008：6-7.
② 王守仁等. 战后世界进程与外国文学进程研究第四卷［M］. 南京：译林出版社，2019：553-554.
③ 欧阳友权主编. 网络文学概论［M］. 北京：北京大学出版社，2008：1.
④ 欧阳友权主编. 网络文学概论［M］. 北京：北京大学出版社，2008：103.

第四章

17世纪末和18世纪的英国女性通俗小说

　　17世纪末和18世纪是英国现代社会形成的特殊时期，也是英国小说体裁诞生和女性通俗小说传统发轫的节点时代。正如麦克·麦肯（Michael Mckeon）所言，研究文类一定要回到历史中去，① 我们力图借鉴文化考古的方法，回到早期小说传统与女性写作的共生历史语境中，集中对现代大众文化崛起、新型文学体制确立以及妇女作家的开拓等方面展开讨论。但是长久以来，对18世纪文学的研究曾一度遭到忽视，18世纪的女性小说文本更是被边缘化。为数众多的早期女性小说家被笼统予以否定，其作品的艺术特色被忽视，她们在早期小说史中的历史地位和作用未得到恰当评价。

　　20世纪初期，陆续兴起的各种形式主义批评流派深化了对女性通俗小说研究的歧视，包括结构主义在内的形式主义强调对文本内部研究的意义，忽视文本历史维度的研究。学术研究和英美大学课程教育都集中在"主要作家"和"伟大作品"，排挤女性作家和通俗作品。众多女性小说家被贴上"次要"和"通俗"的标签，被认为缺乏文学性，乏善可陈，不值得给予严肃的学术重视。② 被归为"通俗文学"作家的贝恩、曼雷、海伍德、萨拉·菲尔丁、伦诺克斯和弗朗西丝·谢里丹等女性作家的作品都被束之高阁，备受冷落。连过去一直被视为主要作家的伯尼，进入20世纪也被剔除出大学课程和研究视野。这导致出现18世纪英语小说研究成果寥落的客观恶果。尤其是在二战以后到20世纪70年代之间，更是英美女性通俗小说研究和18世纪文学研究的低谷期。其间，对18世纪文学的研究进展甚微，作品的再版、生平传记、历史文献以及批评文著都停滞不前，不但专著和论文数量极少，而且已有的研究基本都集中

---

① Michael Mckeon. *The Origins of the English Novel 1600—1740* [M]. Baltimore：The Johns Hopkins University Press, 1987：iv.

② J. Paul Hunter. The Novel and Social/Cultural History [M] //ed. John Richetti. *The Cambridge Companion to The Eighteenth Century Novel*. Shanghai：Shanghai Foreign Language Education Press, 2000：11.

在菲尔丁、笛福、理查逊以及斯特恩等男性小说家领域，对当时数量巨众的女性小说家的持"不予评价"的态度，对具体作家的深入研究接近空白。[1] 20世纪七八十年代，西方出现对小说历史性研究的转向，开始对18世纪文学进行重新评价。这种研究兴趣在20世纪90年代随着文化热对文化特殊性的探究而继续升温。人们认识到小说作品作为文化产品，与其产生和消费的历史语境有关。社会与文化历史学家们致力于探索文化的深层结构，挖掘出"新的18世纪"文化历史，这种新的文化历史包含了被认为各种边缘人群的普通生活的广阔生动场景。

国内外对关于18世纪女性小说传统与通俗小说传统的专门研究仍然极为匮乏。里凯蒂主编的《哥伦比亚英国小说史》以及《剑桥文学丛书：18世纪小说》(The Cambridge Companion to The Eighteenth Century Novel, 1997) 是代表性作品，美国弗吉尼亚大学的电子图书《18世纪小说》是重要的18世纪文学作品集，收纳了许多已被文学史遗忘的女性作家。国内学者中对18世纪小说研究影响较大的有黄梅和刘意青。黄梅对贝恩等早期女小说家的研究具有填补空白的作用。在18世纪女性文学研究领域，女权主义学者开始将作家的性别作为塑成她们叙事风格和艺术成就的重要甚全决定性因素予以考量，代表了一种研究方向。

第一节 小说体裁的兴起

相对于诗歌和戏剧，小说是一种较为年轻的文学体裁。它随着近代资本主义社会生产力的提高，在商业经济基础之上发展起来。英国通俗小说是大众文化的产物，也是大众文化的重要组成部分。具体而言，它的存在依赖众多现实基础，包括现代城市的形成和发展、中产阶级的兴起、媒体出版业的进步、启蒙主义思想启发下大众民主意识的普及、政治和文化激进主义的推动以及旧文学体裁整合演变后的创新等。从小说发展的角度看，这些文化因素综合表现为现代大众文化的崛起和新型文学体制的确立这两大特征。

---

[1] J. Paul Hunter. The Novel and Social/ Cultural History [M] //ed. John Richetti. *The Cambridge Companion to The Eighteenth Century Novel*. Shanghai: Shanghai Foreign Language Education Press, 2000: 11.

现代大众文化的崛起

大众文化是近代生产力发展造就的新文化空间，伴随着工业化和城市化进程出现。英国的通俗小说是工业化、城市化进程中的历史文化产物，它为响应工业革命造就的广大城市中产阶级市民的精神需要应运而生。在 1688 年光荣革命之前，英国主要有两种文化：一种是由所有阶层不同程度地共同享有的普通文化，另一种是由统治阶级单独创造并享有的上层文化。光荣革命后，君主立宪的现代英国诞生，政党选举制和民主制度进一步确立完善，伴随着贵族文化的衰落，新型市民文化兴起。光荣革命为现代英国民主制度的确立奠定了基础，而政治领域的革新带来文化意识形态的变迁。自 18 世纪中叶工业革命以来，英国城市化进程加快，商品经济的发展削弱了封建等级制度，造就了托马斯·卡莱尔所说的纯粹"现金交易关系"。城市化则形成了各阶级在空间上的新布局，出现上班族和工薪阶层聚居现象。与此同时，社会阶级结构也发生变化，英国社会由贵族和农民的两极型社会过渡为中产阶级占多数的橄榄型社会结构，城市中富裕的中产阶级不断发展壮大，逐渐成为英国社会生活中重要的决定性力量。正是在此基础上，本土市民意识形态逐步成型。工业革命推动了英国经济发展和城市化进程，促进了英国大众教育事业的发展和人民文化水平的普遍提高。印刷技术的革新带来出版业的繁荣，为通俗小说培养了广泛的读者群。

18 世纪中叶起步的工业革命迄今为止已经走过三个阶段，给英国社会带来深刻的变化，也直接影响了小说艺术的表现。1755 年，第一次工业革命开始，英国开始逐步迈向机械化时代。大机器生产取代了传统的小手工作坊，生产力得以发展，生活水平的提高为文学艺术的产生和消费提供了必要的物质保障。在工业革命前后，由于圈地运动的深刻影响，大量人口持续由农村向城市流动，新兴城市不断增加，城市规模迅速扩大。英国社会阶级结构也发生变化，原先繁复的社会等级逐渐演变成贵族阶级（gentry class）、市民阶级（burghers class）和劳工阶级（working class），分别代表英国社会的上层阶级（upper class）、中产阶级（middle class）和下层阶级（lower class）。英国社会由贵族和农民的两极型社会发展为中产阶级占多数的橄榄型社会。早期的英国中产阶级由大小不等的商业和工业资本家构成，他们讲究现实，对财富孜孜以求，追求社会地位的提升。城市中富裕的中产阶级不断发展壮大，逐渐成为英国社会生活中重要的决定性力量。1832 年的《改革法案》（Reform Act）明确使中产阶级的政治权利得到法律的保障，为市民文化的确立和繁荣铺平了道路。19 世纪 70 年代西方发生了第二次工业革命，人类进入了"电气时代"。电力的广泛使用改善了生产和生活条件；汽车、飞机的问世，缩短了人们旅行的时间，使出行更加方便；电话、无线电报的发明，加强了世界的联系。第三次工业革命表现为21世纪的生物科技与一系列产业革命，其中计算机网络技术的发展在世界范围内产生了革命性的影响。

　　18世纪以来，英国的大众文化环境有了巨大改善。启蒙主义思想深入人心，启蒙主义者充分利用各种文化艺术手段进行大众教育。在伦敦等较大城市里，酒吧及咖啡馆文化快速流行，社交聚会频繁，给英国文化注入了"社交性"的活力。以约翰逊博士的"文学俱乐部"为代表的文化沙龙、俱乐部以及妇女也参与其中的客厅沙龙文化更是文人评谈文艺和生活、引领社会时尚风气的阵地。这些活动虽然不乏传统贵族文化的高雅色彩，但是已经带有浓厚的平民化性质，体现出大众民主意识。在这些蔚为流行的市民文化聚会中，中产阶级成为重要的参与者，并逐步成长成熟，担当起引导社会文化主流意识形态的角色。随着现代大众文化的崛起，通俗小说为满足广大城市中产阶级市民的精神需要应运而生。

新型文学体制的确立

　　自18世纪以来，英国文学的发展经受了一个巨大的社会性转变，依靠出版业生存的新型文学体系逐步确立，对文学表达带来深刻的影响。英国学者阿尔文·科南（Alvan Kernan）准确地总结了这种新旧文学体制变化的情况："旧有的体系被摒弃，那种温文尔雅、源于口头作品、贵族色彩、服务于宫廷、业余的创作传统被新的文学体系代替，这种新的民主的文学体系依靠出版业，以市场为中心。"[①] 城市化进程的发展使文学作品消费群体构成发生变化，人数众多的城乡中产阶级和新兴的市民阶层成为主要的文学消费者，大众市场取代贵族资助人成为作家的收入来源。在资本主义商品经济体系中成长壮大的市民阶层具有大众化的审美趣味和特有的世俗化价值观念，因此在文学接受视野上具有通俗化的需求。通俗小说肯定并迎合这种大众价值观念和审美趣味，作为对严肃小说形成互补意义的文化成分，始终与后者相伴而行、同分小说阅读市场，共同确立了英国读者的本土形态和大众意识。这种新型的文学体制使文学获得某种独立性，为作家的创新表达赢得一定的自由空间。它改变了英国文学以贵族题材、高雅趣味和少数精英消费群为特点的单质小说传统，为其注入了大众

---

① Edward Copeland & Juliet Mcmaster. eds. *The Cambridge Companion to Jane Austen* [M]. Shanghai：Shanghai Foreign Language Education Press，2000：14.

文化的异质活力。可以说，英国小说的整体写作就是在娱乐、休闲的通俗精神和追求人生审美情趣的高雅传统之间发展传承的，两者有差异和斗争，也绝不乏相互妥协和融合。

出版印刷业和大众媒体在18世纪的英国获得长足发展，跟小说与通俗文学的发展互为促进。自18世纪初开始，报纸、期刊等各种类型的大众媒介在英国如雨后春笋般蓬勃发展，使小说艺术得以迅速普及。有些杂志尤其是妇女杂志为吸引读者，总是将娱乐与实用的目的结合，经常连载各种浪漫传奇、犯罪小说以及哥特故事等，为通俗小说培养了基础广大的读者群体。自现代小说诞生伊始，英国小说家中始终传承着旨在反映真实生活的写实主义传统，早期作家更是重视从生活中获取写作灵感，包括笛福、菲尔丁、斯摩莱特在内的很多作家经常从当时各种全国和地方性报纸、杂志刊登的新闻中寻找素材。可以说，英国小说在早期发展阶段就与大众媒体结下了不解之缘，并对读者大众密切关注。

英国报纸发展分为早期的全国性主要报纸和后期全国性通俗报纸两大阶段。从18世纪80年代后的一个世纪里，在以伦敦和曼彻斯特等工业城市为中心的政治经济中心区，以主要刊登重大严肃新闻为主的全国性重大报纸涌现。1785年，《泰晤士报》（Times）在伦敦创刊，逐步发展成为具有国际影响的主流报纸。之后到19世纪80年代末，英国已经有七家全国重要报纸创刊发行，包括：《观察家报》（The Observer），1791年创刊，《曼彻斯特卫报》（The Man chester Guardian），1821年创刊于曼彻斯特，后迁伦敦，1959年改称《卫报》；《每日电讯报》（The Daily Telegraph），在1855年于伦敦创刊；《金融时报》（The Financial Times），在1888年于伦敦创刊；此外还有《星期日泰晤士报》（The Sunday Times）。19世纪80年代后，英国报纸逐渐增加通俗娱乐特色，以普及知识、提供社会生活各领域时尚信息为特色。当时陆续出现的全国性通俗报纸有《每日镜报》（Daily Mirror，1985创刊，1903年后改名《镜报》）、《每日邮报》）（The Daily Mail，1896年创刊）、《每日快报》（The Daily Express，1900年创刊）、《星期日快报》（The Sunday Express）和《世界新闻报》（The News of the World）等。此外在英国全国，各种具有浓厚地方特色的地方性报纸一直在不断壮大成长，它们采用晨报、晚报、周报或者3日刊等形式，以刊登本地新闻和广告为主，比如《格拉斯哥先驱报》（Glasgow Herald）、《旗帜晚报》（The Evening Standard）、《新闻晚报》（The Evening News）等。

除了报纸外，包括经济杂志、文学期刊、妇女时尚杂志、科普读物等在内的各种期刊杂志也在18世纪后的英国迅速崛起，刊登政治、经济、社会问题、文学、科普、艺术、影视、时尚等众多领域专门信息，共同塑造了英国大众文化面貌。因为中产阶级妇女读者群体数量的巨大，各种妇女流行杂志、科普期刊、休闲杂志纷纷出现，如《发现》（*Discovery*）、《自然》（*Nature*）、《现在》（*Now*）、《侦探》（*Private Eye*）、《笨拙》（*Punch*）、《听众》（*The Listener*）、《新社会》（*New Society*）、《闲暇》（*Time Out*）、《新政治家》（*The New Statesman*，创刊于1934年）等都拥有稳定的读者群。19世纪英国文化界名流、《泰晤士报》的领导人亨利·里夫（Henry Reeve）在《爱丁堡评论》（*Edinburgh Review*）上指出，当时的新闻界已经比任何阶级都更能有力地发挥全国性影响。对于英国通俗小说乃至英国文学的发展起到巨大推进作用的尤其是一些重要的专门或者涵盖文学艺术的综合类杂志。它们培养教育出了英国广泛稳定的文学读者群，促成了通俗文学的巨大消费市场。同时，广泛流通的文学作品和活跃的书评也启迪了新作者，尤其是在促进通俗小说模式形成中发挥了巨大作用。此外，这些有文学专栏的书报杂志成为众多小说家发表作品的重要阵地。出版商为促进刊物销量，会在杂志上以分期连载的形式首刊小说家的新作，这种形式在维多利亚时代最常见。这是一种互动性的小说生产和消费过程，一方面作家以自己的价值取向愉悦读者或教育读者；另一方面，读者的趣味也影响着作家。关于作家和读者的关系，特罗洛普说："作家必须愉悦读者，否则他就毫无价值。"朱虹认为，在维多利亚时代，小说家与读者出现了前所未有的水乳交融。①

麦克·阿什利（Mike Ashley）的一个统计研究资料显示，在1880年至1950年期间英国发行的仅仅属于通俗小说领域的杂志就有129个之多。② 理查德·斯蒂尔（Richard Steele，1672—1729）和约瑟夫·艾狄森（Joseph Addison，1672—1719）创办了英国第一批刊登文学内容的期刊。斯蒂尔于1709年到1711年编辑了一周出三期的《闲谈者》（*The Tatler*），后来他与艾狄森又一起合办日报《旁观者》（*The Spectator*，1711—1714）。《闲谈者》采用辉格党的政治立场，收集伦敦咖啡馆中流通的街谈巷议和社会热点话题进行评论，以期对所谓"智性薄弱"的新兴中产阶级施加启蒙教育。此外，《爱丁堡评论》、《威斯敏斯特评论》（*Westminster Review*，1824—1914）、《伦敦杂志》（*The London Magazine*：*A Review of Literature & the Arts*）、《泰晤士报文学副刊》（*The Times Literary Supplement*，*The TLS*）、《布莱克伍德杂志》（*Blackwood's Magazine*）、《康黑尔杂志》（*The*

---

① 朱虹. 英国小说的黄金时代［M］. 北京：中国社会科学出版社，1997：5.

② Mike Ashley. *The Age of the Story Teller*：*British Popular Fiction Magazines*，*1880—1950*［M］. London：The British Library & Oak Knoll Press，2006：39-274.

Cornhill)、《房中杂志》（*Chamber's Journal*）《河畔》（*The Strand*）、《家常话》（*Household Words*）和《一年到头》（*All the Year Round*）等都曾是流通度极高的杂志，为众多英国作家的评介宣传提供了平台。出版业的繁荣给作家提供了更多出版的渠道。19 世纪初，按照版权合同条款，小说有四种常见的出版方式：第一种是预约出版，第二种是作者和出版社共担风险利润，第三种是版权买断，第四种是作者向出版社支付佣金的自费出版方式。这为不同层次的作者提供了多元化的出版选择。有特色的小说作品不但能够在全国发售，还能够得到主要书评杂志的评论。在 18 世纪末和 19 世纪初，在英国每年要出版成千上万部小说。① 在维多利亚时期，更是普遍出现一个家庭围坐在一起朗读小说的盛况，英国小说进入了黄金时代。作者的创作总是在不同程度上受到时代审美趣味和艺术接受能力的制约。英国通俗小说家在写作中一般对自己读者群的定位和界限有较为清晰的认识，在作品中自觉运用本题材领域的有效模式，在不断实践校订的基础上，形成了种类繁多的题材领域。

第二节　早期女性小说家的开拓

在 20 世纪八九十年代，西方学界对 1660 年到 1800 年之间妇女小说家的研究兴趣增长，学者出版社（Scholar Press）、皮克林出版社（Pickering）、潘多拉出版社（Pandora）、牛津大学出版社（Oxford University Press）以及著名的悍女出版社（Virago）都挖掘再版了相关的女性小说文本，这对研究英国早期小说历史具有重要的参考价值。

女性读者的增加对英国小说的兴起贡献巨大，女性参与写作与小说文体的发展息息相关。② 由于女性在传统社会生活中遭遇的性别禁锢和歧视，不论是女作家个体的创作经历，还是女性集体书写的宏观趋势，都大致经历了类似的曲折之途，即从私密写作转为公开出版，从业余写手走向职业作家。女性通俗小说的崛起首先取决于多种催生的社会语境因素，尤其是妇女总体文化水平的提高和在社会生活中日益强烈的主体身份意识。

---

① 侯维瑞，李维屏.英国小说史［M］.南京：译林出版社，2005：192.

② 赖骞宇.18 世纪英国小说的叙事艺术［M］.北京：中国社会科学出版社，2009：3.

一、妇女文学素质的提高与出版热情的高涨

自 17 世纪末以来，在启蒙主义思想的推动下，英国大众教育事业和人民文化水平在不断提高。在整个 18 世纪，妇女受教育的程度普遍提高，数量巨大的中产阶级妇女享受到更多的文学艺术资源，并成为小说产品的主要消费群体，她们的喜好选择也成为决定作品市场反应的重要因素 。

与此同时，文化启蒙也激励女性走出家庭、步入社会，部分女性萌发出积极的主体意识，挑战文化附庸的地位和身份，投身写作，从小说的消费者变为其生产者。英国女作家在数量上一直呈现急剧增长的趋势，兴起了女性作家的出版热潮。拉德克里夫，伯尼、夏洛特·史密斯、因契伯德、伊丽莎白·罗与埃奇沃思等在生前都是享有巨大读者市场的著名作家。[1] 男性与女性都创作小说，但瓦特指出，18 世纪的绝大部分小说来自女性作家。[2] 虽然最新的文献研究和统计数据还不能证实女性作家在数量上的优势地位，但瓦特的这一著名论断得到很多学者呼应。普若本（Clive T. Probyn）等研究者曾以实证的局部研究说明，至少在数量上，女性作家是 18 世纪小说创作的主力军。据爱德华·科普兰（Edward Copelan）提供的统计数字，自 18 世纪 60 年代起，英国女作家每十年上升大约 50% 的比例。[3] 而简·斯宾塞申明，在 18 世纪最后十年里，女性小说家在数量上的增长幅度已经高于男性小说家。尤其在书信体小说上，女作家与男作家大体数量相当，或者说稍微超过了后者。[4] 这种妇女参与文学创作的巨大规模前所未有，值得研究。

二、小说体裁的形成与女性早期写作

小说体裁的形成过程一直是热门话题，相关争论已经持续了两个世纪。众多学者都指出了小说体裁与早期欧洲传奇文学以及现代各种非小说文类写作之

①　Edward Copeland & Juliet Mcmaster. eds. *The Cambridge Companion to Jane Austen*［M］. Shanghai：Shanghai Foreign Language Education Press：13.

②　Clive T. Probyn. *English Fiction of the Eighteenth Century*，*1700—1789*［M］. London & New York：Longman，1987：2.

③　Edward Copelan. *The Cambridge Companion to Jane Austen*［M］. Shanghai：Shanghai Foreign Language Education Press：13.

④　Jane Spencer. Women Writers and the Eighteenth Century Novel［M］//ed. John Richetti. *The Cambridge Companion to The Eighteenth Century Novel*. Shanghai：Shanghai Foreign Language Education Press，2000：212.

间的关系，产生了富有启发的研究角度。比如，戴维斯（Lennard J. Davis）强调，小说在很大程度上受益于各种通俗文本的滋养，尤其是 17 世纪末、18 世纪初的新闻体作品（journalism）。① 他在《写实小说：英国小说起源探》（*Factual Fictions: the Origins of the English Novel*, 1980）中，用大量文本分析指出小说与新闻作品的重要关联。从作家生平资料显示的文学事实来看，很多女性小说写作与其戏剧创作以及日志、日记和书信作品写作之间都存在密切联系。可以说，女性写作的全部历史传统都在不同程度上影响了小说文类创作和读者接受的演变历程。我们在此讨论通俗女性小说传统时，也注意到小说传统发展的延续性和开放性特点，试图对这复杂的历史场景予以展现。

在 20 世纪下半叶，很多学者认为小说源头始于杂交的文学形式。作为小说"前文"（pre-text）的各种"散文叙事作品"（prose fiction/narrative）都开始被给予不同程度的重视。早期的各种传奇（romance）、天意故事（providence books）、指引传统（guide tradition）、秘史（private histories）、历史（true history）、自传、游记、日志（journal）、书信以及犯罪新闻故事都被证明是早期小说成型期的有机构成分子。到 18 世纪中期，散文叙事类作品出现较大变化，受启蒙主义的影响，尤其侧重对事实和虚构关系的表现。到 18 世纪末，随着当时的写作实践，对于小说的共识认知在读者和作者中逐步形成，新兴中产阶级对时事政治、社会新闻以及情感家庭等方面产生了迫切的阅读兴趣，这种新的文化需求推动作者将过去的各种叙事体裁和世俗文本加以融合，对众多已有形式和材料进行置换排列，形成了现代小说体裁。英国小说不仅在本国文化里有融合之举，而且与欧洲大陆的写作也有交流。米兰·昆德拉强调"小说是全欧洲的产物"，② 并在塞万提斯（Miguel de Cervantes）的历险小说里找到小说存在的终极价值意义；③ 罗斯·巴拉斯特（Ros Ballaster）则在其关于女性主义的研究里，也发现了英国早期女性创作与法国叙事文学合流的历史实践。④

小说体裁的兴起与女性早期书写具有密切的关系。女性主义评论特别强调传奇文学对小说门类形成的影响，并在两者的结合处发现了女性作家的开拓性

---

① Lennard J. Davis. *Factual Fictions: The Origins of the English Novel* [M]. New York: Columbia University Press, 1983: 100-101.

② 米兰·昆德拉. 小说的艺术 [M]. 董强，译. 上海：上海译文出版社，2004：7.

③ Harold Bloom 等学者将《堂吉诃德》（*Don Quixote*, 1605—1615）视为第一部现代小说作品。

④ J. Paul Hunte, The Novel and Social/ Cultural History [M] //ed. John Richetti. *The Cambridge Companion to The Eighteenth Century Novel*. Shanghai: Shanghai Foreign Language Education Press, 2000: 37.

贡献。比如，克拉拉·里弗（Clara Reeve，1729—1807）关于小说早期历史的著作《传奇文学的发展》（*The Progress of Romance*，1785）是最早阐述这一问题的专著之一。当代学者黛博拉·罗斯（Deborah Ross）认为，传奇与现实主义因素的融合产生了小说，而这种融合正是由女性作家率先推进的，并且影响了整个小说体裁的发展。① 她还敏锐地指出，过去批评界在研究中存在着女性小说研究与小说概论研究各自为战的分裂局面，她主张将两者综合起来，并以此挖掘性别对男性和女性创作的影响。罗斯的见解具有建设性，代表了目前和未来一段时间女性小说研究的最新动向。

三、女性日志、书信写作与小说出版

关于英国小说的创立者，文学史家有不同的意见，这与对小说体裁的界定认知有关。有的认为小说源于理查逊在18世纪40年代的《帕美拉》和《克拉丽莎》；有的认为是笛福在18世纪早期创作的《鲁滨逊漂流记》（*Robinson Crusoe*，1719）和《罗克姗娜》（*Roxana：the Fortunate Mistress*，1724）；还有人则追溯到活跃在17世纪80年代的女作家贝恩。② 单纯从时间上看，贝恩的《一名贵族与他妻妹之间的情书》堪称第一部英语书信体小说，比理查逊的创作早半个多世纪。不过，后来小说理论领域对小说起源的研究兴趣不再专注于确定某个作家或作品是英国第一部小说，而是转向对促成小说传统的整个文化语境进行考古揭秘。比如，伊恩·瓦特在《小说的兴起》中指出，小说乃为一种"新形式的现实主义"表达，是伴随着社会文化水平和新的读者阶层的兴起而出现的。③

在18世纪，英美社会的公共领域仍旧被男性垄断，在写作领域，女性同样遭受因性别身份导致的禁锢和压制。首先，对于中产阶级妇女来说，她们如果出版小说获取利润或者因创作戏剧而获得公众注意，就会与当时的社会习俗产生抵牾，有失体面身份。即使女性作者不追求出版，如果她们对写作表现出所

① Jane Spencer, Women Writers and the Eighteenth Century Novel［M］//ed. John Richetti. *The Cambridge Companion to The Eighteenth Century Novel*. Shanghai：Shanghai Foreign Language Education Press, 2000：213.

② J. Paul Hunte, The Novel and Social/ Cultural History［M］//ed. John Richetti. *The Cambridge Companion to The Eighteenth Century Novel*. Shanghai：Shanghai Foreign Language Education Press, 2000：9.

③ Ian Watt. *The Rise of the Novel：Studies in Defoe，Richardson and Fielding*［M］. London：Chatto & Windus, 1957：35.

谓"过度的热情"，仍会被认为背离了贤妻良母的人生轨道，属于不务正业，是对女性美德和气质的妨害。因此，长期以来，女作家出版作品往往采用匿名或者化名，还有部分女作家如萨拉·菲尔丁等则借助家庭中男性的庇护和扶持，出版策略极为低调。与此同时，当时很多热爱写作的女性往往被迫采取业余写作和私密写作的方式，尤其是致力于书信、日记和日志的撰写，产生了数量巨大的产品，积淀了英国女性书信、日志写作的文化传统。这些女性练笔实践为书信体小说模式的确立奠定了基础。

在18世纪，很多女性对戏剧或诗歌创作都怀有兴趣，并展现出一定的才能，但相对而言，妇女在其他文类的写作远不如在小说领域容易获得支持。戏剧创作因为形式过于公众化，被认为完全不适合女性。比如，伯尼一直痴迷戏剧，曾创作八部悲剧和喜剧作品，但是其戏剧写作却受到家人和朋友的反对。正如美国作家本杰明·富兰克林在其自传中坦言的"诗人会沦为乞丐"的尴尬处境，诗歌的市场份额向来很小，出版机会有限，作者的经济受益微薄，显然不是作为出版弱势群体的妇女的现实首选，降低了妇女在这些领域的写作热情。直到19世纪，勃朗特姐妹的出版之路也深刻证明了女性的创作出版处境。她们那不乏优秀艺术品质的诗歌合集备受读者和评论界冷落，据说一年后才售出两本。这一出版的惨淡现实促使勃朗特姐妹转向了小说这一当时更容易被读者接受的文学形式，并逐步获得认可。现实的条件决定了众多有文学志向和艺术才情的妇女将注意力投向小说，尤其是通俗小说创作，以此作为出版的突破口，从业余和私密写作走向公开出版之路，有部分人甚至成为职业作家。

四、早期女性通俗写作题材模式

文学作品总是以直接和间接的方式反映与时代环境的密切关系。18世纪众多小说表现的是个人追寻前途和获得自我身份的人生历险故事，在这种主题内容上，伯尼与笛福及理查逊的小说都很接近。不过，女性作家尤其聚焦在女性人物的主体性认知上，折射了当时中产阶级确立自我的社会神话。妇女小说家的素材和写作类型已经异常丰富，包括政治丑闻小说、女性风尚小说、言情小说、哥特小说、感伤小说以及历史小说等。这些题材体现了早期女性小说家较为宽广的写作视野，也表现出共性的主题模式特点。它们都迎合了当时人们最关注的现实和理想热点问题，重视其通俗意义的市场卖点。学者鲁宾斯坦（Annette T. Rubinstein）曾指出，在18世纪下半叶，英国小说在两大脉络上发展最为迅猛，一个是以拉德克里夫为代表的哥特小说，另一个是以伯尼为代表的情感小说（*novel of sensibility*）。①

　　18 世纪的言情小说通常融合引诱故事以及政界丑闻轶事等作为情节模式，又可分为引诱言情小说和政治丑闻小说。前者描写纯洁女孩和浪荡子之间的引诱故事，用耸人听闻的手法描写主人公对暧昧情事的内心感受；后者则将男女情爱与政治活动结合，揭秘贵族、政客和政府大臣的丑闻，展现女性性别身份与权力互动的社会现象。被称作 18 世纪职业女性小说家中的"才智三丽人"的贝恩、曼雷和海伍德，虽后来历经压制，但她们的小说曾作为引领模式写作的时尚作品而流行一时。福柯曾指出，在 18 世纪初，人们对性不再讳莫如深，而是在来自政治、经济和技术的刺激下要去讨论性，并且是以定量或因果研究的形式，进行分析、打量、分类和详述。这种对性的"考虑在内"的现象既有道德考量，也来自理性的需要。② 18 世纪女性情爱小说的创作深刻证明了这一点，贝恩和曼雷都是投身政治活动的女性，她们都将写作当作获取政治权力的工具和筹码，她们作品的畅销显示出大众探索性政治问题的兴趣。此外，类似的所谓低俗色彩的通俗卖点还有含有惊悚元素的游记、传记、秘闻，以及海盗、劫匪、妓女等下层阶级罪犯在被处死前的临终遗言等。这些带有揭秘特色的作品都在不同程度上、从不同方面满足了读者对特定人群以及当代事物的好奇心。

　　英国的感伤小说（the sentimental）深受理查逊的影响，经常采用书信体的形式，以第一人称叙事来坦白主人公的思想情感，探索人物的内心活动，形成与侧重描写人物外部行为的小说相对照的独特流派。米兰·昆德拉认为这类小说开启了心理小说先河，与后来的普鲁斯特与乔伊斯的创作有内在渊源。③ 夏洛特·史密斯、伊丽莎白·格里菲斯（Elizabeth Griffith，1727—1793）、伊丽莎白·罗（Elizabeth Rowe，1674—1737）以及简·巴克（Jane Barker，1652—1727）和玛丽·戴维斯（Mary Davys，1674—1732）都曾致力于这类模式小说写作。这一时期的女性感伤小说侧重道德说教，在格里菲斯和伊丽莎白·罗的作品中表现得极为突出。在人物塑造模式上，由于来自新教的影响，这些感伤小说努力削弱物质主义和世俗色彩，渲染女主人公富于宗教色彩的人生磨难和虔诚品质，就像理查逊塑造的圣徒般的女主人公克拉丽莎那样，执著追寻精神的超越。

　　哥特小说在 18 世纪的杰出代表是拉德克里夫，在前面章节已有叙述。此

---

①　Annette T. Rubinstein. *The Great Tradition in English Literature from Shakespeare to Shaw Vol. 1*. [M]. Beijing：Foreign Language Teaching and Research Press，1988：329.

②　Michel Foucault. *The History of Sexuality* [M]. New York：Pantheon Books，1978：23-24.

③　米兰·昆德拉. 小说的艺术 [M]. 董强，译. 上海：上海译文出版社，2004：31.

外，多才多艺的夏洛特·史密斯的哥特故事也富有特色。总体看，这类女性情爱小说、感伤小说以及哥特小说都带有反理性传统的特点，而与它们形成反动的另一派通俗写作则表现为纪实和历史小说作品。

18世纪90年代到19世纪初，受国内外政治革命的激发，英国出现了一批历史小说作品，用文学的形式反映法国大革命、英国内战甚至更加古老的历史生活场景。包括夏洛特·史密斯描写法国大革命的《戴斯芒德》（*Desmond*，1792）和《被驱逐的人》（*The Banished Man*，1794）以及简·韦斯特（Jane West，1758—1852）反映英国内战的《保皇派》（*The Loyalists：an Historical Novel*，1812）。萨拉·菲尔丁的第五部小说《克娄巴特拉与奥克塔维娅》（*The Lives of Cleopatra and Octavia*，1757）也是品质独特的历史小说。她使用两个历史人物克娄巴特拉和奥克塔维娅的自述视角叙事，带有鲜明的女性主义色彩。菲尔丁在小说引言里宣称，历史人物更能够告知关于我们自己的正确看法，因为历史人物带给我们来自生活的关于人性的视角，并且超越了现实局限。菲尔丁的写作表现出女性作家对历史题材富有意义的处理方法。进入19世纪，伯尼的第四部小说《漂泊者：女性的困境》与司各特的《威弗利》（*Waverley*，1814）在同一年出版，这部反映法国大革命的历史小说品质复杂，现在仍是研究者感兴趣的文本素材，后文将予以专门阐述。

在叙事模式上，18世纪小说已经存在众多形式，书信体小说（epistolary novel）、日志小说（journal novel）以及第三人称叙事都有成功的实践。比如，萨拉·菲尔丁在《克娄巴特拉与奥克塔维娅》中采用了第一人称的多角度叙事，而海伍德常使用第三人称叙事。在17世纪下半叶和18世纪初，女性书信体小说取得了巨大成功。除了贝恩外，伊丽莎白·罗也通过第一人称的书信体叙事讲述具有说教意味的人生故事，刻画虔诚而具有强烈道德意识的主人公。她的书信体小说《死亡中的友谊：生者与死者的20封信札》曾受到蒲伯、理查逊以及约翰逊的称赞，在18世纪曾再版六十次，在19世纪仍然深受欢迎，多次再版并发行到北美，还多次被翻译成其他语言。但是到18世纪末，使用第三人称叙事、占到三到四卷篇幅的作品开始成为小说的主流。

第三节　女性作家主体意识与职业化写作萌芽

在18世纪初，新生的小说体裁风采初绽，尚未建立起普遍达成共识的传统，而通俗小说在形式和写作语气上更是众声喧哗，各显其能。直到18世纪下半叶，小说传统基本框架得以确立，逐步走向成熟。此时，对"女性小说"（woman's novel）的界定也开始形成一定的模式化认识。不过，具有讽刺意味的是，当时数量巨大的女性小说却被认为"本质上属于私人写作"形式。[①] 女性争取文学话语权的斗争与小说体裁逐步确立其文体身份的历程相伴相随，并且相互产生深刻的影响，但是其各自成就的取得并不同步。在18世纪中期，理查逊和菲尔丁等男性作家成为影响最广泛的英国小说巨擘，但是推动当时小说持续发展的仍然是广大女性，女性作家和女性读者所钟爱的说教小说和感伤小说基本成为当时英国小说的艺术标准。

在18世纪早期，对小说的社会功能以及妇女作家道德面貌的要求已经萌芽，在18世纪中叶后更是被置于极为重要的地位，这导致人们对女性作家的评价和期待产生了巨大转变。曾经流行的早期小说家贝恩、曼雷和海伍德因为其作品的"不道德"色彩而遭到频繁的指责，之后新生一代女性小说家普遍具有社会习俗所期待的美德，作品的道德立场也向常规靠拢。在1720年出现了这两种女性通俗小说对立的局面，海伍德和奥本分别成为"不道德的女作家"和"道德的女作家"的两端代表。到18世纪40年代，小说已经开始建立自己的道德传统，其主流与过去丑闻小说侧重揭秘暴露的做法分道扬镳。[②] 理查逊的系列书信体小说塑造的在家庭内履行责任的"有德"女性被社会广泛认可，奠定了"家庭小说"的基础。这一传统启发了女性作者，被之后的奥斯丁、勃朗特以及乔治·爱略特继承，开拓了一个重要的女性写作空间。作家格里菲斯在其写作策略上的调整正是这种变化的反映。格里菲斯早期塑造的女主人公通常聪慧活跃，有独立思维并大胆呼吁女性权力。这种女性人物招致当时伦敦批评界对她的攻击，为了不失去读者和谋生手段，格里菲斯收敛了挑战传统的锋芒。她后期的作品集中在家庭题材领域，并迎合当时流行的性别定势观念，塑造顺从柔弱、在无德丈夫的折磨下忍辱负重的女性形象，明显加强了道德说教成分。

英国女性小说家在18世纪早期和晚期表现出来的分裂和差异并不能掩盖其内在的传承和统一联系。女性通俗小说家在总体上具有以下突出共性。第一，钟爱描述女性经历和情感世界，偏爱书信体、日志体叙事形式。这与英国女性

① Jane Spencer, Women Writers and the Eighteenth Century Novel [M] //ed. John Richetti. *The Cambridge Companion to The Eighteenth Century Novel*. Shanghai：Shanghai Foreign Language Education Press, 2000：216.

② Jane Spencer, Women Writers and the Eighteenth Century Novel [M] //ed. John Richetti. *The Cambridge Companion to The Eighteenth Century Novel*. Shanghai：Shanghai Foreign Language Education Press, 2000：215.

在生活中普遍存在撰写书信、日记的文化传统有关，也与第一人称叙事具有直接、亲近的艺术效果分不开。第二，18世纪女性小说作品始终带有强烈的主体意识，具有鲜明的抒发和倾诉意图，通常聚焦女性面对家庭和社会角色转变时经历的困境心理，对焦虑、无助、矛盾、绝望和疯狂的刻画较多，语言表达较为直白坦率。从社会心理层面看，女性小说家的创作历史显示出妇女主体意识觉醒和自我表达的欲望。第三，这一时期的女性小说关注政治问题，较之19世纪女作家，写作视野较为开阔。对恋爱与家庭问题的处理通常与社会政治生活的呈现相结合，关于性别政治和社会等级秩序的批判在早期的政治丑闻小说和中后期的感伤小说中都有突出的表现，在丰富的层面上反映出女性在社会权力结构中的地位。

文学市场的扩大和出版形式的多样化为妇女作家的写作和出版提供了巨大机遇，不过，在民族文学经典确立、作家群体评介、文学史撰写以及文学批评领域，仍然存在对妇女的性别歧视。在18世纪，新老作家之间的文学传承关系深受重视，男性作家中存在的"文学教父与后裔"（literary fathers and literary sons）的脉络框架标示着文学传统的正典，在这个历史中，当时没有女性小说家的立足之地。像伯尼、萨拉·菲尔丁等女作家都经历着深刻的身份焦虑，体现为所谓的"女儿的焦虑"（daughterly anxieties）和"兄妹关系"情结。一方面，她们想取悦男性权威，迎合遵从原则传统，另一方面又想保持自己独立的价值判断和艺术处理方法。比如伯尼主观上想要成为约翰逊的文学继承者，但是在创作中却无视后者的建议甚至失望，在《塞西莉亚》中致力于表达女性主义的新道德和哲学意义，构建定位年轻妇女经历的女性主义小说。萨拉·菲尔丁的历史小说里也对性别的双重道德标准和妇女的家庭与社会价值进行了解构。正因如此，玛格丽特·杜德指出，在18世纪末，妇女小说家其实"发明了一种新型小说"，① 这种小说里的女主人公与女作者一样"情感理智兼备"，努力摆脱来自习俗的钳制，去发现历史和社会的真相和意义。

可以看出，在18世纪末，女性通俗小说写作出现三大趋势特点。首先，在作者数量上，妇女小说家群体持续增长壮大，已经与男作家旗鼓相当。其次，在写作内容上，受到已有的小说体裁传统的约束，努力向当时的男性主流作家靠拢，题材范围出现紧缩性的调整，极为重视作品的道德意义和说教功能，对家庭观念的强调成为妇女小说的思想主流。比如，后期女作家都有意识地规避

---

① John Richetti. ed. *The Cambridge Companion to The Eighteenth Century Novel* [M]. Shanghai：Shanghai Foreign Language Education Press，2000：227.

在早期女作家中流行的色情描写。她们把满足于行使家庭职责的女性作为正面形象，即使参与政治活动，也是通过家庭纽带间接实现。第三，在艺术形式上，女作家创作上的革新锋芒消失，总体走向保守路线，主要遵循着感伤小说的流脉进行模式复制，形成女性感伤小说的庞大阵营。而与女作家总体走向循规蹈矩形成对比的是，以劳伦斯·斯特恩为代表的男性小说家却在《项狄传》（*Tristram Shandy*，1759—1767）这样的作品里，正在进行着富有勇气的伟大实验和创新。

18世纪是英国小说的形成时期，创作实践总体上呈现出较大的随意性。大量具有主体意识的妇女踊跃投入了这种新体裁的写作，追求市场占有率，形成日益庞大的女性作者群体。然而，通俗小说具有明显的双刃剑效果，在女性写作热情高涨的同时，早期的女性小说在艺术品质上也有其普遍性的局限之处，在一定程度上用匆匆而就的平庸甚至低劣作品贬低了小说的品质。① 她们中绝大部分艺术生命不够持久，现在已经退出了读者市场。一方面，这些女作家总体艺术素养不足，艺术处理较为粗糙直接。她们的写作很多是出于宣泄、寄托的心理动机，内容则经常局限于浅层的诉苦、聊天，或者充斥太多刻板的劝善、说教，小说主题和人物塑造上经常带有道德说教意图和宣扬完美人性的倾向，甚至为达到宣传主题的目的，不惜牺牲艺术规律。② 另一方面，她们因性别身份引起的作者身份焦虑也在很大程度上阻碍了她们写作中的自由创新。因此，她们的高产出与其平庸水准形成戏剧性反差，而且与同时代的男性小说家的艺术成就相比也相形见绌。这两个悬殊为18世纪女性小说带来长久的诟病，也为女性写作与通俗小说蒙上浓厚的阴影。在17世纪末和18世纪初的英国，女作家出版的爱情小说是当时最流行的文本之一，其受欢迎程度可与《格列佛游记》和《鲁滨逊漂流记》相媲美，但是这些爱情小说在文学史的传统记叙中却几乎隐身不见，至多作为"小说"体裁无关紧要的原始源流之一被提起。在评价奥古斯都小说家时，传统文学史家仅仅将女性作家作为定义男性经典的反面对照物，他们可能承认笛福、理查逊和菲尔丁的早期现实主义与这些言情叙事有若干共同点，但始终坚持认为男性作家的经典之作与同时代女作家的写作在本质上殊异，并强调前者的开创性和独特性。在这种文学史框架中，"言情小说"属于微不足道的负面范畴，其唯一作用就是帮助界定"小说"这一具有特权的范

---

① Jane Spencer. Women Writers and the Eighteenth Century Novel [M] //ed. John Richetti. *The Cambridge Companion to The Eighteenth Century Novel*. Shanghai：Shanghai Foreign Language Education Press，2000：212.

② 赖骞宇. 18世纪英国小说的叙事艺术 [M]. 北京：中国社会科学出版社，2009：1.

畴，而它本身被排除在"小说"之外。不过，这些早期作家的文学实践是英国女性小说和女性通俗小说的重要开端，她们的开拓具有多方面的艺术和文化价值，为未来维多利亚英国女性小说的黄金时代和 20 世纪女性通俗小说的黄金时代奠定了基础。

第四节　作家案例

弗朗西丝·伯尼是 18 世纪最重要的畅销小说家、剧作家和日志书信作家。在英国女性小说史上，她与之前的贝恩一样，都是英国女性小说的先驱，而且伯尼还是具有承上启下地位的女性小说家，是 18 世纪早期英国小说家与 19 世纪初小说家之间的桥梁，对奥斯丁、埃奇沃思和萨克雷等作家的创作都产生过影响，其文学史地位不容忽视。但是，国内学界对贝恩与伯尼的研究长期以来都不够充分。本节将对伯尼的生平、创作和艺术特色予以介绍，以期为后面的理论分析提供实证依据。

伯尼 1752 年出生于英国金斯林的诺福克城，父亲查尔斯·伯尼是著名的艺术家和音乐史学家，母亲埃丝特是法国移民后裔，信仰天主教。伯尼在同胞六兄妹中排行第三，上有一兄一姊。伯尼与年龄最接近的妹妹苏珊关系最融洽，苏珊成为伯尼日志作品写作的主要对象，并对伯尼的写作帮助颇多。伯尼 8 岁时，一家迁至伦敦，由此享受到英国最好的文化艺术资源。直到伯尼 22 岁，他们家又搬至莱斯特。伯尼的父亲是当时颇负盛名的音乐家和学者，获得牛津大学音乐博士学位，在音乐理论、作曲和文学上都颇有造诣，曾撰写出版重要的音乐史专著和众多旅游日志。查尔斯具有个人魅力，他思想开放，喜爱社交，与当时文学界和艺术界名流交往密切，是当时著名的塞缪尔·约翰逊"文学俱乐部"的重要成员。伯尼在伦敦波兰街的住所也成为一个受欢迎的社交圈所在地，聚集着一批英国优秀人士。父亲的文人艺术家朋友有些也成为伯尼的良师益友，其中包括当时的文坛巨星约翰逊。在伯尼 10 岁时，母亲去世，其父五年后以私奔的形式与伊丽莎白·艾伦结婚。艾伦是富有的酒商遗孀，与前夫有三个孩子，几年后，查尔斯夫妇又生育两个孩子。这个子女众多的大家庭关系复杂，家庭成员大多个性强烈，言行出位，特殊的人生境遇与家庭环境对伯尼的人生与写作产生了潜移默化的影响。

查尔斯重视对孩子的教育，刻意培养他们的艺术文化素质。他不但鼓励孩子们学习音乐、化妆和表演等，还将伯尼的两个同胞姐妹埃斯特和苏珊送到巴黎上学。伯尼幼年时没有出奇之处，在才能出众并善于表现的兄弟姐妹中显得滞后。也许正因如此，查尔斯对伯尼的重视和期待稍低，从未让伯尼接受正规的学校教育。不过，当代研究者指出，伯尼其实是一个早熟而有抱负的孩子。她在家中利用父亲的藏书，进行了认真的自学和广泛的阅读。她的读书兴趣广泛，对戏剧、诗歌、历史、宗教布道和礼仪书籍都有涉猎，喜爱莎士比亚和希腊历史学家普鲁塔克（Plutarch）的作品。她也像父亲一样，自学掌握了法语和意大利语。在10岁时伯尼开始进行她自称为"涂鸦"的练笔，记录自己生活中的见闻所感。伯尼一家人才济济，热爱旅游社交，思想活跃，几乎成为18世纪英国文化生活的缩影。他们在音乐、绘画、藏书以及文学等方面都成就斐然，曾得到英国著名作家哈兹里特（William Hazlitt，1778—1830）的高度赞誉。①伯尼家族还是名副其实的文字工厂，一家人都热爱文学，热衷于通信函、写游记，创作剧本和小说，并都有撰写日志的习惯，整个家族共留下一万多份来往信件。伯尼的三个妹妹苏珊、夏洛蒂和萨拉都有文学天赋：萨拉是小说家；夏洛蒂的文体饶有生趣，别具一格；苏珊写日志的时间比伯尼还早，并且具有卓越的编审才能。在家中，苏珊是伯尼作品最敏锐的批评者，经常陪伴伯尼写作，对于稿提出中肯的修改建议，尤其对伯尼的小说《伊芙琳娜》的出版出力良多。

　　尽管家境优渥，伯尼家庭中的女儿们在恋爱婚姻路途上却颇多波折。查尔斯虽然收入可观，但是他将金钱都用于维持这个庞大家庭优越的生活方式中，拒绝为所有女儿提供嫁妆，对于当时拜金主义日益盛行的"婚姻市场"来说，伯尼姐妹在寻求如意婚姻中存在着现实障碍。经历多次恋爱后，伯尼在42岁时嫁给了因大革命和拿破仑战争而流亡英国的法国军官亚历山大·德阿布雷，生有一子。伯尼受母亲的影响，对法国文化素有好感，婚后曾在法国生活了十多年，对那里的文化历史颇有了解，并反映在自己的日志以及小说作品中。伯尼在凭借小说成名之后，赢得了夏洛特皇后的青睐，并在34岁时应邀到宫廷当差，做过王后的掌袍官助手。在温莎期间，她仍坚持写日志，记叙自己在宫廷的生活和重要的政治事件。但是，工作占用了她的写作时间，这使伯尼深感苦闷。其间，伯尼还经历了因财产不足而受挫的恋爱，健康情况不佳，在征得父亲同意后，她辞去宫廷的职位回到家中。伯尼与皇室一直保持着友谊，通信联络从1818年持续到1840年，并在退职后仍然得到王后给予的每年100英镑的年金奖励。晚年的伯尼定居英国的巴斯，于1840年1月去世，葬于当地的沃克特公墓。

---

① Kate Chisholm, The Burney Family ［M］//ed. Peter Sabor. *The Cambridge Companion to Frances Burney*. Cambridge：Cambridge University Press，2007：21.

一、写作生涯

伯尼的写作生涯漫长，一生创作了四部小说、八部戏剧、二十多卷日志、日记、书信作品和一个传记《伯尼博士回忆录》（*Memoirs of Doctor Burney*，1832）。该传记是伯尼最后一部作品，写于她 70 多岁时，带有很大的自传成分。此外，由他人整理的《德阿布雷夫人的日记和书信》（*Diary and Letters of Madame d'Arblay*）在她去世后出版。伯尼在 18 世纪 60 年代开始秘密创作小说，完成一部题为《卡洛琳·伊芙琳》（*The History of Caroline Evelyn*）的作品，但因自感不满意而在 1767 年销毁。依照当时的社会观念，已经 16 岁的伯尼痴迷写作，似乎走到"有失女性气质"（unladylike）的边界，在一定程度上引起继母乃至父亲的不安。因此，不久后伯尼开始转入私人写作性质的日志和书信撰写。她在其中展露的天赋尤其得到曾从事戏剧创作的前辈塞缪尔·克瑞斯普的支持。克瑞斯普与伯尼通信，鼓励她坚持写作日志/日记，来记录家中和伦敦社交圈中的事情。伯尼的第一篇日志写于 1768 年 3 月 27 日，注明写给"未名小姐"（Miss Nobody）。她对日志和书信写作的热情贯穿其一生，持续了七十二年，并且她精心保存了这些，留下了对 1768 年到 19 世纪 30 年代末英国社会生活的生动记录。大约十年后，伯尼又一次开始转向小说创作，她专门撰写日志积累素材，并在第一次尝试失败的基础之上重新努力，以原来女主人公的女儿作为主角，终于在 26 岁时出版了第一部小说《伊芙琳娜》。这部小说叙事风格独特，富有喜剧魅力，现实主义气息浓厚，获得众多好评，并得到约翰逊和伯克等名流大家的肯定。随后，她相继出版了《塞西莉亚》《卡米拉》和《漂泊者》等其他小说。

伯尼在世时，曾是极受欢迎的小说家，具有良好的市场销售情况，但她的出版之途也并非一帆风顺。由于女作家承受的社会身份的压力，在世时，伯尼的所有小说都是匿名出版，并被迫接受十分苛刻的出版条件。其成名作《伊芙琳娜》是在未得到父亲许可甚至没有告知他的情况下发表的。伯尼经常为父亲誊写文字，为了不泄露身份，她煞费苦心地掩饰笔迹，但是匿名发表的方式遭到第一个出版商拒绝。伯尼又将小说第一部寄给第二个出版商，终于被顺利接受。伯尼出版第二小说部时得到了哥哥詹姆斯的帮助，詹姆斯以作者的身份与出版商谈判，为伯尼争取到 250 英镑的稿费。她的后三部作品《卡米拉》《漂泊者》和《伯尼博士回忆录》虽然未得到读者和评论家的肯定，却也赢得 5000 英镑利润。不过，她的小说给出版商和流通图书馆带来的利润极为丰厚，远胜于作者的收益。《卡米拉》的作者署名"F. d'Arblay"，《漂泊者》署名为"F. B.

d'Arblay"。由于此故，伯尼身为作家的名字也曾显复杂混乱。19世纪批评家称她为德阿布雷夫人（Madame d'Arblay），或者偶尔称她为弗朗西丝·伯尼。20世纪里，由于她的书信、日记作品的重大影响，她更主要被称作范妮·伯尼（Fanny Burney）。20世纪80年代以来，女性主义批评家认为范妮这个昵称贬低了作者，主张采用弗朗西丝这一正式名字，首先在北美评论界得到认可，同时，为了避免混乱，人们一直沿袭采用她的本姓伯尼。因此，剑桥文学指南丛书中，都一致采用弗朗西丝·伯尼这一正式名字，并被广泛采用。① 伯尼的四部小说都聚焦英国贵族的生活，讽刺了他们的虚荣和人忭弱点，同时探索女性身份的性别政治主题。总体来说，伯尼早期的两部小说在读者接受上较为顺利，而后期小说《卡米拉》和《漂泊者》则长期被视为失败之作，直到20世纪80年代后，才在女性主义等阐释视角下获得新的评估和价值。究其原因，这与伯尼作品中的主题倾向、采纳的叙事技巧以及相应的文体风格有关。

二、早期小说

伯尼早期的写作生涯深受父亲以及家族朋友塞缪尔·约翰逊的影响，叙事技巧和文体风格与当时的文坛走向都比较接近。《伊芙琳娜》共有三部，采用的是理查逊的书信体模式，主要通过伊芙琳娜的一系列书信，以17岁少女的眼光审视英国上层中产阶级的生活，暴露其中的社会虚伪，尤其鲜明地展示文化传统中的两性对立。作品采用了两条叙事线索：一个是女主人公初踏社会的青春历险，另一个是她复杂的家庭背景和离奇身世。小说前半部分主要讲述伊芙琳娜上 代的家庭悲剧和身世秘密，展现这充满创伤的复杂身世对其生活带来的威胁。小说在出版后获得巨大成功，这与它对通俗小说情节模式的借鉴套用以及作者自己的创新表达有密切的关系。作品基本沿用了女性读者喜闻乐见的言情小说"萌生爱情—波折迂回—情感遂愿"的三部曲情节框架，并塑造了与定势化女性人物相吻合的传统女主人公形象。同时，伯尼又将伊芙琳娜的浪漫恋爱故事与戏剧性的家族历史纠结在一起，采用现实主义的技巧，展现女性内在主体意识，描绘英国社会风尚。她尤其注重使用喜剧反讽的手法呈现戏剧性的危急场景，强化了女性批判主题的表达。小说故事情节较为曲折：伊芙琳娜跟随养父和监护人韦拉斯牧师，在英国乡间过着宁静隐蔽的生活，长成一个美丽单纯的17岁少女。韦拉斯不但对伊芙琳娜呵护备至，而且对她的身世讳莫如

---

① Peter Sabor. ed. *The Cambridge Companion to Frances Burney* [M]. Cambridge：Cambridge University Press，2007：2.

深。然而，伊芙琳娜的外祖母杜瓦尔太太突然从法国写信给韦拉斯，要来英国索要外孙女，触发了叙事线索，引起了对伊芙琳娜身世和家族悲剧的陈述。原来，韦拉斯的恐惧忧虑都源自伊芙琳家庭前两代的不幸婚姻经历。韦拉斯年轻时曾是伊芙琳家的家庭教师，深受伊芙琳娜的外公伊芙林先生器重。伊芙林先生娶了一个出身卑贱而相貌美丽的酒吧女招待后，极为厌憎粗鄙无知的妻子，郁郁早逝。伊芙林先生曾为了使年仅两岁的女儿卡洛琳远离来自妻子的不良影响，委托善良正直的韦拉斯做她的监护人。然而，当卡洛琳长大后却被已经再嫁给法国人杜瓦尔的母亲强行带到巴黎，并且受到蛮横逼迫，让她嫁给杜瓦尔的侄子。于是，在不明智的反抗中，单纯的卡洛琳匆匆与贵族约翰·贝尔蒙秘密成婚。然而，在杜瓦尔一家报复性的干扰下，风流成性的贝尔蒙竟然销毁结婚证书，抛弃了卡洛琳。已经怀孕的卡洛琳回到英国韦拉斯先生身边，却被悲伤和耻辱压垮，在生下伊芙琳娜后很快死去。这场悲剧令韦拉斯痛悔自己对卡洛琳监护职责的失败，于是从此竭尽全力护佑伊芙琳娜。他深感社会生活中的危险和女性名誉的脆弱，为了防止外界可能的迫害，他隐瞒了伊芙琳娜的身世，并刻意回避与伊芙琳娜的家人联系，以至于不明真相的贝尔蒙竟然被心存私念的管家利用，误将管家女儿当作自己孩子抚养，给予她巨额财产的继承权。现在，为了使伊芙琳娜避开杜瓦尔太太，韦拉斯终于同意伊芙琳娜到伦敦会友。于是，伊芙琳娜怀着青春的热切，开始了她步入社会的历险之路。

在关于女主人公的身世叙事中，小说语气庄重典雅，并富有感伤情愫。在第八封信里，出现了伊芙琳娜走向外部世界的转折，她的主体声音也跃然而出，叙事语气跟随主题都出现变化。伯尼用活泼轻快的笔法描写伊芙琳娜在伦敦新鲜而繁忙的生活：散步、购物、烫发、听歌剧、参加社交舞会等，生动地呈现了当时女性的消费生活时尚。伊芙琳娜的青春美貌吸引了众多异性，然而单纯的她不谙世事，面对鱼龙混杂的陌生社会，缺少恰当的判断和决策能力，经常使自己置身危险困境之中。在众多追求者中，品性端方的奥维尔伯爵士是女主人公的知音，令人难以置信地透过众多对伊芙琳娜不利的现象，坚守对她的美好感情。经过众多波折，伊芙琳娜终于排除了自卑和误解的干扰，获得美满的爱情，并在奥维尔的帮助下，澄清了身份，与生父相认，得到自己的继承权。在叙述情节复杂的故事时，伯尼运笔繁简有度，叙事节奏流畅，语言形式与内容匹配和谐，有很多可圈可点之处。她用直接方式呈现的书信都明显具有推动情节前进和突出主要人物的功能，对于过于琐屑的内容和次要人物，则使用间接转述的方式择其要叙述。比如，杜瓦尔太太向韦拉斯索要外孙女的信是构建故事情节的重要一环，但是她的语言却是通过霍华德夫人充满讽刺语气的信被间接转述出来，不但简洁鲜明地勾勒出杜瓦尔太太的个性，也令叙事节奏大大加快。伯尼还多次运用了嵌套叙事，比如，在韦拉斯给伊芙琳娜的信中嵌入了她的母亲在去世前写给她父亲的信件等，还有伊芙琳娜的信中加入了她的日记等。由此可见，在补叙和插叙情节上，伯尼表现得技艺娴熟。

这是一部聚焦婚恋主题的女性成长小说，基本采用女性的视角，用第一人称叙事展现18世纪年轻妇女在寻求理想的社会身份过程中经历的心路历程。伊芙琳娜表现出鲜明的主体意识，始终在各种历险插曲中进行着价值和道德判断。她审视的问题涉及阶层差异、民族隔阂、道德面貌以及性格趣味等，但是最突出的则是年轻女性的婚恋选择与确立社会身份的关系。当女性以弱者的身份走向婚姻关系时，总是没有安全感，内心充满矛盾和冲突，这些心路历程曲折地反映在挫折磨难的恋爱情节中，很容易引起妇女读者的关注和共鸣。当代伯尼研究的很多成果来自女性主义批评家对男女二元对立问题的探讨。在这部小说里，我们可以看出伯尼对女性能力的探索和女主人公对女性权威的怀疑，与此同时，作品又明显流露出对男性权威的认同。女主人公对正面的男性家长式人物往往怀有深深的敬畏和依恋之情，把他们呈现为像上帝一样富有力量的完美形象。他们拥有良好的社会地位、经济能力、理智经验和道德品质，充当着单纯少女的保护神，深刻影响着她们的命运。由此可以看出伯尼对妇女身份的不自信和对男性力量的渴求，其中最鲜明的莫过于奥维尔完美无缺的贵族形象了。他不但高贵富有、道德高尚、温文尔雅，而且用情专一、温柔体贴，总是在伊芙琳娜处于危境时及时出现、施以援手，是浪漫言情小说中的"高大全"式的理想恋人形象。此外，伊芙琳娜的两个父亲形象也很突出。韦拉斯被塑造成道德、理性、仁慈、责任和牺牲精神的化身。为了养育伊芙琳娜，他放弃了自己家庭的幸福，为女主人公提供了道德、精神和情感上的依靠。而伊芙琳娜出身贵族的生父贝尔蒙虽然是造成众多悲剧的直接过失者，却被女主人公描述为一个富有威严和力量并且勇于悔罪承担的人，他们父女相认的场面被渲染成小说的情感高潮。他的贵族地位和丰厚财产则是伊芙琳娜在物质和社会身份上的保障。最终，伊芙琳娜寻觅到如意爱情并恢复了曾被剥夺的高贵身份，这个人生经历就是她与强大的父权力量谈判而获得最终认同和庇护的过程。与此形成对照，伯尼对女性家长式人物的态度则较为淡漠，女主人公对其他女性人物要么停留在平等的友谊层面，要么怀有怜悯同情，有的甚至还夹杂强烈优越感的鄙视厌憎之情。尤其是对出身寒微、充满"小市民"习气的外祖母和表姐妹，伊芙琳娜始终以带有强烈阶层意识的眼光居高临下地看待她们，并用闹剧性的情节和奚落的语气把她们描述成小丑或怪物一样的笑料式人物。她的母亲虽然善良，却早早死去，未施养育之恩；健在的外祖母则出身卑贱，品性低下，受人轻视，一把年纪了还是玛文船长刻薄攻击取乐的对象；善良的玛文母女也在暴躁狭隘的玛文船长的绝对统治下，百般迁就。总体看，这部作品中的女性不论在身心力量，还是在公众处境上，都属于弱势群体。在这种氛围里，伊芙琳娜虽然渴望独立的人生历险，却始终深怀不安恐惧，她在玛丽堡公园的历险情节就带有深刻的象征意义。伊芙琳娜与同行的伙伴走散，独自一人在人群中受到陌生男人的纠缠，她在恐惧中竟然向两个揽客的粗野妓女求助，与她们手拉手为伴，后来几乎难以脱身。其实，正是因为身为女性而受到的教育使伊芙琳娜做出此种荒谬的决定：既然独自处于公共场所时不能信任男性，她当然不假思索选择加入两位"女士"中。这种对女性公众身份的表现和探索具有深刻的文化意义。

伊芙琳娜在本质上属于典型的"灰姑娘"式的传统女性，她美丽非凡、出身良好、道德无瑕、纯洁柔弱、消极顺从，具有父权观念所要求的良好"女性气质"。在公众生活中，她描述自己心理时最常用的词汇是"恐惧""恐慌""不知所措""狼狈""沮丧""尴尬""不安""傻气"等，她的所谓"淑女气质"也在频频出现的"我吓得尖叫起来"、"我不安和害怕得微微颤抖起来"（Letter 52）、"我害怕到差点晕过去"（Letter 21）等展现消极处境的描述中得以树立。此种形象对于当代读者来说难脱"矫情"之嫌，事实上，伊芙琳娜的表兄姊妹们也是如此评价她的做派的，而面对奥维尔时，她在欣赏和仰慕的情绪中始终没有丢却自卑和焦虑，甚至因为在对方面前感到丢脸而"崩溃"地当众哭泣。对于爱情，她自己否定了女人可以去主动追求的权利，只是像辛德瑞拉一样，默默地等候着"王子"的拯救。我们认为，虽然采用了曲折的方式，伯尼仍然成功地写出了女性在社会生活中缺乏安全感的心理，同时也传递出了对这种不合理现实处境的抗议。就像在公园中，当女主人公惊慌失措地向两个妓女求助的时候，她们哈哈大笑，随后"慢吞吞地语带讽刺地"奚落伊芙琳娜："是什么东西把我们这小女士吓成这样？"在社会身份上，妓女是打破了"房中的天使"神话的妖魔型女性，她们的质问意味深长，似含反讽曲笔之妙。确实，伯尼并未完全否定女性力量。一方面，伊芙琳娜经历挫折；另一方面，她也在成长，并学会以适当的独立方式行事。比如，她在经济和精神上拯救潦倒的诗人麦卡尼，使这个陷于绝望的同父异母的兄弟免于犯罪或自杀的悲剧，并获得美满婚姻和经济保障，在一定程度上体现了女性的主体力量，实现了女主人公的道德和社会价值，不失为女性主题意义的亮点之一。

另外，女主人公对父权社会男尊女卑的现象也怀有强烈的不满，她这样惟妙惟肖描叙上流社会舞会的情景:"绅士们在我们面前走来又走去,看他们的神气,以为我们个个都受其支配,像鸭子一样等待着他们降尊纡贵,慷慨地把荣誉施与我们。他们昂首阔步,漫不经心,懒懒散散地走来走去,瞄来瞄去,仿佛就是要让我们处于焦灼的等待之中。我可不是为了我和玛文小姐说这些的,而是为了所有的女士。这实在是令人生气,于是我下定决心,远离这些可笑的人,宁愿不跳舞也不跟带着屈尊之态来做我第一个舞伴的人跳舞。"(letter 11)不能不说,这来自主人公的情感观念中寄托了作者的抗议声音。这部小说可谓是伯尼多年写作的一次爆发,当时曾有接连四版的销售盛况。它是伯尼被广泛认可的重要的文学成就,使得伯尼成为"时代的敏锐观察者和对其魅力与诟病的高明记录者"。大英百科全书称这个作品是"风俗小说发展上的一个里程碑",①直到1971年仍被列为英国小说的杰作。

第二部小说《塞西莉亚》用现实主义的叙事处理"人生选择"的经典主题,涉及"追求希望"和"顺从命运"的两极哲学态度。塞西莉亚(Cecilia Beverley)是一个孤儿,她善良理性,怀有远大的梦想,渴望自主自立。她虽然拥有继承的财产,却过着俭朴的生活,不慕浮华,慷慨帮助穷人。但是她的自由理想总是受到现实的威胁,所有努力终归碰壁,经历了一系列人生的失落挫折。因为善良轻信,塞西莉亚被恶棍哈瑞骗走了父亲留给她的全部财产,而要取得叔叔的继承权,她必须满足叔叔的苛刻条件:她未来的丈夫在婚后必须放弃自己的姓氏,改随她的娘家姓。塞西莉亚爱上了莫迪摩·戴尔维勒,将情感视为生活的全部,为爱情放弃了财产继承权和自己的姓氏。然而,她的选择并不通往幸福,不但经济地位没有保障,而且倍感婚姻生活的束缚和压抑。小说灰暗的结局凸显了女主人公在婚姻决定中所付出的代价。伯尼还塑造了与女主人公颇具参照意义的男性人物贝尔菲尔德,凸显了人生选择故事的性别意义。贝尔菲尔德跟塞西莉亚一样有人生追求,不安于现状,努力寻觅幸福的真正奥秘。起初,他的生活同样充满两难的矛盾痛苦。他受过高等教育,虽身为商人之子,却不屑经商,但是又因为贫穷而难以维持绅士的体面生活,甚至受到贵族资助者的羞辱。他不断变换选择,寻觅出路,在兜了一大圈后,又回到最初的职业,在军队中谋得了一番前途,终于有了志得意满之感。在伯尼的道德叙事框架里,取得社会成功的贝尔菲尔德其实是陷入了蒙昧平庸,而备受挫折的塞西莉亚深深体会到人生的不完美,显然获得了更多智慧。但是从另一个方面

---

① Margaret Anne Doody, Introduction and Note on the Text [M] //Frances Burney. *The Wanderer*. Oxford: Oxford University Press, 2001: 15.

看，这两个人物的命运带有阴暗的讽刺意味：贝尔菲尔德的主动选择能给他带来努力后的自由和满足，而塞西莉亚本来享有超于普通年轻女性的自由，却因为她对婚姻的自主选择而陷入永久的束缚。此中差别，主要源于性别差异。这种对照性的人物塑造，不失为高明之笔。

《塞西莉亚》的叙事文体长期以来是富有争论的热点问题。作品明显带有约翰逊风格的影响，不仅使用了平衡的句式和崇高的措辞，还采用全知全能的作者语气（omniscient authorial voice）。这种叙事语气在18世纪80年代为伯尼赢得了某种程度的属于严肃文学地位的赞誉评价。然而，在19世纪，麦考利（Thomas Babington Macaulay）等评论家对此提出了措辞严苛的批评，认为这种拙劣的模仿风格力不从心，损害了作品，并由此判定伯尼不过是约翰逊风格的低级跟从者。当代学者简·斯宾塞则对伯尼这篇小说的叙事策略给予充分的肯定，认为它赋予作品模糊了作者性别特点的非个人化语气，从而增加了叙事权威性，有助于传达伯尼的道德反思主题。另外，这种反思语气与塞西莉亚这个具有"思考能力"的女主人公相得益彰，令人物具有了悲情的尊严。①伯尼在作品中不仅借鉴了约翰逊的叙事文体，在人物塑造上还充分运用了戏剧性的表现方式，尤其以大量的对话呈现自由间接语篇，使塞西莉亚这个具有浓厚内省倾向的人物个性凸显。它们成功勾画出塞西莉亚思想活动和情感波动的图像，比如她恋爱心理的各种波澜和她意识到现实的复杂艰难后的苦涩，具有女性作家独有的细腻感性魅力。这种自由间接语篇被奥斯丁在《曼斯菲尔德庄园》《爱玛》和《劝导》中加以充分表现，并获得更丰富的反讽光芒。

斯宾塞非常贴切地总结了《塞西莉亚》在文学传统中的独特地位。她指出伯尼有意识继承了约翰逊的叙事文体，但是将其发展成一种新的女性权威叙事。另外，伯尼又启发了奥斯丁的创作，并在情节构造以及自由间接语篇方面为之后的女性小说家们留下丰富的传统馈赠。② 奥斯丁极为熟悉伯尼小说，并在自己作品中有众多直接或间接的引用借鉴。她在《诺桑觉寺》第五章中描写到女主人公如痴如醉阅读女性通俗小说的情景，提到伯尼的《塞西莉亚》《卡米拉》和埃奇沃思的《贝琳达》，并由此引发了对小说文体的赞叹。

---

① Jane Spencer, *Evelina and Cecilia* ［M］//ed. Peter Sabor. *The Cambridge Companion to Frances Burney.* Cambridge：Cambridge University Press, 2007：35.

② Jane Spencer, *Evelina and Cecilia* ［M］//ed. Peter Sabor. *The Cambridge Companion to Frances Burney.* Cambridge：Cambridge University Press, 2007：36.

三、后期小说

伯尼早期的小说富有喜剧色彩，后两部作品《卡米拉》和《漂泊者》则更属于悲剧主题的探索。伯尼虽然用《卡米拉》和《漂泊者》出版的收益实现了养家糊口，但是这两部作品一直是她争议最大的小说。这两部作品都篇幅长而且主题复杂暧昧，对期待稳定清晰叙事的常规阅读习惯提出了挑战。两部小说都对人物的性别身份的建构和解构表现出强烈的兴趣，写到男女人物各种跨越固有身份界限的行为，叙事立场带有暧昧与纠结感，富有寓言意味，并传递出有激进倾向的社会批评意图。

《卡米拉》具有女性通俗文学的主要特色，它融合喜剧的片段和哥特式的惊悚，采用浪漫主义的情感语气，叙事风格程式化。它以17岁少女卡米拉为中心，描写了泰罗德牧师家三姐妹及表妹的人生婚恋经历。小说塑造了大量具有各自性格气质细节的人物类型，描绘出当时年轻女性的群像图，呈现了社会、情感和心理困境的丰富内容。人物刻画是这篇小说的重点和亮点。伯尼以道德、智力和美貌等品质作为审视重点，刻画了特点各异的多位适婚年龄的少女，展现她们的人性长短、生活方式和人生遭遇。卡米拉19岁的姐姐拉维尼娅性格甜美温和。她17岁的表妹印第安娜美丽优雅，能让男性在毫不了解其品性的情况下对其一见钟情，但是自私浅薄。15岁的妹妹尤金妮娅更是极有特色，她纯洁、善良、聪慧，幼时曾是家中最漂亮的女孩，但是6岁时因天花疤痕遭到毁容，又因叔叔休爵士的过失而从秋千上跌落，摔成跛足。失去女性体貌美的尤金妮娅女扮男装，跳出了传统两性关系框架。她接受教育，学识过人，思想独立，并获得爵士的遗产，享有经济自由。她颠覆了传统文化中关于女性美的观念，表达了伯尼对女性内在美和外在美的独特见解。尤金妮娅从父亲那里得知，外表的美丽只是一种肤浅的东西，正如一个形貌美丽的疯女人依然非常可悲可怜。小说的主导情节是卡米拉和埃德加的爱情故事。卡米拉开朗漂亮，善良单纯，待人真诚，情感富有，具有强烈的自我意识。埃德加在社会地位、经济状况和相貌风度上都很出众，但是为人挑剔，不无浅薄迂腐之态，总是对卡米拉充满猜疑。他们虽然相爱，但是感情之途却充满误解，一波三折。除了这些线索人物，伯尼还刻画了众多具有扁平人物特点的卫星式人物，比如富有理性的父亲、追求完美的母亲、自私的哥哥、粗野无礼的表兄以及善良慈爱却屡犯错误的叔叔等。在刻画人物方式上，伯尼主要采用了叙述性的定性评价，尤其对女性人物都做细描式处理，文体措辞直白，罗列其肤色、身材、眼睛的颜色、举止风度和气质个性，读来有陈词滥调的堆砌之感。比起奥斯丁漫画式的明快速写风格，伯尼的文字明显笨拙冗赘很多。事实上，伯尼总是被作为启发了奥斯丁的前辈作家受到称赞；同时，也因为她与奥斯丁在作品中存在的差异而频繁受到批评。从这部小说来看，伯尼的艺术处理较之奥斯丁六部名作中的任何一部，都要粗糙和平庸很多。而在 19 世纪，读者对这部作品的接受毁誉皆有，措辞严厉甚至进而对作者个人发表侮辱之词的也大有人在。奥斯丁在《诺桑觉寺》里曾用一个对文学无知的人物约翰·索普之口，展现当时有些读者对伯尼和《卡米拉》极尽攻击的情形，而奥斯丁却用精妙的反讽叙事语气证明了她对这种尖刻批评的反感。

伯尼最后一部小说《漂泊者》是她最受争议的作品。这是一部融合了哥特色彩的历史小说，品质复杂，超越了妇女作家的"家庭范围题材"，涉及民族、宗教、种族、性别以及文化身份等众多问题。这部小说属于历史题材范畴，创作开始于 18 世纪 90 年代末伯尼随丈夫流亡法国期间，当时致力于创作戏剧的伯尼利用一些间隙零星进行小说写作，前后历时十四年。作品含有明显的说教成分，甚至在第五部里有一章关于福音教派教义阐述。它也是伯尼政治色彩最明显的一部作品，以法国大革命后的法国和英国为故事背景，描写政治变革对个体人生带来的影响。在 19 世纪初，伯尼是英国最受欢迎的小说家之一。自1796 年后，她多年没有小说面世，读者对《漂泊者》的期待很高，朗曼公司因此在第一版时就印刷了 3000 册。并在小说实际上市之前就已全部卖给销售书商。朗曼确信小说会畅销，在同年又印刷第二版，数量为 1000 册。并做了未来再版的计划。在出版的当年，在美国纽约出版了三卷版本，小说的法文译版也在巴黎出版，只不过根据伯尼自己描述，这一翻译的版本"糟透透顶"。然而，比起伯尼早期的小说，这部作品遭遇市场惨败，读者反响不佳，尤其得到众多负面书评。这些批评认为作品语言"冗赘晦涩"、女性人物塑造尤其是埃莉诺的形象极度失败、情节缺乏可信度，英国读者还尤其反感伯尼对英国社会的批判。小说的女性主义色彩更是备受诉议，哈兹里特在《爱丁堡评论》上针对作品的女性色彩，嘲笑主人公的困境只是一种"女性的困境"（female difficulties），并语带双关地讽刺它们是"无病呻吟出的困难"（difficulties created out of nothing）。在哈兹里特看来，根本就没有什么值得写入小说的妇女的问题。① 这些否定态度的书评对读者产生了很大影响，在出版后的十年里，第二版仅售出 461 本，其余的都被送到化浆厂。直到 1988 年，这部小说才由潘多拉出版社再次印刷。伯

---

① Margaret Anne Doody, Introduction ［M］//Frances Burney. *The Wanderer*. Oxford：Oxford University Press，2001：18.

尼为了爱情选择了清贫的婚姻,家庭曾一度陷入经济困境。《卡米拉》的出版和版权出售分别给她带来1000英镑的收益,给她带来雪中送炭的经济支持。

小说聚焦身份神秘的女主人公朱丽叶·格兰维尔在法国大革命后的坎坷人生,采用"三角恋爱"的通俗情节模式,以她逃离丈夫、与男友哈勒的恋爱挫折以及与情敌埃莉诺的纠葛构成故事主线。朱丽叶是英国贵族格兰维尔的秘密婚生女儿,从小在法国长大。法国大革命爆发后,为了保护她的贵族监护人免上断头台,朱丽叶被迫嫁给一个革命派成员。随后,朱丽叶为了逃婚流亡到英国,而她的丈夫因确信妻子享有格兰维尔家族的继承权而对她穷追不舍。朱丽叶隐藏身份,从上流社会的淑女转为劳动妇女,开始努力自立谋生。在一个对职业女性充满偏见和敌视的社会里,她经历了众多苦难。她先给有钱人家做音乐教师,但是雇主却不付给她学费,后来做女帽生意,甚至做过女裁缝,最后成为演员。在她的职业生涯里,朱丽叶不但遭遇男性的纠缠,也受到来自同性的盘剥敲诈,生活极为艰难。格兰维尔家族在得知朱丽叶的困境后,依然冷漠地拒绝给予她帮助。朱丽叶放弃所有的社会身份,包括种族、国籍甚至姓名,成为一个只有内心生活的神秘人。她成为出色的喜剧演员,将戏剧性的故事从舞台延续到现实里,甚至生活在所扮演角色的影子中。在频频更换戏装和进入不同角色的过程中,她模糊了舞台与现实生活的界限,过着神秘的精神生活。朱丽叶获得了绅士哈勒的爱情,但是哈勒看重正派体面的身份,极力反对朱丽叶的演艺职业,一直迟迟不肯求婚。后来,哈勒发现了朱丽叶已婚的经历,遂离她而去。埃莉诺原本是哈勒哥哥的未婚妻,但是却疯狂地爱上了哈勒。她拥有继承的财产,生活独立,富有"女权主义"思想,对妇女遭受的经济和性别压迫持蔑视态度。后来,朱丽叶的监护人来到英国,赠予她遗产和体面的社会地位,哈勒遂回来向朱丽叶求婚。而埃莉诺也向哈勒表白爱情,但被他拒绝,于是女扮男装来到剧院,以自杀要挟情敌朱丽叶。朱丽叶最终拒绝了哈勒的求婚。而她的丈夫被当作间谍驱逐,后被处死。这部小说借鉴了哥特小说模式,尤其是关于"神秘与隐藏,监视与逃跑"的具体内容。与拉德克里夫《密林传奇》(*The Romance of the Forest*, 1791)中的人物类似。作品中的女主人公开始时身份不明,一无所有,受尽磨难,处境堪怜。它制造了黯淡敌意的社会环境,有政治暴力带来的恐怖、婚姻不幸造成的身心磨难、性别身份造成的禁锢挫折,是典型的哥特式故事背景。此外,哥特小说中善恶对立的二元结构很好地呈现了人物的对立关系,尤其是对男/女二元对立关系的微妙处理,成为很多读者关注的热点。目前,关于这部作品的女性主义主题的讨论仍在持续。

18世纪90年代,小说家们经常刻画女权主义人物。这些人物很少被当作正面主人公，大部分情况是作为"怪诞的讽刺"（grotesque satires）受到奚落，比如在伊丽莎白·汉密尔顿的《现代哲学家纪略》（*Memoirs of Modern Philosophers*，1800）中的人物。研究者贾斯汀·克拉普（Justine Crump）认为，伯尼借助埃莉诺表达了女权主义的观念，然而她自己并未直接加以批评或表示认同。伯尼研究专家杜迪（Margaret A. Doody）通过分析作品中人物关系，对克拉普提出反驳意见，认为伯尼实质上是赞同埃莉诺的女性观念。她提出的证据是，伯尼没有在作品中塑造反对女性观念的人物，而且即使是身为情敌的朱丽叶，与埃莉诺在妇女问题上也是持相互赞同和补充的态度。这部小说聚焦女性追寻自我的经历，通过描写她们争取经济独立和社会身份时面临的困境，展现出严峻的生活现实。从这个角度看，作品带有鲜明的女性抗议色彩。不过，女性主义主题的表达使用了曲折的形式，使得作品中的人物关系和人物性格带有复杂含混的特色。比如，作为朱丽叶恋人的哈勒，虽然忠于爱情，但是依然怀有与朱丽叶主体自由意识剧烈冲突的观念，他被塑造得个性消极、不无迂腐，颠覆了爱情小说中英俊时髦、勇敢强壮的男主人公形象。而身为情敌的两个女人朱丽叶和埃莉诺则具有很多精神契合点、她们都可以说是具有易装癖（cross-dressed）的人物，从形式上跨越了性别身份界限，具有颠覆传统性别定势的意义。而朱丽叶以逃婚的形式拒绝固有身份，在职业性的表演中获得超越现实禁锢的体验，是具有过渡性和双重人格的人物，是一个真正的漂泊历险者，被萨拉·萨利称为"女性鲁滨逊"（a female Robinson Crusoe）。① 小说表明，我们不应该仅从外部特点来判断人们尤其是评价女性，而应看到人格和人性的复杂和社会身份的多面性。不过，这种颠覆倾向颇具争议，对于很多读者来说，它令人困惑，产生一种不安的混乱感。对于 19 世纪的读者来说，这种主题倾向和表现形式尤其不符合通俗小说的期待视野。以至于书评家们认为这部作品糟糕到"不忍卒读"，甚至专门转而引导读者阅读汉密尔顿风格保守的《现代哲学家纪略》。因此，我们也不难理解为什么这部作品会遭到销售的滑铁卢。

从女性通俗小说传统的历史视角看，这部小说还有其他值得我们关注之处。它是 18 世纪 90 年代和 19 世纪初英国最早的历史小说之一，与司各特的《威弗利》同年出版。它表明了女性作家在创作题材和文类方面的弹性空间，证明了通俗和严肃小说在女性作家的创作传统中有着复杂的关联。它还说明，即使在女性小说家艺术表现力较弱的 18 世纪，女性通俗小说和男性严肃小说的简单二

---

① Sara Salih, Camilla and The Wonderer［M］//ed. Peter Sabor, *The Cambridge Companion to Frances Burney*. Cambridge：Cambridge University Press, 2007：46-53.

元对立划分也值得质疑。作为历史小说，它带有清晰的反思意识，以批判的眼光审视了各种政治、社会和文化问题：法国大革命、阶级差异、妇女就业、劳动制度、移民问题等。在关于劳动女性困境的问题上，伯尼看出"并不是某些坏雇主，而是整个就业制度造成了这种糟糕的局面"，可谓远见卓识。杜迪富有洞见地指出，伯尼是第一个对真正的劳动妇女表达严肃的同情的小说家。[①] 作为历史小说文类，这部作品也有其独特之处，伯尼没有像大多数历史小说家那样，用众多具体的历史事件和历史人物塞满文本，而是聚焦于虚构的人物，传达带有鲜明"主体性"的历史经历。在很大程度上，朱丽叶始终模糊化的边缘身份造就了人物的普适性。正如杜迪所言，女主人公的境遇可以在任何身份的妇女那里找到共鸣，不论黑人或白人，东方或西方，出身高贵或者低微，英国人或者法国人。

四、戏剧创作

在英国，创作戏剧更有经济利益。[②] 很多女小说家如贝恩、戴维斯、曼雷、弗朗西丝·谢里丹、格里菲斯、夏洛特·史密斯、索菲亚·李、因契伯德以及伯尼都进行戏剧创作。但是男性作家在这一文学领域占有绝对的统治地位，较之女作家，男作家的作品更容易得到上演的机会。受到家庭熏陶和当时英国社会推崇戏剧艺术的影响，伯尼对戏剧创作怀有巨大的热情。1779年她完成戏剧处女作《自作聪明者》（The Witlings），但这部讽刺喜剧石沉大海。在1790年到1791年期间，伯尼采用素体诗形式完成了四部悲剧。但只有其中一部悲剧《埃德维和埃尔吉娃》（Edwy and Elgiva，1790）获得上演一场的机会，且观众评价不佳。从1799年到1801年，伯尼进入其戏剧创作的第二次热潮，又完成了三部讽刺喜剧。伯尼的戏剧创作曾得到阿瑟·墨菲（Arthur Murphy）、谢里丹（Richard Brinsley Sheridan）和克里斯普的帮助，但更多地受到来自家庭和社会力量的劝阻，伯尼的父亲、约翰逊以及夏洛特王后等都认为戏剧创作这种过于抛头露面的写作形式会损坏女性的声誉。对于这种写作权力不平等的现实，伯尼甚为不满，不但在日记中表达出来，而且在小说《漂泊者》中通过职业女性朱丽叶对自己演艺职业的辩护，曲折地发出了对父权传统禁锢的抗议，折射了

---

① Margaret Anne Doody，Note on the Text［M］//Frances Burney. *The Wanderer*. Oxford：Oxford University Press，2001：38.

② Margaret Anne Doody，Note on the Text［M］//Frances Burney. *The Wanderer*. Oxford：Oxford University Press，2001：8-9.

伯尼对女性戏剧创作的赞成态度。伯尼的戏剧创作与其小说写作之间存在密切关系，一起构成女性写作的历史传统，而且，伯尼研究热点曾一度转到伯尼的戏剧创作上。

五、日志书信

除了小说和戏剧，伯尼还留下了大量的日志/日记（journal-diaries）和书信等私人文字作品。在去她世以后，这些文献引起了研究者的极大兴趣，在伯尼作为小说家的声誉衰落后，仍以日志书信作者的身份被重视。现在，伯尼研究者仍在继续对这些数量巨大的材料进行深入挖掘。伯尼的日志/日记和书信主要写给家人和亲密的朋友，记叙她在生活中的经历感受。比如，幼年在家中自学阅读的情况、1810 年在法国为排除乳腺癌的威胁而接受乳房切除术的惊心动魄的经历，她还栩栩如生地描写了来家中做客的父亲的朋友，留下对众多文人和艺术名流的第一手资料，具有重要的历史研究价值。据伯尼日志记载，鲍斯维尔（James Boswell）在撰写《约翰逊传记》时，曾于 1790 年专门到伯尼当差的皇宫外守候，向她索取所记录的约翰逊的资料，但是被伯尼以没有记录的理由拒绝。伯尼用绘声绘色的喜剧笔触记载了她与鲍斯维尔会面的场景，对后者急切而又谦卑的神态的描写令人忍俊不禁。伯尼去世后，人们的确在她遗留的信件里看到了对约翰逊的独家生动描写。如同鲍斯维尔一样，伯尼也刻意记录身边的"名人"及其趣事。不过，与鲍斯维尔面向大众的写作目的不同，伯尼的信件有特定的阅读对象，那就是与她关系亲近的朋友和家人尤其是妹妹苏珊。伯尼始终对父亲深怀敬爱，珍爱家庭荣誉，因此在作品中刻意隐藏销毁有损家族声誉的事实，也为此一直受到史学家和评论界关注。

在伯尼的时代，现实主义是文学主流，而伯尼用这种私密写作方式热切记录自己的真切经历和感受，并将其精心整理、保存。较之其小说，伯尼的日记风格更坦率，主体意识强烈，并带有鲜明的艺术叙事倾向。里面的场景描写技艺娴熟，对话呈现生动活泼，显示出将琐屑事件转化为微型戏剧的妙笔神功。这些文本还展现出伯尼出众的喜剧气质，在营造悬念、抖包袱的处理方式上技艺高超，受到约翰·威特谢（John Wiltshire）等研究者的高度评价。[①]

---

① John Wiltshire, Journal and Letters [M] //ed. Peter Sabor. *The Cambridge Companion to Frances Burney*. Cambridge：Cambridge University Press, 2007：75-76.

六、艺术特色

伯尼小说主要以当代英国社会为背景，作品视野较为开阔，涉及众多主题，然而她终对女性意识和女性经历怀有强烈的兴趣。她的写作为英国的情感小说（novel of sensibility）传统留下了文化遗产。

伯尼立足女性经历，展现适婚年龄阶段的年轻女性的婚恋经历和家庭关系，讨论处于性别弱势的妇女在一个充满敌意的世界上寻觅出路的人生困境，为18世纪的女性小说奠定了基础，伯尼的这　鲜明主题也成为之后的奥斯丁小说的主旋律。她的所有小说作品都围绕着"人生选择"的主题（choice of life theme），展现由于阶级、性别、经济地位、社会习俗以及个人心理等种种具体因素造成的女性困境，呈现她们的人生选择所带来的后果。从这个角度看，伯尼是女性主义小说的前驱作家，她早早注意到妇女的主体性问题，开拓性地探索了妇女在18世纪父权制社会中的人格身份和社会地位。

在处理爱情婚恋故事时，伯尼对人物的社会关系和社会身份兴趣浓厚，对妇女的社会地位予以了复杂划分，对经济地位和社会身份差异问题观察敏锐、表现有力，有别于传统的浪漫爱情传奇。小说涉及了18世纪女性在谈婚论嫁阶段所处的一种边缘身份，讲述女主人公从一个父权势力范围转入另一个男性势力范围的尴尬身份。茱莉亚·爱泼斯坦用人类历史学家特纳（Victor W. Turner）的"极限人群"（threshold people）理论对社会边缘地位的文化分析来解读伯尼女主人公的极限社会身份（liminal social being），颇有见地。特纳说，这些人们"既不在此处，也不在彼处，他们停留在法律、习俗、惯例和仪式所分配安排的位置之间"。根据特纳的分析，个体的社会演变仪式分为分离、边缘和重新聚合三个阶段。的确，伯尼的女主人公通常处于一种孤立无依的状态，在缺少安全的社会身份的状态下去克服社会阻碍，最终通过赢得社会地位的婚姻重新加入固有的社会等级制度中。然而，她们尽管能够重新回归社会，但是是否能获得个人幸福却仍是两可之事。比如，塞西莉亚和卡米拉在婚姻中都未获得安全和宁静，仍在苦苦追问身份归属，甚至流落在大街上，在濒临疯狂的绝境中寻找自我。在《卡米拉》中，伯尼通过对尤金妮娅和几个男性人物的刻画解构了性别气质这一定势化概念。小说中的表兄克莱蒙以及叔叔休爵士则都是富有女性气质的男人。在童年时代的游戏里，卡米拉让休爵士穿上自己的帽子和女仆的围裙，拿着尤金妮娅的玩具娃娃和拨浪鼓扮演哄孩子的角色，在形式上颠覆了男性与女性、贵族与劳动阶级二元对立的身份框架。这种处理使人物的性别身份变得不稳定，呈现出偶然和暧昧的样态，是伯尼间接地质疑和颠覆性别定势观念的体现，也是她寻觅新女性身份的委婉呼声。

长期以来，女性的身份、职责和兴趣都被认为应该停留在"家庭领域"（domestic sphere），贸然越界的妇女会承受巨大的社会压力，面临道德不当的指责。有学者指出，《伊芙琳娜》中女主人公在游乐园与妓女手拉手的情节象征着年轻女性贸然闯入社会公共生活领域会遭遇的风险，那就是沦落风尘，正如"街头女郎"（a woman of the town）这个习语称呼所表达的双关意义"the one who walks the street"。① 伊芙琳娜的挫折经历折射了伯尼对女性力量的怀疑。女性如果因为某种原因忽视文化传统中对女性社会身份的定势化期待，放弃人格面具而按照自我意愿行事，往往招致灭顶之灾。在《塞西莉亚》中，化装舞会的情节有画龙点睛的妙用。女主人公不加修饰装扮，以本来面目参加舞会，反而显得过度暴露，引来众多追求者。也正是在这个舞会上，塞西莉亚初次遇到未来的丈夫莫迪摩·戴尔维勒，埋下了后者对她误解的种子。化装舞会就是一个社会权力等级制度的服装演绎，是女性社会面目的亮相，而塞西莉亚的本色装扮无疑是对这个秩序的僭越。在18世纪的英国，这就是以声名不佳的"公众妇女"的形象面世，难以避免地造成众人对她怀有恶意的臆测和关注。在婚姻的二人关系格局中，塞西莉亚处于明显的劣势。戴尔维勒对塞西莉亚的情感始终夹带着隔阂和误读。他们之间的婚恋经历就是相互命名身份并在双方关系中力图获取有利地位的经过。在小说结尾，塞西莉亚在大街上追赶戴尔维勒，试图消除他对自己拜访异性产生的误会和不满。当丈夫弃她而去时，她只能无助地向行人哭诉。最后，她冲进路边商店，瘫倒在地板上，一句话也说不出来，堕入"孤独而狂乱"的境地，成为报纸广告寻人启事中"疯狂的年轻女人"。因此，就对文化深层结构的审视而言，伯尼等女性作家的恋爱小说展现了当时妇女寻觅家庭和社会身份的炼狱之旅，直接触及了18世纪女性寻求独立时面临的人生困境。不论伯尼是否可以归为女权主义者，她的小说的确深刻反映了女权主义关注的妇女问题。

伯尼呈现女性的自主意识，但是并没有走向脱离社会规范钳制的理想主义，另外，也没有对传统女性口诛笔伐。妇女在私下生活和公共场合中不舒服的边缘状态，她们如何力图获得可以被社会规约所接受的身份，同时又在萌发的女性主体意识可以承受的尺度之间协商，都成为伯尼小说的表现内容。大至社会

---

① See Julia Epstein. Marginality in Frances Burney's Novels［M］//ed. John Richetti. *The Cambridge Companion to The Eighteenth Century Novel*. Shanghai：Shanghai Foreign Language Education Press, 2000：202.

技能和经济能力，小到穿衣、化妆、言行举止等各种生活细节，都体现出鲜明的启蒙抗争特色。伯尼在讲述女性经历时，突出了金钱和阶级身份在婚姻中的重要地位，反映出当时英国新富旧贵并存、物质主义开始泛滥而妇女在法律和传统习俗中都深受歧视和压迫的历史场景。在《伊芙琳娜》中，女主人公感叹："哦，我要抓住我的机会！我直到现在才知道出身和财富对获得社会的尊重和公众的青睐有多么的重要。"（Letter 64）这种题材处理启发了19世纪初奥斯丁和埃奇沃思的女性风尚小说创作，尤其在奥斯丁的六部伟大小说中，更升华为经典的述说。在《傲慢与偏见》这部描写恋爱的小说里，金钱的声音从一开篇就在字里行间叮当作响。不过，伯尼与沃斯通克拉夫特的意识形态批评显然不同，正如克劳迪娅·约翰逊（Claudia Johnson）中肯地指出：伯尼从未对作品中女主人公生活其中的道德体系直接发难。①

伯尼的作品人物带有冲突特色，体现了人性的复杂丰富侧面。她父亲广泛的社交圈子和活跃的社交活动，给伯尼带来了解英国社会的第一手资料，并影响了她的写作。伯尼所塑造的人物不乏深度，也有一定广度，在众多通俗女性小说家中少见，受到学者凯特·奇泽姆（Kate Chisholm）的高度称赞。②女性主义评论家和学者极为关注伯尼小说中的女性主体意识，在其中看到了"个人主义"（individualism）的萌发和现代意义上的"自我"（self）概念。在伯尼的小说中，女性的自我意识表达不乏曲折之处，尤其体现为冲突分裂的人格和边缘身份处境。伯尼的女主人公往往出身良好，备受呵护，然而又对社会危险异常敏感，具有强烈的自我保护意识。她们在公开场合克己守礼，但是内心却渴望思想和行动上的独立自主。比如，《漂泊者》在主题上、形式上和意识形态上都体现出冲突性和双重性，引起萨拉·萨利（Sara Salih）等当代研究者的兴趣。女性在家庭中受到的过度保护在一定程度上是一种侵蚀她们自主意识的毒药，迫使她们失落自我。她们内心对自由意志的热爱和对自我价值的追求也时刻与歧视女性的社会现实发生冲突，迫使女性自我在协调本我、超我与现实的苦苦挣扎中人格分裂。她的小说对女性人物疯癫和焦虑形象的刻画生动鲜明，情感强烈，与20世纪的伍尔夫、凯特·米利特（Kate Millet，1934—2017）、肖尔瓦特以及福柯（Michael Foucault）等学者的理论遥相呼应。这种艺术表达丰富和

---

① Claudia Johnson. *Equivocal Beings*: *Politics*, *Gender and Sentimentality in the* 1790*s*; *Wollstonecraft*, *Radicliffe*, *Burney*, *Austen* [M]. Chicago: University of Chicago Press, 1995: 144.

② Kate Chisholm, The Burney Family [M] //ed. Peter Sabor. *The Cambridge Companion to Frances Burney*. Cambridge: Cambridge University Press, 2007: 8.

深化了女性通俗小说的传统，为 18 世纪后期的求爱小说（novel of courtship）注入了活力。

从创作心理看，伯尼小说中的冲突人格和反叛社会传统特色也有个体特殊成因。伯尼的个人生平也体现出明显的冲突矛盾特色，与她作品的主题探索多有关联。杜迪通过对伯尼的写作与其家庭关系的研究，指出伯尼大家庭中存在的冲突和叛逆行为的确对其写作产生了影响。伯尼家庭充满有趣的悖论，一方面，家人之间充满矛盾和隔阂，另一方面伯尼家成员又被认为非常团结，富有凝聚力。他们的密切联系在很大程度上应该是源于共同艺术趣味的相互支持，也来自父亲查尔斯的强烈个性对家人产生的影响。还有的学者见解新颖，指出是家庭成员在这个复杂的大家庭中共同感受到的痛苦不适使他们获得相互理解的能力。父亲再婚时，伯尼已经 15 岁。继母傲慢敏感，艾伦家的孩子都性格强烈、行为叛逆，伯尼从未完全接受继母及继母的子女。伯尼比同父异母的妹妹萨拉年长 20 岁，存在代沟隔阂。此外，伯尼同胞哥哥詹姆斯与妹妹萨拉之间多年存在不伦的同居关系，加剧了家庭关系的紧张。迟迟未能步入婚姻的伯尼生活在这种环境中，难免滋生对自我身份的焦虑，缺乏身为女性的安全感。在她的小说里，女主人公往往都处于母爱缺失的境地，基本没有来自母亲的有益影响，而且经常被一个情绪压抑或者有误导作用的老妇人阻碍。这非常类似伯尼自我经历的心理投射。另外，伯尼对父亲怀有畏惧和崇拜兼有的依恋之情。她像家中其他孩子一样，深受父亲影响，并渴望努力以自己的才智和成就取悦父亲、获得认可。她将自己的第一部和最后一部小说都献给父亲，并在日记中真切地记述了在创作《塞西莉亚》时父亲的敦促带给她的巨大压力。如果说当时身为弱势群体的女性普遍会对男性权威表示顺从，伯尼家庭中缺失的母爱和格外强势的父亲则更加剧了她对父权力量的认同。具有女性主体意识的伯尼同时也怀有对女性价值的游移不定和对男性权威的崇拜渴望，这种悖论的处境带来巨大的心理冲突和情感能量，成为伯尼写作的独特动力和资源。因此，我们也不难理解为什么伯尼在她父亲再婚六个月后便开始了她持久的日志写作。对具有一定写作天赋的伯尼来说，写作既是她排解自己心理情结的便利渠道，也是帮助她获得社会身份的有效工具，是能赢得物质功利的真切现实途径，还是具有游戏般快乐的"白日梦"。

伯尼的小说文体富有女性情感，既有庄重文雅的一面，也有机智反讽的力量。她后三部小说尤其利用自由间接语篇展现女性情感，并在其中融入约翰逊的凝重（formal gravity）风格，然而其作品中显露的"女性情感"（feminine sensibility）曾遭到早期的男性评论家的尖锐批评。作为先驱作家，伯尼作品的反讽启发了奥斯丁。不过，比起奥斯丁小说中活泼精妙的智性反讽，伯尼的表达还是显得粗糙笨拙。很多女权主义评论家认为，伯尼的讽刺天赋受到了时代对女作家所施加的社会压力的抑制。伯尼叙事能力高超，擅讲故事。描写人物时，她具有寥寥数语就能凸显人物本质的卓越才能；她展现社会等级制度的程度则几乎可以与流浪汉小说的力量相媲美。四部小说体现了她在叙事风格上的实验探索，《伊芙琳娜》娴熟使用了书信体形式，后三部小说都采用了第三人称叙事，并运用自由间接语篇，更近距离地呈现女主人公的思想情感。在当时小说发展水平来看，尤其是在女性小说家群体里，伯尼树立了叙事创新的模范。其中，《伊芙琳娜》和《塞西莉亚》的叙事技巧受到较多称赞。伯尼精通设置悬念来制造语言势能的技巧，追求构建富有冲击力的系列故事场面。她的后三部小说里充满戏剧性的场面，甚至被认为过于离奇而缺乏可信度。不过，这些关于家族秘密、遗嘱制约、三角恋爱、私奔、诱拐、真假身份等元素的运用正是通俗小说模式化写作的特点，不仅是通俗小说叙事的有效动力，而且是吸引大众读者的娱乐彩衣。新近的伯尼研究证明，伯尼的戏剧情节处理也有其生活基础，因为她的家庭生活的确富有惊悚离奇事件：四个私奔、无数的恋爱纠葛、违反伦理的兄妹恋情、失踪不见的孩子等。现实中的耳濡目染使伯尼对其作品中人物的道德持有较为宽松的认知。总体来看，伯尼的小说不以突出道德教育主题赢取认同，而以喜剧性反讽和立足女性经历的心理现实主义叙事取胜，这种写作在启蒙主义思想洗礼后的英国常常受到严厉的批评，但的确具有创新的独立品质。

七、历史影响和批评历程

在英国文学史上，伯尼的影响已得到认可。她不是一座高峰，而更像一个纪念碑；她不是撼动天地的巨雷，而更像沉沉黑夜中擦亮的火种。虽然在艺术品质上难与伟大的作品媲美，伯尼的写作却启发、滋养了众多一流的作家。奥斯丁"谜一般地"深爱伯尼，其《傲慢与偏见》的题目即来自《塞西莉亚》的结尾。萨克雷也是伯尼文学遗产的受益者，他在写《名利场》时就借鉴了伯尼日记对滑铁卢战役的第一人称记叙。在历史上，伯克（Edmund Burke），海斯特·特瑞尔（Hester Thrale）、大卫·加瑞克（David Garrick）都是伯尼的热烈支持者。在她去世后，她的作家身份和艺术成就经历了复杂的戏剧性演变。1841年，伯尼的数量巨大的日记得以出版，其对18世纪社会风情的个人化描写受到传记作家和批评家的关注。在以往研究和讨论的基础上，当代批评界开始以新的热情和视角评价伯尼的各种文类创作，肯定她应有的文学史地位。众多学者从各种理论视域对伯尼的小说、戏剧和日记、书信等所有文本进行学术评析，取得了一系列富有启发的成果。人们普遍达成共识，对伯尼用喜剧方式表达社会讽刺的才智予以认可；她以持续的关注和多样的表现手法对父权文化语境中的妇女生存处境的展示也得到人们的称赞。

在 20 世纪初，学界对伯尼的研究在数量上远远超过对斯摩莱特（Tobias Smollett）的兴趣。但在 20 世纪 50 年代，主要受到美国学术界的影响，文学史家对"主要作家"的界定出现范围缩减的转向，斯摩莱特荣登英国重要作家之列，而伯尼则被贬为小作家。① 20 世纪 80 年代后，随着 18 世纪小说研究的进展和对女性小说家的挖掘，伯尼在批评界的地位快速上升，被尊为英国文学经典作家。② 她的作品在西方成为严肃学术研究的热点，并在学校教育中获得普及。1991 年的期刊《18 世纪文学》出版了研究伯尼的小说《伊芙琳娜》专号，将这部小说称为小说发展历程中的一个真正的重大进步。③ 最近，学者茱莉亚·爱普斯坦因（Julia Epstein）和杜迪都出版了关于伯尼研究的专著。伯尼的戏剧作品在 1995 年后也陆续出版。2000 年，她的最后一部喜剧《繁忙的一日》（*A Busy Day*）在伦敦的剧院上演了三个月。2002 年 6 月，为纪念伯尼诞辰二百五十年，在西敏寺的诗人之角树起了伯尼的纪念牌（memorial panel）。另一个阶段性的研究成果是《剑桥文学指南：弗朗西丝·伯尼》（*The Cambridge Companion to Frances Burney*），它汇集了英国、美国、加拿大和澳大利亚十一位学者的研究成果，不但较为全面地展现了伯尼研究的最新成果，而且给予伯尼崇高的评价，明确了她在英国小说史上的地位。

伯尼有时被视作一个"过渡性"作家，就讽刺技巧论，她的风格体现了从斯摩莱特到狄更斯式讽刺的变迁；就家庭题材论，衔接了从理查逊的心理现实主义到简·奥斯丁的温和讥诮。伯尼还是 18 世纪最早探讨因阶层转换引起社会

① J. Paul Hunter, The Novel and Social/ Cultural History［M］//ed. John Richetti. *The Cambridge Companion to The Eighteenth Century Novel*. Shanghai：Shanghai Foreign Language Education Press, 2000：35.

② Jane Spencer, Women Writers and the Eighteenth Century Novel［M］//ed. John Richetti. *The Cambridge Companion to The Eighteenth Century Novel*. Shanghai：Shanghai Foreign Language Education Press, 2000：213.

③ Peter Sabor. ed. *The Cambridge Companion to Frances Burney*［M］. Cambridge：Cambridge University Press, 2007：1.

边缘身份问题的作家之一。① 在《漂泊者》中，伯尼曾表达这样的希望，期待
小说能获得与史诗那样高尚文体同等的地位。事实上，伯尼小说的出版的确为
女性小说家赢得了更高的地位。

综上所述，不论是伯尼的写作生涯，还是两个半世纪以来学界和读者市场
对她的解读和接受，都是作者、读者和社会之间互动的结果。伯尼的写作受到
英国文学传统的滋养，也受到文化定式和现实局限的制约，是一种个人兴趣和
才能不断与文学话语霸权反复谈判妥协的过程。而在不同的历史环境和文化市
场中的读者和批评者，则动态地给予伯尼带有各自历史意味的评述，表达他们
对具体的主题观念、叙事手段以及文体质量的承受能力和选择方式。从伯尼以
及其他17世纪、18世纪英国妇女作家的写作实践来看，英国通俗女性小说传统
不但始终伴随在小说演进的历程里，而且是催生和滋养英国小说的重要力量。
在小说文体形成伊始，女性通俗小说传统就是其内在组成部分，也是其重要的
文化推动因素，值得我们给予严肃关注。

---

① Julia Epstein, Marginality in Frances Burney's Novels［M］//ed. John Richetti, *The
Cambridge Companion to The Eighteenth Century Novel*. Shanghai：Shanghai Foreign Language
Education Press, 2000：199.

第五章

19 世纪的英国女性通俗小说

发展到 18 世纪末，英国小说已展现出其基本面貌轮廓，包括妇女作家在内的众多小说家以各种形式和题材参与小说创作，共同塑造了英国小说的艺术传统。这些作家有的秉承启蒙主义的理性传统，有的发浪漫主义小说之先声，有的倚重现实主义的写实技巧，有的张扬感伤主义的叙事魅力，有的甚至对小说进行了"终极悖论"意义的超前实验创新，形成众声喧哗的文学盛况。不过，对这一历史遗产，绝大部分文学史只认可笛福、菲尔丁、理查逊和斯特恩等男性小说大家的贡献，对为数众多的女性小说家却以"乏善可陈"为由，闭口不谈，显然有失偏颇。

据邦尼·史密斯（G. Bonnie Smith）和诺娃·罗宾逊（Nova Robinson）主编的《劳特里奇女性主义全球史》（*The Routledge Global History of Feminism*，2022）的研究结果，19 世纪是性别关系变革的重要时段，见证了"女性主义"一词的出现和传播以及女性主义第一次浪潮。她们对全球女性研究文献的资料证明，这一时期的女性开始获得更多机会接受教育、职场就业以及参与政治，而且"女性问题"在更广泛的层面被纳入政治、经济和文化改革的议题。[①] 英国的女性主义运动也是这幅波澜壮阔的历史画卷中浓彩重墨的部分，自 19 世纪上半叶起，越来越多的英国女性萌发出积极的主体写作意识，挑战并摆脱文化附庸的地位。这一世纪不但见证了英国女小说家在数量上的急增，而且目睹了她们文学地位崛起、逐渐步入文学正典的壮观场景。

---

① 金莉. 再现全球女性主义思想与运动的宏伟画面——《劳特里奇女性主义全球史》述评 [J]. 外国文学，2023（4）：176-191.

第一节　19世纪小说的通俗文化精神

自小说写作出现以来，艺术批评和社会传统等文化体制就利用各种评价体系和渠道对作家的创作加以规约和引导。作家的创作也往往置身于自我创作原则与外界规范力量之间的夹缝中，以不同形式反映着这种张力运动的结果。总体看，英国19世纪的小说浸染着浓厚的民主情怀和大众义化精神，形成了活跃的通俗文化传统。究其原因，除了前面所述的侧重通俗模式的女性小说在新历史阶段的繁荣之外，通俗小说的发展还得益于另外两个方面的推动力：一个是资产阶级民主思想和政治、文化激进主义在通俗文化中的表达，另一个是注重实证的英美文学批评传统对读者市场的关注。

一、通俗文化的政治和社会基础

斯特雷引用斯图尔特·霍尔（Stuart Hall，1932—2014）的话，指出通俗文化是集体社会埋解力产生的场所，[1] 他进而指出，在通俗文化研究中，意识形态是一个至关重要的概念。[2] 斯特雷分析了经典马克思主义、阿尔都塞以及罗兰·巴尔特的阐释，总结了意识形态的五种定义。这些定义总体显示出，意识形态与作为群体的特定人群相关联，它能暗示某种政治或文化上的掩盖、歪曲和隐瞒现象，并以表现世界的特定方式引起人们的关注，在意识形态层面进行着一场关于权威的争夺斗争，涉及内涵的限制、确定和新创造等方面。[3] 随着资本主义的发展，资产阶级民主自由思想和激进的工人阶级文化在这一世纪都有充分的政治活动，在意识形态领域也得到了响亮的呼应。首先，中产阶级在经济上崛起，其政治地位在稳步提高。1832年，英国颁布《改革法案》（*Reform Act*），使中产阶级的政治权利得到明确的法律保障，为市民文化的确立和繁荣铺平了道路。其次，英国长期经受宗教分歧带来的动荡，在工业化进程中又出现了一系列严重的社会问题，加之法国大革命的影响，民众产生了普遍的不满情绪，

---

① John Storey. *Cultural Theory and Popular Culture*：*An Introduction* [M]. 8th edition. London & New York：Routledge，2018：4.

② John Storey. *Cultural Theory and Popular Culture*：*An Introduction* [M]. 8th edition. London & New York：Routledge，2018：2.

③ John Storey. *Cultural Theory and Popular Culture*：*An Introduction* [M]. 8th edition. London & New York：Routledge，2018：2-5.

工人运动此起彼伏。这种政治激进主义和工会主义长期受到英国政府的严厉压制，被迫转入地下，成为促成英国通俗文化领域的活跃力量。① E. P. 汤普森（Edward Palmer Thompson，1924—1993）在《英国工人阶级的形成》（*The Making of the English Working Class*，1963）中指出：1790 年到 1830 年期间最突出的事件就是"工人阶级"的形成，而这就是英国最著名的通俗文化事件。②

二、英美派文学批评传统

在日益发达的报纸、杂志等大众媒体的推动下，19 世纪的文学评论领域异常活跃，既引导读者接受，也影响小说家的创作。在小说的生产和消费环节中，英美文学的批评活动起着重要的衔接和调节作用，不但塑造了文学批评传统自身，还深刻地影响了小说传统的形成。在 1880 年至 1950 年期间，英国已有超过 129 个专门的通俗小说杂志。斯蒂尔和艾狄森的《闲谈者》与《旁观者》是英国最早刊登文学内容的报纸。斯蒂尔于 1709 年到 1711 年编辑一周出三期，后来他与艾狄森又一起合办日报。《闲谈者》采用辉格党的政治立场，收集伦敦咖啡馆中流通的热点话题，其目的就是斯蒂尔所说的教育智性尚且薄弱的中产阶级学会如何思考问题。这些早期大众期刊影响巨大，以至于在当时新古典主义者倡导的写作样板就是"写诗要像蒲伯，写散文要像艾狄森"。斯蒂尔等的杂志因其内容和散文体裁更适合大众化阅读口味，在当时甚至比博学的蒲伯拥有更多的读者阅读量。③《爱丁堡评论》是 19 世纪保守派的政治和文学杂志，影响很大。《威斯敏斯特评论》由边沁（Jeremy Bentham）和詹姆斯·穆勒（James Mill）创办，是英国自由派的一个重要阵地。《伦敦杂志》创办于 1732 年，其间几度沉浮，至今已有三百年历史，在推介世界各国新老作家方面卓有贡献。《泰晤士报文学副刊》是英国最有影响的文学周刊之一，它刊载英国以及各国作家的文学作品、文章和新作书评，提供图书出版方面的发展动态，许多杰出的作家如 T. S. 艾略特、亨利·詹姆斯和伍尔夫等都是该刊物的作者。《布莱克伍德杂志》《康黑尔杂志》《房中杂志》《河畔》都是维多利亚时代十分活跃的杂志，对勃朗特姐妹、盖斯凯尔夫人等作家的写作出版都有帮助。狄更斯的杂志《家常话》

---

① John Storey. *Cultural Theory and Popular Culture: An Introduction* [M]. 8th edition. London & New York: Routledge, 2018: 13.

② E. P. Thompson. *The Making of the English Working Class* [M]. Harmondsworth: Penguin, 1980: 914.

③ Annette T. Rubinstein. *The Great Tradition in English Literature: From Shakespeare to Shaw Vol. 1*, [M]. Beijing: Foreign Language Teaching and Research Press, 1988: 209.

和《一年到头》是盖斯凯尔夫人这样严肃题材作家首发作品的阵地，狄更斯还公然宣称自己的艺术宗旨就是给普通大众带来娱乐。这些数量巨大、名目繁多的文化印刷物在市民中的普及流通也卓有成效，比如，《观察者》杂志在一些重要的咖啡馆里都有固定的销售点，英国各地的图书馆、流动图书馆（circulating libraries）和租书店铺（book rental shops）覆盖了大部分国土。据作家生平资料，在勃朗特时代，即使是在偏僻的北方小镇哈沃斯，勃朗特姐妹也能方便地阅读到各种杂志刊物和文学书籍。

众多文学期刊、杂志像灵敏的触角，伸向英国小说写作和消费的各个角落，构建起一个有效的信息平台系统。当时发表的文学作品，大部分都能获得较大范围的流通，并得到各种层次的书评信息反馈。不但普通读者乐于发表对小说的看法，而且涌现出众多富有洞见的小说评论家，如英国的哈兹里特、威廉·梅·萨克雷、查尔斯·狄更斯（Charles Dickens，1812—1870）、乔治·亨利·刘易斯（George Henry Lewes，1817—1878），以及美国的威廉·迪安·豪威尔斯（William Dean Howells，1837—1920）和亨利·詹姆斯等。他们当中很多人自己就是小说家，活跃在小说创作实践的最前沿，这种评论家兼作者的现象形成了英国文论传统的重要特色，与以哲学家为主体、偏重抽象哲思的德国文论传统形成了鲜明对比。英美派批评家普遍关注销售市场和读者反应，例如，狄更斯经营《家常话》和《一年到头》这样的杂志，对出版、写作与读者接受的关系具有敏锐的观察和丰富的协调经验，并影响和带动了盖斯凯尔等小说家面向大众进行写作和出版。值得注意的是，妇女也参与了英美小说评论传统的缔造，小说家玛格丽特·奥利芬特是一个突出的例子，她不仅创作了大量的小说和游记，还出版多卷文学评论著作。在活跃的文学批评语境中，不乏出于推销目的的盲目吹捧或对女性写作的偏见和误解，但是也有富有文化责任感的真知灼见。比如，乔治·爱略特对当时女性创作的质量提出过犀利批评，将女作家出版的数量庞大、种类繁多的通俗小说称作"女小说家写的愚蠢故事"，① 她希望当代的女性作者能摆脱浅薄重复、没有真实生活材料的模式化写作形式，对写作事业给予更加严肃的考量和准备。

---

① George Eliot. *Silly Novels by Lady Novelist* [M]. London：Penguin，2010：1–35.

第二节　融入经典的奥斯丁

19 世纪是英国小说以及女性写作蓬勃发展的黄金时代，小说创作极为活跃，其艺术形式走向多元的成熟，相关的小说文化传统盛极一时。在维多利亚时期，英国大众教育事业和人民文化水平普遍提高，逐步造就了稳定增长的小说读者消费群，把英国变成了"一个读小说的民族"。① 在该世纪的前三十年里，英国女性通俗小说汲取传统营养、茁壮成长，不但有一大批女作家传承着 18 世纪以来的小说模式传统，而且出现了标示女性小说艺术水准的"奥斯丁巅峰"，为女性写作走出客厅、融入社会文化史打开了突破口，成为超越雅俗的女性写作的范例。

在 18 世纪小说写作和消费传统的培育下，19 世纪的英国女作家掀起了小说出版的热潮。在自由思想与妇女运动的启发洗礼下，女性小说出版极为活跃繁荣。一批女作家在英国文坛崛起，打破了男性作家在小说领域尤其是严肃文学领域的垄断地位。据约翰·萨瑟兰统计，在维多利亚女皇执政的六十年中……自称是维多利亚小说家的约有七千人，其中三分之一为女性，② 有三十多位女作家在当时享有较高的声誉和知名度。③ 随着女性的公众教育环境与家庭教育环境的不断改善，更多的中产阶级妇女受到了必要的教育和文化启蒙。正因如此，在中产阶级教士家庭中，出现多个女性小说奇才，如勃朗特姐妹和盖斯凯尔夫人等。妇女的写作与出版也逐渐得到家庭和社会的支持，获得了出版的契机。女性写作逐渐从私密到公开，从自娱的业余书写到职业的写作出版，从狭小的客厅走向广阔的社会。奥斯丁在 1813 年 7 月 3 日写给兄弟弗兰克的信中（书信 317）曾不无欢欣自负地写道："告诉你一个令人喜悦的消息，《理智和情感》已经销售一空，包括版权我已经有 140 英镑的进项，……现在我已经靠写作赚到了 250 英镑，这使我忍不住产生了更多期待。"④ 夏洛蒂·勃朗特曾说："我

---

① 朱虹. 英国小说的黄金时代［M］. 北京：中国社会科学出版社，1997：4.

② John Sutherland. ed. *The Stanford Companion to Victorian Fiction*［M］. Stanford：Stanford University Press，1989：1.

③ 邓楠. 论 19 世纪英国女性文学繁荣的原因［J］. 求索，1998（4）：105.

④ Jan Fergus, The Professional Woman Writer［M］//eds. Edward Copeland& Juliet Mcmaster. *The Cambridge Companion to Jane Austen*. Cambridge：Cambridge University Press，2001：12.

们姊妹早在幼年时就抱着有朝一日成为作家的梦想。"① 这些都充分证明，当时女性作家在文化环境中感受到了前所未有的出版机遇。

文化主义学者雷蒙德·威廉斯在《漫长的革命》（*The Long Revolution*，1965）一书中对19世纪小说进行了讨论。他认为那个时代的生活已经无法复原，但19世纪小说所描述的对生活的感受，正是我们现在所选择寻觅的。在阶级社会里，统治集团在推行其意识形态时，往往将自己的文化品位赋予制度化的形式，并以这种文化制度作为传统来排挤、压制来自他者尤其是下层的声音。处于边缘地位的差异性文化要生存并获得合法化身份，需要借助既成制度，有时会主动向主流文化靠拢。② 威廉斯指出：

> 在一个特定的社会中，选择将受到包括阶级利益在内的多种特殊利益的支配。正如当前实际的社会状况在很大程度上支配当代的选择一样，社会的发展、历史的变迁也将在很大程度上决定选择传统。社会的传统文化总是倾向于与当代的利益和价值体系相对应，因为它并非绝对产物，而是一个连续不断的选择和阐释过程。③

19世纪的众多女作家渴望打破因性别身份和通俗写作文类造就的作家身份困境，因此，她们赋予通俗的模式以严肃的意义，在作品中以各种方式表达了对社会矛盾和出路的探索，从而逐步得到正统评论家的认可。通俗小说得到的评价罕与"伟大"关联，不过，柯林斯在"论无名的大众"（1858）中指出了当时小说家与大众读者相互依存的状况："一个巨大的读者群被发现了，下一步是……教给这个读者群如何读书……一旦这个读者群发现他们需要一个伟大的作家，那个伟大的作家就应运而生，并会获得空前的读者。"④ 奥斯丁、勃朗特姐妹、乔治·爱略特、盖斯凯尔等正是这样一批杰出女小说家代表，她们超越雅俗的探索开始了女性作家被纳入经典行列的新时代。

---

① 杨静远编. 勃朗特姐妹研究［M］. 北京：中国社会科学出版社，1983：17.

② John Storey. *Cultural Theory and Popular Culture：An Introduction*［M］. 8th edition. London & New York：Routledge，2018：47-48.

③ John Storey. *Cultural Theory and Popular Culture：An Introduction*［M］. 8th edition. London & New York：Routledge，2018：38-39.

④ Elaine Showalter. *A Literature of Their Own：British Women Novelists from Brontë to Lessing*［M］. Beijing：Foreign Language Teaching and Research Press，2004：xviii.

简·奥斯丁（Jane Austen，1775—1817）①是英国女性小说家的杰出代表，也是英国最伟大的小说家之一，被美国著名学者和女性批评家肖瓦尔特称为英国女性小说创作疆域的"奥斯丁巅峰"②，开启了英国女性作家进入经典文学的里程碑式篇章。她秉承18世纪英国小说的写实传统，是进入19世纪后最早发表现实主义小说的作家。她的创作生动反映了摄政时代（Regency，1811—1820）英国乡村的社会风情，预告了维多利亚时代现实主义的高潮。③ 在她的小说中，奥斯丁对以往的言情小说、感伤小说、哥特小说以及风俗小说都有借用，并进行了高品质的改造提升，是英国女性小说家从备受歧视的通俗模式走向经典化的里程碑。奥斯丁始终关注女性视角和家庭题材，善于在英国乡绅阶层生活的方寸之间冷静审视当时女性的生存状况，对根深蒂固的文化偏见以及束缚、压制女性的社会传统发出疑问和嘲讽，反映当时女性意识的觉醒，为英国女性小说"家庭现实主义"（domestic realism）与"女性现实主义"（feminist realism）的传统奠定了高水准的起点。其作品结构精致，语言凝练，人物塑造生动鲜明，通常在含蓄的反讽叙事中吐露对社会和人性的洞见，不论是在刻画人物、展现风俗的形式技巧上，还是分析人类情感和道德状态的力度上，奥斯丁的小说艺术都具有独创性。甚至具有精英意识的利维斯（F. R. Leavis，1895—1978）也认为奥斯丁是英国小说伟大传统的奠基人之一。④

奥斯丁的创作处境比较典型地显示出性别身份对作家写作的重要影响，也展现出她与社会形塑力量进行抗争协商、实现艺术超越的卓越个性。奥斯丁成长于英国南部汉普郡斯蒂文顿村的乡村牧师家庭，在八个孩子中排行第七，她终身未嫁，未受正规学校教育，生活圈子狭窄，经历平淡无奇。奥斯丁的家庭虽不富裕，但具有积极的人生观、浓厚的艺术氛围和良好的读书传统，她也因而在家庭中得到文学启蒙。奥斯丁的父亲乔治·奥斯丁有牛津大学的教育背景，知识兴趣广泛，曾在家中亲自教育子女，甚至亲朋好友的孩子也深受吸引前来受教。奥斯丁喜爱音乐、绘画和戏剧，经常参与家中举行的读书会和戏剧表演。她在阅读中开始尝试写作，早期完成了一些颇具生气的讽刺小品，其中有些素

---

① 本节部分内容已在合作专著《英国女性小说史》（2011）第三章发表，参见李维屏，宋建福，等. 英国女性小说史 [M]. 上海：上海外语教育出版社，2011：93-134.

② Elaine Showalter. *A Literature of Their Own: British Women Novelists from Brontë to Lessing* [M]. Beijing: Foreign Language Teaching and Research Press, 2004: iii.

③ 侯维瑞，李维屏. 英国小说史 [M]. 南京：译林出版社，2005：190.

④ 这里的"伟大传统"指的是英国小说构成其优秀特征属性的特色传统。See F. R. Leavis. *The Great Tradition* [M]. New York: Boubleday & Company, Inc., 1948: 17.

材被吸纳进其后的小说创作中。奥斯丁的作家之路并不平坦，在世时并未受到很多评论关注，生前得到的十五篇书评集中在《理智与情感》《傲慢与偏见》与《爱玛》三部小说，其他作品基本被忽视。这些早期短书评虽然多为肯定评价，但未做深入评介。① 直到她辞世后，奥斯丁才逐渐声名与日俱增，受到普通读者与文学精英的推崇。在19世纪，除了得到司各特别具慧眼的盛赞外，还有麦考利、丁尼生（Alfred Tennyson）、乔治·刘易斯以及乔治·爱略特等文化名流都是奥斯丁的仰慕者。自20世纪20年代后，查普曼（Robert William Chapman）校勘编辑的奥斯丁作品有效促进了国际范围内的奥斯丁研究。在20世纪后半叶，借助各种理论视角对她作品的主题、技巧、结构、意象、婚姻模式、时代背景、创作经历、女性心理等各个角度的研究不断涌现，从零碎笼统的印象式批评进入全面细致的深度研究。韦恩·布斯（Wayne C. Booth, 1921—2005）在其小说理论著作《我们的朋友：小说伦理学》（The Company We Keep: An Ethics of Fiction, 1988）中充分肯定了奥斯丁对女性伦理批评和女性伦理写作实践的重要意义，认同奥斯丁作为"女性主义批评奠基之母"的地位，认为"她无疑是她那个时代妇女命运最敏锐的描绘者，她的作品包含了对那个男人统治的世界最犀利的批判"。② 自20世纪80年代以来，国内对奥斯丁的研究亦有进展，朱虹编选的《奥斯丁研究》（1985）是其中的代表性成果。20世纪的读者在奥斯丁的作品中发现了非凡的现代性、严肃的伦理意识、深刻的悲剧感以及独特的女性意识，并且通过对奥斯丁传记和书信的深入研究，突破以往人们对这位女作家的定势化认识，发掘出更加复杂多面的奥斯丁。

作为19世纪初的英国女作家，奥斯丁是在她所处的特定的社会文化语境中从事创作的。一方面，她的创作与出版在很大程度上受益于18世纪末19世纪初英国出现的出版热潮；另一方面，她的女性写作生涯仍然承受着来自性别歧视的压力，在根深蒂固的偏见中被阐释或误读。正是在这悖论式的文化环境里，产生了在艺术成就上"无与伦比"而文学生涯曾"无人知晓的"奥斯丁。从奥斯丁生平传记和书信资料来看，由她家人撰写的传记以及他们整理出版的奥斯丁书信呈现的是一个羞怯谦和、仅以业余书写作为娱乐的温雅淑女形象。与奥斯丁感情融洽的兄长亨利在为《诺桑觉寺》和《劝导》出版而撰写的《作者生平小记》（Biographical Notice, 1818年）中竭力辩白奥斯丁作为家居妇女进行业

---

① Jan Fergus, The Professional Woman Writer [M] //eds. Edward Copeland & Juliet Mcmaster. *The Cambridge Companion to Jane Austen*. Cambridge：Cambridge University Press, 2001：18.

② Wayne C. Booth. *The Company We Keep：An Ethics of Fiction* [M]. Berkeley, Los Angeles & London：University of Califoria Press, 1988：426-427.

余写作的立场，"她的创作既不为声名也不为金钱收益"，① 试图说明她出版作品纯属偶然。之后，奥斯丁的侄辈后代陆续出版关于奥斯丁的回忆录，其中詹姆士·爱德华·奥斯丁·李（James Edward Austen-Leigh）的《奥斯丁回忆录》（*A Memoir of Jane Austen*, 1871）影响较大，进一步为读者们呈现出一个深入人心的"亲爱的简姑妈"的形象：单纯文雅，温柔善良，幽默谐趣，不事功名，完全满足于中产阶级妇女平静体面的家庭生活。然而 20 世纪的研究者发现，以上展现的并非作家奥斯丁的全部事实，或者说只是在父权意识中被认可的一面。事实上，奥斯丁的大量信件被亲人销毁，尤其是那些写于 1801—1804 年间其生活充满变故时期的信。② 这种掩饰也许是出于维护家庭隐私的需要，也许是出于保护作者声名的顾虑，但在一定程度上遮蔽了奥斯丁创作状态的真相。

　　奥斯丁现存部分书信的内容与亨利的声明形成了鲜明的反差，证明她已有清晰的自觉创作意识，极为重视自己的写作和出版，她希望成为优秀的小说家，并使自己的写作得到适当的经济回报；而且她也是继亨利·菲尔丁之后自觉关注小说艺术的作家之一。正因此故，当代学者简·佛格斯（Jan Fergus）认为奥斯丁是一位不折不扣的职业作家。奥斯丁在四十二年的短暂生命里完成了六部皆为经典的长篇小说，此外还留下三部未完成的小说片段以及大量书信和早期短篇习作，由于各种原因，这六部小说的写作时间和人们熟知的出版时间并不同步。奥斯丁的创作生涯大致分为斯蒂文顿和乔顿两个时期，始于 1785—1790 年间的模仿写作。在其青少年时期练笔的基础上，她完成了后来被称为斯蒂文顿小说的三部杰作《诺桑觉寺》（*Northanger Abbey*, 1818）、《理智与情感》和《傲慢与偏见》。它们在出版前都经过多次删改，题目也有变动。这些小说均展现出精湛的艺术品质，以其特有的社会讽刺和心理深度而著称。奥斯丁的父亲于 1805 年去世，她与母亲和姐姐失去经济来源，依靠哥哥及朋友的资助维持生计，在 1809 年夏天迁往肯特郡的小镇乔顿，直到 1917 年染病去世。在乔顿生活时期，奥斯丁的生活圈子更加狭窄，但写作功力愈发精湛，创作了艺术品质精良的后期三部"乔顿小说"和其他未完成的小说片段。

　　奥斯丁深受英国文学传统的熏陶，尤其是 18 世纪作家的小说艺术直接激发了她的创作兴趣。她以父亲丰富的藏书为教材，在历史与纯文学作品方面进行了广泛的自由阅读，涉猎菲尔丁、斯特恩、斯威夫特、哥尔德斯密和司各特，

---

① Jan Fergus, The Professional Woman Writer［M］. eds. Edward Copeland& Juliet Mcmaster. *The Cambridge Companion to Jane Austen*. Cambridge：Cambridge University Press, 2001：12.

② Christopher Gillie. *A Preface to Austen*［M］. Beijing：Peking University Press, 2005：26-27.

熟谙莎士比亚、弥尔顿和理查逊，喜爱前期浪漫派诗人威廉·考珀（William Cowper，1731—1800）和乔治·克拉布（George Crabbe，1754—1832）①，对考珀表现中产阶级情调的诗歌有浓厚的兴趣。她推崇塞缪尔·约翰逊，在人生观、政治观、艺术观、宗教观，乃至语言风格上都与约翰逊有契合之处。克里斯托弗·吉利（Christopher Gillie）指出，约翰逊那理性节制的悲观主义与考珀的情感信念共同影响了奥斯丁的生活观和艺术表达。② 此外，奥斯丁还阅读大量的流行小说，雷德克里夫夫人的哥特作品和伯尼的风俗小说都给予她很大的启发。自20岁起，奥斯丁便逐渐超越模仿，开始以个性特色赋了风俗小说以浓郁的地方色彩和时代风情，给当时尚停留于消遣层次的女性书写注入了现实主义的灵魂。

一、斯蒂文顿小说

《诺桑觉寺》是奥斯丁完成的第一部小说，写于1798—1799年，在戏仿当时流行的哥特小说基础上实现了超越。出版商克若斯比在1803年以10英镑的价格买下它，却始终没有出版。十多年后，奥斯丁将手稿买回后做了很多修改，却仍然将它搁置一边，直到她去世后此书方获出版。现在的书名也并非奥斯丁所定，最初题名《苏珊》（Susan），奥斯丁在她的书信集中还曾称这部小说为《凯瑟琳小姐》。小说正是以年轻女子凯瑟琳·莫兰德的婚恋生活为中心，通过戏仿哥特小说的内容模式，展现涉世未深的女主人公在追求浪漫幻想时所经历的挫折，以此传递出小说的主题：幻想与现实的巨大差距以及获得自我认知的重要意义。《诺桑觉寺》篇幅不长，与奥斯丁青少年时期习作的风格极为类似，浪漫气息浓厚，以喜剧和讽刺展现冲突，叙事语气富有幽默感，文体面貌趣味盎然。

《诺桑觉寺》的故事模式类似于伯尼的《伊芙琳娜》以及埃奇沃思的《贝琳达》，都是记录年轻少女踏入社会的成长经历。但是，凯瑟琳又与伯尼和埃奇沃思的传统女主人公颇有差异，她既不聪明也不机智，其人性魅力来自她内在的纯朴和诚实天性。这部小说表层风格传统，但是在戏仿中嵌入颠覆，展示现实与幻想冲突的主题，以凯瑟琳戏剧性的经历戏谑了哥特言情小说的局限之处。起初天真烂漫的少女满脑子都是雷德克里夫夫人哥特小说情节激发的臆想，对世界的理解充满错觉，误把想象当作现实，对生活中真正的危险却懵然未觉。

---

① Christopher Gillie. *A Preface to Austen* [M]. Beijing：Peking University Press，2005：41-47.

② Christopher Gillie. *A Preface to Austen* [M]. Beijing：Peking University Press，2005：41-51.

随着人生阅历的增加，凯瑟琳开始理解和看清社会人生的真相，逐步走向心智成熟。这部小说跟奥斯丁青少年时代的作品《爱情与友谊》一样，都戏谑了18世纪末文学作品中盛行的模式化技巧和浮夸矫饰的情感，表现了奥斯丁对文学传统的批判性继承。在第20章，亨利与凯瑟琳交谈中对哥特小说陈腐情节的揶揄讽刺已脍炙人口。事实上，奥斯丁的六部小说都不同程度地对哥特小说及其泛滥影响进行了批评，通过人物塑造和情节结构，展示那些将虚幻想象与现实生活混为一谈的人物所经受的挫折，揭示放纵的浪漫幻想对人们心灵的误导作用。奥斯丁还借助小说人物表达其艺术观，对小说这种文艺体裁予以辩护。她认为正是在小说中，最伟大的思想、对人性最透彻的了解、对人生最动人的描述以及最生动的智慧和幽默借助最佳语言被表达出来。①

奥斯丁出版的第一部小说《理智与情感》是其成名作，对书信体小说和言情小说模式在借鉴的基础上进行了提升发展。小说最初是书信体形式，题名为《埃莉诺和玛丽安》（Elinor and Marianne）。根据奥斯丁姐姐卡桑德拉的记述，这可能是奥斯丁最早着手创作的小说，开始于1797年，在1811年出版之前经过大量修改。按照当时通常的做法，小说分为独立的三卷出版，封皮作者署名为"一位女作者"（By a lady）。出版商的条件不无苛刻，要求奥斯丁担保亏损的风险，但实际上赢利140英镑。在第二版时，奥斯丁又做了修改。前两版的印数每次都未超过1000册，但是借助于当时发达的"流通图书馆"和租书店铺，读者数量远远大于印数所限。小说的出版广告宣传这是一本"有趣的小说"，强调它作为爱情故事的卖点。故事的核心是达什伍德家个性迥异的两姐妹玛丽安和埃莉诺寻找理想的爱情和婚姻的女性经历。小说采用第三人称全知视角演绎，在叙事模式上属于传统线性叙事，采用双线索发展情节，两姐妹人物并重，描写她们坠入爱河、遭遇挫折、经历磨炼，最后在激情和审慎之间找到平衡而实现心智成长的故事。作品借用在18世纪小说中流行的二元对立的类型化人物的模式，刻画了具有殊异气质个性的两姐妹，表达了奥斯丁以理智的精神来领会世界的人生态度。作家霍勒斯·沃波尔（Horace Walpole，1717—1797）说过："这个世界，凭理智来领会是个喜剧，凭感情来领会是个悲剧。"② 姐姐埃莉诺虽然也具有激情，只是她始终将它控制在理智的缰绳下，不轻易将内心的情感示人，代表着"慎重、宁静的明智"；妹妹玛丽安在小说开始表现出"过于纤细

---

① Isobel Grundy, Jane Austen and Literary Tradition [M] //eds. Edward Copeland & Juliet Mcmaster. *The Cambridge Companion to Jane Austen*. Shanghai: Shanghai Foreign Language Education Press, 2001: 204.

② 简·奥斯汀. 理智与情感（前言）[M]. 孙致礼，译. 南京：译林出版社，1999：1.

的感情"和"多余的敏感",她并非没有理性,但是在母亲的纵容下任凭浪漫激情信马由缰,差点在盲目的爱情挫败中付出生命的代价。埃莉诺的人生信念成熟稳定,犹如一座沉稳的山脉;玛丽安则经历了悲欢离合的起伏,人生经历脱胎换骨的蜕变,体现出动态的趋势,更像一条浪花飞溅的小河,姐妹俩的生活历程构成一幅深富韵味的心灵山水画卷,极具艺术感染力,突破了18世纪小说类型人物抽象苍白的脸谱化窠臼。

作品在美学风格和道德情感立场上都较为传统,在肯定18世纪以来两性关系与家庭观念的基础上展示了个人欲望与公众价值以及社会传统之间的张力关系。同时,它具有明显的"反传奇"特质,① 反拨了当时在女性作家中极为流行但艺术品质备受诟病的哥特传奇。奥斯丁自如地运用戏仿和反讽手段,暴露人性的弱点,又滤除带有个人色彩的偏狭或怨愤,个性品质深沉。比如,关于埃莉诺不负责任的兄长约翰,奥斯丁写道:"这位年轻人心眼并不坏,除非你把冷漠无情和自私自利视为坏心眼。"在刻画情感细腻的玛丽安时,奥斯丁则用夸张和过度渲染的戏仿表达对浪漫主义者矫情滥情的揶揄。作品的叙事语气幽默而富有理性自持的气质,具有居高临下的道德优越感,酷似通过埃莉诺的眼睛来观察和评论世界,而冷静矜持的埃莉诺似乎代表了奥斯丁的人生态度,她敬仰的是以理智统领情感的人。不过,奥斯丁并未止步于揭示情感泛滥的危害和表达对理智的礼赞,而是展露出伍尔夫等批评家所说的女性作家特有的全面感受力和表达力:埃莉诺虽然富有"理智",在生活中也同样不能免受失望的打击。奥斯丁进一步以现实主义的精神展示社会和人生的不完满之处。两姐妹通过亲历生活的压力和人情冷暖,逐步矫正认知,比如,在"粗俗"的詹宁斯太太身上,她们看到了正直和慷慨;风度翩翩的威洛比原来是十足的恶棍,不但欺骗了玛丽安的感情,而且之前还诱骗并抛弃了布兰登上校的养女小扎伊莱;世故圆滑的露西代表了在婚姻名利场上蝇营狗苟、自私浅薄的女性群体。玛丽安的错误并不在于她对爱情的追求,而在于她对社会现实的视而不见。这些都展示出奥斯丁对生活的独特体察,赋予小说深刻而丰富的艺术品质。这部小说虽然并非奥斯丁最好的作品,却也以其创新打破了自菲尔丁、理查逊、斯特恩和斯摩莱特之后英国小说过渡时期的沉寂。

《傲慢与偏见》是奥斯丁自己钟爱的小说,也是读者接受最好的一部,不论是在语言风格、人物塑造、叙事框架还是爱情婚姻的主题展现上都极具特色。小说初稿为书信体形式,名为《最初印象》(*First Impressions*),写作于1796—

---

① 李维屏. 英国小说人物史 [M]. 上海:上海外语教育出版社,2008:145.

1797 年，是奥斯丁最早投稿的作品。她的父亲将书稿交给了出版商，但是出版商未曾阅读就拒绝出版，原作也未能保留，十四年后年奥斯丁再度重写，次年出版。故事背景取自 19 世纪的英国乡村，讲述外省乡绅班内特家五个女儿寻找如意郎君的故事。小说讲述了四种婚姻模式，核心是班内特家次女伊丽莎白和贵族青年达西始于彼此的"傲慢"与"偏见"，到误会消除、真爱萌生的感情经历。边缘故事是长女珍与富裕单身汉宾格莱好事多磨的爱情，还有轻浮冲动的小女儿莉迪亚和轻率贫穷的军官威克姆的私奔，以及伊丽莎白出身寒微的好友夏洛特费尽心机获得有经济保障的婚姻。小说故事情节丰满而又整齐，生动地反映了 19 世纪初英国资产阶级社会的世俗人情，也表露了作者的婚姻观，正如奥斯丁自己所言："我写的是爱情和金钱，除此之外，还有什么好写的呢？"[1]小说语气欢快，人物性格鲜明，对话生机勃勃，富有哲理和幽默巧智，通篇闪耀着明亮轻快、光耀夺目的喜剧气氛，虽然没有奥斯丁后期小说中的深度，它所洋溢的智趣光彩和青春朝气却是无与伦比的。小说采用线型叙事，然而故事线索却比《理智与情感》更加复杂，情节曲折，结构精致，人物关系和事件发展丝丝入扣，有引人入胜之效。它以伊丽莎白为中心人物，同时伴有几条其他女性人物的辅助性线索，叙事基调明晰，主次音部浑然一体地交叉融合，形成完美的和声。小说的开端脍炙人口：

> 凡是有钱的单身汉，总想娶位太太，这已经成了一条举世公认的真理。这样的单身汉，每逢搬到一个地方，四邻八舍虽然完全不了解他的性情如何，见解如何，可是既然这样一条真理已经在人们心目中根深蒂固，因此人们总是把他看作自己某一位女儿理所应得的一笔财产。

小说末章这样开头："令班内特太太慈母之心深感欢喜的时刻就是，她终于嫁出去了两个最抢手的女儿。"它以充满幽默揶揄语气的主题道白开场，以童话似的圆满结局收篇，以弥漫全书的反讽语气探讨女性认识自我和社会的经历。来自乡绅家庭的伊丽莎白和兼有旧贵新富背景的达西的结合耐人寻味，两人之间波澜起伏的交流和接纳成为一个时代风俗生动的画本，这个求爱过程被认为是英国文学中最美妙、最令人回味的篇章之一。

小说男女主人公的结合具有双重的政治含义，它是民主思想在与陈腐的社

---

① Abraham H. Lass. ed. *Plot Guide to 100 American and British Novels* [M]. Boston：The Writer, Inc., 1966：56.

会等级秩序和偏见交锋的胜利。属于中产阶级的伊丽莎白终于与来自贵族阶层的达西尽释前嫌、缔结良缘，折射了当时资本主义进程中民主思想的接受过程。另外，伊丽莎白的形象表现出强烈的女性主体意识。她富有智慧和理性，追求平等和尊严，成为理想女性人物的代表，其乐观的人生态度和富有活力、智趣的性格赢得无数读者的青睐。作品中人物个性鲜明，极具戏剧化的典型意义，为小说平添异彩。班内特太太的粗俗浅薄，班内特先生的消沉善嘲，伊丽莎白的机智活力，珍的美丽柔弱，玛丽的平庸，凯蒂的愚蠢，莉迪亚的轻浮任性，柯林斯的愚蠢无趣，达西的傲慢自负，凯瑟琳夫人的骄横跋扈，夏洛蒂的谦卑隐忍，无不在读者脑海留下深深的印象，呼之欲出。这种艺术效果一方面源于奥斯丁对人性的深刻洞察，另一方面也来自其别具特色的女性视角。整部小说可以看作伊丽莎白和达西从彼此的误解到两情相悦的爱情经历，他们对彼此的最初印象与小说的名字完美呼应。不过，男女主人公在小说中的比重和呈现方式大不相同：达西属于大线条勾勒的外部刻画，而伊丽莎白则借助内视角展示。女主人公俨然成为奥斯丁的代言人，在她理性眼睛的审视下，生活中的"愚人"纷纷显现，① 在展示世俗人情的同时传递出明智的人生建议。伊丽莎白具有强烈的个性和独特见解，她不仅经历、见证、批评和嘲笑，而且也在思考、变化和成长，是典型的"圆形人物"。奥斯丁自己也钟爱伊丽莎白这个人物，她在一封信中说："我必须承认她是最令人愉快的形象，如果有人说竟然一点不喜欢她，我可是不原谅。"② 不过，女性形象在小说中压倒一切，男主人公沦为陪衬，难免有简单粗糙之感，魅力远远不如光彩四射的女主人公。奥斯丁研究专家约翰·韦特谢在《重建简·奥斯丁：对〈傲慢与偏见〉的当代反应》一文中，梳理作品的接受历史，重点分析了达西的形象以及男性读者们对小说的接受反应，颇有启发洞见。奥斯丁在创作《傲慢与偏见》时深受伯尼的《塞西莉亚》启发，但是她摒弃后者矫揉造作的表达方式，采取了现实主义的诚实态度，撰写出"最可信的一部书"。她立足女性立场，将19世纪初的社会现状与两性世界里虚伪粉饰的幕布撕开，展示众生百态和女性在婚姻和爱情之途上的努力、艰辛与无奈。奥斯丁虽然批评众多妇女盲从世俗的愚妄之举，但却保持了"柔和的眼光"，从不滑向理想主义的极端，这种理性自持的态度备受詹姆斯和利维斯等评论家的推崇。

婚姻是奥斯丁所有小说的中心话题，她的女主人公都是热切追求家庭幸福

---

① 朱虹. 英国小说的黄金时代［M］. 北京：中国社会科学出版社，1997：15.

② 转引自朱虹. 英国小说的黄金时代［M］. 北京：中国社会科学出版社，1997：15.

的人。奥斯丁通过对婚姻模式的审视，对女性在父权社会的人生困境寄予深切的同情。小说展示了鲜明的道德伦理意识，体现在她对小说中四种婚姻模式的探讨中。这里有伊丽莎白与达西通过冲突与磨合，以共同志趣为基础的婚姻；珍与宾格莱沿袭郎才女貌传统的婚姻；夏洛特与柯林斯建立在纯物质利益基础上的功利型婚姻；莉迪亚与威克姆盲目追求肉欲满足的轻率婚姻。伊丽莎白的选择在很大程度上代表奥斯丁的婚姻理想。奥斯丁通过钟爱的女主人公，阐明自己"为神圣的婚姻而爱，为理性的爱而婚姻"的婚姻伦理主张，体现了其"家庭现实主义"的具体观念。当代学者综合生物学进化论与文学史的视角解读这部作品，指出了当时"婚姻市场"的客观现实和女性同性竞争的残酷性。[①]在小说中，女性将对情敌的损毁作为竞争婚姻的重要手段，描写女性情敌之间斗争的场面精彩纷呈。卡罗琳和凯瑟琳夫人都是那些在婚姻市场上苦心经营、费力周旋的女性的代表。夏洛特出于功利目的的婚姻选择在奥斯丁看来并非最糟，如夏洛特所说，"幸福的婚姻完全靠运气"，与为了爱情而穷困悲愁相比，选择安全体面的生活处境有其一定的现实理由。小说反映了女性独立谋生的艰难，展示她们在法律和社会习俗中备受歧视的不利处境，使读者在喜剧的形式下感受到悲剧的苦涩。班内特太太急于嫁出女儿的心结的确有其社会现实依据，小说开篇那似乎颇有荒谬的一厢情愿意味的设想在最后竟然都成为现实。在某种意义上，庸俗愚蠢的班内特夫人反而是一个预言真相的现实智者，这种主题的反讽比起语言层面的戏谑更发人深省。这部小说意味隽永，使读者深思爱情、婚姻、家庭、金钱和道德等人生选择的困境和后果，不愧为英国小说的经典杰作。总之，奥斯丁的三部斯蒂文顿小说都富有青春飞扬的活力和智趣，并且在不同程度上继承发展了18世纪以来的女性小说传统。它们将现实主义的深度带入风俗小说，对泛滥的哥特感伤小说予以戏仿颠覆，使过去被贬为低俗的女性写作荣登大雅之堂。三部小说的情节结构也逐步由简至繁，叙事越来越精纯，体现了作者写作功力日益精进的趋势。

二、乔顿小说

　　奥斯丁作品以喜剧精神著称，同时其生活哲学深具现代犬儒主义色彩，这在她后期的乔顿小说中尤其突出。奥斯丁一生经历三次搬迁，栖身过四处家宅，1801年从斯蒂文顿迁至巴斯，1806迁至南安普顿，最后与母亲和姐姐在1809年

---

① Michael J. Stasio. An Evolutionary Application to Jane Austen Prehistoric Preferences in Pride and Prejudice [J]. *Studies in the Novel*, 2007（39）：133-146.

定居小镇乔顿。她的家境状况和社会地位基本一直在走下坡路，生活的压力显而易见，这些都影响到奥斯丁的题材表现和人生哲学。她是在洞察人生的悲凉和无奈之后，把对现有秩序的不满转化为一种艺术表达的动力，在人生态度上持一种不反抗的清醒和一种不认同的接受。她用中产阶级立场的明智和现实精神面对暗淡的人生，以反讽作为对策来追念受挫的理想，用智慧之言讥嘲丑陋偏狭，用理性精神肯定美好和高贵，这便使一种深沉的悲剧感完美地融化在小说中，于无声处提升了小说的品质。

奥斯丁母女在乔顿过着深居简出的生活，并承受着巨大的经济压力。现实和岁月的磨难使奥斯丁获得更加隐忍成熟的艺术气质。在极为低调的创作环境中，她先后完成了三部乔顿小说《曼斯菲尔德庄园》（*Mansfield Park*，1814）、《爱玛》（*Emma*，1815）和《劝导》（*Persuasion*，1818）。这些小说更加精妙地折射了环境对人物个性、行为产生的微妙影响，表达了更加宽广深沉的社会批评意义，成为众多学者钟爱有加的作品。奥斯丁在25岁前已经写了三部小说，但是直到34岁迁居乔顿后仍未有一部作品出版。奥斯丁的书信显示，她决心改变现状，将自己作品付梓出版。在已完成的三部作品《第一印象》《苏珊》和《理智与情感》中，她经过反复删改后明智地选择了后一部作品作为突破，终于在1811年成功出版。奥斯丁后期的写作也非常低调，尽力避人耳目，只在家务劳动之余进行，小说的署名采用化名M. Ashton Dennis（奥斯丁自己署名为"M. A. D."）。人们一般认为，她之所以如此，一方面是因为父亲去世后家境衰落，需要分担部分日常家务，另一方面还因为她试图提前规避读者接受失败的羞愧，各种史料证明，奥斯丁是处于各种焦虑压力之下进行写作的。奥斯丁的六部主要小说在生前出版四部，另外两部《爱玛》和《诺桑觉寺》在她去世后很快面世，附有兄长亨利所写的简短的作者生平介绍，但封皮上都未出现奥斯丁的名字，直到20世纪，她的作品才得以全面出版。

《曼斯菲尔德庄园》是乔顿小说的第一部，紧随《傲慢与偏见》一年后出版，在当时销售状况不佳，读者对其观感不一，这在小说出版后奥斯丁亲自收集的《读曼斯菲尔德有感》（*Opinions of Mansfield Park*）中有所反映。① 小说中的背景环境和叙事基调与前面几部作品迥异，体现出更加鲜明而成熟的女性特色，虽然不乏奥斯丁特有的智慧和幽默，但是那种喜剧色彩的智趣情怀却已不再，取而代之的是一种历经生活洗练后的凝重。小说开篇的四个长句是对《傲

---

① Edward Copeland & Juliet Mcmaster. eds. *The Cambridge Companion to Jane Austen* [M]. Shanghai：Shanghai Foreign Language Education Press. 1997：59.

慢与偏见》的互文本解构，"虽然有如此多需要财产保证的漂亮待嫁姑娘，世界上却当然没有那么多有丰厚财产的男子"，① 奠定了萦绕着贫寒女主人公生活的苦涩基调。小说采用全知叙事，对主人公范妮深受精神创伤、没有安全感的女性心理刻画入木三分。评论家威尔谢特认为，在奥斯丁其他小说作品中，叙事从未如此恣肆穿梭于人物的整个意识领域。此言不谬，在很大程度上，小说就是在展现范妮、玛丽·克洛福德、埃德蒙、玛丽亚和托马斯爵士等众多人物的内心节奏和思维过程。② 小说大量使用自由间接引语，省略了引号，没有作者的评头论足，像内心独白一样让人物的思想直接流淌在文本中，使读者的思想情感与小说人物的命运建立了密切联系。同时，不同人物各自具有独立视角，构成多维的情感层面，体现了复杂的价值评判角度，浑如乐队演奏，具有独特的复调效果。心理刻画的深度和叙事的多声部特征使这部作品成为英国小说艺术发展的一个里程碑。

　　小说同样具有严肃的道德主题意义，维护了"美德得到回报"的传统观念，对身处逆境仍有信念的人群表达出深切同情和赞许。由于贫寒的家世和寄人篱下的身份，范妮看起来个性严肃、谦卑怯弱，在小说的前半部分，她在曼斯菲尔德喧闹的社交生活中始终处于悄无声息的边缘地位。在小说后半部，随着庄园里几个人物的离开，范妮水落石出般地凸显出来，这个看似懦弱的小女子竟然能承受种种压力，拒不接受别人对她生活的摆布。在曼斯菲尔德庄园其他人物荒唐孟浪行为的衬托下，范妮的人格绽放出奇异的光彩。她在喧哗骚动中不迷失、不流俗，深沉稳重的性格人品终于赢得众人的尊重和认可，也守望到自己的幸福。在情感信念上，范妮是带有明显"考珀式"风格的女主人公。③ 沮丧的现实没有让她怨尤扭曲，一个美好的夜晚就令她心旷神怡、感激赞叹而忘却痛苦，正是这种本真的智慧和精神力量感染了埃德蒙，使他最终认识到神圣的真谛。范妮是带有强烈伦理色彩的人物形象，在一定程度上印证了奥斯丁说过要以"圣职"（ordination）作为这部小说主题的预想。小说的环境描写具有寓言色彩，力在衬托人物，有效地展示女性困境，凸显其道德风貌。社会环境描写上富有对比性：繁华温柔乡的曼斯菲尔德府邸、寒酸潦倒的普茨茅斯工人家

①　Jane Austen. *Selected Works of Jane Austen* [M]. Shanghai: World Publishing Corporation, 2009: 721.

②　John Wiltshire, Mansfield Park, Emma, Persuasion [M] //eds. Edward Copeland & Juliet Mcmaster. *The Cambridge Companion to Jane Austen*. Shanghai: Shanghai Foreign Language Education Press, 2001: 61-65.

③　Christopher Gillie. *A Preface to Austen* [M]. Beijing: Peking University. 2005: 55.

庭生活场景与颓废堕落的伦敦社交生活，都代表了女性各种可能的生活选择。其中曼斯菲尔德与普茨茅斯的比对最为强烈，前者是小说的主要背景，富丽堂皇，优雅舒适，是中产阶级优裕生活的象征。范妮一家则住在普茨茅斯的后街，属于家徒四壁的劳动阶层，生活在肮脏凌乱、没有经济安全感的世界里。范妮的母亲与贝特伦夫人虽是亲姐妹，只是因为选择了不同的婚姻而走上不同命途，身份和生活方式悬殊。范妮幼年离家，饱尝人情冷暖和世态炎凉，她完全明白有经济保障的婚姻意味着什么，然而在自己对埃德蒙的爱情深感无望时，她仍能断然拒绝富有的亨利，着实难能可贵。在小说中，克拉福德家庭体现的是世故俗气的伦敦上流社会；贝特伦家庭的人物都富有高贵气派，漂亮任性，散漫自私，他们对待范妮的态度多有戏剧性场面，包括汤姆屡次欺侮范妮、诺利斯太太斥骂范妮以及亨利追求范妮等，都是现实主义典型化技巧的精彩之笔。在自然环境上，小说多次巧用象征手段，比如在苏瑟顿出游的章节，人物自发结伴而游的情形意味深长，隐喻了他们的处境和人生选择：当埃德蒙和玛丽结伴而行时，范妮一人被冷落一隅；玛丽亚与未婚夫拉什沃斯以及新欢亨利结成的三人一组更有戏剧性，他们一起来到花园中通往不同路径的大门前，发现铁门被锁住，婚礼在即的玛丽亚十分扫兴，拉什沃斯遂独自去找钥匙，玛丽亚却在亨利的帮助下攀越大门，走向远处的小山。这些情节既符合人物个性行为特点，又暗示了他们未来的人生走向，展示了环境描写与人物塑造融为一体、相得益彰的高超技艺。

奥斯丁通常受到的批评是她作品只关注乡绅中产阶级的封闭小世界，而在这部小说中，温文尔雅的英国乡间小圈子与外部世界之间建立起了某种联系，社会背景描写有所扩展，比如写到下层劳动者的生活状况、范妮做奴隶主的叔叔，以及他在安提瓜和加勒比的产业等。[①] 虽然在大社会环境的建构上，奥斯丁只是浮光掠影地带过，却引起现当代评论家的热烈争鸣。比如，后殖民主义批评家赛义德（Edward Said）一向质疑文学文本的物质自足性，对奥斯丁同样采取文化政治批评。他以曼斯菲尔德庄园的财富建立在奴隶劳动基础之上为例，抨击奥斯丁对帝国主义政策的同流默许。加布里尔·怀特（Gabrielle White）等则提出奥斯丁怀有废奴主义思想的证据。曼斯菲尔德庄园这个空间在不同的读者接受中获得丰富多元的象征意义，有人将其视为检验人物道德观念的试金石，有人将其视为大英帝国社会生活的表征，有人认为它代表了奥斯丁时代中产阶级的生活理想，也有人认为它暗示了英国的宗教信仰等，至今依然是奥斯丁研

---

① 英国于1833年废除奴隶制。

究中见智见仁的讨论话题。奥斯丁总是明智地定位于她熟悉的女性世界，这部小说凸显了人物和情感两个因素，其视角同样聚焦女性人物，主线是范妮的心路历程，副线则表现了玛丽·克洛福德的生活，虽然存在诸多差异，她们俩却同样都在寻找自我身份的归属和感情支撑点。范妮的形象与奥斯丁以往的女主人公气质有较大差异，相比起广受青睐的伊丽莎白·班内特，有的读者表示不喜欢范妮，甚至对她迫于无奈的无为生活方式毫无同情。也许是因为范妮代表了社会地位和生活境遇更为独特的群体，因而读者共鸣受到限制，① 但是奥斯丁在此因为观照的专注所达到的情感深度也是以往作品所未曾有的。

　　《爱玛》则是极富喜剧色彩的风俗小说，艺术品质不仅堪与《傲慢与偏见》相媲美，甚至许多评论家认为它是奥斯丁小说的巅峰之作，② 也是利维斯最推崇的几部英国小说之一。小说以主人公爱玛的成长经历进行情节架构，以她富有活力的思想个性为情感主调，展现了"哈伯里村"（the Highbury World）一年中的世故人情，刻画了生活于斯的形形色色的人物，惟妙惟肖地反映了 19 世纪初英国乡村的生活画面。小说展示了不同社会等级阶层群体意识，将爱玛的活动背景扩展到哈伯里村的社区范围，虽然焦点人物仍限于乡绅阶层，但其他阶层人物如佃农、仆人、店主、教师、律师、医生、旅馆老板和马夫等也有较多笔墨刻画，多角度地折射了英国的社会风尚。风俗展现在小说第二卷较为突出，描写了大量的访客、闲言、慈善活动、邻里百舍的交往，在琐碎的生活场景中再现人物的生活状况，反映了当时社会阶层之间的关系，具有浓厚的现实主义气息。小说以对女主人公的高调定性评价开篇："爱玛·伍德豪斯，漂亮、聪明又有钱，有个舒适的家和一个快活的性格，似乎把生活中的精华汇集于一身，她在世上活了 21 年，还很少有什么使她懊恼和沮丧的事情。"这种人物出场先声夺人，跃然而出，与《曼斯菲尔德庄园》中淡泊隐忍的范妮形成鲜明对照。小说事件皆通过爱玛的意识呈现出来，③ 通篇弥漫着爱玛自信而富有活力的叙事语气，这种压倒一切的人物叙事在奥斯丁其他作品中绝无仅有。小说也有女性成长小说的基本模式，展示爱玛的自以为是、乱牵姻缘、她对社会人生了解的欠缺、她的屡屡受挫以及最后的醒悟与良缘。不过，爱玛并非被动的体验者，而是以自己的方式推动事件的发展，她在家庭和社区中都有较高地位，举足轻

---

① 　一向对奥斯丁赞誉有加的司各特对《曼斯菲尔德庄园》评价不高。See Janet Todd. *The Cambridge Introduction to Jane Austen*［M］. Shanghai：Shanghai Foreign Language Education Press，2008：31.

② 　W. A. Craik. *Jane Austen*［M］. New York：Barnes & Noble. 1965：125.

③ 　F. R. Leavis. *The Great Tradition*［M］. New York：Doubleday & Company，1948：20

重，享有在未婚的年轻女性中罕有的自由。奥斯丁借助爱玛的声音表达女性的愿望和理想，对社会习俗所施加的束缚予以反抗，大胆泼辣，清新爽快，一改传统小说中女性人物恭顺谦卑的旧面孔。爱玛的人物塑造极为成功，散发出思想和个性的光彩，既有善良可爱的一面，也不乏人性弱点，体现出多重性和复杂性。奥斯丁的人物塑造与对生活的展示表现出深刻的复杂性，她对人际关系的观察和表现精微具体，具有极大的现实主义说服力，她的这一特点被认为堪与亨利·詹姆斯相媲美。① 苏珊·费里尔对此赞同说："真是太妙了！……每个人物都是那样栩栩如生，风格是那样泼辣，因此不需要再用任何神秘或探险的故事作为佐料加以润色。"②

英国当代小说家 P. D. 詹姆斯把《爱玛》称作出色的侦探小说，指出它虽然没有谋杀、警察和侦探，却极具侦探作品的魅力。这部小说揭示了生活中的隐蔽真相，不论是对当局者爱玛，还是对旁观的读者，这个秘密都不动声色地被奥斯丁巧妙编制在故事的核心，直到最后才揭示出真相。爱玛最后觉悟、获得人生的经验和智慧，而读者也方才回味出一直潜藏于文本中的认知和教诲意义。这种悬念效果使《爱玛》成为"没有谋杀的神秘故事"，体现了奥斯丁的构思智慧。小说含有鲜明的反讽意味，以现实主义的智性嘲弄世界的荒谬和人的局限。一般来说，戏剧反讽效果与神秘感会相互抵消，因为神秘感通常源自悬念，而反讽效果来自不断揭示谬误与真相之间的距离，然而，奥斯丁令人惊异地做到了二者兼顾，表现出精湛的叙事技巧。韦恩·布斯认为奥斯丁在《爱玛》中确立完美概念这一点上，堪称一个"完美的生灵"，③ 而这种完美在很大程度上借助于巧妙的叙述角度实现。布斯盛赞奥斯丁控制叙事距离的技巧，认为这是《爱玛》成功的重要原因。作品贯穿着双重视线：一个是对爱玛的内心透视，另一个是读者审视爱玛的客观视点。小说通过叙事者直接吐露对爱玛的评价，让人物的内心透视图像和作者的评论达到价值观的一致，不乏对爱玛行为的直接辩护。在叙事中，奥斯丁运用容易催生读者同情和焦虑之情的语篇模式，尽管采用了第三人称叙事，但实质上利用女主人公作为描述自身经验的叙述者，对爱玛持续使用同情的内心透视（sympathy through control of inside view），

---

① Arnold Kettle, Emma ［M］//ed. Ian Watt. *Jane Austen: A Collection of Critical Essays*. Englewood Cliffs: Prentice-Hall, Inc., 1963: 113.

② John A. Doyle. ed. *Memoir and Correspondence of Susan Ferrier* ［M］. London: Murray, 1898: 128.

③ Wayne C. Booth. *The Rhetoric of Fiction* ［M］. 2nd edition. Chicago: The University of Chicago Press, 1983: 265.

让大部分故事通过爱玛的视角展示出来,① 使读者产生某种与爱玛类似的情感反应,从而对女主人公产生我们在现实生活中通常只有对自己的缺陷才会怀有的容忍心理。布斯认为,这样一个迷人而又迷惘的年轻女子的内心透视会带给读者极大的愉悦。直到作品结尾,爱玛看到了现实和婚姻的游戏规则,了解了世界的冷酷和恶行,在与这些罪恶的对比中,有缺陷的爱玛就自然获得读者的宽恕,并显现出独特的个性光彩。作品对于作为完美道德化身的奈特利从未进行内心透视,因为他已经被塑造为静态的、完全可靠的人物形象,没有了隐秘思想。奥斯丁通过操纵隐含作者的叙事语气,像朋友一样引导读者的智力、情感和道德判断,使小说既有因悬念产生的神秘感,又有因为批判性评论产生的强烈戏剧反讽。

小说具有浓厚的喜剧色彩,并与人物塑造浑然一体。爱玛的诸多错谬为小说平添趣味,这些错误有的滑稽可笑,有的误人匪浅,有的甚至危及她自身的幸福,虽出人意料,却又合乎内在逻辑。爱玛的人格栩栩如生,她缺点明显,主观专横、虚荣势利,还容易嫉妒,却也善良、直率,富有清新的人性魅力。奥斯丁在创作时曾认为有缺点的爱玛是“只有自己才会深深喜欢的女主人公”,然而近二百年来,爱玛同样赢得了无数读者的心。《爱玛》的独特魅力有诸多层面,引发众多名家赞誉。利维斯发掘到小说的道德美感,认为不应该从“审美”“诗篇布局”和“生活之真”等视角来阅读这部小说,他说:“细察一下《爱玛》的完美形式,可以发现道德关怀正是这位小说家的独特兴趣点,而读者只有从道德关怀的角度才能领会小说的形式之美。”② 作品传递出对人生态度的思索和规劝:当发自轻慢态度的人生游戏践踏了人类情感时,它就演变成一种罪恶,害人害己。从外部来看,早期的爱玛令人难以接受。基于个人的权力欲,她操纵摆布哈丽特;出于虚荣,她同弗兰克调情;出于嫉妒,她虐待简·费尔法克斯;出于势利和冷酷,她辱骂贝茨小姐。奈特利的谴责和现实的打击促成了她的道德转变,爱玛最后的自我反省痛切深刻,体现了她在成长中摒弃肤浅的机智、获得真正智慧的质变过程。奥斯丁认为:“智慧(wisdom)要优于机智(wit),从长远来看必定是智慧为人生带来幸福。”③ 爱玛起初卖弄机智,在生活中屡次受挫,直到在挫折中掌握了智慧,才终获幸福。奥斯丁展示了自我认知

---

① Wayne C. Booth. The *Rhetoric of Fiction* [M]. 2nd edition. Chicago: The University of Chicago Press, 1983: 245.

② F. R. Leavis. *The Great Tradition* [M]. New York: Doubleday & Company, 1948: 18.

③ Letter to Fanny, 1814. See Christopher Gillie. *A Preface to Austen* [M]. Beijing: Peking University Press, 2005: 20-21.

中复杂而困难的一点，即对爱玛幸福的最大威胁竟然来自她自己。正如奥斯丁在小说中所言："人类语言只表达完全真相的情形实在少之又少，人们很少丝毫不做掩饰，也很少完全不遭遇误解。"① 奈特利正直深沉、体贴务实、直率又富有自制，代表着理想的中产阶级男性形象，一度成为19世纪英国中产阶级女性择偶的标准。不过，奈特利总体仍属于父权文化社会中常见的又一个"男性引路人"形象，大致沿袭了女性作家塑造男性人物常用的完美道德定势化模式，这可以说是奥斯丁人物塑造上的局限，也是既有社会和文学传统对女作家创作思想建构的结果。

篇幅较短的《劝导》是奥斯丁在乔顿完成的最后一部长篇小说，写作始于1815年，历时一年完成，在她去世后出版。小说讲述的是爱情故事，基调忧郁感人，仍然有女性言情小说的模式框架：主人公是青春迟暮、默默忍受痛苦的安妮·艾略特，由于父亲的门户偏见和教母的左右，她险些与真爱失之交臂，但是经历坚强的等待后，她终获幸福。在奥斯丁塑造的众多女性人物中，安妮被认为是最甜美的女主人公，她善良温柔而忍耐坚定的个性显示出成熟的思想情感气质。奥斯丁曾在书信中说到安妮这个人物"对我来说几乎有点过于好了"。②有人认为安妮的形象来自奥斯丁有同样个性的姐姐卡桑德拉，这种猜测是否属实不得而知，但是读者清楚地感受到了奥斯丁对忠诚的爱情的礼赞和对忍耐、善良品德的赞美。安妮的形象酷似《爱玛》中的简·费尔法克斯，不同的是，在这里她的意识一直占据着叙事视点中心，只是在第七章，为了阐清温特沃思对安妮的真实情感，小说出现暂时视线中断和视点转移，让温特沃思的思考占据了五页的篇幅。创作《劝导》时，奥斯丁已经接近40岁，小说的女主人公跟之前作品中的人物形象大不相同，不再是初坠情网、涉世未深、正值人生花季的年轻女性。安妮韶华已逝，感情经历坎坷波折，恋爱之路阻碍重重，直到第23章，由于路易莎的意外跌倒事件，几近夭折的爱情才又获得重生。在生活的磨砺下，安妮洗落了幼稚，走向心智成熟。比起奥斯丁其他小说，这里有更多关于乡间自然景色的描写，这种晚秋的故事背景与安妮的心境与经历水乳交融，使小说宛如一个秋天的故事。悲伤和悔恨曾使安妮的心灵早早进入萧瑟的秋季，不过，在小说结尾，安妮又迎来人生的春天，以自己的坚贞和努力重获爱情。这部小说语气沉静，带有大量的奥斯丁式的反讽，并且一如既往体

---

① Jane Austen. *Selected Works of Jane Austen* [M]. Shanghai: World Publishing Corporation, 2009: 689.

② See Janet Todd. *The Cambridge Introduction to Jane Austen* [M]. Shanghai: Shanghai Foreign Language Education Press, 2008: 125.

现出她对人物的深刻研究。奥斯丁对比了三组人物，并试图发现他们在整个社会关系中的地位，其中安妮的形象最为动人，她虚荣自负的父亲和冷酷自私的姐姐也刻画得栩栩如生。但有批评指出，小说人物塑造主次不分，比如对次要人物史密斯夫人着墨过多，喧宾夺主，导致安妮的描写不集中，人物形象欠缺丰满。①

在创作乔顿小说期间，奥斯丁同时也在修改《傲慢与偏见》等早期未获出版的作品。虽然其六部长篇小说的出版时间集中在 1811—1818 年，但是其创作时间却有接近二十年的跨度，其间奥斯丁的心智情感波澜起伏在后期的小说里多有投射，赋予乔顿小说成熟凝重的气质。此外，奥斯丁对人物心理刻画的力度大大加强，作品内倾色彩愈发突出，而且都彰显了礼赞女性美好道德的主题。不过，约翰·威尔谢特意指出，这三部乔顿小说实质上异大于同，因为奥斯丁借助具体的叙事技巧，创造出各具特色的故事背景，展示了众多"不同的世界"，并不存在人们惯常所说的某个"奥斯丁的世界"（Austen's world），② 这个提醒对于从微观对比的角度解读奥斯丁小说世界具有启发性。

除了上述六部小说之外，奥斯丁还留下一些其他作品。1954 年，查普曼编辑出版《奥斯丁作品集》（*The Works of Jane Austen*），其中第五卷专卷收录了奥斯丁全部早期作品和未完成的小说片段。③ 切斯特顿编辑出版了《爱情与友谊及早期作品集》（*Love and Friendship and Other Early Works*，1922）收集了奥斯丁早期创作的大量短篇片段。奥斯丁的艺术成就还包括书信体小说《苏珊女士》（*Lady Susan*，写于 1805 年，1871 年出版）和两部未完成的小说片段《华生一家》（*The Watsons*，创作于 1800 年，1875 年出版）与《桑迪顿》（*Sanditon*，创作于 1817 年）。后一部作品表现出迥异的主题和风格，辛辣地抨击了商业资本主义。奥斯丁也写了一些短诗，但影响不大。她与家人、朋友的大量书信收录在《简·奥斯丁书信集》（*Jane Austen's Letters to Her Sister Cassandra and Others*，1932），对女性小说写作传统研究具有重要的参考价值。

奥斯丁早期的短篇创作于 12 岁至 17 岁之间，后来她将其抄录、装订成三册，直到她去世五十多年后，这些作品才得以发表。它们特色各异，比如《三

---

① 侯维瑞，李维屏. 英国小说史 [M]. 南京：译林出版社，2005：207.

② John Wiltshire, Mansfield Park, Emma, Persuasion [M] //eds. Edward Copeland & Juliet McMaster. *The Cambridge Companion to Jane Austen*. Shanghai：Shanghai Foreign Language Education Press. 2001：82.

③ 刘新民. 简评奥斯丁的早期作品及其未完成的小说片段 [J]. 四川外语学院学报，2005（2）：2.

姐妹》（*The Three Sisters*）风格肃郁，《爱情和友谊》（*Love and Friendship*）则具有讽刺滑稽色彩。奥斯丁的代表作以上乘的幽默感著称，在这些早期作品中，幽默的风格也已经多姿多彩。有的幽默酷似刘易斯·卡洛尔（Lewis Caroll），简练俏皮，富有口语色彩；有些颇有安布罗斯·比尔斯①的神气；有些则有蒙蒂·皮桑②喜剧的味道（Monty Pythonesque flavor）。其中最有名的作品包括《爱情与友谊》和具有讽刺色彩的《英格兰历史》。奥斯丁频繁戏仿一些老套情节模式，比如失散多年的亲人离奇相遇、痴情恋人受到父母阻挠，地位低下的人物原本出身贵族等等。有趣的是，较之六部主要小说，奥斯丁在这些早期作品中涉及的话题和题材要更加宽广，有的描述当时流行的酗酒罪恶，有的刻画"婚姻市场"的污暗，这表明奥斯丁观察社会的视角其实是较为开阔的。《苏珊女士》是一部书信体小说，充满对人物研究的兴趣，较早涉及摄政时期腐败颓废的伦敦上流社会。小说片段《华生一家》有 47 页底稿，共约 17 500 字，创作于 1803年至 1805 年间，1871 年出版，作品名由詹姆士·爱德华·奥斯丁-李所加。这个片段描写离家多年后重归故里的爱玛·沃森的经历，讽刺上流社会的虚伪，展示女性受歧视的社会地位。至于奥斯丁为何没有完成这部作品尚不得而知，詹肯斯（Jenkins）解释是因为奥斯丁不想再继续原有的"痛苦的现实主义"（painful realism）风格。《桑迪顿》创作于奥斯丁人生的最后一年，现存片段有十二章，语气轻快，主人公夏洛蒂·赫伍德（Charlotte Heywood）来到成为新兴旅游胜地的海边小村桑迪顿，在那里遇见了形形色色的人，有的有趣，有的令人讨厌。有研究者指出，与《劝导》相比，奥斯丁在《桑迪顿》中对人物和社会环境的刻画更加值得称道。③ 遗憾的是，小说在介绍完背景和人物，在故事情节即将展开之际就中止了，可谓"万事俱备，只欠东风"。也许是这种遗憾太强烈的缘故，有些热切的读者纷纷萌发续写这部未竟之作的兴趣，其中安妮·泰尔斯库姆（Anne Telscombe）的续作于 1975 年出版，并受到好评，是粉丝文化中"同人小说"的一个范例。在奥斯丁完成的片段中，风景优美、自然资源丰富的偏僻海滨小镇桑迪顿被帕克先生投资，建成了一个设备齐全的现代化旅游胜地，但是却没有游人问津，反而比过去更加落寞。奥斯丁流露出强烈的批判意识，抨击了膜拜物质、漠视人性的商业资本主义。小说中对沉迷物欲的帕克

---

① 安布罗斯·比尔斯（Ambrose Bierce，1842—1914）是美国富有传奇色彩的愤世作家。他出身寒微，经历丰富，自学成才创作小说、随笔和讽刺短诗，作品富有阴郁的幽默色彩。

② 蒙蒂·皮桑（Monty Python）是 20 世纪七八十年代著名的英国喜剧剧团。

③ Christopher Gillie. *A Preface to Austen*［M］. Beijing：Peking University Press，2005：159.

先生的讽刺堪与狄更斯《董贝父子》中的精彩篇章相媲美。直到在 19 世纪下半叶，奥斯丁的早期作品一直被认为属于价值不大练笔之作、缺乏成熟品质。然而自 20 世纪中叶起，这些作品逐步获得肯定，被认为不乏可圈可点之处，比如视野开阔，人物鲜明，情节曲折，语言清新。总体而言，它们都高度关注妇女的社会地位，具有明显的女性主义色彩。

三、艺术特色

奥斯丁的创作把英国小说带至成熟阶段，其成就是多方面的。她的作品选材明智，以小见大；叙事高超，结构精致；语言精当，智趣幽默；人物刻画栩栩如生；社会风情展示鲜活生动；承载的现实主题深刻而审慎，构成别具一格的艺术有机体，不愧是英国女性小说疆域的高峰，也是英国小说史上的经典。奥斯丁从不致力于宏大主题和恢宏叙事，并因为其取材范围的狭窄和主题的恒常不变招致批评，甚至被轻视为只不过是伟大传统里的"小作家"。她从不越过个人能力的疆界，总是从自己熟悉的中产阶级生活中取材，将外省乡绅三四户人家的家庭环境和社交场合作为小说背景，以婚姻、家庭、金钱、道德为主题，运用谈婚论嫁的戏剧化生活情节，反映在一个传统贵族与地主士绅阶级逐渐衰微、新兴中产阶级日益崛起的年代里，人们的道德观念和社会关系变迁，折射出特定历史时期英国的社会生活面貌，其作品的历史和社会意义毋庸置疑。也许诚如伍尔夫所猜测，奥斯丁无论如何"肯定不会写犯罪、情欲和冒险的作品"，① 但是奥斯丁的作品在局限的社会环境中发掘了广泛的兴趣，切斯特顿则早在 1917 年就指出："奥斯丁的确没有刻意灌输历史或政治，但是并不是我们就不能从简·奥斯丁那里了解到政治和历史。"②

奥斯丁小说素以精美的形式著称，就像她对自己创作的比喻：在两寸见方的象牙上精雕细刻。她的小说情节肌质密集，擅长以精炼活泼的语言讲述平淡琐屑的生活细节，表现人与人、人与现实的复杂关系，在狭小有限的场景里栩栩如生地呈现鲜活的风俗人情。布斯称赞奥斯丁："只有在这里，我们才发现这样一颗心灵，能给我们清晰，但并不过分简化，给我们同情和浪漫，但并不多愁善感，给我们刺人的反讽，但并不玩世不恭。"③ 这个评价十分中肯。福斯特

---

① 黄梅编选. 吴尔夫精选集［M］. 刘炳善，译. 济南：山东文艺出版社，2000：426.

② Annette T. Rubinstein. *The Great Tradition in English Literature：From Shakespeare to Shaw Vol. 1*［M］. Beijing：Foreign Language Teaching and Research Press，1988：353.

③ Wayne C. Booth. *The Rhetoric of Fiction*［M］. 2nd edition. Chicago：The University of Chicago Press，1983：266.

指出，奥斯丁的小说比起笛福的作品要错综复杂得多。① 奥斯丁具有清晰明智的现实主义小说观念，她将人与社会的关系视为鸟之于天空、鱼之于水，赋予其人物以强烈而清晰的社会身份意识。她的人物都在各种社会关系中相互依存，极具现实性和人性色彩，这些人际关系推动着情节发展，牵引着读者探究的好奇心。奥斯丁的布局手法精湛娴熟，其情节大致遵循传统叙事作品的结构方式，一般分为两个阶段：第一个阶段介绍故事背景和人物，展示主人公人物个性和人物间的关系；第二个阶段通过引入反面或对立人物，设置大大小小的戏剧冲突，引起事物关系的失衡，通过危机的爆发与解决，表明人物命运的走向，然后在事件推进中解决冲突，走向一个建立了新平衡感的结局。在《傲慢与偏见》中，她用反讽语气贯穿小说，造成浑然一气的完美效果，《爱玛》中的悬念酷似侦探小说的布局，具有扣人心弦的魔力。奥斯丁的小说钟爱大团圆结尾，但是她不像狄更斯那样通过设置大量巧合刻意安排惩恶扬善的结局，而是让人物个性动态自然发展，通过自我完善走向理想前程，符合亚里士多德的或然率，消减了浪漫成分，具有更强的现实性。

奥斯丁秉承了自乔叟、莎士比亚和菲尔丁以来的英国现实主义文学传统，并将其发展为女性现实主义和家庭现实主义的精彩范本。从技巧层面看，奥斯丁摹人状物的技艺独特。她刻画人物不像有些通俗小说那样堆砌外貌、服饰和表情的工笔描绘，而是漫画式勾勒人物最突出的特征。她呈现环境和思想情感总是为推动情节和衬托人物服务，收放自如，从无冗赘滥情的毛病。正如乔治·刘易斯所评价，奥斯丁"用最简洁的手段达到最真实的表现"。② 从认知层面看，在奥斯丁的艺术中，真实是一种面对世界的人生态度，表现为她接受生活真相的决心。对于人生的不完满与不如意，她既不惊慌失措，也不愤世嫉俗，而是表现出智性的接纳。奥斯丁认为现实对于个人，犹如水之于鱼，尽管水十分污浊，鱼仍然要游弋其间。然而，她并不对这污浊视而不见，而是以揭示它的混浊作为写作的目的。③ 她以女性特有的敏锐感受反映中产阶级女性日常生活中的所感所思，对英国世俗人情的描摹犹如一面镜子照出社会的陋习和人性的愚妄。司各特对奥斯丁极为赞赏，认为"奥斯丁点石成金的妙笔使日常平凡的人和事仅仅由于写得逼真和感情的真实而妙趣横生。"④ 司各特还评价奥斯丁的

---

① E. M. Forster. *Aspects of the Novels* [M]. Harmondsworth：Penguin Books, 1962：168.

② 朱虹. 英国小说的黄金时代 [M]. 北京：中国社会科学出版社, 1997：13.

③ Christopher Gillie. *A Preface to Austen* [M]. Beijing：Peking University Press, 2005：152.

④ Walt Scott, Journal, 14 March, 1826. See Christopher Gillie. *A Preface to Austen* [M]. Beijing：Peking University Press, 2005：149.

小说"向读者呈现的是人们的日常生活和地方的精准画面，使人想起17世纪的佛兰德风格绘画"。① 虽然司各特没有采用"现实主义"这个词，但他的这一评论采用了现实主义的评价标准。

在感伤主义和浪漫主义在英国仍占主流的时代，奥斯丁大胆反叛非理性表达的泛滥之态，摒弃矫揉造作的文风，立足现实，直面人生，如实展示人际关系、现实境遇和人物心态，深刻影响了其后维多利亚小说的艺术表达，为19世纪英国现实主义小说的辉煌成就做了铺垫。利维斯称赞奥斯丁博览群书，是个人才能与传统关系的绝佳典范。② 奥斯丁在一定程度上继承发展了18世纪后期以伯尼为代表的"风俗小说"，在英国文学史上形成了理查逊—伯尼—奥斯丁的清晰脉络。③ 然而，她的作品丝毫没有当时女性通俗小说中常见的肤浅的矫揉造作和无病呻吟，而是展现出严肃小说的艺术趣味。也有学者认为奥斯丁的小说属于"世态小说"传统，④伊恩·瓦特将奥斯丁界定为伯尼的直系传人，认为她们都难以置信地巧妙融合了理查逊和菲尔丁的两种不同的小说模式。⑤ 评论家布鲁姆则否认菲尔丁对奥斯丁艺术的影响，但进一步肯定了奥斯丁对塞缪尔·理查逊的继承发展，并指出她对乔治·爱略特和亨利·詹姆斯小说艺术的启发。⑥ 奥斯丁与理查逊在作品内向性方面的相似已成公论。继18世纪的理查逊、斯特恩和菲尔丁等的市民小说之后，奥斯丁率先把中产阶级作为文学关注的焦点。她发展了菲尔丁的创作手法，通过一系列简短的对话场景来表现人物和事件，精于对平淡的日常生活题材进行戏剧性处理，赋予其深意。比如，她经常描写英国乡绅中产阶级的聚会和舞会等社交生活场景，甚至以此作为支撑小说的情节框架。在多部小说中，各种舞会、音乐会成为展示19世纪初社会名利场上众生相的绝佳场所，通过奥斯丁智趣幽默、暗藏反讽机锋的叙事，在谈笑风生、温文尔雅的情景里上演着各种矛盾、误解和危机的悲喜剧，折射出社会丛林中意味丰富的场景。

奥斯丁的关注视角明显倾向她所熟悉的女性世界，用小说记录女性的成长，是在作品中发出女性主义呼声的先驱之一。布斯认为，奥斯丁本人相信并实践

---

① Harold Bloom. *Novelists and Novels Vol. 1* [M]. Philadelphia：Yale University，2005：59.

② F. R. Leavis. *The Great Tradition* [M]. New York：Doubleday & Company，1948：14.

③ F. R. Leavis. *The Great Tradition* [M]. New York：Doubleday & Company，1948：p. 13.

④ 朱虹. 英国小说的黄金时代 [M]. 北京：中国社会科学出版社，1997：35.

⑤ Ian Watt. *The Rise of the Novel：Studies in Defoe，Richardson and Fielding* [M]. London：Chatto & Windus，1957：96.

⑥ Harold Bloom. *Novelists and Novels Vol. 1* [M]. Philadelphia：Yale University，2005：52.

着女性主义这种最有力的伦理批评。女性体验是奥斯丁作品的基本主题模式，她的六部长篇小说都以适逢婚龄的年轻女子为主人公，以她们的爱情与婚姻经历为故事线索，反映出19世纪初英国社会中女性意识的觉醒，对于性别上的社会不公正现实进行了生动直观的再现，对性别偏见和歧视提出了疑问和思考。在题材选择上，奥斯丁聚焦女性的婚姻家庭经历，探讨现实的爱情婚姻模式，为英国女性小说中"家庭现实主义"的传统奠定了高水准的基础，并被其后的勃朗特姐妹、乔治·爱略特等女作家继承发展。奥斯丁游走于世俗与理想之间、自由与局限之间，直面女性面临的惨淡现实，审视社会人际关系的真相，寻觅理智与情感的平衡，梳理爱情与物质、金钱与尊严的关系，诚实地展示生活的复杂性。一方面，奥斯丁表达了她理性主义的婚姻观，认为好的婚姻能巩固人的社会地位尤其是经济地位。另一方面，奥斯丁认为完美的婚姻是灵与肉的结合，主张精神与物质并重，表现出现实主义的价值取向。在题材结构上，灰姑娘模式反复出现在作品中，拥有美好品质的女主人公通常处于经济困境中，等待着"王子"们用体面的婚姻施以拯救。而在唯一没有灰姑娘形象的《爱玛》中，门当户对的传统婚姻观则是整部小说的基调。

金钱观念和物质主义是奥斯丁作品中凸显的因素。虽然奥斯丁所肯定的女主人公都拥有美好的精神追求，不为金钱所奴役，但是她们对物质的超越仍然有一个底线，这就是中产阶级关于金钱和幸福关系的认知。在《理智与情感》中，理性的埃莉诺与鼓吹浪漫爱情的玛丽安谈论经济状况的重要性，意味深长地说："高贵和幸福是没有多大关系，但是财富与幸福的关系却很大"，① 鲜明地表露了当时的世俗人情。作为一位杰出的现实主义作家，奥斯丁具有清晰的社会身份意识，② 她对阶层差异的观察体验细致入微，并将其编织在作品的肌质脉络里，使人物植根于具有浓厚传统的社会土壤中。奥斯丁的人物塑造以个性鲜明、栩栩如生著称，通常采用戏剧化的漫画夸张手法（Caricature），达到鲜明的喜剧性效果。③ 她总是将女性作为刻画的中心，频繁运用内视角深入展示其心理活动。她的女主人公有爱玛等外向型人物和以范妮为代表的内敛型人物之分，但是这些境遇和个性各异的女主人公都呈现出动态的性格特征，在生活的历练中不断走向成熟。比较之下，奥斯丁的男性主人公塑造略微平淡简略，缺乏反映心理活动的深度刻画，不过，他们同样不乏鲜明的个性，《傲慢与偏见》中傲

---

① Jane Austen. *Selected Works of Jane Austen* ［M］. Shanghai：World Publishing Corporation，2009：296.

② Christopher Gillie. *A Preface to Austen* ［M］. Beijing：Peking University Press，2005：154.

③ Christopher Gillie. *A Preface to Austen* ［M］. Beijing：Peking University Press，2005：112—115.

慢而善良的达西、《曼斯菲尔德庄园》中风流倜傥的亨利以及《爱玛》中的奈特利都是深入人心的形象。奥斯丁的次要人物多呈现静态的漫画式风格,在大量运用的戏仿手段中,人物个性鲜明地展现出来。福斯特曾指出,奥斯丁的人物是"圆形"立体的,而不是扁平静止的,① 奥斯丁主要通过设置戏剧性的情节和展现生动活泼的对话来塑造人物,其中体现的精湛语言和机智幽默素来被人称道。

在奥斯丁早期短篇作品中,还有一系列特立独行的女性形象。奥斯丁巧妙地采用性别倒置来刻画人物性格,颠覆了社会性别角色的陈腐形象,在《亨利和伊莱扎》(Henry and Eliza)、《杰克和艾丽斯》(Jack and Alice)、《漂亮的卡桑德拉》(The Beautiful Cassandra)、《三姐妹》和《莱斯利公馆》(Lesley Castle)中,妇女传统的刻板形象被改写,女性在恋爱、婚姻和各种日常生活中应遵守的道德准则和行为规范被打破,女人们理直气壮地做着似乎男人才可能做的事情:追求钟情的爱人、招募军队、领兵作战,甚至喝酒、赌博、偷盗、坐牢、翻墙越狱。② 这种越位的描写和思想在 19 世纪的英国可谓极具超越品质。

虽然生活在英国历史上一个激情澎湃的浪漫主义时代,奥斯丁的艺术和人生观却浸染着启蒙主义的理性色彩,③ 还兼有新古典主义的秩序观和适度感。例如,在营造戏剧反讽效果时,奥斯丁经常在小说中让愚蠢的人物说着不准确的语言,这一点深受塞缪尔·约翰逊关于文体纯正观念的影响。④ 奥斯丁以智性的从容和调侃面对世界人生的缺憾,以喜剧化的手法处理带有内在悲剧感的主题,使她笔下的英国生活呈现出悲喜交织的社会风情场面。奥斯丁的价值观是中产阶级的,注重道德秩序,给作品带来一种井然有序的伦理美感和"智性"特色,因此赢得亨利·詹姆斯、莱斯利·斯蒂芬(Leslie Stephen)、利维斯等评论家的高度称赞。她的喜剧效果主要是通过幽默和反讽手段实现。理查德·辛卜逊(Richard Simpson)指出,反讽是奥斯丁小说的本质和生命,作者凭借它对生活进行概括和微妙的批评。⑤ 在反讽的喜剧精神观照下,世态人情淋漓毕现,凡人琐事也变得妙趣横生。她突出的特色之一就是经常在描写人物言谈举止后,加

---

① E. M. Forster. *Aspects of the Novels* [M]. Harmondsworth: Penguin Books, 1962: 196.

② 刘新民. 简评奥斯丁的早期作品及其未完成的小说片段 [J]. 四川外语学院学报, 2005 (2): 2.

③ Knox-Shaw 认为奥斯丁属于启蒙主义传统,他将之称作怀疑主义流派。

④ Janet Todd. *The Cambridge Introduction to Jane Austen* [M]. Shanghai: Shanghai Foreign Language Education Press, 200: 39.

⑤ 朱虹. 英国小说的黄金时代 [M]. 北京: 中国社会科学出版社, 1997: 27.

上几句讽刺意味的评论，用精练智趣的语言包裹着人生的洞见，达到一种画龙点睛的艺术效果。在《理智与情感》中，描写两个庸俗的中产阶级家庭话不投机的家庭聚会时，她写道："这里没有出现别的贫乏，唯有言谈是贫乏的。"在很大程度上，这种喜剧精神和反讽基调赋予其叙事语言鲜明独特的活力。然而，现代主义作家伍尔夫对奥斯丁的喜剧策略颇有微词，批评奥斯丁刻画人物那种速写式的、闪烁其词的写法是因为对人性复杂性的理解不够充分。伍尔夫假定如果奥斯丁的寿命再长一些，她对人性的复杂会有更多了解，那么"她的安全感一定会动摇……她的喜剧必然会受到损害"。①伍尔夫的观点代表了一部分读者对奥斯丁喜剧精神的看法。应当看到，奥斯丁的风俗喜剧并非闹剧，她对固有观念和秩序的维持也充满质疑精神，且不乏在维多利亚末期才兴起的悲剧批判意识。奥斯丁笔下的人际关系貌似滑稽谐趣，深层里却有浓厚的悲剧意味。比如，她直面金钱社会里弱势群体的真实处境，描写类似进化论里弱肉强食、适者生存的"婚姻市场"，展示女性在社会和家庭生活中的残酷困境。她的幽默风格锋芒犀利，辛辣无情，有时甚至接近残酷，深刻影响了20世纪作家艾维·康普顿-伯内特（Ivy Compton-Burnett）②在当代研究者眼里，奥斯丁不再仅仅是一个惯于讲述轻松愉快的故事、始终给人带来愉悦的作者，而且还是劳伦斯·勒那（Laurence Lerner）所言的一个"讲真话的人"。③

奥斯丁小说的叙事观念具有明显的理性和节制的特色，表现为作者叙述声音上的"间接手法"。她通常借助反讽、委婉、含混、省略、否定以及自由间接引语等手段来间接传递自己的政治和社会批判。苏珊·兰瑟（Susan S. Lanser）指出奥斯丁这 艺术气质是意识形态建构的产物，与当时女性小说家暧昧的历史身份密不可分。④ 女性主义评论家认为，奥斯丁这样的女作家不可避免地生活在男性的文化帝国主义阴影之下，没有获得充分话语权，不得不在叙述声音上另辟蹊径，达到伍尔夫所称赞的"非凡圆满的平衡"。伍尔夫肯定了这一女性写作策略的有效性，认为它很好地包容并调和了"作者权威与女性气质、坚持己见与礼貌得体、激愤郁怒与彬彬有礼之间的矛盾"。⑤ 当代读者在用后殖民主义

① 弗吉尼亚·伍尔夫. 论小说与小说家［M］. 瞿世镜，译. 上海：上海译文出版社，2009：27.

② Christopher Gillie. *A Preface to Austen*［M］. Beijing：Peking University Press，2005：vii.

③ Christopher Gillie. *A Preface to Austen*［M］. Beijing：Peking University Press，2005：vii.

④ Susan S. Lanser. *Fictions of Authority：Women Writers and Narrative Voice*［M］. Ithaca & London：Cornell University Press，1992：5.

⑤ Susan S. Lanser. *Fictions of Authority：Women Writers and Narrative Voice*［M］. Ithaca & London：Cornell University Press，1992：70.

理论和女性主义视角研读奥斯丁的作品时，应考虑到这一因素，不应将奥斯丁作品与帝国主义政策以及父权制度的所谓同谋关系做简单化的定论。

奥斯丁小说不乏满足阅读愉悦的精神，同时也内蕴道德观照。哈丁（D. W. Harding）在其著名论文《节制的憎恨：简·奥斯丁作品之一面观》中指出奥斯丁是一个社会批评家，其艺术具有冷辣讽刺的特点。马尔科姆·布拉德伯里（Malcolm Bradbury）在《论〈爱玛〉》中也特意强调奥斯丁严肃的道德意图。① 乔治·刘易斯认为奥斯丁继承了约翰逊博士的传统，其作品以坚强的道德内核作为支撑，具备严肃的品质，有别于一般消遣类的业余之作，值得进行真正的研究。奥斯丁的理性态度与约翰逊多有契合，② 刘易斯（C. S. Lewis）称奥斯丁"在理性精神、道德观以及文体风格上，都堪称约翰逊博士的女儿"。③ 她的女主人公们获得幸福的途径不外乎忍耐、善良等美德得到回报。奥斯丁没有哀怨孤愤的气质，即使是身处逆境中的范妮和安妮，也绝不是凄凉忧郁的人物。也有很多研究者指出，奥斯丁在情节和人物塑造上的"灰姑娘模式"正是来自她温和折衷的人生观念。约翰逊把小说家当作人类风尚的公正的复制者，把艺术当作生活的一面镜子，认为没有道德意识的小说是没有意义的，而一部作品越接近生活，越能实现其道德训诫功能。④ 奥斯丁的现实主义文学表达极为接近一面展示社会风情以及人性面貌的镜子。

奥斯丁被伍尔夫称作"最完美的女艺术家""文学成就直追莎士比亚"，⑤她的小说写得聪明而有人情味，具有打动人心的独特魅力，把小说变成了"伟大的传统"。她聚焦婚姻和家庭题材，探索金钱与道德问题，展示理智与情感的心理波澜。她利用发自理性精神的反讽，精炼智趣的语言，描摹社会习俗和地域风情，刻画人物个性，展示社会关系，揭示伦理道德，不但具有高超的艺术形式，而且显示出思想的严肃性和深刻性。其小说不仅具有一种超越阶级的魅力，⑥ 而且具有某种永恒的品质。其丰富的品质使它具有多变的意义，穿越了历史的沧桑、地域的局限、职业背景以及批评模式的转换，在各个时代都拥有数量巨大的读者。长久以来，人们对奥斯丁及其作品的关注已不仅仅是一种文学

① 朱虹. 英国小说的黄金时代 [M]. 北京：中国社会科学出版社，1997：28.

② Christopher Gillie. *A Preface to Austen* [M]. Beijing：Peking University Press，2005：43.

③ Harold Bloom. *Novelists and Novels Vol. 1* [M]. Philadelphia：Yale University，2005：52.

④ Christopher Gillie. *A Preface to Austen* [M]. Beijing：Peking University Press，2005：48.

⑤ Sandra Gilbert & Susan Gubar. *The Norton Anthology of Literature by Women* [M]. 2 nd edition. New York & London：W. W. Norton & Company，1996：330.

⑥ William Baker. Jane Austen Once More [J]. *Studies in the Novel*，2007（3）：357-367.

活动，而是已经衍生为一种文化现象。

　　两百年来，奥斯丁作品一直畅销不衰，随着读者接受广度的发展，奥斯丁研究经历了逐步大众化、世俗化的过程。奥斯丁不仅是位机智善讽的伟大作家，还是"温柔的简"，既是文化偶像，又是令人爱慕的秘密朋友，造就了无数的"简迷"（Janeites or Janites）。① 自从1883年后，英国出现了"简学热"（Janeitism boom）②。詹姆斯·奥斯丁-李1870年的《奥斯丁传》代表了维多利亚末期关于奥斯丁出版的热潮，此书出版之际，正是英国议会颁布教育法案之际，在全国范围内强制实行基础教育，普及文化教育，并将文学教化作为民族传统予以发扬光大，增强民族自豪感，这个契机使得奥斯丁的读者大增。在19世纪末，奥斯丁的出版事项已经走向商业化，成为各种杂志社、插图画家、编辑和出版商的金牌盈利来源。20世纪以来，奥斯丁研究会（The Jane Austen Society）在世界各地相继成立，包括成立于1979年的北美奥斯丁研究会（JASNA）。这些研究会在北美、澳洲和英国都有众多的会员，致力于奥斯丁作品的保存和研究，这些活动既有严肃的学术性质的探讨，也有大众化的花絮成分，推动了奥斯丁研究的普及和深化。查普曼在20世纪20年代编辑、出版了奥斯丁的作品，直到21世纪一直是奥斯丁研究的标准版本。2005年出版的三卷本的剑桥版奥斯丁作品集体现了这七十五年奥斯丁作品发掘和编辑方面取得的成就。与此同时，奥斯丁学演变成了奥斯丁文化和奥斯丁产业，她在乔顿、斯蒂文顿、温切斯特和巴思等地曾经的居所被列为文化故迹遗产，而乔顿故居自从1947年后成为奥斯丁纪念馆基金会（Jane Austen Memorial Trust）的一部分。她的小说被改编成电影版本，具有很大的影响力。其中，美国米拉麦克斯电影公司（Miramax）1999年对奥斯丁的《曼斯菲尔德庄园》的改编曾引起轩然大波。电影中对奴隶制的体现被认为歪曲了小说原作，遭到众多奥斯丁读者的愤怒声讨。③ 奥斯丁研究逐渐跟各种以商业利益为核心的行为相联系。这种庸俗化的倾向曾受到奥斯丁的后裔亨利·詹姆斯的戏谑。④ 敏锐的研究者已经注意到奥斯丁在21世纪初

---

① Janeite一词始于1894年英国文学批评家George Edward Bateman Saintsbury（1845—1933）为《傲慢与偏见》撰写的序，他称自己是个Janite。吉卜林1924年发表的短篇小说"The Janeites"使这个名称开始流行，复数的拼法成为辞典认定的标准用法。

② Claudia L. Johnson, Austen Cults and Cultures［M］. eds. Edward Copeland & Juliet Mcmaster. *The Cambridge Companion to Jane Austen*. Cambridge University Press, 2001: 211.

③ Tim Watson, Improvements and Peparations at Mansfield Park［M］//eds. Robert Stam & Alessandra Rengo. *Literature and Film: A Guide to the Theory and Practice of Film Adaptation*. Peking: Peking University Press, 2006: 53

④ Henry James. The Lessons of Balzac［J］. *Atlantic Monthly*. 1905（96）: 166-180.

的美国被用于种种"实用"乃至"不当"用途。D. W. 哈丁指出一个带有悖论的有趣事实：奥斯丁在那些她本人并不会喜欢的人群中受到喜爱，①这也在一定程度上反映了文学经典在当代通俗化接受之途中的一种景观。

奥斯丁作品中非凡的现代性在新的历史语境里找到了知音。②20世纪的读者认为他们比维多利亚时期的读者更能洞察奥斯丁的微妙和深刻。然而，在奥斯丁研究者中也有批评的声音，作家库柏（James Fenimore Cooper）、爱默生（R. W. Emerson）、马克·吐温（Mark Twain）以及庞德（Ezra Pound）等都对奥斯丁嗤之以鼻。③典型的反对者是夏洛蒂·勃朗特和戴·赫·劳伦斯（D. H. Lawrence）。夏洛蒂批评奥斯丁不知激情为何物，劳伦斯对奥斯丁作品"无动于衷"的情感个性颇有非议，他认为奥斯丁只描写了典型的"性格"（personality），而非"人物"（character），"她深知冷漠孤独（apartness），但是不了解归属（togetherness）为何物，对我来说，她的语言有害、卑劣、势利，……令我深感不快"。④即使盛赞奥斯丁为"最完美的女艺术家"的伍尔夫也认为，奥斯丁对人性的复杂性的理解流于粗鄙。韦恩·布斯也曾指出，奥斯丁在道德上相对深刻，但是在潜入人物心理的深度上，则处于表层。⑤然而，学者戴希斯认为如果奥斯丁的寿命再长一些，她会成为詹姆斯、普鲁斯特和伍尔夫的先驱。⑥20世纪70年代，莱昂内尔·特里林（Lionel Trilling, 1905—1975）在哥伦比亚大学开设奥斯丁的课，选课的学生盛况空前。莱昂内尔·特里林提出一个很好的问题：为什么我们要读简·奥斯丁？答案也许众说纷纭，不过可以归结为一点：奥斯丁的作品具有极强的可读性。不论读者是揣着教化益智的目的审视，还是用大方之家的审美尺度鉴赏，抑或纯为娱乐随意一读，都不会感到失望。奥斯丁曾经在小说《诺桑觉寺》中表达对小说的理解："它们展现了智慧的最伟大的力量，作者用最精确的语言向世界传达了对人性的最彻底的了解，而且巧妙地描述了其丰富多彩的各个方面，文中充满了活泼的机智和幽默。"⑦奥斯丁的创作

---

① Christopher Gillie. *A Preface to Austen* [M]. Beijing: Peking University Press, 2005: xi.

② Christopher Gillie. *A Preface to Austen* [M]. Beijing: Peking University Press, 2005: viii.

③ Christopher Gillie. *A Preface to Austen* [M]. Beijing: Peking University Press, 2005: xi.

④ Christopher Gillie. *A Preface to Austen* [M]. Beijing: Peking University Press, 2005: 151.

⑤ Wayne C. Booth. *The Rhetoric of Fiction* [M]. 2nd edition. Chicago: The University of Chicago Press, 1983: 163.

⑥ Wayne C. Booth. *The Rhetoric of Fiction* [M]. 2nd edition. Chicago: The University of Chicago Press, 1983: 54.

⑦ Isobel Grundy, Jane Austen and Literary Tradition [M] //ed. Edward Copelan, *The Cambridge Companion to Jane Austen*. Cambridge University Press, 2001: 204.

实践无疑追随了这个艺术宗旨。

奥斯丁的艺术成就是她个人才智和时代发展的综合产物。由于18世纪以来英国小说的深厚传统和19世纪英国社会文化发展的契机，奥斯丁的创作灵感和热情被激发，在经过良好的文学熏陶后，绽放出天才的艺术火花。奥斯丁的创作是英国小说发展史上的一个重要转折点，将18世纪和19世纪的小说创作连为一体，是一个完美的节点。她使小说不再仅仅是一种消遣，而成了一种严肃的文学形式，把技巧未臻成熟、形式尚属简单的18世纪小说变成了艺术，为其赋予了典雅的形式和高超的叙事技巧，形成了鲜明而独特的艺术风格，为其后灿烂的维多利亚女性小说乃至小说艺术树立了高水平的标杆。伍尔夫认为奥斯丁的小说"使得外表琐细的人生场景具有恒久意味，小说具有现代意义"。[1] 这无疑是对奥斯丁小说创作成就的恰当评语，也是奥斯丁的小说在当代仍然久盛不衰的原因。

第三节　勃朗特姐妹与成熟的类型文学

在维多利亚时代，英国出现了小说生产者与读者大众水乳交融的和谐共生关系，通俗小说模式也在正统的文化体系中获得了前所未有的发展空间。早在17世纪末开始的以通俗模式为主的女性小说在19世纪得到进一步发展。18世纪固有的女性风尚小说、哥特小说和"银叉小说"都形成了稳定壮大的读者市场和作者群体，通俗小说作为类型文学进入成熟阶段。维多利亚小说创作不仅数量惊人，而且种类繁多，风格各异。在以狄更斯、萨克雷为代表的反映现实生活的严肃文学主流中，一直伴随着通俗小说娱乐大众的浪花。女性小说在作家和作品数量、读者接受普及程度、小说艺术技巧和理论探讨上都有令人瞩目的发展。尤其在维多利亚前期，英国小说体现出以下两个特色。一方面，成功的小说都注重作品的社会效果和道德意义。有的致力于揭露社会弊病，如盖斯凯尔和弗兰西丝·特罗洛普等的"目的小说"（purpose novel）；有的表现当代人求索的心灵困境，如艾米莉·勃朗特、乔治·爱略特和奥利弗·施莱娜；还有的发出了"小资产阶级民主思想的最高音"，如夏洛蒂·勃朗特的四部小说。另一方面，畅销的作品也十分注重故事的趣味性和小说的可读性，这些小说在叙

---

① Sandra M. Gilbert & Susan Gubar. *The Norton Anthology：Literature by Women：The Traditions in English* [M]. 2nd edition. New York & London：W. W. Norton & Company, Inc. 1996：330.

事技巧、文体风格以及人物和情节构建上多有胜处，比如，夏洛蒂的《简·爱》虽然遭到保守派评论家伊丽莎白·里格比的尖刻批评，却依然被后者称赞具有一流的语言表达力；玛丽·雪莱在《弗兰肯斯坦》中既展示了小说丰富深邃的内涵品质，也娴熟运用了哥特故事模式、科幻小说模式以及复杂新颖的叙事框架。

19世纪末20世纪初，在现代主义思潮和妇女解放运动的影响下，一批女性作家在创作意识上有了高度自觉，在艺术观念、题材范围、形式技巧、语言运用等方面锐意开拓，其中以曼斯菲尔德、多萝西·理查逊及伍尔夫为代表的作家共同开创了英国小说历史上的女性美学传统。① 19世纪90年代被肖尔瓦特称为女性写作的重要转折期。② 按照肖尔瓦特所划分的英国妇女文学传统发展的三个阶段，19世纪的创作属于第一期，即女人阶段（feminine phase，1840—1880）。肖尔瓦特指出，此时的女作家模仿并采用男性文化的标准，经常采用男性化的笔名，从广泛的社会角度探讨在家庭和社区中妇女的日常生活和价值观念，③ 形成了女性"家庭现实主义"传统。在这个阶段，出现了萨拉·格兰德（Sarah Grand，1854—1943）和乔治·埃杰顿等一批英国"新女性小说家"，④ 这些具有创新精神的写作在20世纪90年代后得到简·米勒（Jane Eldridge Miller）、安·阿迪斯（Ann Ardis）、瑞塔·费尔斯克（Rita Felski）及玛格丽特·斯泰茨（Margaret D. Stetz）等学者的充分肯定，代表了世纪之交女性小说的新成就。从小说史角度看，已经被列为经典作家的勃朗特姐妹⑤的写作堪称这一时期类型小说走向成熟的突出代表。

19世纪前半叶，勃朗特三姐妹夏洛蒂·勃朗特（Charlotte Brontë，1816—1855）、艾米莉·勃朗特（Emily Jane Brontë，1818—1848）和安妮·勃朗特（Anne Brontë，1820—1849）在短暂的人生里共创作了七部各具特色的优秀小说

① Sandra M. Gilbert & Susan Gubar. *The Norton Anthology*：*Literature by Women*：*The Traditions in English* ［M］. 2nd edition. New York & London：W. W. Norton & Company, Inc. 1996：33.

② Sandra M. Gilbert & Susan Gubar. *The Norton Anthology*：*Literature by Women*：*The Traditions in English* ［M］. 2nd edition. New York & London：W. W. Norton & Company, Inc. 1996：xxi-xxii.

③ Elaine Showalter. *A Literature of Their Own*：*British Women Novelists from Brontë to Lessing* ［M］. Beijing：Foreign Language Teaching and Research Press, 2004：iii.

④ Elaine Showalter. *A Literature of Their Own*：*British Women Novelists from Brontë to Lessing* ［M］. Beijing：Foreign Language Teaching and Research Press, 2004：xxi-xxiii.

⑤ 本节部分内容已在合作专著《英国女性小说史》第四章发表，参见李维屏，宋建福，等. 英国女性小说史 ［M］. 上海：上海外语教育出版社，2011：134-175.

以及众多诗歌，包括夏洛蒂的《简·爱》（*Jane Eyre*，1847）、《雪莉》（*Shirley*，1849）、《维莱特》（*Villette*，1853）和《教师》（*The Professor*，1857），艾米莉的《呼啸山庄》（*Wuthering Heights*，1847）以及安妮的《艾格妮斯·格雷》（*Agnes Grey*，1847）和《怀尔德菲尔府的房客》（*The Tenant of Wildfell Hall*，1848）。勃朗特姐妹英年早逝的悲剧命运和她们的艺术成就使她们成为浪漫的叛逆者和孤独天才的杰出代表，书写了英国女性小说史上的"勃朗特神话"（the Brontë myth）。① 勃朗特姐妹生活在英国北部约克郡山区的哈沃斯镇，② 父亲是受过剑桥大学教育的乡村牧师，母亲早逝。她们幼年曾在专为贫穷牧师子女开设的寄宿学校读书，因学校恶劣的条件和流行瘟疫，很快被父亲接回。勃朗特姐妹都颇具艺术天赋，她们主要通过在家中的阅读和相互交流完成了自我教育，都走上了文学创作之道，成为名垂青史的小说家。在19世纪中叶，夏洛蒂的《简·爱》吸引了无数仰慕者，其中包括盖斯凯尔夫人。后者与夏洛蒂结为终生好友，并于1857年出版了夏洛蒂的第一本传记《夏洛蒂·勃朗特传》（*The Life of Charlotte Brontë*）。有感于中产阶级下层女性作者所承受的社会压力，盖斯凯尔在传记中将夏洛蒂塑造成一个在不幸生活中爆发的天才，渲染了其生活处境的恶劣和家庭生活的不幸，这部传记流传广泛，长久以来，被认为是研究夏洛蒂的权威之作，为勃朗特姐妹增添了浓郁的传奇色彩。1876年，威姆斯·里德（Wemyss Reid）推出夏洛蒂的第二部传记《夏洛蒂·勃朗特》（*Charlotte Brontë*：*A Monograph*），修正了夏洛蒂研究的部分内容。夏洛蒂留存下大量的书信，吐露了她在艺术和女性问题上的鲜明态度，成为其小说艺术和道德伦理观念的极佳注脚。19世纪和20世纪之交，玛丽·沃德（Mary Ward）系统回顾了五十年来勃朗特研究的成就，从民族传统、文学渊源和比较文学的角度剖析其特点。她提出的约克郡环境、凯尔特民族传统以及勃朗特姐妹与英国浪漫主义运动的密切关系的观点备受关注。在20世纪对勃朗特生平和艺术研究做出重要贡献的是英国勃朗特学家温妮弗莱德·盖林（Winifred Gérin），她于20世纪60年代先后出版了四本翔实的传记，研究全面而深入，影响较大。③

应当指出，勃朗特姐妹的艺术成就是她们的艺术天赋、独特个性和当时英

① Patsy Stoneman, The Brontë Myth［M］. ed. Heather Glen. *The Cambridge Companion to the Brontës*. Beijing：Shanghai Foreign Language Education Press. 2004：214.

② 哈沃斯在勃朗特姐妹时代并非极为偏远落后的小山村，而是一个正在走向工业化的城镇，参见 Heather Glen. *The Cambridge companion to the Brontës*［M］. Cambridge：Cambridge University Press, 2002：3.

③ 杨静远编. 勃朗特姐妹研究［M］. 北京：中国社会科学出版社，1983：7.

国社会文化发展环境等因素共同作用的结果。文学与人生之间紧密而复杂的关系在勃朗特姐妹身上表现得极为鲜明：在很大程度上，勃朗特姐妹的小说就是她们个性和经历的艺术投射。希瑟·格林（Heather Glen）指出，要清楚地理解勃朗特姐妹，人们必须具备文化差异的视角，发掘其特有的历史文化语境，不能完全依靠那些已知的事物，也不能仅仅凭借我们自己的主观经验作为判断依据。① 19 世纪前半叶，是英国资本主义经济长足发展的黄金时代，文化教育事业发展，大众文化水平普遍提高，英国小说开始步入成熟期，女性小说家作为一股有巨大潜力的支流，已经在英国文化和文学的社会洪流中翻卷出略有声势的浪花。当时出版业发展迅速，文化刊物普及，各种类型的图书馆和流动书店得到了普及。即使身处较为偏僻的约克郡山区，哈沃斯小镇的勃朗特姐妹也能接触到较为丰富的文化信息，受到较好的艺术启蒙，积淀出扎实的文学素养。因此，所谓天才的"神话"并非发生于偶然，而是时代文化氛围的必然产物。盖斯凯尔的传记过分夸大了哈沃斯的偏僻落后和勃朗特姐妹生活的闭塞，然而有确切资料证明，事实并非如此。朱丽叶·巴克（Juliet Barker）指出，19 世纪的哈沃斯已不是高沼地上偏僻的小山村，而是一个正在逐步接受工业文明的城镇。② 即使在幼年时期，勃朗特姐妹的视野也并未局限在哈沃斯一隅之地。父亲是姐妹们的文学启蒙者，对孩子们产生了积极有益的影响。他虽然出身贫寒，但热爱读书，关注社会，兴趣广泛，钟情艺术，尤其热爱文学和诗歌创作，自己曾写作并发表过小说。③ 他十分重视子女的教育和艺术培养，勃朗特姐妹都曾经离家接受各种教育。回到哈沃斯后，父亲也多次请颇有艺术造诣的老师来家中授课，指点孩子们的绘画和音乐。勃朗特姐妹酷爱读书，家中也总有各种购买或借阅的书籍、杂志。基里机械学院图书馆和庞登堂私人图书馆是她们最主要的借书来源。她们自由涉猎文学经典和流行读物，从《圣经》、《伊索寓言》、《天方夜谭》、《天路历程》、《失乐园》、拜伦的浪漫主义诗歌到当时流行的各种杂志，包括姨妈订阅的妇女杂志，她们都读得有滋有味。拜伦是她们最喜欢的作者，《布莱科沃德》杂志（*Blackwood's Magazine*）对她们影响巨大。④这些阅读

---

① Heather Glen. ed. *The Cambridge companion to the Brontës* [M]. Shanghai：Shanghai Foreign Language Education Press，2004：1.

② Juliet Barker，The Haworth Context [M] //ed. Heather Glen. *The Cambridge Companion to the Brontës*，Shanghai：Shanghai Foreign Language Education Press，2004：15-16.

③ 帕特里克在 1815 年完成小说《林中小屋》，1818 年第二部小说在伦敦出版。见张耘. 荒原上短暂的石楠花：勃朗特姐妹传 [M]. 北京：中国文联出版社，2002：4-5.

④ Heathe Glen. ed. *The Cambridge Companion to the Brontës* [M]. Cambridge：Cambridge University Press，2002：3

不仅拓展了她们的视野，培养了她们的文学鉴赏力，使她们接触到英国文学的传统和现状，而且也是她们了解社会的窗口，拓展了她们的艺术和人生视野，弥补了其正规教育的不足。夏洛蒂知识广泛，且掌握了法语、拉丁文和希腊文，其写作词汇量极大。萨克雷曾就《简·爱》对夏洛蒂的语言能力予以肯定："她对语言的掌握要比大多数女性好，她一定接受过经典著作的教育……文风很好，表达准确。"① 夏洛蒂的语言表现力甚至赢得了那些敌视她的评论者的由衷赞美。

勃朗特姐妹都富有想象力和独创精神。夏洛蒂始终自觉认可这种艺术品质，她在给刘易斯的信中热切地宣称："想象力是一种强有力的、不安宁的才能，她要求你倾听它，运用它。"三姐妹在十几岁时就编写自己的杂志，描写闪现在她们年轻心灵中的梦幻世界。1826年，帕特里克从利兹带回一套木刻玩具士兵，勃朗特姐弟如获至宝，活跃的想象找到了寄托，他们分别给这些木头人命名，虚构出每个木偶的身世和故事。艾米莉和安妮创作出"贡达尔"（Gondal）王国的故事，夏洛蒂和布兰威尔则合作编写"安格里亚"（Angria）传奇。起初，这些文学表达只是口头形式家庭朗读表演，后来被收录到他们编辑的家庭小杂志中。艾米莉对这个幻想王国的兴趣持续了一生，她以传奇作为其很多诗作的背景，并在1844年把诗歌汇集成一册《贡达尔诗篇》（*Gondal poems*）。夏洛蒂在13岁时已经写出近百篇幻想故事，直到23岁后，她才以《告别安格里亚》（*Farewell to Angria*）一文为这个幻想世界画上了句号。在这个戏剧世界里，她描写的是虚构的北太平洋上两个敌对岛国，但是明显折射了英国当时的现实生活，故事内容繁杂，涉及宫廷阴谋、政治斗争、男人和女人的道德过失等，很多人物和事件可以在他们经常阅读的杂志上找到原型。文学体裁多姿多样，有叙事、诗歌、政论，还有书评等，这些勃朗特青少年阶段的作品被文学史家和传记研究者认为具有较大的研究价值。

勃朗特姐妹在精神力量和艺术修养上受益于紧密的家庭纽带。夏洛蒂曾在1841年给朋友的信中写道："对陌生人，我的家是一个贫穷而不起眼的地方，然而对于我来说，它却提供了哪儿都找不到的东西，即最真诚、最亲切的兄弟姐妹之情。我们大家的思想是同一种环境所造就的，我们的看法来自一个共同的源泉，因为从童年起我们就紧密联结在一起，彼此之间的争议根本不会让我们分离。"正是由于夏洛蒂的积极努力，三姐妹的作品才得以出版留存，进入读者的视野。1845年，夏洛蒂偶然发现了艾米莉的诗歌手稿。这些作品韵律新颖、

---

① 张耘. 荒原上短暂的石楠花：勃朗特姐妹传 [M]. 北京：中国文联出版社，2002：216.

节奏鲜明，富有活力与情感，这使同样酷爱写作的夏洛蒂萌生了一起出版诗集的想法。为了避免女性作者遭遇到的歧视，她们均采用了男性笔名，三姐妹的诗歌合集《柯勒·贝尔、埃利斯·贝尔和阿克顿·贝尔的诗集》（*Poems by Currer, Ellis and Acton Bell*）在 1846 年 5 月出版。因为夏洛蒂认为自己的作品逊于两个妹妹，这本诗集里只收录了她十九首诗，安妮入选二十一首诗，风格温婉，真诚朴实，皆散发着浓厚的宗教倾向和自传性质。艾米莉的二十一首诗歌不论在主题还是形式上都表现出强烈的个性和优秀的品质，其中包括《冰冷地埋在泥土中——深深的雪堆掩盖着你!》，后来改名为《北方的海岸》，成为她最有代表性的诗篇。这本 165 页的诗集封皮雅致，售价仅 4 先令，却无人问津，据说一年后才售出两本。评论更加寥落，但是不乏鼓舞人心的评价，比如，《雅典尼恩》杂志①的《大众诗歌》栏目评价说：作者是"杰出而古怪的人，他的翅膀显然是有力量的，能够飞到迄今为止尚未有人达到的高度"，并且还认为埃利斯的诗"具有独创性"。②最初的挫折并未让姐妹们气馁，夏洛蒂决定转向小说这一当时被读者广为接受的文学形式。1846 年 4 月夏洛蒂根据自己在布鲁塞尔的经历开始撰写《教师》，于次年 7 月完成，但是这部小说却遭到出版商退稿。艾米莉的小说《呼啸山庄》和安妮的《艾格妮斯·格雷》也遭多次退稿，后终于被出版商托马斯·纽贝接受。不久，夏洛蒂开始了《简·爱》的创作，这部传世之作似乎是夏洛蒂的一次艺术力量的喷发，写作过程极为流畅，在1847 年 10 月由史密斯·埃尔德出版。同年 12 月，艾米莉和安妮的小说也与读者见面。这三部小说依然沿用贝尔兄弟的笔名。《简·爱》引起了伦敦文化界的轰动，褒贬不一，而艾米莉和安妮的小说却受到了严厉的批评，被认为题材不当、人生观病态以及道德可疑。1848 年 6 月，安妮的第二部小说《怀尔德菲尔府的房客》出版。这四部小说呈现的鲜明特色激起读者对作者身份的众多猜测，③ 很多读者认为它们出自同一个作者之手，即《简·爱》的缔造者，柯勒·贝尔成为家喻户晓的名字。夏洛蒂具有清醒的出版意识，并为维护作者权利而斗争，《简·爱》最初的两版使她得到 100 英镑的稿酬。她虽然有所感激，但是认为，"100 英镑付给一部有水平的、用一年时间才写成的作品是不公平的"，于是，她大胆提出应根据书的销售情况按比例分配稿酬。然而，三姐妹尚未体会作品面世的快乐，死亡的阴影便接踵而至。1848 年 9 月，她们的兄弟布

---

① 《雅典尼恩》（*Athenaeum*）是英国当时著名的文学评论刊物，1828 年创刊，许多英国著名作家曾在此发表文章。

② 张耘. 荒原上短暂的石楠花：勃朗特姐妹传［M］. 北京：中国文联出版社，2002：191.

③ 对三姐妹作者身份的误解部分原因也来自 Newby 出版社发布的误导性广告。

兰韦尔去世，艾米莉紧随着在 12 月离开人世，次年 5 月，安妮也因肺结核辞世。在这段悲凉时光里，夏洛蒂正在创作第三部小说《雪莉》，她在巨大的痛苦和孤独中坚持写作，整理出版了妹妹的遗作，并与英国文坛保持着密切的联系。当她写作第四部小说《维莱特》时，昔日姐妹温馨相伴的日子已成为历史，只剩下一个个空荡荡的房间，父亲也双目失明，依赖她照料。夏洛蒂在极度悲凉中完成了这部小说，无法再像以前那样朗读自己作品的片段，与妹妹讨论。这部作品被普遍认为具有迷人的品质，为夏洛蒂带来了新的荣誉，进一步证明了她坚强的个性和艺术天赋。

一、读者接受之路

在三姐妹的有生之年，艾米莉和安妮并未得到太高的评价，而夏洛蒂则随着简·爱形象的深入人心而声名大噪，被认为是勃朗特家最具天分的孩子。此外，在出版事宜、社会交往乃至作品解读和艺术阐释上，夏洛蒂成为勃朗特姐妹的代言人。她走访伦敦，结识英国文坛名家，与萨克雷，哈里叶特·马丁诺、刘易斯和盖斯凯尔夫人等文人成为朋友。同一年，夏洛蒂重新出版了《呼啸山庄》和《艾格妮斯·格雷》，并附以《埃利斯和阿克顿·贝尔生平纪略》（A Biographical Notice of Ellis and Acton Bell）。在这篇著名的文章里，夏洛蒂为艾米莉和安妮作品的所谓不成熟之处请求读者谅解。今天，评论家们认为夏洛蒂对艾米莉和安妮的某些理解有片面之处。

随着大众阅读趣味的改变，勃朗特姐妹的读者接受也经历了深刻的变化，从带有敬意的讨论，到带有毁谤的披露，直到经过女性主义的修正和重新挖掘后的多元解读阐释。其中文学声誉变化最大的是艾米莉，她的小说《呼啸山庄》和诗作如今被给予盛赞，名声直追甚至超过了夏洛蒂。但总的来说，读者对勃朗特姐妹的热情从未减少，从英国维多利亚女王到马克思家庭，都是勃朗特的热诚读者。20 世纪以来，随着文学欣赏、批评的纵深发展，尤其是女性主义对女性小说研究的客观促进，勃朗特研究不再局限于毁誉性的总体评价，而是出现多角度、多层面的主题和形式上的深入探讨，涌现出很多有价值的成果。勃朗特研究如今已经以著作数量庞大、内容驳杂繁复而著称。1893 年，"勃朗特学会"（Brontë Society）成立，致力于搜集有关勃朗特一家的文字和实物资料，并出版定期会刊，不断推出新的研究成果，影响日益扩大。在她们故乡哈沃斯的"勃朗特博物馆"，游客如云，每年有数以万计的参观者前来观光凭吊，或者从事文学研究。玛丽·沃德在 1899 年曾预言：夏洛蒂和艾米莉将稳享未来的文学记忆，荣耀和声誉永远环绕着她们的坟茔。一个多世纪的文学迁变证明，此言不虚。

二、艺术特色

虽然三姐妹艺术特色各有千秋，人们却惯于把她们相提并论。哈罗德·布卢姆甚至提出，勃朗特姐妹共同创造了"北方传奇文学"（northern romance）这一新体裁。① 究其原因，一方面是因为其密切的家庭纽带，另一方面也因为她们的写作的确有可以并置的共同之处，而且有别于其他维多利亚作家。② 在维多利亚文学中，三姐妹的小说在很多方面都有一定程度的突破。首先，勃朗特姐妹的小说都浸润着浓厚的约克郡地方风情，不论是自然环境、社会环境，还是人物形象和语言表达，都富有她们故乡的本土色彩。在夏洛蒂 1850 年为艾米莉和安妮小说写的序言中，她表明了她们立足于约克郡的地方特色，有意识创作出不同于狄更斯和萨克雷城市小说的作品。③ 在《简·爱》中，夏洛蒂大量使用英格兰北方方言，生动鲜活，而艾米莉的《呼啸山庄》，更是为英国的北方荒原涂染上悲情之美的理想主义色彩，吸引了很多读者前往哈沃斯的荒原朝圣。其次，在创作意识上，三姐妹都具有追求自由平等的民主主义思想。她们将充满同情的眼睛转向凡俗的人生，关注卑微、孤独的个体在充满痛苦和挫折的世界里的生存境遇。正如夏洛蒂声明的，她的主人公是她在生活中看到的那样，靠劳动度过一生，"从生活中啜干一杯苦乐参半的淡酒"。④她们的主人公都不来自特权阶级，而是地位卑微的普通市民，在无数的苦涩中追寻自己的世界，尤其是心灵的世界。用瑞克·瑞伦斯（Rick Rylance）的结论来说，她们就是执著地表现"个人生存"（"get on"）的主题，⑤ 在社会阶层领域，反映了小资产阶级和中产阶级下层人的情感诉求和人生境遇。此外，她们基本聚焦自己所熟悉的女性视角，作品主人公大多是女性。格拉日丹斯卡娅认为，夏洛蒂"在民主主义的同情心方面比萨克雷走得更远"。⑥ 再次，她们的作品中都显示出鲜明而强烈的自我意识，富有激情的个人主义特征，都可以看到拜伦的影子或隐或显地

---

① Harold Bloom. *Novelists and Novels Vol. 1* ［M］. Philadelphia：Yale University，2005：125.

② Heather Glen. ed. *The Cambridge Companion to The Brontë* ［M］. Shanghai：Shanghai Foreign Language Education Press，2004：1.

③ Heather Glen. ed. *The Cambridge Companion to The Brontë* ［M］. Shanghai：Shanghai Foreign Language Education Press，2004：2.

④ 杨静远编. 勃朗特姐妹研究 ［M］. 北京：中国社会科学出版社，1983：13.

⑤ Rick Rylance，"Getting on"：Ideology，Personality and the Brontë Characters ［M］//ed. Heather Glen. *The Cambridge Companion to the Brontë*. Shanghai：Shanghai Foreign Language Education Press，2004：154-168.

⑥ 杨静远编. 勃朗特姐妹研究 ［M］. 北京：中国社会科学出版社，1983：473.

存在着。因而，现代文学评论家通常把勃朗特姐妹当作浪漫主义传统的作家予以研究。① 布卢姆认为，勃朗特姐妹深受拜伦的诗歌、他的个性及传奇的熏陶。此外，她们的文学传统还可以追溯至哥特小说和伊丽莎白时代的戏剧。② 她们的主人公或者贫穷卑微，无依无靠，或者孤独避世，激扬狂傲，但是都对庸俗的社会和道德传统持批判和蔑视的态度，执著于叛逆的个性追求。正如艾米莉在一首诗中写道："我们并没有别的要求，我们只要自己的心和自由。"她们用丰富的想象和富有情感的文字表达出对自由的热爱，体现了以拜伦为代表的浪漫主义传统的深刻影响。关于勃朗特姐妹刻画的浓烈情感世界，历来有批评的意见，认为她们在情感的适度性上存有缺陷。詹姆斯认为勃朗特姐妹在处理人物的感情时没有保持"智性的优越"，也就是不能从理智上与自己的人物保持距离，他认为是"理智的一团混乱"使她们沉醉在自己令人怜悯的故事中，从而令读者在面对勃朗特姐妹的信口开河时会忽视她们的问题、精神、风格、才华和趣好。③ 詹姆斯在艺术理论上强调保持作品的客观性，对勃朗特姐妹的评价自然不高。此外，勃朗特姐妹以强烈叛逆性的主体意识，对维多利亚传统价值表示质疑、蔑视甚至挑战，因此她们被同时代人冠以"粗鄙"的标签，甚至被指责为"亵渎神明"。④ 但是，正因为勃朗特姐妹的浪漫主义气质，才赋予《简·爱》和《呼啸山庄》这些小说杰作以感人至深的个性魅力。三姐妹都具有批判意识，而夏洛蒂和艾米莉自由、激越的个性尤其突出。

勃朗特姐妹的创作倾向于从个人身世获得小说取材，具有很强的自传性和现实主义色彩。她们强烈的自我意识使其情感思想在现实局限中被压紧踏实，在其作品上都打上了她们个性的烙印，携带着强大的情感冲击力。所以，伍尔夫指出，夏洛蒂并非因为读了大量的书才写得好的。伍尔夫的父亲莱斯利·斯蒂芬干脆声称："研究她（夏洛蒂）的生平就是研究她的小说，两者似乎是同一个命题。"⑤ 无数读者认为，夏洛蒂就是简·爱，就是露西·斯诺。作家与作品固然不能混为一谈，但人们的确在勃朗特姐妹和她们的作品之间感受到了极大的契合。夏洛蒂和安妮富有现实的批判意识，对各种生活经历直接借用较多，而艾米莉深具冥思内省风格，其自我指涉几乎完全内倾于精神世界。她们经常

① 杨静远编. 勃朗特姐妹研究 [M]. 北京：中国社会科学出版社，1983：92.

② Harold Bloom. *Novelists and Novels Vol. 1* [M]. Philadelphia：Yale University，2005：125.

③ 转引自刘象愚. 外国文论简史 [M]. 北京：北京大学出版社，2005：199.

④ Heather Glen. ed. *The Cambridge Companion to the Brontë* [M]. Shanghai：Shanghai Foreign Language Education Press，2004：2.

⑤ 杨静远编. 勃朗特姐妹研究 [M]. 北京：中国社会科学出版社，1983：293.

采用第一人称叙事，比如《教师》《简·爱》和《艾格妮斯·格雷》。在后两部作品中，夏洛蒂和安妮都描写了家庭教师的命运，这与她们做教师的经历不无关系。勃朗特姐妹早年在家中相伴相娱，沉浸在想象的创作王国中，但是由于经济的压力，又不得不离家工作，担任家庭教师。在人性得不到尊重的庸俗现实里为生活奔波，身处屈辱的地位，面对傲慢而冷漠的环境，承受繁重琐碎的工作，这在她们敏感的心灵上笼罩了一层阴影，尤其是琐屑的工作剥夺了她们自由支配的时间，无法进行心爱的创作，内心的痛苦何其强烈。连三姐妹中最为忍耐克制的安妮也在日记中诉说深深的绝望："我在鲁宾森家做家庭教师。我不喜欢这种状况，真希望能改变一下。……大家都为了生活在工作，……我们不知道自己是谁，我们更不知道将来会怎样！"应该说，勃朗特姐妹创作的自传色彩主要源于她们强烈的个人意识和在现实中所承受的沉重压力。

　　勃朗特姐妹成功塑造了一系列震撼人心的艺术形象，比如，夏洛蒂的简·爱、雪莉和露西，艾米莉的凯瑟琳和希斯克厉夫，安妮的艾格妮斯·格雷和海伦等，构成了英国小说世界一道炫目的人物风景。尤其令人难忘的是众多女性形象，她们大都具有强烈的女性自我意识，是追求独立、自由和个性解放的人物。在夏洛蒂早年撰写的安格利亚王国中，女人并不像在维多利亚社会中那样只能选择做贤妻良母式的"房中的天使"，而是心智方面充满活力，能够担任重要社会工作，这无疑是超前的进步思想。布卢姆指出，勃朗特姐妹的艺术气质在哈代和劳伦斯的作品中也有继承和发展。① 总之，勃朗特在奥斯丁奠定的伟大基础上，继续发展了女性现实主义和家庭现实主义，从更广的角度探讨女性在家庭和社会中的角色和命运，为英国女性小说艺术做出了重要贡献。

第四节　作家案例

　　如果说奥斯丁和勃朗特姐妹代表了 19 世纪女性小说家中超越雅俗、位列经典的极少数天才佼佼者，那以下所论的弗兰西丝·特罗洛普以及夏洛蒂·杨则是未能达到艺术超越水准、只在当时成为畅销现象的大多数女性小说家的两个例子。虽然不能与奥斯丁巅峰与勃朗特峭壁的艺术成就相媲美，但是这些较为平庸的女性书写者同样是英国小说史传统的有机组成部分，其写作与生活的历史场景、她们的艺术特色以及传统承续对于思考女性写作传统与小说体裁发展

---

① Harold Bloom. *Novelists and Novels Vol . 1* [M]. Philadelphia：Yale University，2005：125.

都有参考价值。

一、弗兰西丝·特罗洛普

弗兰西丝·特罗洛普（Frances Trollope，1779—1863）是维多利亚早期最具煽动力和社会影响的作家之一，她的作品署名通常为特罗洛普夫人或者弗兰西丝·特罗洛普夫人，偶尔也被简称为范尼·特罗洛普（Fanny Trollope）。她创作出以揭露现实弊端与社会丑陋为目的的众多抗议和揭露小说作品，不但曾经拥有众多的读者，而且成为那个时代推动社会进步的坚定力量。弗兰西丝出生于布里斯托尔的一个牧师家庭。其父是一个工程师和出色的发明家，但是不善经营谋利，屡次被人欺骗，重要的发明成果也被攫取。弗兰西丝年仅7岁时，母亲去世。十五年后，父亲再婚。弗兰西丝与继母关系紧张，于是跟姐姐离家来到伦敦的兄弟家中居住。弗兰西丝富有活力，喜爱社交，生活丰富多彩。1809年，29岁的弗兰西丝与35岁的律师托马斯·特罗洛普（Thomas A. Trollope）结婚。后来丈夫经济状况不佳，他们举家迁往范妮·怀特在美国创办的乌托邦社区"纳什巴公社"（Nashoba Commune）。公社失败倒闭后，她又迁至俄荷俄州的辛辛那提市谋生，但是仍旧遭遇失败，只好返回英国。弗兰西丝夫人生活经历丰富，游历欧洲各国，她人生最后二十年在佛罗伦萨度过，1863年在意大利去世。弗兰西丝有两个儿子也走上小说创作之路，长子托马斯·阿道弗斯·特罗洛普著有多部作品，第三个儿子安东尼·特罗洛普（Anthony Trollope）成就更大，长久以来位列英国重要小说家之列。弗兰西丝幸运地继承了父亲的聪慧，不幸的是也同样遭遇坎坷，在生活中历经被欺骗、背叛、冤枉、剥削的痛苦。她的文学生涯也颇为苦涩，因为其作品的批判战斗色彩，在生前遭受很多敌意甚至诽谤。还有人盗用她的名字出版低劣的作品，造成了一定的混乱误解。① 弗兰西丝富有正义感，观察力敏锐，她在英国、美国和欧洲等地的丰富生活经历中，对奴隶制度、战争屠杀、妇女问题、童工问题以及宗教腐败等众多社会问题投以敏锐犀利的质疑目光，创作出大约四十部涉及广泛题材领域的小说和其他作品。

在美国的四年生活中，弗兰西丝对那里生活的粗陋、低俗、无礼、贪婪、虚伪种种丑陋之处深有恶感，对美国早期清教徒的精神神话怀有质疑。回到英国后，她发表了游记小说《美国人的家庭礼节》（*Domestic Manners of the Americans*，1832），以美国奴隶制、游击队和妇女问题等为主要题材内容，运用了夸张的手

---

① Brenda Ayres. Frances Trollope [N]. *The Literary Encyclopedia*. 2006-2-13.

法，历数美国社会生活的诟病，认为美国的问题源自"美国妇女可悲的地位低下"。这部作品不无争议，在英国，它批判否定美国的立场跟当时英国上流社会对美国普遍持有的轻蔑情感合流，引起一定的共鸣和关注。当时美国人对这部作品存在普遍反感，现在美国读者具有更冷静的心态，倒乐于从中获得疏离的视角，反思自己民族和社会生活中的"丑陋"之处。这个作品激发了很多作家类似题材的创作，也是弗兰西丝美国题材揭露小说的开始。之后，她的小说《美国的难民》（*The Refugee in America*，）则清算了美国的名利场，批评美国社会生活中的虚伪和残酷之处。《乔纳森·杰斐逊·维特劳传》（*The Life and Adventures of Jonathan Jefferson Whitlaw: or Scenes on the Mississippi*，1836）揭露了美国奴隶制的残酷，产生了广泛而深远的国际影响。弗兰西丝批判的立场还贯穿她多部国际题材的作品，《女修道院院长》（*The Abbess*）、《比利时和西德》（*Belgium and Western Germany*）都是同类的欧洲社会批判之作。巴黎和巴黎人、维也纳和奥地利人的种种荒唐错谬之处也遭到她的无情检视。

弗兰西丝的几部英国社会抗议小说似乎更有影响力。其中《巴纳比寡妇三部曲》（*Widow Barnaby Trilogy*）的艺术结构具有特色，它启发了安东尼·特罗洛普，成为后者作品的基本模式。尽管安东尼因为种种原因否认母亲对自己的影响，他们二人作品中的相似性却是不争的事实。小说《瑞克斯黑尔德牧师》（*The Vicar of Wrexhill*）揭露了教会腐败，也很受欢迎。《米歇尔·阿姆斯特朗：工厂小工》（*Michael Armstrong, the Factory Boy*，1839—1840）则具有里程碑式的意义，是英国出版的第一个工业小说。1839年，弗兰西丝打算写一部关于年轻工人的小说，在写作前，她专程去曼彻斯特体验生活，在曼彻斯特和布拉德福逗留了几周，访问工厂，采访参与工厂改革运动的社会各界人士。小说主人公是工厂童工米歇尔·阿姆斯特朗，他被富有的商人马修·杜令收养，然而杜令收留米歇尔不过是伪善之举，不久便把米歇尔打发到一个专门为贫苦弃儿开设的机构做工。米歇尔逃出来，在多年流浪漂泊中经历了众多危险艰难，最后终于与他幼年时爱恋的女工重逢团聚。这是一部反映19世纪早期社会状况的作品，具有很强的现实性。它揭示了工业化过程中的童工问题以及私人慈善的社会问题，对童工表达了深切的同情，对慈善制度的伪善和脆弱性进行了无情揭露。小说对童工悲惨生活的描写令人震惊，发表后引起强烈的社会激愤。

弗兰西丝观察力敏锐、才智过人，而且写作勤奋，直至晚年仍然笔耕不辍。但是，虽然她的作品数量巨大、题材繁杂，却精品不多，没有具备可与时间抗衡的伟大品质，跟之后的夏洛蒂·杨的艺术命运一样，如今她的作品已经鲜有人读。不过，如果她只是作为安东尼·特罗洛普的母亲才会被提起，也是有失公正。作为一个当时拥有较大读者群的作者，她的众多作品推动了重要的社会改革，也影响了其后的诸多作家。她的社会抗议小说《乔纳森·杰斐逊·维特劳传》发表后不久，英国就通过了《牙买加法案》（*Jamaica Act*），给英国殖民地的奴隶以人身自由。有多位学者考证，这部小说影响了斯托夫人《汤姆叔叔的小屋》（*Uncle Tom's Cabin*，1852）的写作。《米歇尔·阿姆斯特朗：工厂小工》揭示的童工的悲惨生活令人震惊，发表后引起社会激愤，导致英国《工厂法案》（*Factory Act*）的修正。新的法案规定了禁止雇用8岁以下儿童，不允许童工每日工作时间超过四个半小时。描写年轻劳动女性处境的小说《杰西·菲利普斯》（*Jessie Phillips*：*A Tale of the Present Day*，1843）则迫使国会撤销了《穷人法》（Poor Laws）中关于私生子只有母亲独自负责的条款。弗兰西丝的现实批判眼光和作品的社会抗议主题使得她的创作成为社会文化发展的进步火种，在烧掉落后丑恶、弘扬进步人性上她做出的努力值得尊敬。另外，她在19世纪上叶对英国小说在题材拓展以及写作模式的先驱作用也具有积极意义，虽然她的艺术之火还没有超越时代的力度，但是它发出的光和热不应被文学史所漠视和忘记。

二、夏洛蒂·杨

夏洛蒂·杨是活跃在19世纪后半叶英国文坛和社会生活的女作家。1823年8月11日，杨出生于英国南部汉普郡的奥特本（Otterbourne）一个英国国教徒之家。受家庭以及身为牛津运动领袖的邻居约翰·凯布尔（John Keble）的影响，杨具有虔诚的宗教信仰，并且她的小说在主题意义和价值观念上都明显反映了英国国教高派教会的思想倾向，她因此获得"牛津运动小说家"（the novelist of the Oxford Movement）之称。杨的创作始于1848年，在长达五十余年的创作生涯中，她涉足小说、纪实文学、传记、历史、辞典等各种题材领域，共发表了近一百部作品。1854年她的小说《雷德克利夫的继承人》（*The Heir of Redclyffe*）出版后广受欢迎，获得了巨大的商业利润，其后她的众多作品也成为市场宠儿。杨利用其作品出版的收入做了大量社会慈善工作，尤其致力于推进女性教育。她创办并亲自编辑主持了一个女性杂志《每月信息》（*Monthly Packet*），本来目标读者为英国国教派妇女，不过杂志办得非常成功，不但获得了广泛多样的读者群，而且杂志维持了四十年之久。在她的影响下，杨的教女爱丽丝·玛丽·柯勒律治后来创办了阿伯特·布罗姆雷女子学院，为英国妇女教育做出了贡献。

杨兴趣广泛，不但作品数量巨大，而且题材领域十分繁杂。这或许影响了她对提高自己小说作品质量的追求，另外也反映出她通俗化的文学态度。在纪实性作品中，她的故事集《美好事迹》（*A Book of Golden Deeds*，1864）记录了一些关于富有勇气和自我牺牲品质的真实经历。她还撰写了传记作品《约翰·柯勒律治·帕特森传》（*Life of John Coleridge Patteson*，1873）。她编纂了《教名历史》（*A History of Christian Names*，1863），尽管其中不乏语源研究上的瑕疵，却成为关于英语名字的权威之作，在 1944 年出版的《牛津英语教名辞典》中被称作是"处理这一题材的第一个严肃尝试"。杨去世后，她的朋友、助手兼合作者克丽丝特贝尔·柯勒律治出版了《夏洛蒂·杨生平与信函》（*Charlotte Mary Yonge：her Life and Letters*，1903）。不过，杨的文学成就主要在小说创作领域，其中最负盛名的主要还是早期的几部作品，包括《雷德克利夫的继承人》、《三色堇》（*Heartsease*，1854）与《雏菊花环》（*The Daisy Chain*，1856）等。其他较为重要的小说有《小公爵》（*The Little Duke*，1854）、《鹰巢的鸽子》（*The Dove in the Eagle's Nest*，1866）、《珍珠项圈》（*The Chaplet of Pearls*，1868）、《困兽》（*The Caged Lion*，1868）《爱与生活》（*Love and Life*，1880）、《军械师的徒弟》（*The Armourer's Prentices*，1883）、《现代忒勒马科斯》（*A Modern Telemachus*，1886）、《在风暴中》（*Under the Storm*，1887）、《汉娜·莫尔》（*Hannah More*，1888）、《长假》（*The Long Vacation*，1895）等。在这些作品中，杨侧重描写各种人物的当代经历，也注意借用西方悠久的历史文化传统资源，如她对希腊神话以及基督教素材的借鉴改写比较引人注目。

《雷德克利夫的继承人》是她小说代表作，已经停止印刷，唯一存留下来的是收录在牛津大学世界经典系列丛书中的版本。此书由巴巴拉·丹尼斯书写引言，被赞为是最成功的小说之一，在普及程度上甚至与狄更斯和萨克雷匹敌。小说描写一对出身高贵的表兄弟盖伊·茂威尔与菲利普·埃德芒斯通之间纷扰争斗的故事。盖伊的性格有缺陷，与菲利普尤其不和，双方频有冲突。盖伊爱上温柔的艾米，却因为菲利普对盖伊的负面看法遭遇了情感挫折。经历了种种痛苦的冲突争斗后，盖伊努力克服自己的弱点，在艾米的支持鼓励和引导下，加之盖伊与菲利普固有的高贵品质，两个青年达成和解，获得了幸福。小说情节设置有精彩之处，盖伊自我完善的精神历程描写得真实生动，结尾出人意料，颇有戏剧性。小说表达了对具有贵族骑士传统的所谓理想过去的怀旧情感，赞颂了一些传统的行为美德。盖伊成为高贵美德的模范人物，而艾米则是理想的维多利亚妻子的形象。小说的思想情感完全是 19 世纪中期社会意识的反映，还带有牛津运动影响的痕迹。加文·巴德齐（Gavin Budge）曾从现实主义传统研究的角度指出杨作品的困境，他认为杨的现实主义技巧是建立在牛津运动派宗教观念之上的，显然不符合传统的现实主义认识论批评范式。①

除了曾经辉煌一时的读者市场，杨也获得阿尔弗雷德·丁尼生和亨利·詹姆斯等著名作家的赞许。她对其他重要英国作家的写作也产生了一定的影响。威廉·莫里斯（William Morris）和罗塞蒂（D. G. Rossetti）等前期拉斐尔派的作家深受她的启迪，英国著名小说家、剧作家和评论家格雷厄姆·格林（Graham Greene）也喜爱杨，在其著名小说《恐怖内阁》（*The Ministry of Fear*，1943）中大量引用杨的小说《小公爵》。在历史之河大浪淘沙的洗礼中，她的艺术生命力不免脆弱，她在生前享有很高声望，其作品流行畅销，拥有广泛的读者群，也获得文学大家的认可，如今其大部分作品却已经绝版，被读者和评论界淡忘，在英国小说史中也基本无立足之地。②

弗兰西丝·特罗洛普和夏洛蒂·杨在艺术品质上无法与奥斯丁、勃朗特、爱略特相提并论，对盖斯凯尔夫人也难望其项背。然而，她们数量巨大、题材繁杂的写作证明了英国女作家在拓宽题材领域、发展读者市场以及更新写作形式上表现的强大活力。正如河水之流连绵不绝的形态，文学艺术传统总是在所有作家和读者共同创造的历史语境中传承延续的。这两位作家小说艺术的意义也许在于她们以自己的方式积极地参与了写作的历史，发出了自己的声音，成为英国文学历史的有效成分。

19世纪的女性小说家以各具特色的艺术为英国小说传统的传承书写了自己的篇章。她们继承了18世纪女性小说的传统，另外表现出新的艺术独创性。奥斯丁的理性嘲讽和精炼文体、夏洛蒂的民主反叛思想、艾米莉的激情与想象、盖斯凯尔夫人的朴素描绘、爱略特的心理分析和伦理思考无不具有独特的艺术魅力，是有效借鉴通俗小说模式并超越雅俗创作的优秀代表。整体来看，女性通俗作家群体素养参差不齐，作品数量众多，泥沙俱下。从数量上看，绝大多数英国女性通俗小说家只是历史天空上匆匆划过的流星，因为艺术力量的不足而被读者抛弃。即便如此，这一创作群体在文学发展史上也具有独特的历史地位。她们对小说创作和阅读的积极参与壮大了文学市场，促进形成民主开放的创作风气，启发鼓舞了妇女在内的众多文学爱好者投入到小说创作领域，共同造就了英国小说艺术的传统。她们就像低微的尘土，构成艺术之花得以绽放的大地，而奥斯丁这座女性小说领域的巅峰，正是矗立在无数文学女性共同耕耘的文化景观之中。

---

① Gavin Budge. Realism and Typology in Charlotte M. Yonge's The Heir of Redclyffe [J]. *Victorian Literature and Culture*, 2003（1）：31.

② Gavin Budge. Realism and Typology in Charlotte M. Yonge's The Heir of Redclyffe [J]. *Victorian Literature and Culture*, 2003（1）：31.

第六章

20 世纪上半叶的英国女性通俗小说

进入 20 世纪，英国社会生活领域发生了新的巨变。两次世界大战推动了妇女融入社会生活的职业化进程，尤其将受到一定教育的中产阶级妇女推上了职业化写作之路。此外，女性主义已经成为全球化运动，妇女解放运动尤其在欧美国家蓬勃发展，女性的文化教育得到普遍提高，她们在就业上有了相对多的选择权和现实机遇，尤其是更多介入了属于"白领工作"的职业领域。正是这种更为友好的文化社会土壤的滋养，众多女性作家得以进军侦探小说这一长期被男性作家占据的小说类型，带来了当代侦探小说出版的空前繁荣盛况。英国的侦探小说在众多优秀女小说家的贡献下获得长足发展，在 20 世纪二三十年代出现了名家佳作频出的创作爆发。工业化与都市化进程对妇女的生活和思维方式带来冲击，在 20 世纪 20 年代，美国出现了被称作"轻佻女郎"（flapper）的一代"新女性"，她们追求物质享受和感官快乐，轻视道德规范，崇尚浪漫自由的爱情生活，对当时的女性产生了广泛影响，对各类女性言情小说的发展起到了推波助澜的作用。在 20 世纪，言情小说依然是英美女性通俗小说领域的畅销热点，作家、作品数不胜数，经典言情小说、情色小说、打工妹言情小说、历史言情小说、哥特言情小说、家世言情小说等众多模式分支流派都得到了发展传承。

女性通俗小说的真正崛起在 20 世纪初，这与女性突破客厅文学的业余身份、步入社会、追求职业化写作的努力有密切关系。在 20 世纪，英国女性作家的创作空前活跃，艺术品质日益成熟，在市场销售或评论界具有较大影响的女作家就有近百人。克莱夫·布卢姆在著作《畅销书：1900 年后的通俗小说》（*Bestsellers：Popular Fiction Since 1900*，2002）中，分五个时间阶段简介了四十多位在写作模式上具有鲜明通俗特色的 20 世纪妇女小说家。[①]比起新人辈出的写作现实，这种概观统计仍然是十分有限的，只能在一定程度上反映当代女性通俗

---

① Clive Bloom. *Bestsellers：Popular Fiction Since 1900* [M]. Cham：Palgrave Macmillan, 2021：xi.

小说创作的一隅风光。为方便对数量巨大的作家、作品进行讨论，我们在此以
20世纪60年代为界，分为两章分别介绍，本章主要对20世纪上半叶英国女性
通俗小说做一归纳。

第一节　女性小说写作动因面面观

自小说体裁产生伊始，英美女性就参与其中，与男性作家一起创造了英美
通俗文学以及小说艺术传统，并且在某些具体领域取得了突出的成就。对于在
西方文化中长期处于弱势性别的妇女来说，这一文学现象值得探究。前几章论
及的历史进程说明，英美女性通俗小说在发展过程中，受到以下几个突出因素
的影响：一大众教育和媒体出版业发展提供的机遇；二女权主义运动的启迪推
进；三顺应女性社会就业趋势与职业写作的潮流；四通俗小说创作领域的商业
回报；五妇女作家在历史文化语境中的个人选择和奋斗。前四个因素在上文皆
有阐述，这里集中对妇女作家小说创作的动因做一面面观。

首先，女性小说创作背后有其深刻的文化心理因素。从浅层看，写作是妇
女作家进行自我情感宣泄、思想反抗以及实现其文学理想的需要。罗伯特·米
勒（Robert K. Miller）在其《创作的动机》（*Motives for Writing*，1999）中曾就写
作对于自我的意义做过很好的概括："创作能改变你的生活，帮助你达到自己的
目标，也有助于加深你对自己的理解。它能使每天困扰你的信息变得有意义，
而且能提供一些让人认真对待你的想法。"① 对女性作家写作的内在心理动因，
西方学者经常借鉴精神分析理论解释，有些观点不无道理。苏珊·罗兰德
（Susan Rowland）在对克里斯蒂和艾林罕等四位女侦探作家的研究中，发现了创
伤经历对她们文学生涯的影响。她指出："关于这四位早期作家的个人生活，有
一点特别有意思，那就是她们都经历过精神创伤的重要时刻，这些生活片段成
为深刻标示她们内心世界的转折点。"② 由此，她认为这些作家的创作来自个人
精神创伤经历的记忆，是女性寻找自我救赎的精神空间。从作家生平研究资料
看，很多女性作家经历过婚姻或其他的人生不幸，精神上蒙受过阴影。以20世
纪几位重要侦探小说家为例。克里斯蒂第一次婚姻破裂，被移情别恋的丈夫所

---

① Robert K. Miller. *Motives for Writing* [M]. London & Toronto：Mayfield Publishing Company，
　　1999：1.

② Susan Rowland. *From Agatha Christie to Ruth Rendell：British Women Writers in Detective and
　　Crime Fiction* [M]. London：Palgrave Macmillan，2001：7.

伤，又受到当时媒体的诋毁，一度深陷痛苦。塞耶斯在结婚前，曾有过两次惨痛的情感经历，并且有了一个非婚生儿子，一直寄养在亲戚家。艾林罕有一位冷漠的母亲，从小缺失母爱，产生了严重心理问题，1955年曾经精神崩溃，接受电击治疗。伦德尔早年丧母，个性孤独，婚姻家庭生活也多有波折。在一定程度上，这些妇女在创作中找到了伍尔夫为女作家提议的"一个自己的房间"，找到了自我追求和自我实现的空间。

其次，通俗小说创作领域的诱人商业回报也是促进女性通俗小说写作繁荣的重要现实因素，很多女性创作通俗小说也是出于对经济利益的现实追求。19世纪后，越来越多的妇女从家庭走向社会，加入职业女性的行列。尤其是在两次世界大战期间，英国男性参战离家，大量中产阶级妇女不得不肩负养家糊口的责任，被社会潮流推上了职业妇女之路。然而在当时，公共生活领域对女性的开放接纳仍有源自传统的局限，妇女进行职业选择的机会并不多，对于受过教育的妇女来说，写作是较好的职业选择之一。通俗小说是一种能够带来较大经济收益的写作领域，因而吸引了众多有现实谋生需要的中产阶级妇女，激发了她们的职业化写作意识。20世纪最有成就的几位女通俗小说家在不同程度上都有以写作谋生的愿望，希望利用自己的才智改变经济状况的窘迫。克里斯蒂的第一部小说是她1916年带着幼小的孩子在伦敦艰苦谋生时创作的；艾林罕则生活在一个写作之家，家人就是靠向流行杂志投稿维持着并不稳定的中产阶级生活，① 而她自己成年后一直生活在困顿病痛中，迫切需要赚钱养活自己和一群靠她资助的朋友；P. D. 詹姆斯和伦德尔的写作也都受商业考虑的制约。正如罗兰德所指出的，金钱收益是很多女性通俗作家写作的动力之一。

再次，从社会心理层面看，女性小说家的创作历史显示了妇女主体意识觉醒和自我表达的欲望，是她们实现社会价值的途径和方式之一。不论在公共活动中，还是在意识形态领域，妇女通常都受到束缚，处于一种相对狭小的空间中，这种社会身份导致她们渴望借助相对容易的形式获得自我认知和肯定。伍尔夫对文艺复兴时女性写作传统的荒芜发出诘问："在每两个男人中似乎就有一个能写歌或四行诗的伊丽莎白时代，为何却没有妇女在那种非凡的文学中留下只言片语呢，这是一个永恒的谜题。我问自己，女人生活的状况究竟是怎样的呢？"② 她这样描写自18世纪以来女性不断加入创作队伍的历史场景：

---

① Susan Rowland. *From Agatha Christie to Ruth Rendell: British Women Writers in Detective and Crime Fiction* [M]. London: Palgrave Macmillan, 2001: 3.

② Virginia Woolf. *A Room of One's Own* [M]. eds. David Bradshaw & Stuart N. Clarke. Chichester: Wiley Blackwell, 2015: 31.

　　18世纪以来，成百上千的妇女开始从事翻译或者写作无数的蹩脚小说，来增加自己的零花钱或者拯救她们的家庭。这些小说甚至在教科书上都没有记载，只是偶尔能在查令十字街的廉价地摊上找到。18世纪后期，妇女表现出高度的思想活跃度——谈话、聚会、撰写关于莎士比亚的文章、翻译经典——这些都建立在一个确凿的事实之上，即妇女可以通过写作赚钱。金钱让曾经没有回报而显得愚蠢的事情变得有尊严。或许渴望涂鸦的女人们仍然会被嘲笑，但不可否认，她们能够把钱放进自己的钱包里。①

对前面自己提出的问题，伍尔夫显然已有自己的答案，她认为写作时基本的物质保障和出版发表后的经济回报都是激励妇女从事写作的重要因素。在18世纪的英国，男性仍然牢牢主宰公共生活领域，但出版业尤其是小说出版还是妇女较为容易进入的领域。另外，不可否认，早期的女性写作经常被认为与妇女的家庭责任相冲突，会受到来自家庭和社会的阻碍和压制。在20世纪之前，年轻女性如果痴迷写作就会被认为损坏"女性气质"和名誉，并且不利于个人婚嫁。夏洛蒂·勃朗特在1836年曾向桂冠诗人骚塞写信求教诗歌，却得到骚塞的劝告："文学不可能成为，也不应该成为妇女的职业。"② 由此可见，维多利亚时期的女性小说创作之路依旧艰难重重。众多女作家被迫使用化名发表作品，承受着因男性文学传统、艺术观念以及性别偏见带来的作者身份焦虑。夏洛蒂在1849年写给评论家刘易斯的信中抗议说："我希望所有的评论家都把柯勒贝尔当作男人，那么他们对待他就会更加公正。我知道你老是用你适合我性别的某些标准来衡量我，凡是我没有做到你认为文雅的地方，你就指责我。"③ 夏洛蒂的抗议和写作显示出，作为一个有着独立人格的作家，她与压制女性艺术才能的落后传统进行着抗争。

　　妇女作家在介入小说写作的过程中，有效地借助了通俗模式作为自己的现实选择，在早期极大地受益于各种私密写作和业余创作活动。她们往往都热衷于通过日志和书信的形式介入写作，比如伯尼、奥斯丁、勃朗特、多萝西·华

① Virginia Woolf. *A Room of One's Own* [M]. eds. David Bradshaw & Stuart N. Clarke. Chichester: Wiley Blackwell, 2015: 48.

② Heather Glen. *The Cambridge Companion to The Brontës* [M]. Cambridge: Cambridge University Press, 2002: 3.

③ Heather Glen. *The Cambridge Companion to The Brontës* [M]. Cambridge: Cambridge University Press, 2002: 5.

兹华斯等都以极大的热情和高超的语言能力赋予这些私密意义的文本以巨大的艺术表现空间。多萝西·华兹华斯的日志成为其兄威廉·华兹华斯浪漫主义诗作的重要灵感来源。这些被称为"业余自娱"形式的写作不但奠定了文学表达的素材和形式训练基础，而且直接开拓了书信体小说的传统模式。在女性写作大规模走向职业化之前，18世纪和19世纪早期的妇女通常以业余作者身份进行秘密写作，而且主要以家庭娱乐的方式参与文化艺术活动。除了日志、日记传统在热爱文学的妇女中普及外，诗歌、戏剧创作和表演也是她们兴趣所在。虽然女性作家的诗歌和戏剧作品展现的天地通常局限在家庭内，这些写作却与其小说创作之间存在密切联系，反映着文类交流和读者接受的事实，一起构成女性写作的历史传统，值得引起关注。总体看，英国女性通俗小说创作经历了从业余到职业的社会化过程，也与戏剧以及日记、日志等私密意义的文本等跨文类的写作存在互动联系。

最后，女性通俗小说家的创作和出版还得益于家庭和社会的推动。伯尼、奥斯丁、勃朗特、克里斯蒂对写作的兴趣都深受家庭气氛熏陶，受到当时文化资源的滋养。奥斯丁的写作真相虽然曾被家人刻意隐瞒，但她作品的出版得到兄长的大力支持和扶助。伯尼的家庭重视教育、藏书丰富，与当时的文学艺术界保持着良好的关系，而且众多家庭成员从事各种类型的写作，取得一系列成就，被誉为"文字工厂"，对她的写作产生了潜移默化的影响。勃朗特姐妹的写作生涯在世人眼里颇具传奇色彩，甚至形成了"勃朗特神话"，事实上不过是她们的艺术天赋、独特个性和当时英国社会文化发展环境等因素共同作用的结果，受益于热爱写作的家庭氛围和外部的社会文化推动力，深刻体现了文学写作与人生环境之间的紧密联系。所以，这一阶段女性小说写作的繁荣是众多妇女作家努力创造和社会文化潮流推动的必然结果。

对于女性小说家群体写作的认识，伍尔夫敏锐地看到了其中传统传承的脉络及其历史意义，她高度重视中产阶级妇女在18世纪末兴起的创作热潮，认为其历史重要性甚于十字军东征或玫瑰战争，值得历史学家关注。在1928年的著名演讲中，她说：

> 如果《傲慢与偏见》有重要意义，《米德尔马契》《维莱特》和《呼啸山庄》有重要意义，那么此外不仅那些宅居乡间别墅中在对开本和奉承者中度日的孤独贵族在写作，而且一般的女性也走上写作之路，这种非凡的重要意义远不是我在一小时的演讲中所能证明的。没有这些先驱者，简·奥斯丁、勃朗特姐妹以及乔治·爱略特就不会进行创作，正如莎士比亚没

有马洛就无法写作、马洛没有乔叟不能创作一样，如果没有那些被遗忘的诗人为之铺平道路、驯服语言的自然野性的话，乔叟也无法写作。因为杰作并非单独孤立之作，它们是众人积年共同思考的结果，是众人思考的结果，所以在杰作单一的声音背后还有大众的体验。简·奥斯丁应该在范妮·伯尼的坟前奉上花圈，乔治·爱略特应该向伊丽莎·卡特矫健的身影致敬。……所有的女性都应该把花撒在阿芙拉·贝恩的墓上，……因为正是她为她们赢得了表达自己想法的权利。①

伍尔夫的观点奠定了英国女性写作传统疆域的早期边界和形貌，此外，她最早对通俗小说写作的文化历史作用给予了公正认可，其中关于位列经典的女性作家与女性通俗写作关系的评述敏锐而深刻，她的女性主义文学理论对英国女性写作传统发挥了重要的启蒙和推动作用。

第二节　女性与通俗小说消费

妇女是通俗小说的重要消费群体，广大女性小说读者对英国小说市场和文学出版行业的推动力巨大。事实上，在 18 世纪末和 19 世纪初，奥斯丁之前的女作家们就已经凭借通俗写作培养了稳步壮大的女性小说消费市场，掀起了女性出版的一浪高潮。热情痴迷的女性读者对通俗小说的发展功不可没。在 1984 年，拉德威（Janice A. Radway）和考沃德（Rosalind Coward）各自出版一部影响巨大的著作，对女性言情小说研究富有启发。拉德威的《阅读罗曼司：妇女，父权与通俗文学》从社会文化的角度分析了言情小说拥有大量女性读者的原因。根据拉德威对"史密斯顿书店"（Smithton）的 42 位浪漫小说读者做的调查显示，这些妇女大部分（占调查组总人数的 24% ~ 26%）每天都看书，每周花 11 ~ 15 个小时读浪漫小说，每周阅读 1 ~ 15 篇小说不等，有 22 人每周阅读时间超过 16 个小时。关于她们的典型阅读模式，有 11 位读者选择"除非绝对必要，否则我会一直读完才放下它"；另有 30 人表示"在被打扰或有事可做之前，能读多少就读多少"；没有人选择"每天读几页，直到读完"的系统阅读模式，只有一位读者承认她只在有心情的时候进行阅读。这些数字表明，史密斯顿书店

---

① Virginia Woolf. *A Room of One's Own* ［M］. eds. David Bradshaw & Stuart N. Clarke. Chichester：Wiley Blackwell, 2015：48-49.

的女性读者们深深沉浸在阅读的浪漫幻想中，甚至不想在阅读结束前回归现实。① 霍尔认为大众文化是一个创造"集体性的社会理解"（collective social understandings）的场所，"意义的政治"在这个场所中发挥作用，试图引导人们以特定的方式看待世界，② 要探讨通俗文化作品的质量问题，必须研究作品和观众之间的相互影响。下面，我们以浪漫主义小说为例，探究女性对通俗小说的接受和反应状况。在通俗小说分类里，比起侦探小说和科幻小说，浪漫小说的艺术品质普遍被认为要逊色一筹。然而，富有悖论色彩的是，三个多世纪以来，妇女对浪漫小说的兴趣却一直长盛不衰，并引起女性文学研究者对这一现象的格外关注。我们认为，女性与浪漫主义小说存在着一种酷似编码和解密的符号游戏关系，各种文化信息和审美反应就在这"写入"和"读出"的实践活动中循环流转，赋予这个系统来自于本能愉悦的巨大动力。妇女对浪漫幻想作品的需求与她们受压抑的社会现实地位之间有密切关联。

　　首先，浪漫主义小说与女性的"欲望"满足心理密切相连。考沃德以精神分析理论的视角讨论了浪漫小说为女性带来的阅读乐趣，她指出，浪漫故事向女性承诺了一个安全的世界，它"肯定是通俗的，因为它复原了儿童时代的性关系并且没有对男人的弱点、家庭的压制或父权力量所造成的破坏进行批评"。③ 浪漫小说总是借助各种模式编织男性呵护女性的神话。拉德威撰写了《阅读浪漫小说》一书，她的研究基于围绕浪漫小说对英国"史密斯顿书店"的42名浪漫小说读者进行的调查。这些读者认为，浪漫小说应该讲述一个聪明能干、独立自主并富有幽默感的女性在经历了许多猜疑和不信任以及某种非人的待遇和暴力后，被一个聪明能干、温柔体贴并富有幽默感的男人的爱所征服。拉德威解释说，这种浪漫的幻想并不在于去找到一个有趣的生活伴侣，而是表达了一种要以特定的方式被人关心和爱护的美好愿望，是一种关于"回报"的愿望，女人在奉献的同时也渴望被给予关心和重视。一般而言，理想的浪漫故事结局会为读者提供完美的三角形满足：父亲般的保护、母亲般的关爱以及充

① Janice A. Radway. *Reading the Romance: Women, Patriarchy, and Popular Literature* [M]. Chapel Hill &London: The University of North Carolina Press, 1991: 59.
② See John Storey. *Cultural Theory and Popular Culture: An Introduction* [M]. 8th edition. London & New York: Routledge, 2018: 122-123.
③ 转引自约翰·斯道雷. 文化理论与通俗文化导论（第二版）[M]. 杨竹山等，译，南京：南京大学出版社，2006: 60.

满激情的成人爱情。①拉德威认为，一部浪漫主义小说的好坏最终取决于读者和女主人公之间建立的关系。要评价浪漫主义小说，就必须把阅读行为考虑进来。由此，不难看出，浪漫主义小说的意义并不仅仅在其本身包含哪些宏大意义或真理，甚至也不仅仅在于其艺术形式本身，其价值主要在于读者和文本之间建立起的和谐共振关系。

其次，浪漫小说的意识形态含有对现实环境"不足"的抗议，在很大程度上疏导、宣泄了妇女困于现实导致的心理张力。塔尼亚·莫多斯基（Tania Modleski）认为，正如滑稽故事既是现实痛苦的一种体现，也是一种对现实痛苦的抗议，通俗故事证实了女性生活中的一些现实问题和紧张状况。② 在西方文化中，女性作为弱势性别（feeble sex），在客观现实中经历着更多的束缚和压制，这是不争的事实。拉德威等研究者认为，妇女往往是带着对父权制不满的情绪去阅读浪漫小说的。阅读浪漫小说包含着一种乌托邦式的抗议（Utopian protest），显示出对更美好生活的向往。③ 考沃德在其著作《女性的欲望》（*Female Desire*）中曾列举了通俗小说中的虚拟世界给妇女带来的诸多乐趣，在此，我们借鉴考沃德的观点，将妇女的阅读心理展示如下：

社会现实————————通俗小说世界

匮乏————————充足

枯燥————————活力

压制————————自由

分裂————————一致

不满与反抗————————满足与平衡

可以看出，妇女阅读通俗小说可以使她们从日常生活中抽身而出，获得一个独立的物理和心理空间，专注于个人的需要、欲望和乐趣，这在很大程度上是一种转移和逃避现实的手段。

最后，浪漫小说是追寻自我满足和人生超越的艺术表达，对于女性作家与

---

① Janice A. Radway. *Reading the Romance*: *Women*, *Patriarchy*, *and Popular Literature* [M]. Chapel Hill & London: The University of North Carolina Press, 1991: 129-140.

② Tania Modleski. *Loving with Vengeance*: *Mass-Produced Fantasies for Women* [M]. New York & London: Routledge, 1990: 14.

③ John Storey. *Cultural Theory and Popular Culture*: *An Introduction* [M]. 8th edition. London & New York: Routledge, 2018: 162.

读者来说，浪漫小说更是一种面对人生的态度。浪漫主义小说与女性作家的密切关系可追溯到传奇文学和小说体裁的复杂关系这个老话题，简而言之，浪漫主义小说可以通过"模式复制"形成集体的"女性眼光"，形成女性间流行的"亚文化"空间。浪漫言情故事、哥特小说等就是专门为女性制造的幻想作品。浪漫小说的阅读和创作是女性读者和作者一起完成的文学"白日梦"，是一种含有代偿意义的艺术"游戏"。

虽然小说的读者已经日益成熟，其文化艺术素质在不断提高，但受到良好的经典文学训练，并且能够保持着较高小说阅读标准的读者在现实中并不是读者市场的主体。如果对现实中存在的多元化的读者需要视而不见，完全将小说当作阳春白雪，宁肯"和寡"也唯求"曲高"，反而扼杀了小说体裁的内在生机。通俗小说用友好的艺术形式创造了"超脱"现实的世界，摆脱了现存社会关系的沉重负荷，为真实的矛盾提供了想象的解脱方式。正如读者反应理论所揭示的，作品是作者生产的，而意义是读者给予的。浪漫小说的成功在本质上是通过读者的倾情参与完成的。对于通俗小说的推销，英美的畅销书榜单发挥了很大作用。对于推介作品的遴选管理，肯·格尔德（Ken Gelder）提出了两种方案：一种是采用分类法（taxonomic），把作品按时间顺序制作出分类目录，条目后附有注解，提供评论、社会背景说明或统计数据；另一种是以皮埃尔·布迪厄（Pierre Bourdieu）的理论等当代文学批评为依据，绘制出本领域的文化地图（map the cultural field）。① 格尔德本人更倾向于第二种方法，但如其他学者指出，这两种方法都工作量巨大而难以实现，其可行性值得商榷。

第三节　通俗小说、读者接受与市场文化

通俗小说是作者和读者大众从文化工业所提供的产品和实践中共同创造出来的。因此，有的学者强调读者认知的重要环节，比如詹姆斯·哈特（James Hart）在《通俗书籍：美国文学趣味史》中从读者接受批评的角度首次描述了通俗小说的历史发展轨迹。文学批评和其他形式的读者反馈对作家写作具有推动和束缚、激励和钳制的复杂作用。正是在这种批评体系的规约和修正下，对小说本质和功能认知的讨论成为 18 世纪以来英国小说研究的重要问题。作为大众

---

① John Sutherland. *Bestsellers*: *A Very Short Introduction* [M]. Oxford: Oxford University Press, 2007: 32.

文化的一部分，通俗小说是作为艺术消费品被读者定位和接受的。我们必须注意到，读者的选择、购买、阅读与评价等都是通俗小说产生文化含义的有机组成部分，而且通俗小说的读者总是生活在某一特定社会环境中的人。借鉴威廉斯和斯图尔特·霍尔的阅读理论，我们可以将通俗小说的读者地位分为三种：从属地位、主导地位以及折中地位。我们也认同大卫·毛利（David Morley）融合话语和主观性两个因素的分析结论，将阅读看作是作品的话语和读者的话语之间的相互作用。① 在消费现实中，读者有自己多元的阅读目的，也有自己各自的阅读要求，读者从通俗小说中获得他们所需要的娱乐和信息，也获取了文化对他们自身的主流意识形态的定义。作者的创作总是在不同程度上受到时代审美趣味和艺术接受能力的制约。英国通俗小说家在写作中一般对自己读者群的定位和界限有较为清晰的认识，在作品中自觉运用本题材领域的有效模式，在不断实践校订的基础上，形成了种类繁多的题材领域。② 比如，拉德威曾做过一项读者调查，证明很多妇女读者经常会先看结尾，再决定是否购买该小说。因此，以妇女为读者主体的浪漫小说往往采用能够吸引人的小说题目，并力求使结尾给读者带来预期的满足感。

消费具有复杂性，还会产生文化。法兰克福学派的麦克斯·霍克海默尔（Max Horkheimer, 1895—1973）与西奥多·阿多诺（Theodor Adorno, 1903—1969）用"文化工业"一词来称谓大众文化的产品和过程。他们认为文化工业产品具有文化同质性和可预料性两大特征。总体看，文化工业不鼓励大众超出现存范围去思考，生产的是一种受操纵的、标准化、模式化的消费品。文化工业为追求利润和文化同质性，有意或无意地将作品规约到文化商品的模式中，让作品变得浅显。因此，通俗小说往往迎合的是较为被动的阅读者的需要，或者是追求对固有价值肯定的读者。关注消费有助于理解通俗小说作为一种文化商品是如何被赋予意义的。在资本主义经济体系中，市场推介是女性通俗小说传统确立的现实因素。通俗小说在出版发行方式上不断调整进步，其广告宣传等市场营销技巧也日益完备强化，都极大地促进了各种通俗小说的普及。女性读者推动了女性小说的出版和写作，在通俗小说消费中占有极为重要的地位。出版社、书商和各种形式规模的图书馆在作家的艺术表达与大众需求之间架起了桥梁，对女性通俗小说艺术做出了贡献。比如，西方自18世纪以来发展起来

---

① John Storey. *Cultural Theory and Popular Culture*：*An Introduction* ［M］. 8th edition. London & New York：Routledge, 2018：11.

② John Richetti. ed. *The Cambridge Companion to the Eighteenth Century Novel* ［M］. Shanghai：Shanghai Foreign Language Education Press, 2000：8.

的大众媒体是推介妇女通俗小说的重要渠道。带有女权主义色彩的报刊或者妇女杂志为了吸引读者，总是将娱乐与实用的目的结合，经常刊登女作家的言情小说、侦探小说、哥特小说以及科幻作品等，其中篇幅较短的中长篇侦探小说连载深受欢迎，五分钟的短篇小说也很常见。当代英国的"史密斯顿书店"在推销浪漫小说上方法独到，书店定期出版由道洛蒂·埃文斯推介的书目和书刊阅读信息——"道洛蒂阅读浪漫小说的日记"，埃文斯根据自己的阅读体验，将书店中的浪漫小说评定出浪漫等级，由此成功地吸引和培养了一批稳定的浪漫小说读者群体。

　　写作—阅读活动不是线性的单项运动，而是一个动态复杂的过程，关涉作品与读者接受交流的社会心理学。一方面，读者反应和市场反馈是塑造女性通俗小说传统的重要因素，另一方面，生产与消费之间存在着辩证关系，创作实践和社会评价之间始终存在复杂而微妙的张力。通俗小说衔接艺术表达与大众需求，成功的通俗小说总是能够建立起与读者和出版流通系统的和谐关系。在20世纪上半叶，以英国侦探小说与美国言情小说为代表的女性通俗小说走向繁荣，真正崛起。女性小说家在家庭启蒙和社会潮流推动下，职业化趋势加强。她们追求自我价值的社会实现，主体意识更加普及，其创作实践体现了作家的创作定位与文学批评、读者接受以及市场推介等诸多文化因素的紧密联系。

第四节　作家案例

　　在通俗小说各个模式流派里，侦探小说一直享有极高的地位，一方面这是因为侦探小说本身具有悬疑、探险的艺术魅力，另一方面归功于众多侦探小说作者的卓越奉献。一战后，侦探小说在英国获得长足发展，缔造了20世纪20年代到40年代英国侦探小说的"黄金时代"。这些小说继承了经典侦探小说的"设置悬念—编排故事—案情分析及破解"的模式，情节设计奇巧而有悬念，尤其是塑造了一系列个性鲜明的男女侦探人物，成为文学领域里熠熠生辉的经典形象。在此阶段的侦探小说领域，一大批英国女性作家异军突起，尤为醒目，其中影响最大的当属被誉为"推理三女王"的阿加莎·克里斯蒂、多萝西·塞耶斯与约瑟芬·铁伊，而克里斯蒂的作品不论是数量、质量，还是社会影响，当之无愧代表了20世纪上半叶侦探小说的巅峰。

　　阿加莎·克里斯蒂出身于英格兰德文郡的上层中产阶级家庭，她在写作上深受家庭环境熏陶。克里斯蒂的姐姐也是作家，母亲直接鼓励克里斯蒂走向写作之路。① 克里斯蒂未受过大学教育，但是她将生活中学习、观察到的知识作为写作生涯的有力支持，赋予其作品理性的光彩和强烈的写实魅力。

一战期间，克里斯蒂曾在医院做护士和药剂师。她热爱医院的工作，并将药剂师生涯的知识用于写作，在作品中使用了大量投毒的罪案情节。克里斯蒂有过两次婚姻，1914 年嫁给了皇家飞行员阿奇伯德·克里斯蒂（Archibald Christie），生有一女，后因丈夫出轨，两人于 1928 年离异。在这段婚姻期间，克里斯蒂已经开始写作，在 1920 年发表了她的第一部小说《斯蒂勒斯奇案》（*The Mysterous Affair at Styles*），在 1924 年出版了融合探案和鬼故事的短篇小说集子《金色的球》（*The Golden Ball*），获得了众多读者的喜爱，因此她在出版作品时沿用了克里斯蒂的名字。1926 年初，她的母亲去世，当年年底，已经移情别恋的丈夫向她提出离婚。克里斯蒂受到打击，离家出走十一天，在当时引起一片舆论哗然。1930 年，克里斯蒂再嫁考古学家马克斯·马洛文（Max Mallowan），这个婚姻持续了四十六年，直到克里斯蒂去世。克里斯蒂曾经独自到西亚旅行，后来又跟随马洛文一起旅行数次，并在作品背景上借用了这些旅行见闻。

克里斯蒂多才多艺，作品众多，涉及侦探小说、短篇故事，并写有十九部其中不乏精品的剧本。她还采用玛丽·维斯特麦考特（Mary Westmacott）的笔名创作了六部传奇小说，当然令她饮誉世界的还是其近八十部侦探小说。克里斯蒂的作品享有通俗小说中罕见的超越时空的持久读者青睐。在当代，她仍有多部作品被英国犯罪作家协会列为百部最佳推理小说，包括其成名作《罗杰疑案》（1926）、《无人生还》（*And Then There Were None*，1939）、《死亡终局》（*Death Comes as the End*，1945）。入选美国推理作家协会百部最佳推理小说排行榜的则有《无人生还》、《罗杰疑案》、《阿加莎短篇选集》（*Witness for the Prosecution*）和《东方快车谋杀案》。她最负盛名的侦探小说还有《牧师住宅谋杀案》（*Murder at the Vicarage*，1930）和《尼罗河上的惨案》（*Death on the Nile*，1937）等。《东方快车谋杀案》与《尼罗河上的惨案》改编成电影后，风靡世界，成为侦探电影的经典之作。因为她对侦探小说的卓越贡献和巨大的社会影响，1971 年，克里斯蒂荣获女爵士封号。②

克里斯蒂的小说集中反映英国中上层阶级的生活，在一定程度展示了当时

① Susan Rowland. *From Agatha Christie to Ruth Rendell: British Women Writers in Detective and Crime Fiction* [M]. London: Palgrave Macmillan, 2001: 1.

② 转引自于洪笙. 重新审视侦探小说 [M]. 北京：群众出版社，2008：24.

的社会关系和人性问题。但是，克里斯蒂并不强调道德训诫和社会批评功能，而是将"解谜破案"的智力游戏作为写作的基本动力。在情节模式上，克里斯蒂创造出"密室作案"的故事环境，创造出理想的推理背景。在她的作品中，侦探通常是无意中发现谋杀案或者受某个关涉案子的熟人请求，前来破案。在一个基本封闭的环境里，侦探检查犯罪现场，对所有嫌疑人进行询问，并对所有线索加以记录。这种写作方式使得读者获得自己侦破案件的机会，通过分析推理来发现迷津，从而获得巨大的阅读愉悦。她的人物和背景刻画简约鲜明，并不深入刻画人物心理，但是其叙事节奏却从不仓促，总是充分渲染紧张的气氛，打造强烈的心理悬念。她善于设置悬念、构建错综复杂的情节结构，经常设置众多相互间具有纠葛关系的犯罪嫌疑人，在叙事中不断插入具有障眼法的片段，增加读者解密的难度。她还善于累积惊悚悬念，在破案过程中，通常嫌疑人会被凶手灭口，在《无人生还》和《死亡终局》中甚至有多人被杀，开启了"连环谋杀"的故事模式。最后，侦探会召集所有嫌疑人到场，从容向众人宣布真正的凶手，并将前面陆续透露的一些貌似不相关的秘密信息串联，做出逻辑性阐释。克里斯蒂笔下的罪犯往往都不乏狡诈的欺骗手段，采用比如"投毒"的方式掩饰犯罪，或者提供虚假的陈述混淆视听。

克里斯蒂塑造了两位经典的侦探形象，一位是比利时大侦探埃居尔·波洛（Hercule Poirot），他庄重、高傲、精于心理分析，富有人情味，成为文学史上最富魅力的人物之一。另一位是作者以自己的祖母和外祖母为原型塑造的简·马普尔小姐（Miss Marple），这是一位 70 多岁的老处女，具有传统的英国妇女封闭保守的生活方式，但是直觉敏锐，行事周密，具有超强推理能力。她喜欢唠叨，会一边织毛衣一边为束手无策的警察指点破案迷津，而且手到擒来，令人叫绝。马普尔小姐被美国 MWA 评选为最受欢迎的三个女侦探形象之一。

第七章

20 世纪下半叶至今的英国女性通俗小说

自二战以来，英国通俗小说持续发展，进入其全盛时期。① 女性通俗小说不但跟上了英国通俗小说整体繁荣的发展步伐，而且成为其中的中坚力量，并且在后现代文化语境下呈现出多元并存、超越雅俗的新特色。在当代英国通俗小说领域，侦探小说与科幻小说是两大主要流脉，哥特小说与浪漫言情小说也是占有重要市场份额的模式类型。这四种小说模式中，都有女性作家的贡献。多丽丝·莱辛、P. D. 詹姆斯、鲁丝·伦德尔、尼娜·鲍登、贝丽尔·班布里奇、J. K. 罗琳等作家在科幻小说、犯罪小说、儿童小说、女性家庭小说、家世小说、历史小说、魔幻小说、浪漫传奇小说以及哥特言情小说等领域都取得巨大成功，成为无数当代英国女性通俗小说作家中的成功代表。从前面几章英国女性通俗小说现实传统的依据来看，在后现代主义语境中，通俗小说总体上突出体现为两大特点：一、模式流派和艺术实践方式呈现出多元化并存的趋势；二、通俗小说与严肃小说交融合流的实践更加广泛深入。

第一节　后现代语境中的模式流派和艺术多元化

自 18 世纪中叶起步的工业革命迄今为止已经走过三个阶段，给英国社会带来深刻的影响，也直接影响了小说艺术的表现。在后工业化文化语境中，英美女性通俗小说获得新的发展，同时又受后现代消费文化和各种激进思潮的冲击。安德鲁斯·哈伊森（Andreas Huyssen）深入讨论了现代主义的高雅文化与大众文化之间的尖锐对立问题，将二者的张力对峙称作"巨大的鸿沟"（Great

---

① 黄禄善. 英美通俗小说概述 [M]. 上海：上海大学出版社，1997：37.

Divide）。① 怀有正典观念的现代主义先锋派将高雅文化与通俗文化截然对立，认为现代主义是真正的文化，而对后现代主义所代表的产品持怀疑态度，认为它是迎合低级趣味的文学和文化。较之现代主义，后现代主义立场的批评家对通俗文学的立场更具颠覆反拨性。后现代主义文学和文化批评解构二元对立的等级制度模式，清算精英文化中的文化霸权问题。比如，苏珊·桑塔格（Susan Sontag, 1933—2004）提倡"多元化的新感性"（new sensibility），认为区分"高级文化"和"低级文化"的差别观念已经过时。她指出马修·阿诺德的文化观念立足于将艺术定义为"对生活的批评"（criticism of life），承载了过多内容的负荷，已经不能适合理解当代文化。她主张的新感受力将艺术理解为"对生活的拓展"（the extension of life），是一种新活力形式的再现（new modes of vivacity）。② 弗雷德里克·詹姆逊（Fredrich Jameson）将后现代社会的问题与晚期资本主义的发展问题密切联系，他指出，对于 20 世纪 60 年代的年轻一代来说，那些过去与主流对立的现代主义运动现在已经成为一堆死亡的经典作品，这些死亡的经典作品"就像噩梦一样沉重地压迫着活人的思维"。③ 罗伯特·皮平（Robert Pippin）将当代社会语境的特点描述为"现代的、以市场为基础的、自由民主的、由技术推动的、后殖民化的"，④ 并由此在学院文化和艺术文化领域出现了深刻而广泛的怀疑主义，甚至对西方文化所赖以存在的高雅文化观念等持敌对态度。⑤ 当代张举消费文化旗帜的声音有些更是走向了过于极端的反叛，比如，美国著名流行艺术理论家安迪·沃霍尔（Any Warhol, 1928—1987）甚至否认商业艺术与非商业艺术的区别，提出"商业艺术是真正的艺术，真正的艺术是商业艺术"的论断。他认为"真正的艺术"只是依据某一时期的统治阶级的品位与财富来判断的，这不仅意味着商业艺术与"真正的艺术"一样优秀，

---

① Andreas Huyssen. *After the Great Divide: Modernism, Mass Culture and Postmodernism* [M]. London: Macmillan, 1986: viii, 57.

② Susan Sontag. *Against Interpretation: And Other Essays* [M]. New York: Dell Publishing Co., 1966: 297-299.

③ Friedrich Jameson. *Postmodernism, or, The Cultural Logic of Late Capitalism* [M]. London & New York: Verso, 1991: 4.

④ Robert B. Pippin. *Modernism as a Philosophical Problem: On the Dissatisfaction of European High Culture* [M]. 2 nd edition. Malden.: Blackwell Publishers, 1999: xiii.

⑤ Robert B. Pippin. *Modernism as a Philosophical Problem: On the Dissatisfaction of European High Culture* [M]. 2 nd edition. Malden.: Blackwell Publishers, 1999: xi.

而且也说明价值是通过社会团体和消费方式来获得的。① 显然，沃霍尔的观点不无偏激，而将通俗文化与高雅文化完全统一的看法会导致混乱，值得商榷。总体上看，依托后现代文化背景对大众文化的理论探讨已经出现了众多富有启发的成果。

英国女性作家在犯罪小说、科幻小说、女性家庭小说、儿童小说、历史小说、家世小说、幻想小说以及哥特言情小说领域都取得醒目成绩，这证明了当代英国女性通俗小说传统的传承与发展。女性读者和作者最钟爱的婚姻恋爱主题以及哥特和言情元素尤其活跃，这些艺术元素不断分化组合，并与当代生活现实结合，形成更多的通俗流派模式，能够更具体地迎合特定读者群体的阅读需要，有效地观照日益多元化的读者群。与此同时，当代通俗小说突破了在写作、出版、流通和消费形式上的传统格局，借助先进的科技，与电视、电影、网络、广播等现代传媒产生互动，探索着新的实践方式。超文本小说、互动书写、超小说、非线性文本等网络小说的新概念、新现象层出不穷。相对于严肃小说，这些激进的写作方式往往更倾向于与通俗小说模式结盟。不过，这种多元化的艺术实践方式是个双刃剑。一方面，它拓宽了女性通俗小说传统的疆域，为其发展注入新的活力；另一方面，它又进一步降低了艺术作品出版和接受的门槛，导致垃圾文化的大肆泛滥，加剧了通俗小说低俗化倾向。

在当代，资本与技术对休闲娱乐领域的渗透介入无孔不入，借助自身优势以及对社会大众心理的把握，对当代文化生活产生着重要影响。由网络文化推动的当代大众文化在技术与资本的合力作用下，表现出加速发展与不可知因素增加共在的特点，是危机与机遇并存的崭新历史语境。众多学者已对其中凸显的资本、权力与精神危机问题进行了富有洞见的预警讨论。有学者指出，在看似繁荣的数字资本主义社会结构中，主体精神被隐蔽化地严重削弱，出现了去价值化的普遍性的精神危机。②在由技术与资本操纵的虚拟空间里，人的身体和精神皆处于普遍化的权力结构之中，而且这种资本权力多呈现为间接性、柔性的观念，借助电脑、手机等网络终端的技术便利，用所谓"自愿原则"和"幸福原则"的幌子，为人们的欲望提供乌托邦式的快餐。但是，在资本裹挟下的艺术生产往往被资本增殖规律发展所控制，审美价值与人文价值被严重侵蚀和

---

① John Storey. *Cultural Theory and Popular Culture*: *An Introduction* [M]. 8th edition, London & New York：Routledge, 2018：206-207.

② 刘云杉. 数字资本主义与虚拟空间的精神政治———一种历史唯物主义的批判路径 [J]. 理论导刊，2023（2）：78-84.

削弱，这种模式下的文学生产与消费就难以避免庸俗化倾向和精神贫乏、空虚的弊病。约翰·费斯克（John Fiske）承认通俗文化中具体文本的贫乏性，并指出其原因在于其互文性的阅读实践、它的短暂性与重复性等特点。他总体上对通俗文化持乐观肯定的立场，认为通俗文本必须需要提供大众意义与大众快感，大众意义是从文本与日常生活之间的相关性中建构而来的，大众快感则是被压迫者的快感，来自利用资源的创造过程，这种快感必然包含着对抗、逃避、中伤、冒犯、粗俗与抵抗的因素。① 菲斯克对通俗文化与通俗文本的阐释注意到了研究对象的复杂性和其中的矛盾性、对抗性，可以深化我们对通俗小说的理解。

第二节　通俗小说与严肃小说的交融

在当代的创作现实中，严肃小说与通俗小说交融合流的趋势越来越明显，很多英美作家不再刻意定位自己创作的是"严肃小说"还是"通俗小说"，而是立足现实，寻觅自己进行文学表达的可能方法。莱辛的二十多部小说中有五部被称为"太空科幻小说"，她不断追求小说实验，其风格多变的创作也包括对通俗模式的强烈兴趣。另一位同样高度活跃多产的作家安妮塔·布鲁克纳（Anita Brookner，1928—2016）也不排斥通俗元素，在给她带来布克奖的《杜兰葛山庄》（1984）中，她描写了身为言情小说家的女主人公人到中年的情感和事业感受，是对女性通俗小说作者的生活侧写。她在小说《欺骗》（*Fraud*，1992）中融入了侦探小说模式来发掘钟爱的女性经历主题，② 取得了独特的艺术效果。创作严肃小说的学者型作家 A. S. 拜厄特（Antonia Susan Byatt，1936—2023）虽未直接运用通俗模式，但是在她自传色彩的第一版小说《太阳的阴影》（*Shadow of a Sun*，1964）中，女主人公安娜的身份别有意味，作为著名小说家的女儿，她虽有写作兴趣，却在父亲文学成就的压迫下苦于自我怀疑，后来又被动地陷入与评论家奥利弗的畸形恋情中而不能自主命运。在小说再版序中，拜厄特袒露自己写作道路之初，正受到两个冲突的影响，一个是劳伦斯鼓舞了她的写作，另一个是利维斯博士的文化精英主义，让她对走上创作之路充满恐惧游疑。汪小萍认为，安娜的处境反映了包括拜厄特在内的 20 世纪 50 年代英国女性小说

---

① 　John Fiske. *Understanding Popular Culture* [M]. London & New York: Routledge, 1989: 125–127.

② 　王守仁, 何宁. 20 世纪英国文学史 [M]. 北京: 北京大学出版社, 2006: 211.

家的身份焦虑,① 这个解读总体十分恰当。具体来说,父亲亨利隐喻了普遍意义上令作家产生"影响的焦虑"的写作传统权威,而奥利弗则隐喻了居高临下操控文化产出的精英主义倾向的文学批评体制。对于安娜来说,这两个权威都带有父权意味的压迫感,他们要么忽视低估她,要么企图教化征服她,但都不真正理解她,而两个权威之间的龃龉分歧又让安娜处于矛盾困惑的困境中。在当代语境中,不仅仅是女性作家与通俗模式有各种紧密互动,众多英美男性小说家也纷纷向通俗模式借力选材。其中意大利哲学家、符号学家艾柯对侦探模式的运用令人瞩目,他在48岁发表其第一部小说《玫瑰之名》(*The Name of the Rose*, 1980),采用14世纪修道院里一起凶杀案侦破的情节模式,融入符号学、哲学、文字学、版本学以及自然科学的知识,作品独具魅力,获得了现象级的流行和关注,甚至让他位列重要的后现代主义小说家之列。此作成为学术界的持续研究热点,产生了关于阐释的深度讨论。小说获得了意大利两个最高文学奖和法国梅迪西奖,而且被译成35种语言,全球总销量达超过1600万册,并被改编为同名电影。移民作家石黑一雄和美国作家库尔特·冯内古特对科幻小说形式和题材的运用也获得了巨大成功。其中,冯内古特被公认为后现代小说大师,他四十多年里一以贯之的艺术特色就是科幻模式、讽喻主题以及黑色幽默三个要素。尽管冯内古特自己曾因为被视为科幻作家而深感烦恼,但包括他的代表作《五号屠场》(*Slaughterhouse-Five*, 1969)在内的小说确实有效地借鉴了通俗小说的模式优势,为自己的创作生涯注入了生机活力,是当代严肃小说家超越雅俗对立的典型范例。

在吸纳通俗模式这个问题上,严肃文学受到了来自小说本身发展的两个现实困境的警策。首先,小说艺术形式的革新运动已面临瓶颈,难以取得突破,类似于"文学枯竭"的危机意识让当代小说家获得前所未有的反思意识。英国当代作家马丁·艾米斯(Martin Amis)对当代小说的试验探索非常有代表性,他认为当代小说在创作技巧层次上已经穷尽其表现,早已经没有真正的新奇之物可供尝试,而能够有所不同的是时代背景以及关于世界的思维方式。② 他在其小说《情报》(*The Information*, 1995)中塑造了以戈温·巴里(Gwyn Barry)和理查德·塔尔(Richard Tull)为典型的两类小说家,前者虽然靠复制式的通俗创作名利双收,但他轻松炮制出的不过是垃圾文字;后者虽然以荷马、但丁、

---

① 王守仁,何宁. 20世纪英国文学史[M]. 北京:北京大学出版社,2006:198.

② 张琳编译. 告别幻象——马丁·艾米斯访谈录[J]. 当代外国文学,2004(2):158-163.

莎士比亚为楷模来追求艺术理想，却也始终没能突出重围，郁郁不得志。这两个人物生动地反映了当代通俗文学和严肃文学的内在问题，也反映了当代作家身份两个侧面的冲突斗争和写作困境。

严肃小说面临的第二个困境是小说艺术的低迷现状导致的生存危机。严肃文学受到消费主义文化的冲击，在谋求生存的反思和努力中获得走出象牙塔的意识，加强了与读者市场的互动。在后现代语境中，文化失去了其神圣的地位，被纳入商品化和消费主义的社会系统中。小说作品只有成功进入市场和流通体系，才能被关注和认可。在这种情况下，一部小说的价值已不仅仅取决于其本身封闭的艺术价值的实现程度，而且同时关涉作品满足读者的文化消费潜能。

当严肃文学进行着深刻的反思和调整之际，当代通俗小说也表现出开放灵活、兼容并蓄的积极姿态。面对日益成熟的读者，通俗小说力求提高艺术品质，在追求娱乐功能和商业价值实现的同时，兼顾知识性和道德伦理效应，在主题拓展和艺术形式上积极靠拢严肃文学传统。优秀的女性通俗小说家通常能跨越严肃小说和通俗小说的严格分界，有些还积极参与到实验性小说行列。例如，20世纪英国女性侦探小说家和历史小说家的出色表现已得到普遍认可，克里斯蒂、詹姆斯、伦德尔和班布里奇等作家都受到评论界的称赞，有的学者甚至提出，应将侦探小说列入严肃文学范畴。言情小说模式一般容易流于俗套，是通俗小说模式中较受诟议的类型。然而，言情小说在20世纪80年代末和90年代初却在朱迪思·克兰茨、丹尼尔·斯蒂尔、吉利·库珀等女性作家笔下有了不俗的实验性表达，在题材、情节、人物等方面皆有各种创新。鉴于通俗小说和严肃小说之间的密切交融和渗透，当代女性通俗小说体现出折中融合的开放姿态，从而形成多元并存的局面，这些作品在形式技巧和价值深度的拓展上也值得关注。

在后现代文化冲击下的当代语境中，商业化模式普及，消费主义盛行，通俗小说与严肃小说的交汇还受到社会生活中商业文化和资本与技术政治的激励和推动，英国小说与商业文化之间的联系越来越紧密。浸淫于当下出版文化氛围中，兼有小说家和文学评论家双重身份的大卫·洛奇（David Lodge）对战后当代英国小说与小说家的观察中肯而犀利，他在20世纪90年代描述前十年来英国小说状况，指出严肃小说在20世纪80年代取得了新的商机，著名作家就像商品市场里的名牌一样变成了有价值的资产，而他们的价值远大于他们实际获得的收入。他不无揶揄地说，"文学畅销书"这个对于利维斯夫妇来说可谓自相矛盾的概念应运而生了。① 英格利希（James F. English）借用布迪厄的场域理论对当代小说所处的社会生态系统进行了清晰勾画：

> 英国小说就像文化活动的任何领域或分支领域一样，不仅仅是艺术与金钱之间激烈斗争的场所，而且是一个复杂的系统。在这个系统中，各种各样的代理人或参与者（从作家、评论家和记者，到奖项管理人员、赞助商和评委，到图书管理员、教师和学校管理人员，到书商、读书俱乐部组织者、广播制作人和电视节目制作人，到各种各样的购买者、借款者和读者）进行涉及不同形式的资本（经济、象征、新闻、教育、政治、社会）的交易，所有这些都可以部分地相互替代，但没有哪个能完全替代。当然，这些文化动因并不都有相同的目标，并不是每笔交易都以金钱利润最大化为目的。②

英格利希对这些文化动因并未持完全悲观和排斥的态度，而是主张要把"文学名流崛起"（the rise of literary celebrity）这一现象放在过去几十年整个文学体系变迁的背景中考虑，不仅仅是哀叹文学变得更加商业化，也不仅仅是沉浸在所谓"合乎理想的自由自主的文学空间日益被商业逻辑所渗透"的惋惜中，才能产生更有意义的认知和行动。也如殷企平所提醒的，文坛的名人效应和严肃文学的商业化趋势已经是醒目的文化现象，这些都是思考文学经典问题时必须考量的因素。③ 在英格利希所论及的这种打造文学明星的体系中，文学奖项是一个重要的文化动因，并且日益成为影响小说作品传播乃至写作的文本外动力。

众所周知，诺贝尔文学奖和布克奖所产生的明星效应已经极为明显，它们不但引发学术界和批评界的集中关注，促进正典的形成，而且直接刺激读者市场消费，并衍生与之有关的文化派生产品，形成文化工业的一个热点。在很大程度上，当代英国小说经典化过程已经被打上了深深的商业烙印。④ 论及文学奖项的作用，有必要提及"英国女性小说奖"（UK's Women's Prize for Fiction）。这

---

① 转引自殷企平主编. 外国文学经典生成与传播研究（第七卷上）［M］. 北京：北京大学出版社，2019：70-71.

② James F. English. ed. *A Concise Companion to Contemporary British Fiction*［M］. Oxford：Blackwell Publishing, 2006：45.

③ 殷企平主编. 外国文学经典生成与传播研究（第七卷上）［M］. 北京：北京大学出版社，2019：71.

④ 殷企平主编. 外国文学经典生成与传播研究（第七卷上）［M］. 北京：北京大学出版社，2019：74.

个奖已经成为英国重要的文学奖项，它的设立反映了女性写作与传播及商业的互动协作。它创立于1996年，面向所有用英语写作且在英国出版过作品的女性作家开放，旨在表彰女性作家的文学成就，每年颁发给世界范围内通过英语创作小说的女性作家，奖金为3万英镑。这个奖项脱胎于更具影响力的布克奖，可谓是对布克奖的一个更通俗化的补充。在1991年，布克奖的短名单中皆为男性候选人，而与之形成对照的是在出版数据上，当年女性作家占据了全年小说出版60%的份额。鉴于这种戏剧性的不对等，众多作家、记者和出版行业从业者呼吁专设一个具有广泛认可度的女性作家奖项，英国女性小说奖由此诞生。这个奖项名称早期随着赞助商的名字而变化：在1996年至2012年由英国电信公司奥兰治（Orange UK）赞助，因而当时被命名为"橘子小说奖"（Orange Prize for Fiction）；在2013年由切丽·布莱尔（Cherie Blair）、作家乔安娜·特罗洛普（Joanna Trollope）和伊丽莎白·布坎（Elizabeth Buchan）等人提供私人赞助；在2014年至2017年则由酒类集团帝亚吉欧（Diageo）旗下的酒类品牌Baileys Irish Cream赞助，因而更名为"百利女性小说奖"（Baileys Women's Prize for Fiction）；直到2018年开始，该奖项正式更名为女性小说奖。较之更具权威的诺贝尔文学奖和布克奖，这个奖项对女性通俗小说具有特别的激励和推动作用，为数量巨众的女性小说家提供了更多机遇，为女性通俗小说的流通打开了又一扇方便之门，也为提高妇女作家写作艺术发挥指引作用。2023年英国女性小说奖的评选规则是旨在奖励"来自世界各地的英语女性在写作上的卓越和原创性"，表明了对艺术创新性的期许。2023年的评委会由英国记者、小说家露易丝·明钦（Louise Minchin）、英国作家瑞秋·乔伊斯（Rachel Joyce）以及英国国会议员图利普·西迪克（Tulip Siddiq）等人组成。其中评委会主席明钦评价五位入选短名单的作品"用多元的视角和文字，展示了女性写作者的力量"。

严肃小说与通俗小说的并存甚至交汇是当代的文化现实，其中也有来自后现代主义思潮的理论依托。有人将锐意进行形式实验和解构的精英小说视为后现代小说的标杆，有人将艺术标准薄弱的媚俗写作当作后现代小说的主体。关于这点，王守仁等学者的总结具有全面视角。他认为后现代主义小说的发展表现为两种倾向：一类继承了现代主义的精英文化趋向，具有先锋实验性质；另一类后现代主义小说则具有通俗化倾向。他以艾柯的名作《玫瑰之名》为例，指出像艾柯这样的学者兼作家与大众文化合流的一面，并说明后现代主义一个主要特征就是打破高雅和通俗之间的壁垒。① 如伊哈布·哈桑所观察，在后现代景观的多元化中，包含了解经典化（Decanonization）和混杂（Hybridization）的现象，了解经典化适用于所有的经典、所有的权威惯例。解经典化包括为文化去经典化、为知识祛魅以及解构知识的语言、欲望的语言以及欺骗的语言，② 混杂涉及多种体裁的变异性复制（mutant replication of genres）、戏仿与拼贴的作品、通俗与媚俗之作，这些都丰富了再现方式，形成了与往昔不同的关于传统的概念，其中高雅文化与底层文化混在一起，形成一个多元化的当下，所有的文体都辩证地同存于现在与非现在、同一与他者的相互作用中。哈桑的描述反映了当代通俗文化与传统文学机制交汇互动的场景及其内在逻辑。这种新型的文学机制提高了小说创作与接受的自由度，强化了意义的不确定性和开放性，在一定程度激发了文化活力。

第三节　通俗小说的派生文化现象

通俗小说是艺术作品，又是一种文化消费产品，一直派生出文化附加产物。优秀的通俗小说能够超越时间、地域、读者背景及批评模式转换的影响，在各个时代都拥有稳定的读者。长久以来，对优秀通俗小说作家及其作品的关注已不仅仅是一种文学活动，而是已经衍生为文化现象，在当代社会中更是制造出丰富生动的文化景观，其中通俗小说发烧文化以及通俗小说与现代媒体的互动影响是较为醒目的现象。

发烧文化（fan culture）是在通俗小说阅读中出现的有趣现象，它指作为固定的群体来消费通俗小说作品，其成员就是通俗小说发烧友。发烧友不但通过消费式解读制造含义，而且公开展示和交流阅读体验，形成一定的社会影响。正如约翰·斯道雷所指出，通俗文化是一个集体社会理解力产生的场所，它参与"含义政治学"，并试图引导读者以特定的方式去看待世界。通俗小说发烧友在阅读中不但投入理智，而且投注强烈的情感，成为一种极具参与性的文学和文化现象。比如，当代的 J. K. 罗琳以她的《哈利·波特》魔法小说造就了风靡世界的魔法文化热，在罗琳定居的爱丁堡，人们甚至将小说中奇异的 9¾ 站台

---

① 王守仁. 英美后现代主义小说叙述结构研究（序）[M]. 胡全生著. 上海：复旦大学出版社，2002：2.

② Ihab Hassan. *The Postmodern Turn: Essays in Postmodern Theory and Culture* [M]. Columbus: Ohio State University Press, 1987：169.

呈现在生活中。奥斯丁、勃朗特姐妹以及克里斯蒂等更是一直拥有无数忠实的书迷，创造了奥斯丁文化、勃朗特神话以及阿加莎侦探小说迷，她们的作品被改编为电影、电视剧等，在新的媒介形式里展现出魅力。如前文已述，她们的读者接受和推介都是小说艺术产生派生产品的典型例子。

同人小说（fanfic, fan fiction）就是在发烧文化中产生发展的一个模式类型。郑熙青将其界定为"借用已成型的文学或影视作品中基本要素进行的二次创作，多呈现为对角色之间亲密关系和爱情的想象"。① 同人小说大部分是粉丝创作的，通常借用原作小说的人物、背景或情节进行二次创作。它一般以网络小说为载体，随着网络文学的快速发展已经发展成为粉丝创作的流行形式。不过，同人小说很少得到原作者或出版商的委托或授权，有时会涉及侵权等法律问题。同人小说源自他人作品中的人物或元素，大多数是在网络上免费共享的，但是它的存在与原著作者版权以及其他权益存在一定冲突。有的原作者容忍同人作品的存在，并接受它带来的曝光量和流通性；有的原作作者对其持抵制反感态度，因为这种二度创作可能会损害或偏离他们塑造的人物形象，甚至干扰到自己未来的继续创作。英国当代女作家 E. L. 詹姆斯（E. L. James）极度畅销的情色三部曲系列《五十度灰》（*Fifty Shades of Grey*，2011—2012）就是她受《暮光之城》启发而创作的网络同人小说。2011 年 5 月，澳大利亚的一家小型出版商"作家咖啡厅"将詹姆斯的网络小说改名为《五十度灰》，同时发行了平装本和电子书。该作品采用虐恋（SM）主题，讲述贫穷的女大学生安娜西塔希娅·史蒂与富有的年轻企业家克里斯蒂安·格雷纯爱与性虐交织的故事。这是一个情色版的现代灰姑娘故事，情节烂俗，逻辑粗糙，语言表达贫乏，作为艺术创作其质量备受诟议。但是小说出位的情色内容吸引了大量读者，使它成为炙手可热的流行文化宠儿，出版伊始就登上《纽约时报》和亚马逊畅销书榜，并在全球畅销书排行榜上名列前茅，截至 2017 年 10 月，已在全球范围内销售 1.5 亿本。这部小说获得英国国家图书奖年度通俗小说奖和读者选择奖（Goodreads Choice Awards），在美国公共电视网举办的美国最受欢迎小说评选中入选一百部最受欢迎读物之列。环球影业和焦点影业购得改编权后，将其改编为三部电影，分别于 2015 年 、2017 年与 2018 年上映，风靡一时。此外，英国情趣玩具零售商"甜蜜爱人"（Lovehoney）还推出了该书授权的情趣玩具，首批产品在两周内售罄，与小说有关的派生产品和派生产业都红火异常，备受关注。这个作品在快速畅销的同时，也带来很多社会问题和家庭纠纷，成为家暴、犯罪和不当

---

① 转引自于程蕾. 网络同人小说研究［D］. 山东师范大学硕士论文，2021：15.

效仿的诱因。詹姆斯的小说显示出一个普遍性的文学伦理问题，即通俗小说家对自己的社会责任应当有更自觉的意识，而出版和流通机制也需要进行更复杂有效的监督和引导。

随着现代传媒技术的快速发展和大众娱乐业的膨胀，女性通俗小说与影视、广播和网络等领域发生广泛而深刻的互动。在音像产品和视觉文化的热潮中，有众多的女性通俗小说作品被改编成电影、电视、广播剧、舞台剧等，获得更多有效的传播渠道。在将小说改编成电影和电视的实践中，影视改编学（adaptation）这一新的领域发展起来。改编学串联起小说艺术和电影/电视艺术这两种不同的叙事艺术形式，是对小说作品的"译写"，并对小说原作的普及推广产生了惊人的推动力。电影工业在20世纪30年代开始在大众文化工业体系内全面崛起，逐步取代过去长篇小说在大众文化中的地位，成为现当代文化消费的主打商品。如今，电影/电视剧已经成为最通俗的文化样式和通俗叙事的主要载体。以奥斯丁、勃朗特、克里斯蒂、达夫妮·杜穆里埃、詹姆斯、伦德尔、玛格丽特·米歇尔、J. K. 罗琳等为突出代表，许多通俗小说家的作品正是借助其影视改编作品，在视觉文化时代里赢得更广泛的受众群体。

通俗小说与电影、电视作品等在观照大众的意识与喜闻乐见的形式方面存在契合，这是各种通俗小说的现代媒体改编产业繁荣的内在基础。这种改写的文化本身带有多重意义和多重形式，与通俗小说原作之间存在丰富的互文关系。一方面，影视类改编作品推广普及了通俗小说作品；另一方面，各种改写也是对小说作品的一次具体文化语境中的再创造，是后结构主义意义上的一次"重述"。[1] 作为后现代语境中的一个热点文化现象，影视改编学值得我们予以进一步关注。从另一个角度看，新的呈现方式也对小说的写作产生了影响，引导这些通俗作品注重人物刻画和对白的戏剧性呈现。比如，班布里奇的小说经常具有鲜明的剧本特征，这是她衔接这两个领域努力的体现。随着英美社会中流行的广播连续剧和电视连续剧的发展，肥皂剧小说迅速普及，产生了一批新人新作。它往往绘制有趣的故事场景，渲染感伤煽情的情感故事，获得巨大的市场。

第四节 作家案例

20世纪后半叶以来的英国女性通俗小说空前活跃，在各种模式和类型写作

---

[1] 戴锦华. 文学和电影：电影改编理论与实践指南（导言）[M]. 罗伯特·斯塔姆，亚历桑德拉·雷恩格编. 北京：北京大学出版社，2006：1-6.

领域均有众多新发展，所涉作家与作品数量巨大，囿于篇幅，本节仅撷取下面五位作家进行聚焦研究，包括在侦探小说和科幻小说类型中耕耘的 P. D. 詹姆斯、擅写当代犯罪小说的鲁丝·伦德尔、钟爱女性家庭小说和儿童小说的尼娜·鲍登、写作历史小说的贝丽尔·班布里奇①以及因幻想小说"哈利·波特"系列而名闻世界的 J. K. 罗琳。

一、P. D. 詹姆斯

P. D. 詹姆斯是英国当代著名作家小说家菲丽丝·道洛西·詹姆斯·怀特（Phyllis Dorothy James White）的笔名。她已经出版各类作品二十多部，涉及犯罪、科幻题材模式和非小说创作，尤其以十七部犯罪侦探类小说著称，被誉为阿加莎·克里斯蒂之后的"犯罪小说女王"。②詹姆斯继承了柯南·道尔和克里斯蒂的经典侦探小说模式，但是又强化了作品的现实意义，在拓展通俗小说的社会背景、深化思想内容上做出了巨大贡献，受到各界的广泛好评。詹姆斯出身贫寒，但是自立自强，在文学创作和履行家庭与社会责任方面都取得了成功，是二战后崛起的当代英国通俗女性小说家的杰出代表。

詹姆斯生于英国税务官员家庭，只在女子中学受过六年正规学校教育。她的丈夫在二战中一直在军队服役，并受精神疾病的折磨。詹姆斯长期肩负着养家糊口的重任。她通过夜校接受继续教育，在职业生涯中取得出色的成就。她曾担任伦敦西北区域医院委员会的主任行政官，负责五个精神病院的工作。自1968 年后的三十年里，詹姆斯一直在英国内政部的警政署等部门任高级职位，其中一项工作就是为内阁派遣研究青少年犯罪问题的专家。所有这些生活经历都成为她的素材资源。詹姆斯是英国国教徒，个性谦逊而务实，工作上出类拔萃，生活方式保守，具有一种"英国风格"的天性，她作品中的人物身上经常有她自己的影子。詹姆斯一直热爱写作，但是辛劳忙碌的生活使她难以有时间专注于创作，直到 39 岁，她还是只能每天在去医院上班前抽出一个小时写作，这样完成了她的第一部侦探小说，即《掩住她的脸》（*Cover Her Face*, 1962）。詹姆斯具有自觉的出版意识，特意采用了 P. D. James 这个"适合印刷在书皮上"的笔名。她还认真甄选写作方向，最后以自己稍有距离感的犯罪题材起步，

---

① 本节中詹姆斯、伦德尔、鲍登与班布里奇中的部分内容已在合作专著《英国女性小说史》第十四章发表，参见李维屏，宋建福，等. 英国女性小说史 [M]. 上海：上海外语教育出版社，2011：488-527.

② Clive Bloom. *Bestsellers: Popular Fiction Since 1900* [M]. 3ʳᵈ edition. Cham: Palgrave Macmillan, 2021: 212.

来避免在写作中过分依赖个人经历可能导致的问题。随着这部小说的出版，赞誉纷至沓来。两年后，詹姆斯丈夫去世，她没有再婚，将写作和工作作为生活的两个支柱，在此后的四十多年里，她笔耕不辍，作品不断，使得 P. D. James 在英国成为家喻户晓的名字。直到 1979 年，她才辞去全职工作，专心创作，那时，她已经被公认为是继克里斯蒂之后最重要的犯罪小说家。除了写作，詹姆斯还积极从事各种社会文化工作，参与广播和电视的评论节目。詹姆斯在 20 世纪 50 年代中期开始写作，在 20 世纪 60 年代陆续发表《掩住她的脸》《谋杀的意向》（*A Mind to Murder*，1963）和《不自然的原因》（*Unnatural Cause*，1967）三部长篇小说，都获得读者与评论界的广泛好评。《掩住她的脸》描述了大约十五个人物的个性、活动和命运，集中刻画了出身下层社会的年轻女子萨莉的悲剧。萨莉思想叛逆、追求权势、游戏人生，然而最终在试图僭越社会等级秩序时遭遇毁灭，被生活的浊流吞没。小说情节复杂，悬念层叠，生动展现了英国外省家庭中各种人物形象和微妙关系，这部小说是詹姆斯侦探犯罪小说辉煌生涯的良好起点，为詹姆斯带来 WCA 的"银匕首奖"。

詹姆斯的犯罪侦探小说中有十四部是以伦敦警察厅探长亚当·达格利什（detective Commander Adam Dalgliesh）为线索的系列作品，还有两部是女侦探考德利·格雷（Cordelia Gray）的破案故事。这些作品核心主题是描写错综复杂的系列连环"谋杀案件"，属于典型的英式推理小说，继承了经典侦探小说的基本模式，人物塑造真实生动，富有个性魅力。詹姆斯具有丰富的社会生活经验、法律刑侦知识以及良好的逻辑想象力。她的犯罪小说不仅仅局限于揭示"谁做了案"的艺术模式，而且呈现丰富的社会场景，并经常取材于她所熟悉的刑审制度、医疗卫生实践以及庞大的官僚机构背景，带有狄更斯式的批判现实主义精神。詹姆斯还创作了少量犯罪悬疑类的短篇作品，代表作为《姨姥姥艾丽的毒蝇纸》。从时间上看，詹姆斯的侦探作品可分为 20 世纪 60 年代的早期、七八十年代的成熟期以及 90 年代以后的持续发展期。

詹姆斯在 20 世纪 70 年代后形成自己鲜明的风格，发表了《南丁格尔裹尸布》（*Shroud for a Nightingale*，1971）、《一项不适合女人的工作》（*An Unsuitable Job for a Woman*，1972）、《黑塔楼》（*The Black Tower*，1975）和《法医鉴定人之死》（*Death of an Expert Witness*，1977）等作品，确立了她在英国侦探小说领域的领军地位。《法医鉴定人之死》描写爱欲导致的谋杀，一般被认为艺术魅力稍逊，不过它得到犯罪小说家朱丽安·古斯塔夫（Julian Gustave Symons）等人称赞。其他三部作品都成为詹姆斯的代表作，《一项不适合女人的工作》获 1973 年 MWA 的美国最佳神秘小说奖（Best Novel Award），《黑塔楼》获 1975CWA 的银匕首奖。

《南丁格尔裹尸布》充分利用了詹姆斯从事法医工作的生活积累，描写了发生在医院中的连环谋杀案。南丁格尔护士学校的两名护士西瑟·皮尔斯和约瑟芬·法隆先后死于非命。侦探达格利什奉命调查，逐渐在医院这个封闭的群体中解开了性秘闻和敲诈勒索的黑暗故事。对真相的掌握使他受到袭击，身陷危境。之后，女院长的亲信埃塞尔·布卢姆佛特修女又神秘被杀。直到最后，这一系列谋杀的真相才大白天下。原来医院中一个垂死的病人马丁·德丁格认出了美丽的女院长玛丽·泰勒就是十年前曾经在德国屠杀了三十一个犹太人的女恶魔艾姆贾德·格罗伯。负责护理德丁格的护士皮尔斯得知了这个秘密，却误把迷恋泰勒的护士布卢姆佛特当作格罗伯进行敲诈。布卢姆佛特为保护泰勒杀死了皮尔斯，之后又杀死法隆来扰乱调查。然而，泰勒却不希望因此一生受控于布卢姆佛特，遂谋杀了后者并纵火掩盖罪行。最后，在她的秘密罪行暴露之前，泰勒辞职后自杀。这部作品风格阴郁，内容充实，结构紧密，细节描写翔实，悬念设置扣人心弦。它在1971年双获侦探作家协会颁发的"银匕首奖"与美国最佳神秘小说奖，并被CWA和MWA共同选为百部最佳推理小说，由这部小说改编成的电影也成为悬疑影片的经典之作。

20世纪80年代后，詹姆斯的侦探小说在现实批判性上有所加强，作品内容经常触及严肃的社会问题，虽然借用了通俗小说的题材模式，但被认为与严肃的社会小说没有太大差距。《无辜者的血》（*Innocent Blood*，1980）是一部描写身世与复仇的出色悬疑小说，入选CWA百部最佳推理小说榜单。《死亡的滋味》（*A Taste for Death*，1986）成为当年英国的最佳畅销书。《死于圣职》（*Death in Holy Orders*，2001）通过神学院里的谋杀案，剖析了英国教会内部体制的问题，2002年入选W. H. 斯密斯文学奖（W. H. Smith Literary Prize）短名单。此外，《皮肤下的骷髅》（*The Skull Beneath the Skin*，1982）、《欲望装置》（*Devices and Desires*，1989）、《原罪》（*Original Sin*，1994）、《相对公正》（*A Certain Justice*，1997）、《谋杀展室》（*The Murder Room*，2004）、《灯塔》（*The Lighthouse*，2005）以及《私密病人》（*The Private Patient*，2008）等众多作品都展示了詹姆斯旺盛的创作力，其中有多部作品成为其代表作。

《死亡的滋味》属于典型的英式推理小说，故事情节错综复杂，围绕离奇的谋杀，描写了警察、牧师、凶手、证人等众多人物，涉及复杂微妙的关系网络，展示了社会各阶层人们的心态，在主题上探讨了信仰和责任的问题。一天清晨，在伦敦圣马修教堂的小小礼拜室里，出现了两具喉咙被割断的男人尸体，一人是政府官员兼从男爵，另一个则是酒鬼流浪汉。达格利什探长领导的破案小组逐个盘问相关嫌疑人，包括被害人同僚、女儿、女儿的情人、被害人妻子、妻子的情人、妻子的兄弟等，他们都有可疑之处，在提供证词时相互包庇遮掩，使得案情扑朔迷离。经过侦探的调查推理，最后通过犯罪现场的一枚纽扣查出真凶。作品基调阴暗，也不乏令人发笑之处，在展示形形色色人物的心理动机方面表现出高超的技艺。作品篇幅较长，作为干扰性的悬疑叙事比重很大，因此被有的读者认为在叙事节奏上略显拖沓冗赘。不过，它的优秀品质得到了广泛认可：《星期日泰晤士报》（Sunday Times）称赞它为"魅力难以抗拒的作品，有牵动人心的悬念"；来自《纽约时报》（The New York Times）的书评认为这部小说充分表现了作者"广泛的才能和伟大的技艺"；马尔科姆·布拉德伯里（Malcolm Bradbury）称赞它展现了一个经典侦探小说世界的魅力。这部小说在1986年获侦探作家协会颁发的"银匕首奖"和美国最佳神秘小说奖，并入选CWA百部最佳推理小说榜单。

《相对公正》是詹姆斯深具社会批判性的代表作之一。小说描写了连环凶杀和未遂谋杀，造成一系列心理冲击和悬念感，具有很强的艺术感染力。评论家琼·史密斯在《独立者》杂志上评论说："这部写得很漂亮的小说展示了复杂的矛盾冲突，呈现了一系列血淋淋的尸体，显示出作家 P. D. 詹姆斯仍然具有感人、迷人和吓人的力量。"与此同时，詹姆斯用狄更斯一样的全景图式手法，展示了英国的法庭、律师所、警察局、收容所、学校教育、婚姻与犯罪、城市与农村等场景，通过对这些五彩缤纷的社会生活的描述，呈现具有不同生活目的和人生价值的各色人等，揭示了当代英国社会各个层面的真实情况。小说探索了变态心理导致的青少年犯罪典型，揭示了家庭破裂、父母离异、非婚生育、非婚同居、忽视教育或者教育不当等对青少年成长带来的负面影响。作品还意味深长地指出了英国刑事审判制度的局限性和司法漏洞，展示了现实中辩护律师的道德困境。才华横溢的女律师炫耀辩护技能、牺牲良知道德，结果导致更多无辜者受害，连自己和家人也深受其害，的确发人深省。作者留给读者很大的思考和回味的余地，这部作品已经被改编成一部重要的教学电视系列片。

在 2008 年，88 岁的詹姆斯推出其犯罪小说新作《私密病人》，为她著名的达格利什系列增添了第十四部小说。这是詹姆斯一生探索的"谋杀主题"的又一个精粹之作，《私密病人》沿用克里斯蒂的"密室作案"模式，叙述整形医院里发生的系列谋杀案的侦破，达格利什探长、外科医生乔治和被害的女记者罗达等主要人物的刻画生动鲜明。《星期天先驱报》（The Sunday Herald）的记者艾伦·泰勒（Alan Taylor）在对詹姆斯的采访文章《毛骨悚然的结局》（A Grisly End）中透露，詹姆斯有打算以此作为她达格利什探长小说的终篇。詹姆斯对侦探小说创作怀有深厚的感情，对于她而言，侦探小说是一种"可靠"的通俗文学形式，她对自己的创作也深感欣慰："我已经选择了最适合自己的形式，并已经在此达到了自己能力所许可的结果。"①

詹姆斯塑造的人物大多生动真实，富有现实气息，其中亚当·达格利什探长与女侦探考德利·格雷在侦探小说人物之林中散发着独特的个性光彩。② 达格利什认真敬业、严谨细致，不仅善良正直、机智勇敢，而且富有理性，折射了詹姆斯个人的冷静气质。此外，达格利什还富有其他有趣的个性化气质，比如他富有文学修养，喜爱吟诗作赋，他在面对困扰时也一样表现出内心的波动和困惑，极具真实感。年轻的女侦探格雷是《一项不适合女人的工作》和《皮肤下的骷髅》两部小说的主人公。她是位出色的职业女性，经营着家传的侦探事务所。她身体强壮、个性独立，求知敬业，在生活中讲究条理秩序，形象同样栩栩如生。在很大程度上，格雷身上也有作者詹姆斯的影子。詹姆斯的犯罪侦探小说模式特点突出，她受柯南·道尔和克里斯蒂的影响，创作风格较为传统。她基本遵循经典侦探小说的传统结构，总是设置一个吸引人的开篇，展示骇人的谋杀案件，激起读者好奇，通过中间的探案、推理，在结尾又恢复生活的正常秩序。小说虽然时常有阴暗的罪恶气氛，但是总体上信奉侦探小说中的理性和法律精神，相信正义必将战胜邪恶。在构建情节时，詹姆斯的风格也属于传统型，经常采用密室作案、盘问询查、障碍设置、缜密推理和罪案解说等对于读者来说已经喜闻乐见的环节。

随着死刑在英国的废除，谋杀已经成为英国社会的严峻问题。詹姆斯关注社会现实问题，其重要的小说主题就是"谋杀"，她指出："谋杀罪一般判期为10年左右，而不是终生。现在人们不再掩饰谋杀。"詹姆斯通过描写错综复杂的系列连环谋杀，塑造正直智慧的侦探形象以及形形色色的谋杀者，从中展示法律的内在含义。她还致力于探讨谋杀动机，揭示那些因追求金钱、名誉、性欲以及人性受到环境的戕害而导致的谋杀动机。作为通俗小说作者，詹姆斯的一个独特贡献在于强化了作品的现实批判意义，不论是其占主导地位的"谋杀"主题，还是有所涉及的科幻形式，往往都承载着较为严肃的社会主题和道德思考。她的作品社会背景较为广阔，心理描写细腻，人物刻画生动，与狄更斯的全景图式的风格有相似之处。英国文艺评论家玛·布雷德伯里在《星期日邮报》

---

① Alan Taylor. A Grisly End: Interview with P. D. James Following Publication of the Private Patient [N]. *The Sunday Herald*. 2008-3-11.

② Susan Rowland. *From Agatha Christie to Ruth Rendell: British Women Writers in Detective and Crime Fiction* [M]. London: Palgrave Macmillan, 2001: 5.

上评论说："P. D. 詹姆斯是英国小说界不可多得的人才之一，她的每一本新书不仅因为其描述的可怕事件和巧妙的结局令人激动，而且也因为其密集的故事内容和丰富的人生经验而给读者以莫大的乐趣。随着詹姆斯把我们从一种生活带入另一种生活，她那种狄更斯式的写作风格也就显而易见了。"① 布雷德伯里此言不虚。詹姆斯想象丰富，其作品情节扑朔迷离，叙事风格细致铺陈，偶尔也有冗赘之感。在语言风格上，她的文体准确生动，情感充沛，人物对话精彩，充满调侃风趣，富有智性幽默。她还经常使用简单醒目但又意味深长的题目，比如《掩住她的脸》和《人类之子》分别来自文学名篇引语和《圣经》典故，带有互文本深意。

　　詹姆斯素以犯罪侦探类小说著称，但她不多的科幻小说作品也不逊色，其《人类之子》荣获科幻小说领域的迪奥·格洛里亚奖（Deo Gloria Award）。这部反乌托邦小说融合想象与现实反思，深具寓言和警世色彩，剖析了社会的政治和权力体制，触及民主、自由、生存、爱情、罪恶与救赎等多重主题意旨，并带有浓厚的宗教气息，表达出深沉的社会忧思意识。作品题目来自《圣经》的《雅歌》中的句子："你毁灭人类，就是归还人类的孩子。"小说交替使用第三人称和主人公西奥的第一人称日记内容叙事，叙事呈现错综复杂的时间结构，主体背景在未来的 2021 年，同时穿插着回溯性的插叙，包含近三十年的时间跨度。主人公西奥多·法隆博士（小说中的昵称为西奥）是一个善良而不幸的历史学家，他在交通事故中误伤女儿致其死亡，导致夫妻感情恶化。小说以西奥的日记内容开篇，清晰地展示了几十年里人类生存的危机状况。日记写于 2021 年，记录的却是在小说中被称为"最末年"（Year Omega）② 的 1995 年的事件。在 1994 年，未知的原因让地球上的男子都不能产生精子，到 2021 年，统计数字证明人类确实已经丧失了生育能力，世界陷入了一片惊惶困惑之中。1995 年出生的孩子成为地球上最后诞生的一批人类，被称为"末世人"（Omegas）。作为一个独特的群体，他们享受着各种特权，也面临着严峻的生存危机。在 2006 年，西奥的表兄赞·利皮亚特掌握了英国政权，利皮亚特精明富有，然而残暴专横。他上任后即废除选举制度和民主传统，成为一个专制者。政府的专政引起社会上维护民主的反对派的强烈抗议，"五条鱼"就是较大的地下反抗组织，其成员经常举行各种集会，讨论政治问题，策划抗议活动。朱丽安是"五条鱼"的骨干成员，为了通过西奥说服利皮亚特进行改革以恢复民主制度，她故意接

① 卢永建. 相对公正（译者序）［M］. P. D. 詹姆斯，著. 南京：译林出版社，2004：3.
② Omega 是希腊文最后一个字母，又有最后、结局之意。

近西奥，并将他介绍给自己组织的其他成员，包括她的恋人罗尔夫和朋友米丽亚姆以及卢克等。通过西奥参与这些集会的记叙，小说展示了 2010 年英国社会的众多危机弊病。然而，西奥未能说服利皮亚特，后者甚至对反对派采取更强硬的手段，通缉"五条鱼"组织成员。组织成员们被迫逃亡，其间，朱丽安意外地被发现已经怀孕，罗尔夫从而认为自己仍然具有繁殖能力。他得意于自己独一无二的力量，想以此为砝码，夺取国家统治权。在逃亡中，卢克为了保护朱丽安被一群野蛮的"末世人"杀死。这时，朱丽安坦白出孩子的父亲原来是卢克。罗尔夫恼羞成怒，背弃组织转而向当局告密。朱丽安与米丽亚姆来到西奥提供的避难小屋，产下一个男孩。米丽亚姆出去寻找生活用品时惨遭杀害，而利皮亚特也跟踪西奥来到这里。当西奥和利皮亚相互射击时，新生儿的哭声让利皮亚特大吃一惊，在慌乱中被西奥击中毙命。西奥取下利皮亚特手上象征权力的加冕礼戒指，暂时成为英国的新领导者。这时，人们纷纷闻讯赶来，见到了新生的婴儿，西奥为婴儿洗礼。小说借鉴了《圣经》文本，题目来自《圣经》训诫，结尾明显指向基督教的救赎主题，此外，故事还借用了创世纪的结构。小说的结尾具有开放式的悬念，善恶对决的结果并没有完全见分晓。詹姆斯在小说出版时的一次采访中说："侦探小说使我们确信世界是理性的，因为最后罪案总能被破解，但是在《人类之子》中并没有如此令人鼓舞的结局。"可以看出，这部作品具有危机小说的主题，虽然未能发现确定的解决途径，但是对于人类文明危机问题的忧思显示出严肃和深刻的社会伦理内涵。

　　詹姆斯的艺术成就获得社会各界的广泛认可，她成为具有影响的英国文化名流。她是英国皇家文学学会成员（FRSL）和皇家艺术学会会员（FRSA），①1988 年至 1992 年担任了英国艺术委员会文学顾问团主席（Chairman of the Literature Advisory Panel at the Arts Council of England）。1988 年至 1993 年间她在英国广播公司（BBC）兼职担任高管，同一时期里还任英国文化协会（British Council）主席。1987 年，她任布克奖评选委员会（Booker Prize Panel of Judges）主席，自 1997 年后任英国作家协会会长（Society of Authors）。1983 年，她获得英国政府颁发的官佐勋章（OBE），并在 1991 年因其杰出成就获得终身贵族封号。② 詹姆斯的作品享有国际化的读者群，风靡欧美西方世界，在美国、加拿大、法国、德国、意大利、西班牙、日本、荷兰、挪威、丹麦、瑞典、芬兰、

---

① FRSL 是 Fellow of the Royal Society of Literature 的缩写，FRSA 是 Fellow of the Royal Society of Arts 的缩写。

② 英国终身贵族（Life peer）享有男爵爵位，并且是上议院成员，这种爵位不能继承，不同于世袭贵族（Hereditary peer）。

葡萄牙、匈牙利、捷克和阿根廷都有出版，她的众多作品被改编成电影和电视剧，在英美等多个国家发行。她是当之无愧的当代通俗小说巨星，荣获众多国际文学奖项，几乎将英国、美国、意大利和斯堪的纳维亚半岛的犯罪小说奖项尽收囊中。自1971年来已三次获得美国最佳神秘小说奖，三次获得侦探作家协会颁发的"银匕首奖"，一次获迪奥·格洛里亚奖。她还在1987年获得CWA的钻石匕首奖，1999年获得MWA颁发的终身成就奖（Grand Master Award）。① 三部小说入选CWA百部最佳推理小说榜单，一部入选MWA百部最佳推理小说排行榜。她还在英国大学界得到广泛认可，被七所大学授予名誉文学博士学位，被包括牛津和剑桥在内的四所英国资深大学给予名誉学人（Honorary Fellow）的殊荣。总之，詹姆斯小说已获得广泛的社会认可，充分证明英国侦探小说创作又达到了一个较高水平。从她的创作实践和读者接受来看，通俗小说与严肃小说的界限也在逐步淡化模糊，当代大众对通俗小说正投以新的注视的眼光。

二、鲁丝·伦德尔

鲁丝·伦德尔是英国当代最具影响力的犯罪推理小说家之一，② 有时也使用笔名芭芭拉·维恩（Barbara Vine）。她擅用心理洞察与批判现实主义相结合的手段打造情节紧凑而线索错综的小说。伦德尔尤其精于探索社会边缘人的错位心理，巧妙融合哥特因素探索人物心理的幽暗层面，体现出高超的心理洞察力和鲜明的现实主义关怀视角。在当代英国通俗文坛，她已确立了自己崇高的地位，获得英国犯罪小说家协会表彰终身成就的钻石匕首奖，还四次获得CWA金匕首奖和一个银匕首奖（Crime Writers'Association Silver Dagger Award）。在CWA的"最佳女性推理作家"评选中，她甚至超过克里斯蒂和塞耶斯，成为得票最高的女作家。伦德尔生于伦敦，父母都是教师，母亲来自北欧。伦德尔从小学习瑞典语和丹麦语，在自我认知上具有对边缘性身份的敏感。因为父母感情不和，伦德尔幼年孤独而敏感，经常沉浸在自己的精神生活中。她18岁中学毕业后做了地方报纸记者，两年后结婚，在婚姻中一度经历感情危机离婚，后又复婚。伦德尔关注政治，怀有基督教社会主义思想，是工党的坚定支持者，还受到西方女权主义运动和理论的洗礼。她描述自己的政治和宗教面貌为"不

---

① 大师奖由美国侦探作家协会（MWA）授予对侦探小说领域做出杰出贡献的人，是极高的荣誉奖，1955年首次颁发。

② Clive Bloom. *Bestsellers：Popular Fiction Since 1900*［M］. Cham：Palgrave Macmillan, 2021：224.

太虔诚的基督徒，女权主义者，社会主义者，倾向于政治上的左派"。伦德尔是一个多产作家，在近半个世纪的文学生涯中，已出版了各类作品约七十二部。在她的五十八部小说作品中，有十三部以芭芭拉·维恩的笔名发表，具有较为独特的选题和艺术风格。其余的四十五部使用作者本名发表，包括二十一部以雷金纳德·威克斯福德（Reginald Wexford）为主角的威克斯福德系列侦探小说。伦德尔还创作了两个中篇小说《爱情石》（Heartstones，1987）、《窃贼》（The Thief，2006）和近四十个短篇小说，并出版《新女友》（The New Girlfriend，1985）和《杀人鱼》（Piranha to Scurfy，2000）等八部短篇小说集。此外，她还在 20 世纪八九十年代出版三部非小说类作品。总体看，伦德尔的创作分为 20 世纪六七十年代的早期爆发和 20 世纪 80 年代后走向丰富多样的成熟期。伦德尔的小说创作开始于 20 岁时的秘密写作，到 34 岁时出版了其第一部犯罪侦探小说《杜恩情案》（From Doon with Death，1964），立刻赢得国际范围的广泛赞誉。小说有冷静的语体、引人入胜的情节、惊心动魄的心理悬疑和犀利的对话，还有栩栩如生的侦探形象雷金纳德·威克斯福德（Reginald Wexford），从此奠定了伦德尔侦探小说艺术特色的基调。

在 20 世纪六七十年代里，她以十八部风格鲜明的小说作品在英国通俗文坛引起众人关注，受到初步肯定。这一期间面世的十部侦探小说奠定了脍炙人口的威克斯福德侦探系列的基础，《沉睡的人生》（A Sleeping Life，1979）获得美国 MWA 爱伦·坡奖提名。其他八部作品也基本围绕死亡与罪恶主题，涉及阶层差异、对立和人性恶的阴暗领域，表现出对犯罪心理的敏锐观察和精湛描写。《眼中之魔》（A Demon in My View，1976）被评为年度最佳犯罪小说，并荣获了英国侦探小说作家协会的金匕首奖。她还出版两部短篇小说集《落下的帷幕》（The Fallen Curtain，1976）和《邪恶手段》（Means of Evil，1979），前者获得美国 MWA 埃德加年度最佳短篇小说奖。在 20 世纪 80 年代，伦德尔作品数量巨大，共出版了十四部长篇小说、一部中篇和两个短篇小说集。这十年也是她收获文学声誉的辉煌时期，有十一次获得各种写作奖项及重要奖项提名。值得注意的是，伦德尔开始更加有意识地实验不同的写作风格和体裁，1986 年，她首次使用芭芭拉·维恩的笔名发表《适应黑暗的眼睛》（The Dark Adapted Eye），从此开启了她小说创作的新方向。这一期间最受称赞的作品有短篇小说《新女友》（1984）、《幽暗的湖》（The Lake of Darkness，1980）、《手做的树》（The Tree of Hands，1984）、《活色生香》（Live Flesh，1986）、《乌鸦的不善》（An Unkindness of Ravens，1985）、《适应黑暗的眼睛》、《致命反转》（A Fatal Inversion，1987）和《有楼梯的房子》（The House of Stairs，1988）等。其中《新女友》获得美国侦探小说作家协会的爱伦·坡奖。

伦德尔一直保持着持续旺盛的创作力，在20世纪90年代又完成十四部小说，出版两部短篇小说集。进入21世纪后，70高龄的她又发表十二部长篇小说、一部中篇小说和三部短篇小说集，继续保持着在犯罪小说领域的影响力，获得多项终身成就奖。她最受关注的作品主要有《所罗门王的地毯》（*King Solomon's Carpet*，1991）、《泪水中的结局》（*End in Tears*，2005）和《弥诺陶洛斯》（*The Minotaur*，2007）等。

在当代通俗小说家中，伦德尔是当之无愧的评论界和出版界的宠儿，也是闻名世界的获奖大户。她曾二十二次获得通俗小说领域的各种国内、国际文学奖项，并有多部作品入选CWA和MWA的百部最佳小说名单。她两次获得美国侦探小说作家协会的爱伦·坡奖，还有两次入围短名单，获得1997年美国神秘小说大师奖（Mystery Writers of America Grand Master Award.），还因对犯罪小说这一体裁所做的贡献荣获1991年侦探小说作家协会的终身成就卡蒂埃钻石匕首奖（Cartier Diamond Dagger for a Lifetime's Achievement）。1990年，她获得《星期日泰晤士报》优秀文学奖（*Sunday Times* Award for Literary Excellence），1996年她又荣获了高级英帝国勋爵士文学奖，2004年获得《线上杂志》（*Mystery Ink*）颁发的"警察奖"终身成就奖（Mystery Ink's Gumshoe Award for Lifetime Achievement）。① 伦德尔入选CWA百部最佳推理小说榜单的四部作品是《适应黑暗的眼睛》、《眼中之魔》（*A Demon in My View*，1976）、《致命反转》和《石头的审判》（*A Judgment in Stone*，1977）。获得CWA金匕首奖的四部小说是《眼中之魔》《活色牛香》《致命反转》和《所罗门王的地毯》。伦德尔的作品大部分被搬上荧屏，还被翻译成二十二种语言，畅销世界。伦德尔是英国皇家文学学会会员（FRL），在1996年被授予CEB爵士封号，② 在1997年获得终身贵族封号，活跃于英国贵族院。

伦德尔的写作生涯是以在英国素有雄厚传统的犯罪刑侦小说（Police procedural style）起步，成功塑造了侦探威克斯福德的形象，描绘了虚构的小镇金斯马克汉姆（Kingsmarkham）的社会生活画面和那里人们的精神阴影。当代犯罪小说家伊安·兰肯（Ian Rankin）指出，伦德尔的作品是"黄金时代"和新一代都市犯罪小说的重要桥梁。伦德尔不侧重渲染血腥气氛，通常对杀戮场面

---

① 《线上杂志》"警察奖"是于2002年设立的一个年度国际奖项，用于表彰犯罪小说领域的最佳成就。

② CBE指英国最高级巴思爵士（Commander of the Order of the British Empire）。

虚笔带过，杀人者不太使用枪支，而是经常采用棒杀或者扼死的方法。伦德尔不满足于经典侦探小说中重在展示"谁犯的罪案"的艺术模式，而是深入人物精神世界，分析其作案动机，表现出卓越的心理深度。美国作家罗伯特·布洛克（Robert Bloch，1917—1994）著名的现代都市恐怖小说《心理》（*Psycho*，1959）曾在英国侦探小说领域产生了很大影响，启发了其他作家对心理主题的关注。①伦德尔用犯罪故事作为探索人们心灵问题的媒介，将通俗小说的写作形式变成了她表达其对社会犯罪问题关注的重要渠道。与其他众多侦探小说作者不同的是，伦德尔不但展示犯罪者的心理，还对侦探等正面人物的心理困境予以观照，多角度地展示人物内心体验。有的评论者认为威克斯福德的形象中有作者自己个性和心理的浓重投射。

伦德尔有意识地制造两种写作身份，为自由的艺术表达开辟创作的心理空间。她以本名发表的小说侧重巧妙而曲折的故事情节，展现英国外省警侦风貌；她的维恩系列小说则关注平凡人内心深处潜藏的疯狂和罪恶之源，而且通常具有更宽阔的社会背景和心理背景，凸现由各色人等构成的伦敦生活的奇异本质。这些作品描写受到戕害的人生和世界、以往罪恶的巨大阴影，以及现实和理想的尖锐对立，一方面将过去和现在交织、虚构和现实交织，另一方面继续深入生活中更加阴暗、压抑和微妙的领域，构成一系列艺术内涵丰富的作品。《所罗门王的地毯》1991 年获得 CWA 颁发的犯罪小说"金匕首奖"，在很大程度上体现了维恩系列小说的特点。这部作品的故事背景在伦敦，通过描写伦敦地铁世界的故事，展现当代英国光怪陆离的城市生活和人生百态。小说题目来自《圣经》中所罗门王的绿绸飞毯的典故，所罗门王的魔毯能将人们送达目标之地，而地铁也具有类似功能。伦德尔在小说中描写了伦敦密如蛛网的地铁路线，几乎接近一个伦敦地铁地图。地铁世界里充斥着各种乘客，有从小城镇来伦敦追寻艺术理想的年轻音乐家，有顽强的街头残疾卖艺者，有生活放浪不羁的未婚母亲，有叛逆的滑板少年，有对人性怀有幻灭感的义务警员，有过着阴暗生活的罪犯头目，有无孔不入的扒手，有思想传统的年迈老人，还有专门研究地铁文化的地铁迷（tube aficionados）。小说中最重要的人物是两个住在西汉普郡的地铁轨道附近的人物，一个是思想正统的老太太赛西莉亚，另一个是专门研究地铁的大学生贾维斯·斯特瑞格。赛西莉亚是传统秩序的代表，她有信仰和道德准则，过着平静而体面的生活。她的女儿蒂娜却追求性解放，在放荡不羁的

---

① Clive Bloom. *Bestsellers*：*Popular Fiction Since 1900*［M］. Cham：Palgrave Macmillan, 2021：224.

混乱生活中生了两个孩子，即便失业了也毫不反省，对孩子的教育更是放任自流。赛西莉亚10岁的孙子更是桀骜叛逆，以在屋顶和汽车上玩滑板为乐。对于女儿和孙子的生活，赛西莉亚感到困惑和震惊，却无法与他们沟通。最后，赛西莉亚在乘坐地铁时不幸被窃取装有信用卡的提包，在拥挤的车厢里中风倒下。贾维斯专学地铁文化，他对伦敦地铁的系统、历史，以及世界地铁文化都深有研究，他寄身在自己继承的一个废弃校舍中，努力攒钱，梦想着未来去遥远的异国考察地铁。小说中不时拼贴有贾维斯对地铁研究的文字片段。这部作品生活元素丰富，论及传统与发展的矛盾、现实与理想的冲突等问题。小说人物多是历经生活苦涩的古怪人，他们梦想着理想的生活或者重拾过去的美好，却总是在现实中沦为可悲的牺牲品。

《让死亡爱上我》被认为是作者最有力度的作品之一，情节曲折，情感细腻，富有心理惊悚色彩，荣获CWA银匕首奖和瑞典的马丁·贝克奖（Martin Beck Award），并入围美国爱伦·坡奖的短名单。它描写了普通中产阶级人群生活惨淡无趣的一面，展示了理想与现实的差距和矛盾。银行职员阿兰·格鲁姆布里奇平庸怯弱，生活平淡无聊，但是他内心丰富，充满浪漫的幻想，渴望摆脱深感厌倦的家庭和工作，过一种彻底自由的生活。他梦想着有朝一日从银行里窃取足够的钱后远走高飞，过上完全崭新的生活。有一天，银行真的遭遇到持枪抢劫，阿兰将此作为实现梦想的好机会，佯装被绑架，借机从银行卷走3000英镑。他开始努力尝试新的生活，但是却因为同事被抢匪绑架而感到内疚不安。小说还描写了两个年轻抢劫犯耐尔和马蒂走向犯罪的生活历程以及犯罪后的可怕后果。小说在对生活的批判中流露出深沉的悲悯情怀，引起很多读者共鸣。

伦德尔对沉迷事物的心理甚感兴趣，致力于为沉迷和精神病症的实质寻找一种现实的解释。在《眼中之魔》中，伦德尔将幽暗微妙的心灵体验与含蓄停顿的叙事密切结合，使之成为变态犯罪心理小说的代表性作品。小说背景在一个中下层人群聚居的公寓，围绕着住在一起的两个房客亚瑟和安东尼展开叙事。他们碰巧拥有相同的姓氏约翰逊，却在个性和生活方式上大相径庭。安东尼刚刚搬来，他年轻帅气，充满活力，不拘小节，富有情感，并与有夫之妇海伦相爱。亚瑟已在这里居住多年，是一个性格阴暗、心理严重变态的畸零人。小说采用第三人称叙事，但是不断留有叙事空白，并且通过倒叙、插叙等造成叙事时间线索的错综交织，具有很大悬念。其中亚瑟的形象占据核心地位，他身世不明，在婴儿时被"婶婶"买去，在她严厉刻板的教育下度过了没有温暖与爱的童年。孤独、压抑的生活扭曲了他的心灵，亚瑟变得极为敏感、自卑和神经质。他时时嫉妒，没有安全感，在情感上总是受到伤害，不善与人交流，排斥温暖和爱情，还滋长出可怕的阴暗暴力情结，内心渴望用摧毁事物来获得权力感。他外表羸弱文雅，酷爱整洁，生活保守细致，其实却是冷酷暴烈的凶手。他年幼时从杀死老鼠中得到快乐，长大后他的施虐对象转向了女性。他的"婶婶"成为第一个牺牲品，之后，每当喝了酒，在黑夜的街道上看到单身的女性，他就会无法控制地痛下杀手，将她们扼死。他老气横秋，对工作和恋爱都毫无兴趣，却在阴暗肮脏、遍地垃圾的公寓地下室里享受到阴暗的秘密快乐。他在那里发现了一个被丢弃的展示服装用的女人身体模型，如获至宝，于是每隔一段时间来到这里"掐死她"，作为自己精神治疗的方法。在小说中，有复杂扭曲性格的亚瑟与直率洒脱、单纯冲动的安东尼形成奇特的对比，他们之间的冲突尤其反映在亚瑟言行和心理活动的细腻描写中。故事的结局也同样出人意料，亚瑟企图拆散安东尼和海伦，为此他扣押这对情人的信件，并假冒海伦写断交信。阴差阳错的是，海伦的丈夫偶然看了发给海伦的信，在愤怒中来找安东尼复仇时，竟然把姓氏相同的亚瑟当作情敌杀死。在这部作品中，伦德尔对变态的阴暗心理描写真切细腻，引人注目。她在作品中采用中性语调叙事，不做任何道德评价，但是那些触目惊心的场景和有深度的心理体验都指向了一些严肃的现实社会问题，比如儿童家庭教育问题、对有心理创伤者的心理疏导和治疗问题等，发人深省。小说中亚瑟和安东尼的对照刻画都在不同程度上展示着真实复杂的人性，尤其前者可怜、可怖又可悲的人生令人难忘。该作品获得 CWA 年度金匕首奖，并入选 CWA 的百部最佳推理小说榜单，可谓是名至所归。

《石头的审判》是一部产生巨大反响的犯罪小说，同时入选 CWA 与 MWA 百部最佳推理小说榜单，还被改编为电影《仪式》。这部小说情节简单明晰，讲述了一个匪夷所思的谋杀案，凸显了阶级隔阂与冲突的社会现象。在小说中，47 岁的女文盲尤尼丝谎造出体面的身份，在中产阶级的卡弗戴尔家做女管家。她的文盲身份被雇主偶然发现，引起一系列冲突而遭解雇。不久，她竟然伙同有精神病的女友谋杀了卡弗戴尔一家四口人。小说采用第三人称全知叙事，文体简练冷静，同时又带有主观叙事的色彩，在不同情节里采用了作品中多个人物的心理视角。另外，小说陈述中夹杂着作者的评价，体现了叙事者的中产阶级理性立场。小说基本的叙事框架以倒叙为主，夹杂一些插叙、预叙，回溯性的主导视角带有明显反思省察的意味，显示出在骇人的悲剧发生之后痛定思痛的反思，对凶手、受害者以及受害者家人逐个投去审视的眼光。

有人评价伦德尔是一个值得人们深深尊敬的作家，因为她用深切的同情，一生致力于描绘古怪人和精神病患者。她的侦探小说人物精神世界丰富，对作案动机的戏剧性呈现深刻生动。她曾说："我对那些被可怕的动机驱使的人们怀有同情，能导致谋杀的心理动机必定来自一种巨大的心理负荷。我想我做到了使读者对精神病患者产生同情，因为我正是如此。"心理深度使得她获得"人类心理的剖析者"的美誉。伦德尔善于展示各种人物无意识领域的精神创伤，揭示私密的痛楚和扭曲的心理。她毫不讳言对心理问题的强烈兴趣以及弗洛伊德与荣格作品带给她的启发。伦德尔最擅长描写人性精神领域的断层地带，她的主人公经常是生活中的边缘人，不论在社会身份还是心智状态上，都处于反常的临界状态。她刻画的人物类型有：残酷不羁的小流氓、潜伏的精神病患者、逃避生活的男人、有强迫症的沉溺者、极端无责任感的人以及迷惘无助的人。伦德尔通过对人物心理的细致展示，探讨人们的自我身份意识，展现各种心理异常人群在面对现实问题时的处理方式和灾难后果。

在思想主题上，伦德尔与詹姆斯有很多类似之处。两人都超越了黄金时代侦探小说的模式，在精彩叙事中融入了现实主义技巧和精神分析视角。她的作品不侧重编织悬案，而是直接对当代社会生活和人性予以审视展现。她擅长塑造鲜明的人物群体类型，展示典型的价值观念，并通过情节设置让背景迥异的人们的生活轨道产生相交。伦德尔对伦敦怀有深厚的情感，用数量巨大的作品勾勒了这个城市全景式的社会画卷，被称作"当代伦敦生活最重要的记录者之一"。①正因如此，她的作品经常被认为具有狄更斯的风格。伦德尔的题目经常借用意味深长的习语、典故等，利用含有罪恶、良知、惩罚等主题的互文本典故，来揭示批判与反讽的主旨。伦德尔具有建构情节的高超技巧，灵活娴熟地采用各种叙事视角，如第一人称、第二人称或全知视角，在叙事中综合采用顺叙、倒叙、插叙和预叙等各种方式。她的故事通常有一个主导情节，同时交织若干次要情节，来辐射更多、更广的生活层面。伦德尔的文体别具一格，她的语言简洁、直接、质朴，同时又意义微妙，是评论家琼·史密斯（Joan Smith）所说的"伪装的简单"。伦德尔在作品中很少进行直接的道德评价，多是采取中性的态度和语气，描绘毛骨悚然的恐怖画面也运用冷静的语调，具有强烈的戏剧效果。她的人物对话符合人物身份，生动逼真，不无生活的幽默和智慧。此外，在场景展示上，伦德尔的小说经常带有剧本场景描写的特点，镜头感鲜明，显然是受到影视文化影响的结果。事实上，伦德尔的众多作品已被改编成电影、电视、广播节目等，是最受当代大众传媒钟爱的通俗小说家之一。她的作品具有深刻的社会批判性以及通俗娱乐品质，是真正具有大众基础的优秀创作。P.

---

① Jane Jakeman. The Fine Arts of Mystery in Notting Holl［N］. *The Independent*. 2008-11-21.

D. 詹姆斯对伦德尔评价极高，认为伦德尔通过非凡的想象力探索和揭示了人类心灵的黑暗角落，由此超越了文类的局限。伦德尔的小说以巨大的数量和优秀的艺术品质展示了英国通俗小说开拓创新、不断前进的潜力。

三、尼娜·鲍登

尼娜·鲍登是二战后成长起来的作家，富有社会良知和现实主义态度，以女性家庭小说和儿童小说成就最大。她主要定位中产阶级人群，关注家庭、幸存、战争、儿童和青春经历、女性选择、人与人的关系等社会和人生主题，多采用富有悲悯情感的笔触，揭示人性的弱点和错谬。她的人物与事件描写生动，对话呈现精彩幽默，受到包括玛格丽特·德拉布尔等当代作家的高度称赞，享有广泛的读者群。自 20 世纪 50 年代后，她在哥特小说、犯罪侦探小说、儿童小说、妇女家庭题材小说等不同领域徜徉，已发表各类作品五十三部，包括近五十部小说、一部自传《在我的那个时代》(In My Own Time: Almost an Autobiography, 1994)，还有两部非小说类作品。鲍登的作品很多被改编为电影、电视剧、BBC 儿童剧，它们还被翻译成俄语、日语等各国语言，享有国际知名度，并获得多个国内和国际文学奖项及获奖提名。2004 年，鲍登被授予意大利圣杜邦金笔奖 (S. T. Dupont Golden PEN Award) 这一终身文学成就奖，1995 年她获得最高级巴思爵士封号 (CBE)。

鲍登出生于伦敦中产阶级家庭，青少年时期适逢二战浩劫，战争中的磨难经历赋予她反战的政治观，并且令她一生追求理性、有序的个人与社会生活理想。她说："我的同龄人大部分会反对伊拉克战争，因为他们成长在战争年代，更了解战争给人们带来什么。"青少年时期的生活经历成为她写作的灵感和素材来源。成人后的鲍登在生活中多有坎坷，她先后有过两次婚姻，生有两子一女，却备受亲人生离死别之痛。她的长子尼古拉斯在青少年时代即有精神疾患，成年后涉毒坐牢，后失踪死于非命。身为母亲的鲍登为此深受内疚、悲伤和焦虑情感的折磨，在《一个好女人的下午》(Afternoon of a Good Woman, 1976) 以及曾获布克奖提名的小说《谎言满天》(Circles of Deceit, 1987) 等作品中都有深刻的表露。此外，她情感甚笃的第二任丈夫奥斯丁·卡克 (Austen Kark) 在 2002 年的波特斯火车出轨事故 (Potters Bar rail crash) 中丧生，鲍登也受重伤。经此人生惨痛后，鲍登创作了缅怀亲人的自传《亲爱的奥斯丁》(Dear Austen, 2005)。鲍登的创作兴趣萌发在幼年时期，不过，直到 20 世纪 50 年代自牛津毕业后，她的文学生涯才真正开始。正如在其传记《在我的那个时代》上所写，从 1953 年以来的半个多世纪以来，她基本以每年一本书的速度勤奋写作。鲍登的创作题材多样，追求创新，艺术品质丰富。根据其作品的题材类型特点，她的创作可分为早、中、后三个时期，分别致力于哥特犯罪小说、儿童小说以及妇女家庭题材小说三大领域。

鲍登的小说创作以犯罪侦探小说起步，在20世纪50年代里发表了《谁定曲调》（*Who Calls the Tune*，1953）、《怪异的弗雷明戈》（*Odd Flamingo*，1954）、《把这里变为巴比伦》（*Change Here for Babylon*，1955）、《孤独的孩子》（*Solitary Child*，1956）和《海滨的魔鬼》（*Devil by the Sea*，1957）等作品。鲍登早期的犯罪凶杀小说娴熟借用了哥特小说的人物和情节模式，通常设置鲜明而又微妙的对立力量，表现无辜女孩经历的恐怖遭遇，富有浓厚的哥特气氛和浪漫色彩。她精于制造恐怖气氛，心理描写生动细致，悬念设置引人入胜，作品具有很强的可读性，被称为新一代的阿加莎·克里斯蒂。

为拓展写作领域，鲍登在20世纪60年代后开始创作反映少年和青春题材的儿童小说。她一直对儿童世界怀有深切的关注，童年种种难忘的经历又给她的认知储备了丰富具体的素材。1963年，她发表了第一本儿童作品《秘密通道》（*The Secret Passage*，1963），这是她专为自己的三个孩子写的，创作灵感是她的孩子们在家中的地下室里发现的秘密通道。这一创作兴趣始终推动着她的艺术生涯，至今已发表约二十一部此类作品。鲍登认为人们往往会低估孩子的理解力和情感力量，而她想在其儿童作品中纠正这种偏见。鲍登的艺术表现力与她的创作初衷同样值得称赞，她的儿童小说在英国赢得崇高的声望。其中有几部已经成为当代儿童文学的经典之作。《凯莉的战争》（*Carrie's War*，1973）获得1993"凤凰奖"（The Phoenix Award）；《薄荷油小猪》（*The Peppermint Pig*，1975）获得1976年"卫报儿童小说奖"（Guardian Children's fiction Award）；《真正的柏拉图·琼斯》（*The Real Plato Jones*，1993）入围1995年史密斯精选图书奖（W H Smith Mind Boggling Books Award）短名单；《进取者奶奶》（*Granny the Pag*，1995）入围1996年"卡耐基奖"短名单（Carnegie Medal）。① 此外，《逃亡夏日》（*The Runaway Summer*，1969）和《留住亨利》（*Keeping Henry*，1988）也深受欢迎。

鲍登喜欢揭露生活中的欺骗和卑劣行为，她的情节里通常镶嵌着某些重大秘密，促使那些青少年人物去探寻自我与真相。在她的名作《凯莉的战争》中可以看到这些特色。这是一部生动有趣的儿童题材作品，富有童趣和幽默，也

---

① 卡耐基奖（Carnegie Medal）由英国图书馆协会（CILIP）颁发，用于表彰优秀的青少年作品。

具有抒情色彩和哥特因素。小说借鉴了二战时作者自己的生活经历，主人公是小女孩凯莉和她哥哥尼克。在战争中，凯莉和尼克被家人送离战火纷飞的伦敦，寄住在疏散地南威尔士食品商埃文斯先生家中。在新的生活环境里，凯莉和尼克的生活发生了巨大变化，他们要面对不同的人，有了新的烦恼和快乐。这里有严苛的埃文斯先生，有埃文斯的妹妹——善良温柔的"露姨妈"和埃文斯先生的姐姐戈特拜德夫人一家。埃文斯先生十分节俭刻板，对孩子们管制严厉。戈特拜德夫人家境富裕，但是与儿子强尼都饱受病痛折磨。他们与埃文斯先生感情疏远，但是却让凯莉兄妹感受到温暖惬意。孩子们在这里找到了友谊、快乐和新的冒险趣味，跟强尼及戈特拜德家收留的小难民阿尔伯特成为朋友。戈特拜德家和气的管家海珀兹巴·格林自诩为巫婆，她向孩子们讲述了这个家庭中诅咒的传说和书房中的头骨的故事，据说如果头盖骨从家中拿走，这个诅咒就会启动。戈特拜德夫人临终前托付凯莉去给埃文斯先生送信。凯莉不明就里，热心帮忙却引起了严重的后果。当凯莉长大后再次回到这里，往事的真相才浮出水面。小说谴责了成人世界里缺乏温情、相互伤害以及惯用欺骗的行径，同时对儿童心理表现出超凡的洞察力，语言幽默，富有理性。这部小说一直深受欢迎，人们称赞它的优秀品质"像美梦一样生动又难以捕捉"。它获得 1993 年"凤凰奖"（The Phoenix Award），在 1974 年和 2004 年两次被 BBC 改编为广播节目，2006 年后还被搬上了戏剧舞台。

《进取者奶奶》是另一部脍炙人口的儿童小说。叙事者是昵称为猫儿的小女孩卡特瑞娜。卡特瑞娜与退休的奶奶一起生活，她的奶奶退休前是精神病医师，个性与众不同，总是风风火火、魅力十足。她骑摩托车，穿皮革衣服，养了九只猫和四只狗，还不时接待一些奇怪的前精神病患者。卡特瑞娜深深热爱奶奶与这里的生活，但是她做电视明星的父母却认为这种环境对孩子无益，要将她带走。卡特瑞娜的世界并不像她情感冷漠的父母所误解的那样，而是充满美好的情感、神奇的梦想和脚踏实地的勇气。在她心中，奶奶是一个"进取者"，总是积极为实现自己的想法而行动。在奶奶的影响下，卡特瑞娜也开始为自己的选择而坚持，与自以为是的父母展开抗争。这部作品处理的是家庭关系和生活方式的现实主题，展现出丰富的精神和文化面貌，《星期日泰晤士报》认为，在《进取者奶奶》中，充满童心、童趣，但绝没有幼稚。小说在 1996 年入围"卡耐基奖"短名单（Carnegie Medal）。《远离大路》（Off the Road，1998）仍然属于儿童题材小说，不过与她以往作品有所差异，带有很强的幻想小说特色。小说背景在未来的 2040 年，叙述 11 岁的小男孩汤姆跟着祖父一起去寻找祖父儿时的家，他们穿过了一堵"大墙"，进入了一个叫作"荒野"的禁区，整个旅程充满了历险和磨难，叙事富有寓言色彩。除了儿童小说，鲍登还出版了两本儿童历史读物《威廉·泰尔》（*William Tell*，1981）和《圣弗朗西斯》（*Saint Francis of Assisi*，1983），体现了她对儿童教育的关注和努力。

　　鲍登的女性家庭小说同样值得称道。女性经历和家庭问题成为她文学生涯第三个阶段的核心主题。这一阶段从20世纪60年代一直延续到21世纪。《一个好女人的下午》获1976年"《约克郡邮报》年度好书奖"（The Yorkshire Post Book Award），《谎言满天》分别在1987年和1991年获布克奖提名。这一题材主要作品还包括《像个女人》（*Just Like a Lady*，1960）、《我这年龄的女人》（*A Woman of My Age*，1967）、《真理的微粒》（*A Grain of Truth*，1968）、《安娜现象》（*Anna Apparent*，1972）、《熟悉的情感》（*Familiar Passions*，1979）、《裸体散步》（*Walking Naked*，1981）等。这些作品以英国的家庭生活为背景，运用现实主义技巧，平实地展现当代社会里中产阶级家庭中的人际关系，其中比较突出地揭示了人情冷漠、金钱至上的社会风气，暴露了各种欺骗、不忠的行径。鲍登一生专注于描绘人物、情感和行为，用她自己的话来说就是去描绘"情感的山水画"（emotional landscape）。在这些作品中，她还凸显了女性经历和老年经历两个独特的主题领域。

　　跟众多女性作家一样，鲍登擅长塑造女性人物和描绘女性经历。她经常以年轻女性为主人公，细腻生动地呈现复杂微妙的女性意识，流露出女性主义倾向。她最为关注当代中产阶级妇女面临的种种困境，这些女性大多是职业女性，迫切思考着自己在社会和家庭中的角色和责任，希望建立起理想的生活秩序，然而经常被现实中的挫折、不幸所困，生活在焦虑、孤独和幻灭情感中。鲍登自己否认其作品有"鲜明的女性主义"立场，声称："我从来没有发现身为女人会有什么丝毫不同之处。"不过，出版评论界一般认定鲍登小说的女性主义倾向，而"维拉格出版社"（Virago Books）① 在长达十年中对鲍登作品的出版和推介给予了大力支持。《一个好女人的下午》聚焦女主人公珀涅罗珀一个下午的活动和思想意识，检视了女主人公异常复杂的生活经验和精神世界。珀涅罗珀是一个职业女性，一直在家庭和社会责任中疲于奔命，扮演着好妻子、好母亲、好情妇、好法庭官员的角色。这天下午，当她坐在法庭上听取各种犯罪案情陈述时，油然而生强烈的反思意识。她感受到善恶之间的细微差异，体会到守法公民与罪犯的脆弱界限，不由自主开始检视自己的人生和行为，对个人的情感

---

　　① 维拉格出版社（Virago Books），又俗称"悍女出版社"，是英国专门提倡女性写作的出版社。

与性生活等产生类似于"顿悟"一样的认知。在这里，鲍登在叙述公众活动的同时镶嵌入个体的活动，并将两者结合得巧妙自然，形成奇妙的和声效果。此外，小说题目带有反讽意味，作者对主人公投入人情色彩的观照，但是并未持简单化的肯定或赞美态度。小说获得"《约克郡邮报》年度好书奖"（The Yorkshire Post Book Award）。《裸体散步》继续对当代女性经历以及社会问题予以严肃探讨，女主人公劳拉代表了那些困于现实关系之网、无法适应真实环境、在生活的漩涡中苦苦挣扎的人们。生活中的诸种不如意使小说家劳拉处于精神危机中，被深深的内疚感所累，她失败的第一次婚姻、坐牢的儿子，她与父母、朋友以及现任丈夫的关系都使她产生重重的焦虑，以至于噩梦不断，惊恐地梦到自己的房子崩塌在眼前。对此，她选择退回到自己的想象世界中去，用写作实现自欺欺人的解脱，她承认："我因为害怕生活而写作。"在一个纷乱的白天过去后，劳拉努力说服自己去接受现实处境、逃离焦虑，在精神上独自裸体散步。然而，这种逃遁似乎不能奏效。小说的叙事节奏富有活力，人物对话敏锐机智而且真实可信。杰达·西曼（Gerda Seaman）指出，这部小说最大的价值在于它对中产阶级道德观念的分析以及对女性在社会习俗中承受的压力的生动展示。

鲍登热衷并擅长探究事物的关系，在她的后期作品中，她尤其以揭示人物在单调平静的外表下的心理潜流与精神张力取胜。《冰房子》（1983）有两个女主人公，并由此在结构上采用了互为交织的双线索叙事。鲍登犀利的眼光投向现代婚姻的复杂性，处理关于爱情、婚姻、友谊、忠诚和出轨的话题，用混合着同情与批判的态度展现两个女主人公的感情世界以及人物之间微妙的关系。戴希和露丝是在少女时期读书时的朋友，但两人性格气质殊异。深受家庭宠爱的戴希外向活泼，露丝在父亲严厉的教育下则内向压抑。三十年后，她们的人生都发生了很大变化，却同样内心充满痛苦。戴希人生诸事都不如意，而露丝虽然事业成功，还有一个表面看似幸福的婚姻，但是没有真正的安全感和幸福感。面对来自现实的种种打击，两个女人都依靠自我欺骗的方式维持现有的生活。小说出色地揭示了人物的道德困惑，心理描写引人入胜。在20世纪90年代以后，鲍登探索家庭生活的小说凸显了"老年经历"这一兴趣点。其代表作为《家庭财产》（Family Money，1991）和2001年的小说新作《楼梯上的歹徒》（The Ruffian on the Stair）。在探索家庭生活与人际关系时，鲍登对代际关系尤其是老年经历格外关注，在《进取者奶奶》和《远离大路》中都有探讨。在鲍登进入七八十岁高龄生活后，她对老年人的种种心理状况和生活境遇的展示更加集中。《楼梯上的歹徒》用简洁冷静的语言风格描写主人公塞拉斯·穆德的老年生活，反映他在家庭生活中经历的隔膜和欺骗，表现了人物的孤独和荒谬感，被克利斯蒂娜·考内格（Christina Konig）称为"辛辣的社会喜剧"（bracingly acerbic social comedy）。小说主要围绕穆德的家庭生活和家庭关系展开叙事，熟练运用时间蒙太奇，将物理时间与心理时间重叠，倒叙与插叙等交织，并不时转换叙事视角，构造出穆德家族四代人的人生场景。穆德幼年家境贫困，父亲去美洲闯荡，无功折返。在亲戚帮助下，穆德勤奋努力，终于获得优裕的生活条件。他个性冷静持重，羞怯内向，虽然对比自己年轻很多的妻子艾菲怀有深沉、真挚的爱，却不善表达情感。艾菲情感丰富，个性单纯，她对丈夫的内心毫无兴趣，在战争中疯狂爱上美国士兵多利，抛弃了家庭。后来多利战死，埃菲陷入绝境，穆德同情前妻，将她接回家中照料，艾菲不久生下了她与多利的儿子威尔。几年后，艾菲去世。穆德一直保守着威尔身世的秘密，视如己出。在穆德79岁时，儿子威尔成婚，娶了美丽的考拉为妻。威尔夫妇享受着父亲带给他们的中产阶级的舒适生活，但是与父亲有很大隔阂。孤独的穆德遇到了年龄与自己孙女相仿的贝拉，全然不顾孩子们的反感排斥，娶了贝拉。然而贝拉生病早早去世，在医院中，穆德才得知贝拉对自己隐瞒了很多真相，其中包括她的病情以及她的婚姻纯粹是出于金钱考虑，而她根本不爱自己。在穆德接近100岁时，诸位亲戚聚集在他身旁，热闹非凡，然而无人能够走进穆德的精神和情感世界。他冷眼看着身旁的亲人，内心充满对逝者的回忆，还有种种过去的秘密。主人公的情感世界充满伤痛挫折，然而作品绝无感伤之态，而是充满智慧的反讽色彩，回味无穷。鲍登对老年人精神孤独经历的展示呈现出一种历经沧桑洗练后纯粹和超越的气质，这种特色在自传《亲爱的奥斯丁》中也有同样感人的表达。

在通俗小说作者当中，鲍登是具有强烈道德感的作家，她的主人公也大都具有道德准则或批判反思气质。她的绝大部分小说以英国的中产阶级世界为聚焦点，用准确犀利的笔法描写人性弱点和道德错谬。她不以塑造完美无瑕的英雄为目标，而是对普通人充满同情，她的人物不论是主要人物还是次要人物，都是十足的"圆形人物"，极具可信度。玛格丽特·德拉布尔曾指出，鲍登对人们之间相互欺骗以及自欺欺人的现象感觉敏锐、批判犀利。她的很多故事正是围绕表层的谎言被揭穿、真相显现的框架构建情节。在她获得1987年布克奖最佳小说提名的《谎言满天》中，"欺骗"更是荒谬地成为小说人物生活的常态。主人公克利欧是以制作赝品为业的画家，他的生活充斥着谎言，青梅竹马的恋人、第一任妻子以及他的母亲，都在不动声色地混淆是非，整个生活就像一张欺骗的大网。作品散发出强烈的批判意识，激发着读者的良知和理性思考。虽然深具道德意识，鲍登的作品却没有严苛惨淡的气息。她处理人物时深藏同情和理解，并不急于在作品中加以苛责否定，也不给出草率的简单结论。鲍登的语言质朴洗练，还以良好的幽默感著称，作品富有心理深度和兴之所至的幽默、反讽，给这些针对中产阶级风俗的叙事增添了讥嘲的犀利品质。她的儿童和女性家庭题材的小说多是含有现代主题和背景的社会喜剧。鲍登毫不回避人生的挫折真相，而是精心展示种种失败的案例，那些失败有些极为悲哀，有些则富有滑稽色彩。同时，她作品的基调仍然是充满温情和希望的旋律，主人公总是以自己的方式在生活中努力寻觅出路。鲍登具有敏锐的心理洞察力和良好的理性鉴别力，她特别注重发掘人际关系和行为选择的方式和动因。正因如此，她被称作"具有淘气式幽默感的隐身道德家"（crypto moralist with a mischievous sense of humor）。这种评价也得到了作者首肯，她承认这正是她在写作中所追求的一部分目标。①

总的来说，鲍登的小说属于建立在对英国家庭生活细致观察基础上的风俗切片式小说，注重教导启示人们怎样去过一种"体面的生活，好的生活"。据德拉布尔的判断，这种小说类型在当代"已经不再时兴"，事实上，鲍登有些小说也已经绝版。根据专门研究两战期间妇女文学的学者阿里森·莱特（Alison Light）判断，像鲍登这样的小说家仍然会有广泛的读者。莱特指出，英国图书调查咨询公司（BML）研究数字显示，老年女性对小说的阅读量很大，英国45岁以上的妇女在小说上的消费几乎占到了总消费数量的42%。出版商虽然在市场定位上以新一代读者为中心，但并不说明老一代作家的作品已经无人问津。人们仍然会从图书馆借阅老一代女性作家的作品，鲍登的小说仍然在读者中流传，在当代人的文化生活中发生作用。鲍登是一个随时从生活中汲取灵感和素材的作家，她积极投身于生活的潮流中，热爱读书、游泳、交际、旅行，尤其喜欢观察和聆听身边人们的生活状态。她曾在采访中对作家成功之道提出过三点建议：首先要多看书，并在读书和写作中用心领悟，获得良好的语言感受力；其次，勤于动笔，随时将自己感兴趣的材料付诸表达，她推荐将自己熟悉的家庭作为起点；最后，要多涉猎，善于聆听，而且去思考言语表层之下的事物。从生活中来，到生活中去，这是鲍登的小说艺术特色，也是她赢得读者的重要原因。

---

① Gerda Seaman. *British Novelists Since 1960* [M]. ed. Jay L. Halio. Detroit: Gale, 1983: 46.

四、贝丽尔·班布里奇

贝丽尔·班布里奇是英国当代小说家、短篇小说作者、艺术表演家、电影编剧以及纪录片作者，其个性人生与艺术作品都别具一格。她早年从事演艺业，后来转向文学创作，直到最后成为活跃在写作、影视、广播多个领域的英国文化名流，被称为当代英国文化界的"国宝"。① 班布里奇早熟早慧，5 岁时就参加演艺事业，小获成功。她人生经历丰富，生活方式和情感动荡叛逆，有过两次短暂婚姻。班布里奇曾因为严重的精神危机试图自杀，但是她同时坚强地寻求自救，开始在写作上投入更多精力，并幸运地步入成功作家行列。在近四十年的创作生涯中，班布里奇发表了二十多部各类作品，包括十七部小说，两部短篇集，以及四部非小说类作品，曾五次获得布克奖提名。她的作品语言风格简单朴素，致力于真实地反映英国中产阶级下层的生活状况，不少是取材于个人的生活经历，同时也把当代社会现象和历史事件作为题材来源。另一方面，在她小说艺术表面的"简单"之下，班布里奇嵌入了她对社会、人生、历史、真实以及书写等问题的深度思考，体现出与后现代艺术共振的怀疑主义精神。

班布里奇一直对写作怀有浓厚兴趣，自 8 岁后一直坚持写日记，并不断对此进行修改。在 10 岁时曾偷偷创作一个以其父母的感情纠葛为原型的小说，因担心作品被父母看到，她最终烧掉了手稿。然而她并没有放弃写作，在 1946 年完成了试笔之作《不义之财》（*Filthy Lucre*），不过这个作品直到 1986 年才获出版。在 1956 年的第一次婚姻中生育第一个孩子时，班布里奇开始重拾写作，用两年时间完成了小说《哈丽叶特说》（*Harriet Said...*, 1972），这是一部描写谋杀和少女性爱主题的作品，艺术品质在当时极显另类，屡遭退稿，直到 1972 年才被重新发现，获得出版。班布里奇的主题和技巧风格独特，其作品的出版和读者接受之路相对坎坷。20 世纪 60 年代末到 70 年代是班布里奇小说创作的早期，也是她艺术才能的第一个爆发期。在大约十年间，她接连出版了九部小说作品，其中不无精品。这些作品主要以作者少年时期的生活经历为基础，其中很多内容都有明显的自传成分，也有些题材是从当时新闻报道中获得的灵感。班布里奇首先发表的两部小说是《与克罗德公度周末》（*A Weekend with Claud*, 1967）和《木头的另一部分》（*Another Part of the Wood*, 1968），但是读者评论反响都不大。就在班布里奇几乎要放弃写作的时候，她的艺术天赋得到出版商考林

---

① Charlotte Higgins. Bainbridge Is Seen Through a Grandson's Eyes [J]. *The Guardian*. 2007-05-25.

斯·海克拉夫特（Colin Haycraft）的赏识，后者不但出版了之前班布里奇被退稿的《哈丽叶特说》，而且聘任她为出版社职员。继《哈丽叶特说》之后，她又接连发表《裁缝》（*The Dressmaker*，1973）、《到瓶子工厂游玩》（*The Bottle Factory Outing*，1974）、《甜蜜的威廉》（*Sweet William*，1975）、《平静的生活》（*A Quiet Life*，1976）、《受伤之时》（*Injury Time*，1977）和《年轻的阿道夫》（*Young Adolf*，1978）。这些小说在当时市场销量并不好，但是深受评论界称道，其中《裁缝》和《到瓶子工厂游玩》都获得布克奖提名。《裁缝》同时在美国出版，题目为《秘密玻璃》（*The Secret Glass*，1973）。《年轻的阿道夫》以希特勒1910年利物浦之行的历史事件为基础，并融合作者的想象虚构，开启了班布里奇历史小说系列一脉。20世纪80年代，班布里奇已经在英国文化界树立了新的地位，活跃在影视、广播和写作等不同领域。这一时期，她密切联系社会媒体，在促进自己作品推广、普及上做出了较大努力。她不仅写作新的电影剧本，而且把自己的多部小说作品改编为电影。她参加BBC纪录片的制作，完成有艾米莉·勃朗特以及普里斯特利（J. B. Priestley）的艺术资料片。她还主持了以六个英国家庭为聚焦来反映英国社会经济状况的系列节目，其内容经整理后成为她1987年发表的非小说类作品《永远的英格兰：北方和南方》（*Forever England：North and South*）。与此同时，班布里奇的文学创作势头不减，并且继续扩宽创作领域，在短篇、游记散文和历史题材小说领域都有斩获。她的三部小说《冬季花园》（*Winter Garden*，1980）、《沃森的辩护》（*Watson's Apology*，1984）以及《大冒险》（*An Awfully Big Adventure*，1989）都显示出自己鲜明的写作风格，最后一部作品取材于她青少年时期在剧院工作的经历，情节生动有趣，成为作者第三个获得布克奖提名的小说，后来被改编为电影，成为班布里奇最著名的小说作品。她的短篇小说集《妈妈和阿梅特奇先生》（*Mum and Mr Armitage：Selected Short Stories of Beryl Bainbridge*）于1985年面世。

班布里奇的表演生涯锤炼了她良好的艺术鉴赏力，自20世纪90年代后她开始担任杂志《陈年旧物》（*The Oldie*）的戏剧评论专栏作者，还成为英国最大的晚报《伦敦晚旗报》（*Evening Standard*）的专栏作者，她为晚报撰写的书评编辑成册，于1993年以《昨天发生的事情》（*Something Happened Yesterday*，1993）为书名出版。次年，班布里奇的第二部短篇小说集《故事集》（*Collected Stories*，1994）也获出版。不过，这一时期她的主要成就还是在其历史题材小说上。自1991年，她连续发表三部历史题材小说，不但深受评论家喜爱，而且取得了商业成功。① 《庆生日的男孩们》（*The Birthday Boys*，1991）反映的是英国探险家罗伯特·斯科特一行在 1910 年至 1913 年南极探险与罹难的经历。《人各为己》（*Every Man for Himself*，1996）描写的是泰坦尼克号沉没的历史事件，获布克奖提名。《乔治与仆人》（*Master Georgie*，1998）则以克里米亚战争为背景，获得1998 年"詹姆斯·退特·布莱克小说纪念奖" （James Tait Black Memorial Prize），并获得她的第五次布克奖提名。

　　20 世纪 90 年代不仅是班布里奇在读者接受上获得巨大成功的时期，也是其小说艺术开始被评论界和学术界认可、重视的阶段。在此之前，尽管班布里奇已经享有广泛的知名度和巨大的读者群，学界对她小说艺术的研究仍然比较薄弱，相关专著极少。② 瑞典学者伊丽莎白·温诺（Elisabeth Wenno）对班布里奇研究的推动做出了开拓性贡献。温诺在大学中开设了班布里奇小说艺术的相关课程，并于 1993 年出版专著《贝丽尔·班布里奇小说中的反讽模式》（*Ironic Formula in the Novels of Beryl Bainbridge*），提出诸多有见地的观点。进入 21 世纪，班布里奇的文学声誉得到确立。自 2005 年开始，不列颠图书馆收藏了班布里奇的众多私人信件和日记。她的写作之路也在延续，2001 年出版最新一部小说《依照奎尼所述》 （*According to Queeney*），受到广泛称赞。小说是对塞缪尔·约翰逊晚年生活的虚构叙事，借用约翰逊好友特拉尔夫妇的长女奎尼·特拉尔的视角，讲述约翰逊与海斯特·特拉尔德的交往。此外，班布里奇的非小说类作品《前排：剧院里的夜晚》（*Front Row：Evenings at the Theatre*）在 2005年出版，它是作者在杂志《陈年旧物》上专栏艺术评论的汇集。

　　班布里奇作品在出版和获得学术关注方面都历经波折，主要是因为她作品的主题和艺术风格与一般严肃文学传统之间存在一定差异。她作品形式上的"简单"与在叙事中流露的"超然风格"（detached style）使她经常被草率判断为缺乏基本的艺术技巧和良好的道德立场，也有研究者否认班布里奇作品在艺术价值上的持久性，认为她在形式上"过于简单"，因而"不会成为学术兴趣的对象，也不能在文学史中占据一席之地"。③ 事实上，叙事上的简单写实正是班布里奇小说的重要艺术特色，是她在不动声色地综合运用多种技巧中刻意为之的效果。她的小说代表了一种建立在"生活经历"基础之上的叙事形式，它以

①　John Preston. Every Story Tells a Picture ［N］. *Telegraph*. 2004-10-04.

②　Elisabeth Wenno. *Ironic Formula in the Novels of Beryl Bainbridge* ［M］. Hogskoletryckeriet：Karlstad，1993：1.

③　Elisabeth Wenno. *Ironic Formula in the Novels of Beryl Bainbridge* ［M］. Hogskoletryckeriet：Karlstad，1993：1-2.

时间顺序作为情节构架的基础，将个体心理作为刻画对象，将完全具体的现实事物作为描写的目标和基本准则。① 班布里奇曾经说过："我不是很擅长虚构，我写的总是我自己和我的经历。我的创作就是试图去记录过去。"② 此言不谬，从内容取材看，班布里奇的小说主要有三类来源，分别是作者自己的个人经历、报纸刊登的社会新闻事件以及历史事实。班布里奇早期作品自传色彩浓厚，比如《大冒险》就是依据作者自己 20 世纪 40 年代在利物浦剧院工作时的经历创作而成。

以社会新闻事件为核心情节的小说主要取材于带有恐怖色彩的凶杀事件，以《哈丽叶特说》和《沃森的辩护》最有代表性。《沃森的辩护》的故事原型是作家约翰·塞尔贝·沃森（John Selby Watson）棒杀其妻的凶杀案，《哈丽叶特说》则来自报纸上关于新西兰两个女学生实施谋杀的新闻。在《哈丽叶特说》中，主人公是两个女中学生，一个是 14 岁的哈丽叶特，另一个是充当叙述者的同龄无名女孩。两个女孩来到风气颓靡的北方某胜地度假，迷恋上了一个已婚中年男子，两个女孩为吸引男子的注意，设计出疯狂的计划，最后局面失控，导致男子妻子遇害。这部作品是班布里奇最早创作的小说，完成于 1958 年，直到十二年后方获出版。对于作品中的场景和人物描写以及淡然的道德立场，有多个出版商表示深为反感，断然拒绝出版。其中有人认为小说的主人公"难以置信地令人恶心"③，书中描写的场景"即使对道德意识松懈的当今世界也是过于不体面了"。这部作品的手稿一度丢失，后来被重新发现，由达克沃斯出版社推出。对于这个粗野乖戾的谋杀暴行，当代研究者曾分别借助弗洛伊德理论的俄狄浦斯情结和拉康德心理学理论分析，得出关于作品揭示心理深度的结论；还有研究者利用神话原型理论中人类堕落的模式探讨，也在一定程度上揭示了其文化内涵。④

班布里奇的历史题材小说受到当代评论界认可。从 20 世纪 70 年代的《年轻的阿道夫》、80 年代的《沃森的辩护》到 90 年代的三部重要作品《庆生日的男孩们》《人各为己》和《乔治与仆人》，都是班布里奇对世界各国重要历史事

① Elisabeth Wenno. *Ironic Formula in the Novels of Beryl Bainbridge* [M]. Hogskoletryckeriet: Karlstad, 1993: 2.

② James Vinson & D. L. Kirkpatrick. eds. *Contemporary Novelist* [M]. London: St. Martin's, 1976: 79-80.

③ Craig Brown. Beryl Bainbridge: An Ideal Writer's Childhood [N]. *The Times*. 1978-11-04.

④ Elisabeth Wenno. *Ironic Formula in the Novels of Beryl Bainbridge* [M]. Hogskoletryckeriet: Karlstad, 1993: 139.

件和人物的描写。她借用了真实的历史事件，同时融入了自己的想象和猜测，并且对所谓历史的"真相"也提出了质疑。获得布克奖提名的《人各为己》带领读者重温了泰坦尼克号沉没的悲剧，小说以船上的美国乘客、航运公司老板的侄子摩根作为叙事者，追述航船沉没前四天里的事件以及1500人葬身大海的情形，展示了他与其他乘客命运相连的经历。同样获布克奖提名的《庆生日的男孩们》（*The Birthday Boys*，1991）对历史现实的处理是班布里奇风格的突出代表。这部历史小说描写的是著名的英国探险家罗伯特·斯科特在1910年至1913年南极探险罹难的经历。小说采用五个探险队员的第一人称叙事，分别从不同角度讲述那次历险，呈现他们遭遇的磨难、困境，坚韧的努力以及最终的失败。关于那些历史事件，这五个叙事者所讲述的故事差异很大，读者只能做出自己的独立判断。在传统观念中，历史文献关注的是"现实性"和"真相"，而文学处理"想象"的材料，两者殊途，不可混淆。后现代文学经常试图打破真实与想象之间的绝对界限，祛除人们对"现实性"和"真相"的依赖。这部小说同样刻意模糊"事实"与"虚构"的边界，在艺术思想上具有颠覆精神。它与20世纪70年代末和80年代初兴起的新历史主义思维有合流之处。

　　班布里奇的作品具有一种特有的"超然风格"，作者基本不表露自己的道德立场和观念态度。即使描写粗俗、谬误、谋杀和各种暴力，也不流露倾向性，这种对人物和场景的呈现背离了英国典雅的审美趣味，不太符合传统的读者阅读习惯，在创作模式上有较大创新。正因如此，她的作品在早期经历了较多漠视和诟议。在后现代文学和文化理论的烛照下，人们逐步发现班布里奇的作品其实运用了多种小说技巧，并与其深层主题意义的传达成为一个有机整体。比如在《庆生日的男孩们》中，作者通过多角度的不可靠叙事，展现现实的复杂与认知的困难。《哈丽叶特说》和《到瓶子工厂游玩》等作品表层表现为"无技巧性"，然而通篇贯穿了反讽技巧。班布里奇的写作深受怀疑主义的影响，不以传达绝对真理和最终结论为己任，而是充分尊重现象的复杂性和历史语境。这样一来，她对读者提出了更高的要求，需要读者积极参与阅读过程，对一切现实做出自己的判断，可谓别具深意。班布里奇成为英国当代小说和通俗小说领域的又一个成功之例，她的作品拥有巨大的读者群，得到评论界的广泛称赞，成为英国社会文化生活中富有影响力的人物。她的小说作品被改编为电影，各种体裁的作品在英国广为传播，在美国和欧洲各国也赢得了国际声誉。由于她对文学艺术领域做出的突出贡献，班布里奇在2002获得伊丽莎白女王二世授予的女爵士封号（Dame of the British Empire）。班布里奇是一个颇受争议的作家，一方面她经常被描绘为另类小说家，另一方面她被给予崇高评价，比如，朱丽安·西蒙斯在《纽约时报》上将班布里奇称作英国六个"最具创造性和最有趣的小说家"之一。这种情况与通俗小说家在文学史和文学研究领域富有争议的接受经历有相似之处。

五、J. K. 罗琳

幻想小说在英国拥有深厚的文化渊源，也形成了悠久的传统。它立足想象，描述奇幻经历，经常借助超自然因素构成故事框架。常见的幻想小说包括魔法巫术类、狼人故事类、神怪（吸血鬼）类以及经典童话类。在当代，英国作家J. K. 罗琳（Joanne Kathleen Rowling）凭借其《哈利·波特》（Harry Potter）魔法系列故事风靡世界，在青少年群体中拥有很大影响，被称为"魔法妈妈"。J. K. 罗琳本名乔安妮·凯瑟琳·罗琳，生于英国格温特郡，曾从事教师和秘书工作，当她在西班牙的短暂婚姻破裂后，携带年幼的女儿定居爱丁堡，曾一度生活拮据，靠失业救济维持生活。罗琳自幼热爱文学，喜爱写作和讲故事。而文化名城爱丁堡浓厚的文化传统气息直接激发了罗琳的幻想灵感。在这个城市独具特色的魔幻气息的滋养下，罗琳虚构出一个中世纪风格的古老城堡霍格沃茨魔法学校（Hogwarts School），塑造了以主人公哈利·波特为代表的具有超自然魔法力量的人物。

在众多魔法巫术小说中，罗琳能够脱颖而出绝非偶然。她的作品想象奇特，引人入胜，出色地呈现了英国浓厚的魔法文化传统。她创造出古老的城堡学校、$9\frac{3}{4}$站台、巫师棋、储藏记忆的药水等神奇的事物，展现光怪陆离的魔术和幻境，具有独特的奇幻魅力。她并没有仅仅局限在魔法描写本身，而是在作品中嵌入善恶对决的主题情节，设置重重悬疑和铺垫，细腻地表现主人公自我认知和精神成长的人生故事。哈利·波特是一个10岁的男孩，他一头黑发，身材瘦削，有一对聪慧明亮的绿眼睛，戴着黑色大框眼镜，前额有一道细长的闪电形疤痕。他是个有着超自然魔法潜能的孤儿，有谜一样的身世和复杂惊险的人生经历。在小说里，代表善良与正义的哈利一方与代表邪恶力量的伏地魔等"黑魔法"信奉者展开了肉体和灵魂的殊死较量，深深地牵动着读者的心。

截止到2007年，《哈利·波特》系列已出版七部，包括《哈利·波特与魔法石》（英：*Harry Potter and the Philosopher's Stone*，美：*Harry Potter and the Sorcerer's Stone*）、《哈利·波特与密室》（*Harry Potter and the Chamber of Secrets*）、《哈利·波特与阿兹卡班的囚徒》（*Harry Potter and the Prisoner of Azkaban*）、《哈利·波特与火焰杯》（*Harry Potter and the Goblet of Fire*）、《哈利·波特与凤凰

社》（*Harry Potter and the Order of Phoenix*）、《哈利·波特与混血王子》（*Harry Potter and the Half-Blood Prince*）以及《哈利·波特与死亡圣器》（*Harry Potter and the Deathly Hallows*）。《哈利·波特》不但在英国脍炙人口，而且被翻译成近七十种语言，在全世界二百多个国家累计销量超过3亿册，被评为最畅销的四部儿童小说之一。由小说改编的电影更是将这个魔幻的世界直接生动地呈现在人们眼前，在世界各地掀起了一股魔法旋风。哈利·波特的形象已经深入人心，成为继米老鼠、史努比、加菲猫等卡通形象以来最成功的儿童偶像。

综上所述，20世纪后半叶至今的英国女性通俗小说正处于新旧交汇、全面繁荣的历史时期。这一过程既有瞩目的进步，也有低俗化泛滥等突出问题。此外，由通俗小说衍生出的派生文化现象正发挥着不容忽视的重要文化作用，需要我们给予严肃关注。正如约翰·斯道雷所指出的，在通俗小说等通俗文化作品的具体研究中，情况复杂，分歧纷呈，因此，确立清醒严肃的艺术和文化批判态度应该是研究英国女性通俗小说的当务之急。

第八章

英国女性通俗小说艺术分析

英国女性通俗小说的艺术品质是研究中相对薄弱的领域，而且通常被各种定势化观念所束缚，停留在一种过度简单化的印象评价层次上。通俗小说在主题、情节、人物以及文体方面具有的模式化特点以及它所追求的休闲娱乐精神都在很大程度上导致传统文学批评对它的轻视态度。从学界现有的研究来看，对英国女性通俗小说艺术的评价存在两方面的误区：首先，艺术评价标准通常过于狭隘，刻板地使用高雅文学的评价体系来衡量通俗小说，忽视了通俗小说特有的艺术准则。其次，在评价通俗小说时，经常割裂了它与文学经典的联系，没有充分注意到两者之间在传统承续上的关联。本章将在题材和主题分析、情节和叙事结构分析、文体审美分析三个方面对英国女性通俗小说的艺术特色予以分析，来归纳出其艺术评价的标准和依据。

第一节　题材和主题

长期以来，评论界存在一种普遍的误解，认为女性小说题材狭隘，缺乏开阔的社会视野，在反映社会生活主题上少有建树。然而，这种看法显然不能解释英国女性作家在政治丑闻小说、历史小说、风俗小说和侦探小说等一系列模式流派中取得的瞩目成就。这些文类模式表明，早在 17 世纪末，以贝恩为代表的女性小说家就具有强烈的主体社会身份追求，并对政治和人性的社会景观图进行了独特的描绘。其后的伯尼、克里斯蒂、P. D. 詹姆斯、伦德尔以及班布里奇等人都从不同方面探索英国的历史和社会问题。比如，伦德尔的犯罪小说不仅数量巨大，而且具有宽广的视角和敏锐深刻的心理洞察力，在展现伦敦现代城市生活的广幅画卷上，具有狄更斯式的风格。她对犯罪心理、变态心理以及社会边缘人的展现独具神笔，在揭示主题方面表现出深沉的品质。通过梳理自17 世纪末以来女性通俗小说的创作事实，我们发现那些产生了较大影响的作品在题材上格外青睐家庭主题、社会主题和幻想主题三大类型领域。这些主题体现出三个特点：一是关注家庭领域，擅长展现婚恋纠葛；二是彰显女性经历和女性困境问题；三是具有现实主义和浪漫主义的多重品质。这些题材类型随着历史文化语境的变迁演变形成，在不同时期呈现出各种具体的面貌，从不同角度集中表达了妇女作家对社会人生以及女性主体经历的感受和思考。

家庭题材主要表现为浪漫小说和儿童小说，这与女性的自然性别身份密切关联。女权主义带来了西方女性观念的更新和解放，但是在英美社会中，"家庭领域"通常被视为"妇女的领域"，女性不论是作为美国文化中"共和国的母亲"、维多利亚时代的"房中的天使"，还是20世纪以来的职业妇女，其生活重心都很难离开家庭生活领域。这一文化社会现实和历史传统决定了妇女对家庭题材持久而强烈的关注，形成女性阅读和写作的共同热点领域，使家庭题材成为生活圈子普遍狭窄的女作家的首选素材之一。不过，女性在小说选材上受到的局限也使她们在家庭题材领域进行更加专注和持续的耕耘，从而达到了较高的艺术水准，积累出深厚的创作传统。在18世纪，女性家庭小说模式在伯尼的四部主要小说《伊芙琳娜》《塞西莉亚》《卡米拉》和《漂泊者》中得以确立。① 其中《伊芙琳娜》不但风靡一时，而且启发了众多作家，还受到奥斯丁和伍尔夫的高度称誉。之后，埃奇沃思的《贝琳达》等小说也属此类传统。这一流派中成就最大的当属奥斯丁，她的《傲慢与偏见》与《理智与情感》等六部小说都与伯尼的作品一脉相连，在主题、人物对话和细节描写上既有继承，又独有创新，写出了女性家庭风尚小说的华彩乐章，反映了英国中产阶级女性在当时的社会境遇，也呈现了英国乡绅社会的风俗人情。在维多利亚时代，勃朗特姐妹的作品也多沿用了这种模式，并获得较高的文学声誉。夏洛蒂·杨和弗洛伦丝·玛雅特也都是当时较有影响的女性家庭小说作者，分别创作有《雷德克利夫的继承人》和《爱的冲突》等代表作。

儿童小说反映少年儿童经历，探讨青春话题，属于儿童文学领域，主要在二战后崛起于英美社会。儿童小说是社会道德重塑与强化儿童教育的社会思潮在文学领域的反映，出现了美国作家罗伯特·考米尔、北爱尔兰女作家玛丽·贝克特、英国作家约翰·罗·汤森德和尼娜·鲍登为代表的一批小说家。其中鲍登作品众多，特色鲜明，获得了国际声誉，被誉为当代最优秀的儿童作家之一。她的儿童小说富有道德教育和理性启发，注重塑造个性鲜明的人物形象和

① Sandra M. Gilbert & Susan Gubar. *The Norton Anthology of Literature by Women: The Traditions in English* [M]. London: W. W. Norton & Company, 1996: 242.

呈现精彩幽默的对白，对儿童心理的刻画细腻真实，有高超的现实主义表现技巧。同时，鲍登还融合哥特悬疑因素和浪漫主义情感，使作品富有趣味。鲍登小说的儿童经历取材于她扎实的生活积累，探讨丰富而严肃的人生成长问题，在成人题材与儿童文学中间架起了桥梁，表现出丰富的主题基调。

幻想类题材主要包括哥特小说、科幻小说、魔幻小说等，是女性通俗小说家钟爱的题材，也是极容易获得巨大市场份额的类型模式。以玛丽·雪莱、多丽丝·莱辛和 J. K. 罗琳等人为代表的作家均体现出卓越的奇幻想象力和高超的艺术表达技巧。这些作品放纵想象，形成对理性传统的微妙反驳，具有超越现实的独特品质，代表了女性理想主义的一个重要侧面，迎合了妇女读者丰富多元的消费需要，甚至也吸引了诸多男性读者。

从上述主要的题材类型看，女性通俗小说呈现出三个突出特点：首先，女作家们普遍关注家庭题材，擅长展现婚恋经历。她们在运用各种形形色色的题材模式时，通常以婚恋故事和家庭问题作为构建情节的线索，用自己最熟悉的素材编制或宏大开阔或静止小巧的叙事框架。奥斯丁和伯尼等的女性风尚小说始终聚焦婚姻选择的主题，是最突出的代表。还比如，玛格丽特·米歇尔的《飘》是一部优秀的历史小说，具有开放的社会视野，然而它也是以女主人公斯嘉丽的爱情和婚姻追寻经历为框架来反映美国内战前后的历史风云。不过，女性作家的作品事实上超越了"家庭范围题材"，涉及民族、宗教、种族、性别、历史以及文化身份等众多问题。比如贝恩、曼雷和海伍德写早期混迹政界的女性故事，有很强的政治倾向性；伯尼的《漂泊者》定位于法国大革命后的英国和法国，反思革命的社会影响。奥斯丁的《曼斯菲尔德庄园》对加勒比海殖民地的描写，都反映了当时女作家对英国民族传统和社会意识形态谈判和折中的结果。创作有出色的哥特短篇小说的乔治·爱略特更是深具哲思倾向，她的《撩起的面纱》含有丰厚的哲学认知主题。

其次，女性经历和女性困境是绝大部分女性通俗小说的主题关键词。女权主义者已经对妇女在父权社会中遭受的性别压迫进行清算，其中虽不乏过激之言，但绝非空穴来风。妇女作家的作品往往体现出更加强烈的女性主体意识，多聚焦女性人物的生活故事，反映其经受的压制束缚和挫折失落，表现女性在精神领域的困惑，展示她们进行情感和道德选择的困境。比如，贝恩的政治丑闻小说对男性特权提出质疑，甚至论及女性性欲问题，思想直率大胆。在伯尼四部长篇小说中，女主人公都深具冲突特色，在家庭与社会的边缘人身份中艰苦追寻，体现出鲜明的启蒙抗争特色。她指出了金钱和阶级身份在婚姻中的重要地位，成为埃奇沃思和奥斯丁等作家继续反复论证的女性困境问题之一。萨拉·菲尔丁的《克娄巴特拉与奥克塔维娅》则通过克娄巴特拉和奥克塔维娅这两个历史女性的故事折射困扰作者自己的"兄妹框架"关系，对文化传统中存在的两性道德双重标准提出质疑，带有鲜明的女性主义色彩。① 在 20 世纪后半叶作家中，鲍登在女性家庭小说领域成就突出。她尤其关注当代职业妇女的生存现状，对女性的焦虑、孤独和幻灭情感表现得细腻微妙。她的小说佳作《一个好女人的下午》和《裸体散步》都探讨了女性道德情感选择故事，有鲜明的反思色彩。

最后，英国女性通俗小说总体上包含现实主义和浪漫主义的多重品质。小说事实上就是提供关于各种不同文化的礼节、习惯、风俗、信仰，与特定的时间和地点因素有重要联系。女性通俗小说也不例外，从反映论看，它必然具有一定的现实主义传统，反映某一时期、某个民族或者某个群体的特定生活方式和人生经历。在政治丑闻小说、历史小说、风俗小说、侦探小说以及儿童小说等模式类型中，作家们主要通过写实方法来呈现社会生活真实面貌，因而重视现实主义和自然主义场景描写，此外，也有心理现实主义小说的纵深挺进。这些小说虽然含有理想主义主题和浪漫主义情感，但是呈现真相却是其共同的写作态度。不过，女性富于幻想、注重情感体验的浪漫气质在言情小说、哥特小说、科幻小说以及魔幻小说中体现得更加充分。妇女对浪漫幻想作品普遍保持强烈的兴趣，有学者指出这与女性深受压抑的社会现实地位密切相关。对女性及其他弱势群体来说，浪漫故事呈现出以安全和谐与温情关爱为特征的世界，反拨了现实环境中的威胁冲突，从而疏导、宣泄妇女困于现实的心理紧张，为真实的矛盾提供了想象的解脱方式。浪漫小说善于在读者和文本之间建立起和谐共振的关系，通过"模式复制"形成集体的"女性眼光"，从而确立在女性间流行的"亚文化"空间，来对抗现实沉重的复杂性。

文学作品的阅读和写作都不能脱离具体的历史语境。在不同历史时期作家的写作中，英国女性通俗小说题材类型的演变大致呈现出以下趋势特征：早期直接呈现女性的政治和道德生存方式，中期致力探讨"家中天使"与道德圣女的文化性别话题，后期表现出更多的社会关怀意识，视角更加开阔多元。17 世纪末和 18 世纪早期，小说热衷通过介入性别政治或进行道德规劝来强调女性主体的生存意识，因此出现了所谓"道德小说家"与"不道德小说家"两大女性

---

① Jane Spence, Women Writers and the Eighteenth Century Writers [M]. ed. John Richetti. *The Cambridge Companion to The Eighteenth Century Novel*. Shanghai: Shanghai Foreign Language Education Press, 2005: 217-223.

作家类群。这些早期小说家在现实中渴望获得"独立",体现出女性作家的强烈主体意识,也反映了文化传统运用批评话语对女性小说施加的规约控制。家庭和婚恋主题是英美女性小说的主旋律,即便在女作家大量涉足政治题材的18世纪上半叶,情感婚姻话题在妇女写作中也占有重要地位,只是通常与社会生活关联较大。随着资产阶级父权意识形态的逐步确立和深化,在女作家笔下,家庭题材才逐渐与开放的社会生活剥离,成为相对孤立的领域。18世纪中后期之后,英国女性小说中的政治和家庭素材产生了微妙复杂的融合和调整,内容开始更多集中在妇女私人的家庭、亲情以及情感生活方面。女性作家的创作一直背负着特殊的枷锁行进,正如苏珊·兰瑟所指出的,18世纪中叶文学流通的主题仍然是"女性在现实中仅限于创作以女性最终屈从于男性为结局的小说",所以,直到1759年,女性通俗小说的发展仍然是"用男性之笔建构女性主体传统"。①

在19世纪尤其是维多利亚时期,女性普遍受到父权意识形态的影响,女小说家更自觉地向主流文化标准靠拢,因此这一英国小说的黄金时代也是正统文学史开始将奥斯丁、爱略特和盖斯凯尔等畅销女作家纳入其中的时期。这些女作家要么展现"家庭天使"好事多磨的婚恋经历,要么刻画"道德圣女"抨击现实的信仰良知。写作"目的小说"的特罗洛普和具有强烈宗教倾向的夏洛蒂·杨等都曾拥有巨大读者群,但她们都只限于短暂流行而未获得超越时代的生命力。勃朗特三姐妹七部小说的写作和接受历程坎坷而复杂,她们"写作身份的焦虑"证明了妇女作家在题材选择上受到的束缚。绝大多数女性作家力求保持良好的道德面目。一旦她们被认为挑战了维多利亚社会的道德准则,便会受到严厉的责难。艾米莉·勃朗特《呼啸山庄》的作品接受历经磨难,安妮·勃朗特的第二部小说《怀尔德菲尔府的房客》也仅仅因为对酗酒、放荡行为的真实描写就被认为误入了妇女不应涉及的题材领域,使作者蒙受了巨大精神压力。安妮对此极为愤怒,曾在再版序言中大胆回击,谴责在艺术上对男女作家采用不平等标准的观点:"我实在无法理解……一个女人怎能因为写出了对一个男人来说是正当的得体的东西而受到责难。"② 她明确宣布:"我写本书的目的,不是单纯为取悦于读者,……我希望讲真话……我认为自己有资格匡正社会的

---

① Susan S. Lanser. *Fictions of Authority：Women Writers and Narrative Voice* ［M］ Ithaca & London：Cornell University Press，1992：35.

② 杨静远编. 勃朗特姐妹研究 ［M］. 北京：中国社会科学出版社，1983：11.

过失和谬误。"①

20 世纪是女性通俗小说的繁荣期，两次世界大战和 20 世纪 70 年代后日炽的女权主义造就大批职业妇女，促成女性小说主题中的社会关怀意识，使犯罪、教育和职业女性困境等社会问题成为最流行的素材。这一世纪尤其见证了女作家对侦探小说的巨大贡献，包括侦探小说"黄金时代"的克里斯蒂和塞耶斯以及活跃在二战后的文化名流 P. D. 詹姆斯和伦德尔等。鲍登则致力于女性主题和儿童文学两大领域，重视作品的社会教育意义。当代女作家的写作则呈现出题材繁杂、多元繁荣的整体特色。畅销作家中既有涉足历史题材的英国作家班布里奇，也有依托传统文化处理魔幻题材的英国作家 J. K. 罗琳，还有写作哥特言情小说的美国作家斯蒂芬妮·梅尔，这一文化现实说明，女性通俗小说家获得了题材选择的极大自由度，并得到传统文学遗产的滋养，在不断续写着新篇章。

第二节　情节、人物与叙事模式

20 世纪 60 年代以来，叙事学在西方兴起并持续发展直到当代。它借助结构主义理论和语境理论等对小说的故事结构和话语技巧两个层面进行分析，为分析女性通俗小说的叙事模式带来启发。叙事的"声音"已经成为极为关键的女性主义术语，成为身份和权力的代称。对于女性写作而言，叙事声音在很大程度上则是女性权力的代名词。苏珊·兰瑟申明：叙事负载着社会关系，而叙述声音和被叙述的外部世界是相互构建的关系。因而，叙事策略不仅仅是意识形态的产物，也是意识形态本身。② 在此，我们集中对二元对立的情节与人物框架模式、女性内视角形成的女性心理现实主义以及女作家与书信体小说传统的关系分别做一论述，来总结女性通俗模式写作的部分叙事艺术成就。

一、情节与人物塑造的模式化与创新性

情节模式就像写作与阅读中的集体公约，是有生成功能的文化语法。它涉及文字符号系统和美学规律，还体现出差别力量冲突与融合的斗争关系。根据

① 安妮·勃朗特. 怀尔德菲尔府的房客（再版序）[M]. 杨静远编. 勃朗特姐妹研究. 北京：中国社会科学出版社，1983：9.

② Susan S. Lanser. *Fictions of Authority：Women Writers and Narrative Voice* [M]. Ithaca & London：Cornell University Press，1992：4.

结构主义的观点，语言的意义并不在于反映已经存在的现实，句子意义的产生其实是言语选择和组合的结果，是相同与差异的关系网络相互作用的结果。通俗小说在情节和人物模式上充分借鉴传统中的类型化元素，形成相对稳定的艺术框架，以此作为完成作品以及顺利实现读者接受的策略，在有些情形下甚至通过模式化写作进行批量复制，更大程度地获得市场盈利，实现了由"作品"向"产品"的转变。如前文已述，模式化和复制化写作是通俗小说的创作特色，因而在某一类型的通俗小说作品里，更加容易发现某种情节和人物设置的共性结构。总体看，英美女性通俗小说充分利用二元对立关系模式来设置人物类型、建构故事冲突，同时又在颠覆和超越二元对立的设计中实现艺术创新。

在通俗小说的具体文本中，设置鲜明对立的人物框架是造成戏剧性冲突、攫取读者吸引力的基本手段。在女性家庭小说以及言情小说中，三角恋爱元素是最有效的谋篇布局技巧之一，各种在情感与道德上处于冲突立场的人物被并置于同一个展示舞台上，碰撞出感性和理性的火花，形成"情感萌发—波折迂回—情感遂愿"的固定模式。从贝恩、萨拉·菲尔丁、伯尼、奥斯丁、勃朗特姐妹、杜穆里埃、玛格丽特·米歇尔到斯蒂芬妮·梅尔，都可以看到这种在理智与情感纠葛中历险的共性化女性经历。在伯尼的《塞西莉亚》中，女主人公的闺中好友爱上自己的恋人，而在奥斯丁的《爱玛》中，女主人公与哈里叶特和奈特利三人之间的关系几乎如出一辙。在哥特小说中，善恶对决是最基本的框架模式，这种二元对立会借助象征、隐喻等方式表现在文本的各种层次中，比如光明与阴影对比、纯真与堕落的对比、救赎与诱惑的对比、凡俗与超自然力量的对比、女性牺牲品与男性恶势力的对比等等。因此，哥特小说的基本叙事框架可概括为女主人公"步入危境—经历磨难—获得解救"的三部曲。在侦探小说中，则通常以"犯罪与侦破"为基本构思，采用"设谜—解谜—说谜"的三步范式，在设置谜题与扫除迷雾的张力中加入悬念，提供智力与情感的游戏乐趣。在政治丑闻和历史小说中，人物和情节往往围绕"权利和情欲"两要素演绎，编制斗争和生存的紧张故事。在儿童小说中，"纯真与经验"是主要的冲突性动因，构成儿童成长历程的内心悲喜波澜和外部聚散离合。可以说，不同的题材类型有着不同的模式技巧，但都有效地借助了某种对立冲突关系形成人物和情节叙事的核心框架。当这些固定的模式作为建构性的因素反复出现时，就产生了原型意义的艺术效果。

不可否认，这些模式的运用是个双刃剑。通俗小说作家各自的具体运用方式直接决定了其作品的质量。末流作家滥用甚至误用模式，导致其作品艺术品质简单粗陋，只能成为昙花一现的消费产品。与之相反，优秀的作家却能创造性地运用这些模式，实现自己的艺术超越，就有可能获得长久的艺术生命，有些作品甚至逐渐步入经典之列。比如，伯尼的《漂泊者》依然聚焦女性经历，但是超越了一般"家庭题材"，融合哥特小说、历史小说、心理小说、政治题材小说、抗议小说的特色，涉及民族、宗教、种族、性别以及文化身份等众多问题，具有复杂丰富的品质。奥斯丁忠实地传递了女性风尚小说传统，运用了理智与情感、金钱与爱情、现实与理想对立等元素表现女性经历。然而，奥斯丁在语言和情节层面嵌入智性的反讽，以喜剧化的手法处理带有内在悲剧感的主题，并融合新古典主义的温和理性眼光，创作出独具个性色彩的小说作品，突破了刻板模式的窠臼，成为贯通通俗写作与高雅文学的成功例子。在侦探小说领域，模式化领域的革新也引人注目。比如，伦德尔的作品不再简单将罪犯作为恶与罪的体现笼统定位，而是深入其深层精神领域，并展现其痛苦的人生经历，从而对当代社会问题与人性诟病进行了反思，被 P. D. 詹姆斯赞誉为超越了文类的局限。

在塑造人物上，女性小说家的写作形成了某些共性优点。首先，她们塑造的女性人物富有光彩和个性，描写女性经历和女性心理准确到位。其次，她们经常能够颠覆男性传统小说中的妇女刻板形象，比如勃朗特姐妹的简·爱和凯瑟琳被现当代读者认为比理查逊的帕美拉和克拉丽莎更具真实的人性和个性色彩。最后，女作家普遍重视心理情感世界，在作品中往往凸显认识论问题，擅长表现精神冲突。总之，人物和情节模式的选择、整合和创新决定了作品的艺术质量，体现了作家的艺术造诣，这也是通俗小说传统不断融合衍生、推陈出新的基础。

二、女性内视角和心理现实主义

妇女小说家通常以频繁应用女性内视角和心理现实主义技巧著称，这与其侧重表达感受的心理创作机制有关系。她们还以女性主人公作为聚焦人物来表达女性主体意识。在叙事视角的选择上，女性通俗小说家对各种叙事方式都有实践，然而通常倾向于选择女性主人公作为聚焦人物，在女性内视角的运用上表现尤为出色，在很大程度上创造了女性心理现实主义的连续传统。在叙事技巧上，女小说家技艺娴熟，多有创新。比如，爱略特在《米德尔马契》等作品中对双情节和多情节的维多利亚典型叙事模式驾驭自如，玛丽·雪莱在《弗兰肯斯坦》中则突破了常规的线形叙事结构，采用别具匠心的同心圆叙事结构，都达到了几近完美的叙事效果。全知叙事在 18 世纪已经很常见，当时被众多女性作家如贝恩、海伍德、萨拉·菲尔丁、夏洛特·伦诺克斯以及稍后的伯尼等加以运用。这种叙事语气提高了作品的讽刺反思力度，增加了道德批评色彩，以貌似客观中立的方式表达出妇女作家的意识观念，构成了具有权威色彩的女性叙事。奥斯丁在《爱玛》中控制叙事距离的技巧是其亮点，曾受到布斯的盛赞。奥斯丁尽管采用了第三人称叙事，但实质上利用女主人公作为描述自身经验的叙述者，使读者产生某种与爱玛类似的情感反应，从而对女主人公产生我们在现实生活中通常只有对自己的缺陷才会怀有的容忍心理。她设置了双重视线：爱玛的内心透视和读者审视爱玛的客观视点。通过操纵隐含作者的叙事语气，对爱玛持续使用同情的内心透视（sympathy through control of inside view），让大部分故事通过爱玛的视角展示出来。① 小说还通过叙事者直接插入，戏剧性地吐露对爱玛的评价，让人物的内心透视图像和作者的评论达到了价值观的一致，激发读者的焦虑情绪和对女主人公的同情之心。而对于男性人物奈特利，作品从未进行内心透视，而是将其处理为静态的稳定的"扁平形象"。因此，尽管奈特利在道德和理性上完美无瑕，比起虽有缺陷却熠熠生辉的爱玛则难免黯然失色。

除了全知叙事，女作家尤其擅长利用女性第一人称叙事或者第三人称有限视角叙事来表达女性意识。在各种形式的第一人称叙事中，女作家多以女性人物作为叙事者，赋予作品"直接"（immediacy）和亲近（intimacy）的诉说语气；在女性第三人称有限视角叙事中，作品体现出女性人物作为"意识的过滤器"的功能作用。比起男性作家，女作家更加有意识地关注女性世界，记录女性的成长，发出女性主体的声音，表达她们浅层的宣泄与深度的思考。伯尼的叙事技巧富有实验探索精神，曾受到很多称赞，是女性小说叙事创新的里程碑之一。在她的四部小说中，除书信体小说《伊芙琳娜》外，后三部小说都采用了第三人称叙事语气，并运用自由间接语篇，近距离地呈现女主人公的思想情感。

在体现女性经历与表达具身情感上，书信体小说类型具有先天优势。而女作家在开创书信体小说传统中功不可没，不仅开创这一体裁模式的先河，而且有代代传承的优秀传统。虽然塞缪尔·理查逊通常被尊为英国书信体小说的奠基者，但早在17世纪，贝恩与伊丽莎白·罗都先于理查逊发表多部书信体小说，成为英国书信体小说的先行者。贝恩的《一名贵族与他妻妹之间的情书》，是第一部英语书信体小说，比理查逊的《帕美拉》要早半个多世纪。伊丽莎

---

① Wayne C. Booth. *The Rhetoric of Fiction* ［M］. 2nd edition. Chicago：The University of Chicago Press. 1983：245.

白·罗的书信体小说《死亡中的友谊：生者与死者的 20 封信札》在 18 世纪曾六十次再版，并受到蒲伯、理查逊和约翰逊的称赞。之后的伯尼也是书信体小说的佼佼者，其成名作《伊芙琳娜》娴熟使用了书信体形式。美国当代黑人女作家爱丽丝·沃克（Alice Walker，1944）的《紫颜色》（*The Color Purple*，1982）更是书信体小说的名作，获得了普利策奖、全国图书奖和全国书评家奖三个文学大奖。书信体小说具有深厚的社会文化基础，直接受益于英国文化中的日志和书信传统。此外，它是女性进行小说创作的早期模式形式，传递出女性从私密和业余书写到走向公开发表和职业化的文学理想，具有独特的历史意义。

　　需要指出的是，女作家尤其是早期作家选择女性视角有时也是她们在创作现实中的无奈之举。肖尔瓦特曾指出，对男性世界和男性经历的描写是女性小说家的一个特殊的问题。因为女作家通常在生活体验和艺术表达上受到性别身份的阻碍，无法享受与男性一样的自由。她们普遍生活圈子狭小，生活经验有限，在写作上往往题材领域狭窄，尤其在描写男性世界和塑造男性人物时常有力不从心的窘迫。她们的男性人物经常流于定势化，有的过于理想化，欠缺现实性，有的过于模糊呆板，缺乏生动感，普遍存在"女作家笔下的男性形象"的硬伤。比如，夏洛蒂·勃朗特的首部小说《教师》采用的男性视角叙事经常遭到评论家们批评，被认为带有过于浓厚的女性气质而产生不协调感。夏洛蒂在 1849 年给朋友詹姆斯·泰勒的信中写道："在刻画男性人物时，我面临着不利的条件，不论社会机制还是理论都不能给我提供充分观察和体验的空间，而直观和理论并不足以代替观察和经验。当我描写妇女时，我对自己所涉及的领域颇有把握；而在另一种条件下，我就不那么自信了。"① 也许，正是因为这次尝试后的反思，夏洛蒂之后创作的三部小说，都采用了女性视角。包括奥斯丁、爱略特等优秀小说家在内，都存在这种情况。女性内视角的运用与心理现实主义技巧与妇女作家侧重表达感受的心理创作机制有关，也是作者对女性叙事权威语气的坚持。如结构主义思想家所做的比喻，通俗文化在一定程度上就是一个意识形态机器，② 成功的通俗小说能够有效地树立叙事权威，维持其叙事力量，实现读者认同。女性通俗小说借助叙事技巧，用一种容易的方式去复制占支配地位的意识形态，将读者锁定在一个相对消极的"阅读地位"，失去了能动思考和发表不同意见的可能，也降低了阅读难度。也就是说，通俗小说的读者

---

① Elaine Showalter. *A Literature of Their Own*：*British Women Novelists from Brontë to Lessing* [M]. Beijing：Foreign Language Teaching and Research Press，2004：133.

② John Storey. *Cultural Theory and Popular Culture*：*An Introduction* [M]. 8th edition. London & New York：Routledge，2018：9.

不需掌握复杂的阅读技巧，依然可以顺利实现有阅读愉悦的消费。

第三节 文体与艺术美学原则

对于女性通俗小说的文体特征和美学价值的判断，历来存在争议甚至截然对立的观点，主要是源于对女性叙事特色以及通俗小说文化价值的不同判断而发。众多学者和理论家认为，高雅小说和纯文学属于高度创造性的艺术作品，侧重美学以及文体和风格的创新，能够引起读者道德和美学上的呼应；而通俗小说是模式化生产的产物，是规模化生产的商业文化派生物，美学品质参差不齐，其艺术价值和社会价值都不高。比如，洛文塔尔认为，大众的口味缺乏共识性尺度，即使人或许有向善本能，但大众审美快感的标准只会表现为糟糕、庸俗；① 霍克海默和阿多诺认为，美学升华的秘密在于它把满足呈现为一种破碎的诺言，而文化工业并不能使人升华，反之，它是压抑性的。② 这种精英意味的批判有一定的合理成分，但仍存在一刀切和简单化的偏狭之处。通俗小说创造一个集体的梦想世界，为大众提供逃避现实的方法和精神疏导的渠道，也具有属于自己的美学原则。正如大众文化的审美以"欢乐"为核心理念，③ 通俗小说也以趋时、趋近读者的立场提供快速满足愉悦的文本。傅守祥认为，审美不是宗教意义上的超越，而是密切关注此生的超越，是一种外在丰富同时内在充盈的诗意化生存。因此，审美从最高意义上说是以带给人类快乐、自由、解放与光明为己任。④ 优秀的通俗小说能够将模式化与创造性成功结合起来，唤起读者对已经熟知的价值和观念的共鸣，既能够减少接受难度，也能带来适当的艺术惊奇和审美冲击。女性小说家普遍关注叙事的权威性问题，除了前文所论的叙事人称选择问题，她们在语言形式、思想情感动力以及两者的结合方面表现出一定的共性特色。比如，女作家通常在词汇和句法层面着力较大，景物和对话描写比较细腻，对女性经验的呈现真切生动，容易在女性读者中激发共鸣

---

① Leo Lowenthal. *Literature, Popular Culture and Society* [M]. Englewood Cliffs: Prentice-Hall, Inc., 1961: 11.
② 杨小滨. 否定的美学：法兰克福学派的文艺理论和文化批评 [M]. 上海：上海三联书店，1999: 54.
③ 傅守祥. 审美化生存：消费时代大众文化的审美想象与哲学批判 [M]. 北京：中国传媒大学出版社，2008: 4.
④ 傅守祥. 审美化生存：消费时代大众文化的审美想象与哲学批判 [M]. 北京：中国传媒大学出版社，2008: 5.

反应。

　　总体来说，女性通俗小说家通常青睐较为正式的文体风格，措辞谨慎、标准，用词或者质朴或者堂皇，大多富有情感，她们尤其重视借助道德或宗教力量等具有社会影响力的公约法则，强化自己的叙事权威，拉近与读者的距离。强烈的道德意识既是主流文化持续对女性身份内外建构的结果，也是她们可以倚重的文化资本，这种特殊的纽带使女性小说在表现家庭生活与社会关系上均获得特殊的伦理力量。宗教虽然在 20 世纪的西方全面走向式微，但是人们对信仰、精神性或者所谓灵性的追求与好奇从未断绝，这种精神化特征以不同形式反映在作家的小说中。从 19 世纪的夏洛蒂·杨、盖斯凯尔到 20 世纪的莱辛、斯帕克、塞耶斯和伦德尔等作家，她们的作品都浸染了宗教情感特色。诚然，女作家的性别气质并不一定要折射在其文体中。但是在约定俗成的文化思维中，人们往往将敏感、细腻、正式并富有情感的写作风格视为女性特色。比如，锡德尼·多贝尔在文章《柯勒·贝尔》中论及当时用化名发表作品的夏洛蒂·勃朗特："这位柯勒·贝尔是一位妇女。他所说出的每一句话，都是女性的。不是女人气的（feminine），而是女性的（female）。只有一双女人的眼睛才能像她那样看男人。对我们来说，男人这种景物太接近了，不可能发出华美的白色光辉。我们不能把男人变成一种宗教……他表现的是这种男人的抽象，充满着一个男童梦想着女人的那种兴味无穷的无知。"[①] 维多利亚时期重要的学者文学评论家乔治·亨利·刘易斯也在 1850 年《爱丁堡评论》上对夏洛蒂·勃朗特的《简·爱》和《雪莉》文体特色得失的评论突出了性别特色，他指出《简·爱》中的女性痕迹，"没有一个男人能够这样刻画一个女人，也没有一个男人愿意这样刻画一个男人；而《雪莉》中有种'过于须眉气的生气'，虽然有力量，别有趣味，但是没有增加这书的可喜，使得作品不具有一件艺术品的令人喜悦的素质。"[②] 刘易斯与多贝尔对勃朗特作品的感受是细致到位的，但他们的表述说明，作家的文体风格与其文化性别气质乃至生物性别身份经常被同等看待、相提并论。女性小说家的文体通常被认为具有明显的"女性气质"（femininity），甚至她们也被期待应该具有这种特点，这种性别上的文化定式思维在西方文化中至今仍然根深蒂固。

　　需要引起重视的是，在概念范畴上，关于"女性文体"与"女性气质"，始终存在着本质主义和非本质主义观念的对抗。长久以来，有众多作家、理论

　　① 杨静远编. 勃朗特姐妹研究［M］. 北京：中国社会科学出版社，1983：149.

　　② 杨静远编. 勃朗特姐妹研究［M］. 北京：中国社会科学出版社，1983：145.

家和学者做出过描述，其中包括对"双性同体"（androgyny，也译为雌雄同体）问题的持续阐发，但是由于其中概念界定差异导致各种混乱，兼之两个概念关系间既有内在关联性，同时又随发展中的女性主义实践运动而生发新问题，因此这个话题极具复杂性和争议性，这些观点或体系虽不乏一些洞见，但同时相互间或有抵牾，并存在自我矛盾或自我怀疑。在持有本质主义（essentialism）理念的人看来，女性文体与女性气质都是"真实本质"的存在，都直接与妇女作家性别对应的天然或内在特质有关。这种看法严格立足生物学或物质决定论的意识形态，即便有大量基于现实观察的例证并且经常被人们想当然地接受，也始终是错谬之见。其偏颇之处有两点：一是对后天习得或社会文化建构因素的影响重视不足，二是笼统空泛地将女性文体和女性气质直接画等号。

在约定俗成的二元对立框架下的社会文化认知中，女性与男性是互为区别的结构性概念，它们本身应该是有差异性的平等存在，但是在父权制主导的意识形态和现实社会实践中，这种框架是文化构建的产物，因此在根本上是男优女劣的等级结构。相应地，女性气质与男性气质（masculinity）也或隐或显、有意识无意识地浸染了父权文化的等级结构思维。与男性气质相对，女性气质一般泛指"女性共有或应有的心理特征、性格特质、行为举止、兴趣爱好以及活动方式"，① 它通常表现为顺从、温柔、依赖、细腻、敏感、非理性、不稳定等特征，它不仅涉及生理性别（sex），更与社会性别（gender）建构有关，是在社会文化历史中形成的"属于女性社会群体的标志"。男性气质通常与进取心、智慧、力量、创造性、竞争性以及支配性相关联。②小说的"女性文体"实际上指称的是"文化的女性气质"在作品中的体现，它与具体个体的天然性别之间的关系虽然极为密切但却是非决定论的，也就是说，女性未必天然具备或应当具有女性气质，男性也未必一定没有或不应有女性气质。凯特·米利特对女性气质提出批评，认为是父权制的意识形态夸大了男女生物学差异，并且对女性和男性的性别角色进行了规约限定，将女人定位限制在从属的角色中。③ 关于女性气质的论述中，双性同体的观点较为突出，主要在对社会性别进行分析的建构主义视角下思考性别特质，褒赞兼具两种性别特征或混合两性气质个体主体。双性同体在人类文明早期的神话思维和宗教意识中已经存在，也被柏拉图（Plato，公元前427—公元前347年）引用过，随父权制社会逐步确立而沦为边

---

① 汪民安主编.文化研究关键词［M］.南京：江苏人民出版社，2007：219.

② 汪民安主编.文化研究关键词［M］.南京：江苏人民出版社，2007：220.

③ 凯特·米利特.性政治［M］.宋文伟，译.南京：江苏人民出版社，2000：34-35.

缘性思想。自 19 世纪以来，它再次受到重视，被各领域的思想家接纳运用。比如，精神分析学家西格蒙·弗洛伊德（Sigmund Freud, 1856—1939）指出，"不管是从心理学还是生物学角度看，一个人都不可能是纯粹的男性或纯粹的女性，在每一个人的身上都可以发现两性的特征，他本人也是主动与被动的混合体"。① 不过弗洛伊德的双性思想还是以生物学性别区分为基础，他对女性气质界定立足对男性模式的对照，将其界定为"缺乏、缺席、否定"等，② 在某种程度上没有脱离男性主导的等级框架。阿尔弗雷德·阿德勒（Alfred Adler, 1870—1937）和卡尔·荣格（Carl Gustav Jung, 1875—1961）也持双性同体看法，荣格从心理学角度论证双性同体，在其原型理论中列出众多原型类型，其中包括阿尼玛（anima）和阿尼玛斯（animus）。阿尼玛又叫阴性灵魂，是体现在男人身上的女性气质，它是原型在男人身上产生的投射因素，指男性无意识中的女性人格化，它对应以联系功能为特征的母性之爱（maternal Eros）。阿尼玛斯又称阳性灵魂，是体现在女人身上的男性气质，或者说男性因素在女人身上的投射，阿尼玛斯对应父系的逻各斯，关涉理性或精神因素，具有辨识和认识特性，长于思考、研究和自我认识能力。荣格的思想从集体无意识角度出发，突破了弗洛伊德在这个问题上的局限性。

女权主义者对待女性气质的看法各有不同，甚至相互对立。比如，波伏瓦将女性气质视为女性作为弱势性别的特征，认为女性解放就要挣脱女性气质。与之相对，把女性气质视为卓越特征的声音也很响亮。其中具有代表性的女权主义者是贝蒂·弗里丹（Betty Friedan, 1921—2006）。她在其著作《第二阶段》（*The Second Stage*, 1981）中呼吁放弃两性对立、追求"承认男女差异的平等"，表明了将美国女性主义运动推动至第二阶段的迫切性。她认为"非此即彼"的思维方式不能解决问题，出路蕴藏在矛盾之中，包含在"两者皆可"的思维方式中。③ 1980 年 10 月，斯坦福国际研究所的彼特·施瓦兹基于对哈佛、斯坦福商学院、西点军校和空军学院等机构中领导模式及其效果的研究，将人的思维和领导模式分为男性色彩的"阿尔法风格"（alpha styles）和女性色彩的"贝塔风格"（beta styles）。占主导地位的阿尔法领导方式建立在分析、理性和量化的思维方式上，依赖于权威集团的等级关系，更具有指挥性和进攻性，追求"清晰的胜负观念"和"非赢即输"的直接解决方式。贝塔风格建立在综合、直觉、

---

① 弗洛伊德. 性学三论与爱情心理学 [M]. 许蕾，译. 重庆：重庆出版社，2017：76.
② 张颖. 女性电影中的"想象的父亲"与"雌雄同体"[J]. 苏州大学学报（哲学社会科学版），2013（4）：146-150.
③ 贝蒂·弗里丹. 第二阶段 [M]. 小意，译. 南京：江苏人民出版社，2007：189-190.

定性的思维方式上，是一种"背景复杂、互有关联"的权力方式，这种方式更复杂开放，并不给现实下定义，而是关注完整呈现的现实。它更关注人际间的微妙之处，不用直接方法解决问题。施瓦兹表明，没有证据表明这些行为倾向是某种先天具备的。① 弗里丹认同并借用了施瓦兹的分类，主张女权运动第二阶段应该把贝塔模式作为新模式，来实现真正的两性平等的历史任务。② 弗里丹认为，阿尔法的男性风格从解决生存危机中演化而来，旨在主导、控制和操纵环境，是一种苛刻的线性风格；而贝塔女性风格来自解决日常危机的积累，尤其是在处理家庭这样小组织的人群关系中得以发展。它是非线性的，不集中于某一固定单个目标，而是包容分歧、混乱和模糊状态，能将一系列不同的价值观、目标、洞见、希冀和方法整合为一体。③

朱丽娅·克里斯蒂娃（Julia Kristeva）在其符号心理分析理论中也讨论了双性同体，她在对弗洛伊德和拉康的思想进行发展后，提出了"想象的父亲"（imaginary father）这一概念，将其作为双性同体的"第三方"来作为实现女性权力的路径。④ 克里斯蒂娃是反本质主义的思想家，她将女性气质视为消极的边缘物（femininity as marginality），断然拒绝对"女性"进行界定。她将女性理解为"那些不能被代表的东西，那些不能被表达的东西，那些仍然在命名和意识形态之外的东西"。由于对身份的深刻怀疑，她拒绝接受一种固有的女性气质的存在。在 1977 年发表的一次采访中，她宣称："在女性过去或现在出版的作品中，似乎没有任何东西能让我们确信存在一种女性化的写作（feminine writing）。"克里斯蒂娃认为，区分女性写作中各种反复出现的风格和主题特点是可能的，但是很难说这些特征是否应该归因于"真正的女性特异性、社会文化边缘性或者更简单地归因于当前市场在女性潜力的总体中所青睐和选择的某种结构"。⑤

对于女性文体研究领域，伍尔夫的雌雄同体观念别具洞察力并且影响巨大，她对女性文体和小说体裁的阐述成为 20 世纪初现代主义文学理论的重要组成部分。伍尔夫认可柯勒律治在《席间漫谈》（*The Table Talk*）中的论述，在《一个

---

① 贝蒂·弗里丹. 第二阶段 [M]. 小意，译. 南京：江苏人民出版社，2007：192-193.

② 贝蒂·弗里丹. 第二阶段 [M]. 小意，译. 南京：江苏人民出版社，2007：191.

③ 贝蒂·弗里丹. 第二阶段 [M]. 小意，译. 南京：江苏人民出版社，2007：195.

④ 张颖. 女性电影中的"想象的父亲"与"雌雄同体"[J]. 苏州大学学报（哲学社会科学版），2013（4）：146-150.

⑤ Toril Moi. *Sexual/ Textual Politics: Feminist Literary Theory* [M]. 2nd edition. London & New York: Routledge, 2002: 163-164.

自己的房间》(*A Room of One's Own*, 1928)中引用柯氏的话"伟大的心灵是雌雄同体的"(a great mind is androgynous)。她将柯氏的思想阐释为：较之单一性别的人，雌雄同体的心灵"容易共鸣和易于渗透"(androgynous mind is resonant and porous)，能毫无阻碍地传递情感，具有自然的创造力、光芒和完整纯粹性。① 在她看来，这种雌雄同体的人格极为适合小说创作。伍尔夫宣称"小说"体裁是所有文学形式中最柔韧的一种，② 对其进行了生动的描述式界定：

> 因为它是想象的作品，不像鹅卵石坠地显示的科学那样，小说就像一张蜘蛛网，也许只是轻轻粘连，却是四个角都粘在了生活上。这种黏附经常是难以察觉的。比如，莎士比亚的戏剧似乎是完全独立地挂在那里，但是，当这张网被拉歪，边缘被钩住，中间被撕开时，人们就会想起，这些网不是由无形的生物在半空中编织的，而是历经苦难的人类的作品，它们黏附于粗重的物质之物，比如健康、金钱和我们居住的房子。③

伍尔夫表示赞赏女作家的不拘传统和细腻敏锐，④ 对其流动性、灵活性与对人际关系敏感的突出风格给予肯定。伍尔夫认为，小说与现实生活存在对应关系，两者在价值上同一，而女性的价值观念显然常常与占主导地位的男性构建的价值观念不同。⑤ 因此，女性写作中所面临的困难之一就是没有传统可供依赖，因为一方面女性既有的写作传统短暂而片面，对女作家来说裨益微小；另一方面，男性作家的伟大传统对女作家写作没有什么帮助，虽然女性会从优秀的男作家那里学会了一些技巧并改为己用，但是男性思想的分量、速度和步伐跟她自己的情况迥异，女性作家无法成功地从他那里拿走任何实质性的东西。模仿者差距太大，无法勉力追随。伍尔夫尤其指出女性作家在句法文体上与男性写作存在差异，"男性句法"(a man's sentence)与"女性句法"(a woman's sentence)

① Virginia Woolf. *A Room of One's Own* [M]. eds. David Bradshaw & Stuart N. Clarke. Chichester: WileyBlackwell, 2015: 71.

② Virginia Woolf. *A Room of One's Own* [M]. eds. David Bradshaw & Stuart N. Clarke. Chichester: Wiley Blackwell, 2015: 57.

③ Virginia Woolf. *A Room of One's Own* [M]. eds. David Bradshaw & Stuart N. Clarke. Chichester: Wiley Blackwell, 2015: 31.

④ Virginia Woolf. *A Room of One's Own* [M]. eds. David Bradshaw & Stuart N. Clarke. Chichester: Wiley Blackwell, 2015: 80.

⑤ Virginia Woolf. *A Room of One's Own* [M]. eds. David Bradshaw & Stuart N. Clarke. Chichester: Wiley Blackwell, 2015: 54.

相距甚远。她盛赞萨克雷、狄更斯和巴尔扎克等伟大小说家的文体自然流畅、机敏而又敦稳、富有表现力而不矫揉造作，带有个人风格而无碍其成为共同财富，但是却不能被女作家借用：当女作家动笔时，她们发现的第一件事，就是没有现成通用的句子可供使用，因为那是男人的句法，并不适合女人使用。伍尔夫对比、评述女作家们采用不同策略面对男性句法传统的得失：

> 夏洛蒂·勃朗特虽然有杰出的散文天赋，但因为拿着那件笨重的武器而跌跤；乔治·爱略特用它犯下了难以形容的大错。只有简·奥斯丁对男人的句子付之一笑，她创造了适合自己的完全自然、美观匀称的句子，并且一生坚持，因此虽然天赋不如夏洛蒂·勃朗特，她却实现了更大限度的表达。的确，既然表达的自由性和充分性是艺术的本质，那么传统的匮乏、工具的贫乏和不足，就必然极大地影响女性的写作。①

接受柯勒律治雌雄同体观的影响，伍尔夫也对"强壮的头脑"和"伟大的头脑"做了区分，认为像威廉·科伯特（William Cobbet）那样强势好斗、独断自信、咄咄逼人的头脑过于大男子主义，而雌雄同体才应该成为艺术家创作的主导原则。②

我们认为，要评价女性通俗小说的文体和美学价值，辨析所谓的"女性文体""男性文体"和"中性文体"，除了适当梳理已有的概念遗产外，更重要的是立足对女性通俗小说文本的细读，并借助横向和纵向的比较视野，描述女性气质在文体层面表现出的共性和个性差异，对女性通俗小说的美学诉求和价值进行动态归纳。玛丽·埃尔曼（Mary Ellmann）在著作《思考女性》（*Thinking About Women*, 1968）中表明，性征（sexuality）并不显现在构建句子层面或修辞策略上，她以奥斯丁为例称赞其反讽手法具有一种能力，可以使读者能在性别类比（sexual analogy）场域之外思考。③ 事实上，很多女性作家的文字风格和美学格调超越了所谓的女性气质，不但各有特色，而且富有美学表现力。在文学史上，勃朗特姐妹是文体优秀的女小说家的突出代表。夏洛蒂小说不论是其思想道德倾向、现实主义技巧、浪漫主义情感，还是叙述视角、情节结构，抑或

---

① Virginia Woolf. *A Room of One's Own* [M]. eds. David Bradshaw & Stuart N. Clarke. Chichester: Wiley Blackwell, 2015: 56.

② 黄重凤. 试论柯勒律治对伍尔夫雌雄同体观的影响 [J]. 国外文学, 2014 (3): 26-33.

③ Toril Moi. *Sexual/ Textual Politics: Feminist Literary Theory* [M]. 2nd edition. London & New York: Routledge, 2002: 39.

人物刻画，都曾备受尖刻的批评指摘，但是有一点共识的赞誉几乎毫无异议，那就是她的文体独特而优秀。夏洛蒂的语言处处体现出英国乃至欧洲文化传统的熏陶，她用词精确，笔触丰美、饱满有力，同时富有《圣经》文体的端庄力量，的确是一个出色的文体家。就夏洛蒂的成长经历来看，她知识广泛，掌握了法语、拉丁文和希腊文，词汇量巨大。萨克雷曾就《简·爱》对夏洛蒂的语言能力予以肯定："她对语言的掌握要比大多数妇女好，她一定接受过经典著作的教育……文风很好，表达准确。"① 夏洛蒂的语言表现力甚至赢得了来自反感她小说内容的评论者的由衷赞誉，连敌视她的伊丽莎白·里格比也承认，在《简·爱》中，作者描写大自然的手笔显然是大师级的。诗人阿·查·史文朋（Algemon C. Swinburne，1837—1909）甚至借用桂冠诗人丁尼生的词汇"激情的完美性"，来形容夏洛蒂特殊的语言风格，"一经她那带磁力的手轻轻触摸，我们天性中的最细微的纤维都感觉到了"。② 安妮·勃朗特的文体也品质优秀，写实风格朴实无华，心理描写细腻准确，具有典雅平和的光辉。她的小说《艾格妮斯·格雷》清新明快，为此，评论家盖林曾给出高度评价，说它是"英国文学中最完美的散文叙述作品，像一件薄纱衫一样单纯而美丽，是英国文学中文体、人物和主题三者完全协调一致的一个故事"。③ 需要指出的是，女作家滥用女性气质的失败之例更是屡见不鲜。大量的女性通俗小说品质平庸，纠缠在鸡毛蒜皮的琐屑描写中，或者过分堆积陈词滥调，或者文体矫揉造作，或者僵硬呆滞、失却自然美感，不一而足。这种现象直接导致了女性通俗小说艺术品质的下降，这也是一直存在的事实问题。

在很大程度上，女作家的作品注意锤炼语言形式，属于情感或道德文字，或者二者兼具。是一种试图化形式为意义，通过注入情感而实现道德感染的努力。这种文体特色的产生有其理由。一方面是因为女性的弱势性别地位引起女作家的写作身份焦虑。长久以来，她们努力向男性占主导的主流小说学习、靠拢。这种模仿习得的经历造成女作家追求"合式"的谨慎文体特色，并力求以完美的形式获得认可。另一方面，女性写作在很多情形下是一种宣泄创作，具有超越现实、完成艺术创作的"白日梦"代偿心理，因此往往微妙、感性，甚至带有强烈的内倾色彩。她们往往将自己熟悉的家庭、爱情、婚姻等女性经历作为首选题材，注重表达感性的人生经验。与此同时，理性分析薄弱，缺乏深

① 张耘. 荒原上短暂的石楠花：勃朗特姐妹传［M］. 北京：中国文联出版社，2002：216.

② 杨静远编. 勃朗特姐妹研究［M］. 北京：中国社会科学出版社，1983：201.

③ 杨静远编. 勃朗特姐妹研究［M］. 北京：中国社会科学出版社，1983：500.

度和广度也成为很多通俗女性作家的软肋。最后，女性小说经常携带着巨大的情感和道德感化力量，成为赢得读者认同的有效策略。比如，美国作家斯托夫人享誉世界文坛的废奴小说《汤姆叔叔的小屋》就极大地受益于她携有强大情感力量的文体。总体而言，女性通俗小说家作为弱势性别，会更加注重寻求建立"文本作者的权威"，她们的艺术表达是文学修辞和社会行为特征融合的产物。

肖尔瓦特认为，是多萝西·理查逊、伍尔夫与凯瑟琳·曼斯菲尔德共同创造了"深思后的女性美学"（deliberate female aesthetic），这种美学将自我牺牲的女性符号改造为"叙事自我的毁灭"（annihilation of narrative self），将女性主义的文化分析灌注于小说的词汇、句子和语言结构各个层面。①在 20 世纪初，包括上述三位在内具有现代主义实验精神的女性作家放弃表现物质世界的爱德华时代作家的现实主义手法，重视精神与心理状态，创造出高度"精神性"（spirituality）的小说美学，具有极大的创新性和超越性。1918 年 4 月，梅·辛克莱在文学杂志《利己主义者》（*The Egoist*）中评论理查逊《人生历程》中当时已出版的三部，认为它们写作方法具有"惊人的新颖性"（startling newness），创造了某种"心理现实主义"：

　　在这个系列中，没有戏剧，没有情境，没有布景，什么也没发生，只有生活在继续、继续。这是米里亚姆·亨德森的意识流在流淌……在将自己与这种生活（米里亚姆的意识流）相认同的过程中，理查逊小姐实现了她的效果：我们这些拼命想要接近现实的小说家中第一个更加接近现实的人。②

作为"意识流"技巧先驱的理查逊和伍尔夫以其创作表明，女性作家并非亦步亦趋跟在男作家的典范后进行摹写，而是具有独立的创新思维和敢为人先的创作实践，她们的历史性贡献不应被遗忘和忽视。

别有意味的是，在基督教式微、西方世界精神危机泛滥的 20 世纪，众多女性通俗小说作家都对宗教怀有浓厚的兴趣，关注精神性问题。克里斯蒂信奉基督教，塞耶斯在晚年则转向宗教剧和神学研究，伦德尔的思想深受女权主义和

---

①　Elaine Showalter. *A Literature of Their Own: British Women Novelists from Bronte to Lessing* [M]. Beijing: Foreign Language Teaching and Research Press, 2004: 33.

②　May Sinclair. The Novels of Dorothy Richardson [J]. *The Egoist*. 1908 (4): 58.

基督教社会主义的影响，并在其作品中有明显的反映。① 研究者苏珊·罗兰德指出，宗教在众多女侦探作家生活中都占有特殊的地位，"除了宗教正统派，黄金时代的作家尤其热衷在作品中描绘神秘的力量（occult influence），反映了 20 世纪早期人们对灵性问题（spiritualism）的兴趣"。② 由此可见，优秀的通俗女性小说家在创作中具有深刻的主体意识，思考人生哲学问题，其写作并非完全机械的作品复制。她们有的采用多种笔名创作，刻意与个体自我的生理体验保持距离，表现了一定的艺术自觉性。

在通俗小说创作中，很多具体的细节处理都会影响读者的接受。比如，小说的题目要尽量能够吸引人，结尾则应该给读者带来预期的满足感，叙事语气应该能够获得读者的信任和好感，引起读者的情感共鸣等。因此，有效的文体是顺利实现作品消费的基础，并且通过有效形式的传递，将平凡的素材对象变为意义的载体。基于前文分析，对于女性通俗小说的艺术特色可以形成两个认知：首先，英国女性通俗小说在艺术层面上有稳定的传统承续，形成了具体的共性特色。其次，通俗女作家的写作并非低劣的刻板复制，而是存在艺术上的创新和突破。当代学者詹尼特·托德曾对英国女性小说家总体写作情况做过准确的概括：女性作家在技巧和主题表现上绝非众口同声，而是面貌各异，特色纷呈。③ 在充分尊重女性通俗小说艺术特色的现实基础之上，我们才有可能对它作出合理的综合评价。

如前所述，通俗小说所遵循的首要美学原则是休闲和娱乐精神，以满足大众的阅读愉悦为主要艺术追求，通过提供符合大众需要的美学形式赢得读者青睐。因此可以说，相对于严肃高雅小说，通俗小说的功能价值追求一般重于其形式美学价值，这也许是通俗小说独特的美学原则。对此，有学者解释为：精英文化是"唯审美的"，而大众文化是"泛审美"的，前者是一种审美占有和把持，高高在上难以亲近，而后者是个体的亲在和在世经验，是"从个体出发的主动的审美亲近"。④ 不过，通俗小说虽然刻意迎合读者和消费市场，但是也追求美学的艺术性，力图借助人物、情节和叙事的沿用或创新来得到市场的青

---

① Susan Rowland. *From Agatha Christie to Ruth Rendell*：*British Women Writers in Detective and Crime Fiction*［M］. London：Palgrave Macmillan, 2001：5-6.

② Susan Rowland. *From Agatha Christie to Ruth Rendell*：*British Women Writers in Detective and Crime Fiction*［M］. London：Palgrave Macmillan, 2001：11.

③ Jannet Todd. *The Sign of Angellica*：*Women, Writing and Fiction, 1660—1800*［M］. Longon：Virago, 1989：22-23.

④ 安燕. "新世俗神话"与"泛审美"［J］. 贵州民族学院学报. 2004（3）：101.

昧，并借助优秀的文体形式，化琐屑为意义，展现情感与道德力量。比如，侦探小说虽是大众喜闻乐见的通俗模式，但是也不乏社会批判意义和关照现实的精神，的确具有其文学伦理价值。总体来说，能表达出深度思考的小说更有可能获得隽永的品质，而停留于浅层宣泄的作品最多只能昙花一现，甚至根本得不到日益成熟的读者市场。其实，评价通俗小说不应该局限于单一的高雅文学的评价标准，而是需要尊重通俗小说的文化属性与价值标准来评判其作品和实践，并应同时看到通俗小说创作与文学经典之间复杂而密切的联系。可以说，通俗小说生生不息的动力正是来自其娱乐原则与价值原则纠结的互动，女性通俗小说传统正是艺术与消费诉求沟通与协调的产物。不论是主题呈现、叙事结构，还是文体风格方面，影响女性写作的决定因素并不仅仅是所谓"本质"属性或孤立静止的美学规则，而是具体复杂、常变常新的社会常规。① 而女性通俗小说家寻求建立"文本作者的权威"，来发出自己艺术表达的声音，这种实践显然是文学修辞和社会行为特征融合的产物。

---

① Susan S. Lanser. *Fictions of Authority：Women Writers and Narrative Voice* ［M］. Ithaca & London：Cornell University Press, 1992：5.

第九章

英国女性通俗小说传统的文化分析

英国女性通俗小说传统的文化特征和意义是一个系统问题，它不仅涉及女性通俗小说生产和消费的众多现实环节因素，更涉及我们观察女性通俗小说的视角、态度和原则问题，不能大而化之地做简单定论。借用威廉斯的话语，"文化传统不仅仅是一种选择，而且也是一种说明"。①女性主义和马克思主义都指出了文化斗争在纷繁复杂的通俗文化体系中的重要性。托尼·贝内特甚至认为：要解决通俗文化问题，根本就没有唯一的或者是完全正确的方法，只有一大堆不同的途径，但这些途径又有不同的含义和影响。② 这种结论虽不无相对主义的悲观倾向，但是的确道出了通俗文化和通俗小说领域的复杂性。面对这个研究对象时，我们首先需要摒弃那些被潜移默化灌输的成见和偏见，采纳反思、重思的立场，实行颠覆重构的方法，才能发现各种被隐匿的文学事件、人物，洞悉其中的联系，从而总结出一定的规律和结论。本章阐明我们对经典、性别文化结构以及文学史书写三个方面展开的反思和重构，从而提出尊重历史和现实实践的真实而全面的文学史观。

第一节　反思经典：颠覆文化/文明二元对立

通俗小说和文学经典的关系至今仍然是富有争议的领域，有一系列关键问题需要辨析：首先是"经典"这一术语的定义与特征，其次是经典的形成（canon formation/canonization）问题，最后是20世纪后半叶以来学界关于"捍卫经典"/"修正经典"的热烈争论。深入了解上述三个方面的问题有助于我们将

---

① Raymond Williams. *The Long Revolution* [M]. London: Chatto & Windus, 1961: 69.

② See John Storey. *Cultural Theory and Popular Culture: An Introduction* [M]. 8th edition. London & New York: Routledge, 2018: 3.

女性通俗小说在文化体系中予以恰当的定位。但是，人们对通俗小说和经典两个范畴的认识本身存在分歧，因此对二者关系的看法变得更加混乱纠结。基于前文对通俗小说的描述，我们认为通俗小说与经典小说本体之间并不存在对立关系，二者之间没有不可逾越的鸿沟，而是具有共时与历时的有机联系。以上章节的实证分析证明：一方面，正典文学和主流作家也会注重借鉴通俗模式，也有在严肃批评与读者市场实现双赢的愿望，这在男性作家与神圣文本中都有实践，比如莎士比亚后期的戏剧创作就借用通俗文艺形式，而《圣经》是以童话结尾；另一方面，文学接受和评价活动极为复杂并且动态流变，人们对作品艺术价值和社会意义的评价并非一成不变。因此，通俗小说具有向经典小说转化的无穷变机，触发机变的动力则是作品的内在艺术品质和读者接受的文化历史语境。在后现代语境中，英美小说在模式流派和写作方式上具有多元开放的特色，并呈现出通俗小说与严肃小说交融合流的趋势。

一、经典面面观

在传统文化意识中，"经典"一词是对作家和作品的崇高评价。人们对经典的定义与特征也形成了约定俗成的共识。从词源角度看，"经典"（canon，也译为正典）一词来自希腊语 kanon，本义指用于度量的一根芦苇或棍子，后来语义扩大延伸为"尺度"。文学经典一般指欧洲文学中获得批评家、学者和教师公认的重要作家、作品。学者刘意青曾对文学经典的特质做过准确的描述，概括性摘引如下：首先，它得到了持不同观点和情感的批评家、学者和作家的广泛参与和推动，比如经典作家和作品往往不断被其他作家引用和喻指，经常或较多地得到评论和介绍。其次，它经常出现在文化群体的话语中，成为该国家文化生活的一个组成部分，知名度高。最后，它长期被纳入学校课程和教材，通过教学活动和知识传授得到普及和延续。① 以上三个因素是评判界定经典的主要介入性因素，阐明了经典的接受、作用、影响和存续方式等基本问题。一般来说，经典在本体上具有较高的文化艺术价值，并且在读者接受上成功地接受了时间和多元化受众的考验。在加州大学教授罗伯特·奥尔特（Robert Alter）看来，经典作为一种跨越历史的文本共同体而存在，其文化生命是通过每一个新文本与数量不可预测的前在文本、形式规范以及惯例传统之间连续不断的动态

---

① 赵一凡等主编. 西方文论关键词 [M]. 北京：外语教学与研究出版社，2006：282.

的相互作用得以维持。①

一个作家或作品被社会认定为经典的过程叫作"经典的形成"。它是西马理论家、女权主义者和后现代文化研究者共同关注的重要问题，也是界定文学经典和通俗小说的关键问题之一。文学经典的形成肇始于柏拉图和亚里士多德的古典文艺理论，它的发展与欧洲大学以及文艺批评制度的发展密切相关。"经典化"的过程最早出现在古代学校授课活动中，即教师为了完成教学目的，要选用和保留优秀的文本作为范例，来向学生传授"标准英语"。在这种编选初衷支配下，早期的选篇更多地关注语言质量的准确和优雅，文本的思想内容则处于较为次要的地位。之后，随着语言文本的日益丰富，入选的作品在内容和形式上都开始具备较为全面的优秀品质。被尊为经典的小说作品具有其独特价值，在一定程度上能够经受多层面的和长期的反复阅读考验。

文学经典的形成是通过非官方的、反反复复的接受过程来逐渐达成共识，总体上并不能完全由某种权威机构或个人的垄断摆布。此外，它的界定是一个持续的动态过程，必须接受时间和读者的考验，而且经典与非经典之间并未有明确界限。即使在经典名录内部，其核心与边缘的位置也随时间和空间的变化而发生转移。从这个角度看，文学经典应该具有超越阶级、性别和种族的美学标准，的确具有堪为"典范"的崇高地位。然而，随着后现代多元文化的盛行，人们对文学经典的传统定性评价被新一代评论家解构。因此，在 20 世纪后半叶，文学经典的选编成为西方批评理论界的重要议题。② 经典与非经典的差别由文化消费的学术模式产生，但其中涉及的价值判断从来都是复杂的系统问题，并不只是个人品位选择那么简单。文化消费制造了文化差别，并且使这种文化差别合法化，将统治集团的文化品位赋予制度的形式。③ 文化价值不仅用来确认和保持社会差别，还维系着社会秩序。

对女性、少数族群文化以及文化、经济地位较低的民族或阶层，有的评论家投注格外关注的视角，并提出对经典价值的质疑。他们认为，任何作品选入经典和成为经典的过程都在一定程度上受到决策集团成员的社会地位以及意识形态等因素的影响，因此无法完全避免偏见。文学经典形成的过程里，权威的意见起了决定性作用。在表面看来似乎公正的选择原则之下实际存在着政治因

---

① Frank Kermode. *Pleasure and Change*: *The Aesthetics of Canon* [M]. Oxford & New York: Oxford University Press, 2004: 7.

② 赵一凡等主编. 西方文论关键词 [M]. 北京: 外语教学与研究出版社, 2006: 280.

③ John Storey. *Cultural Theory and Popular Culture*: *An Introduction* [M]. 8th edition. London & New York: Routledge, 2018: 225.

素的干扰，因为对文学文本进行评介、选择和编录的执行者总是具体社会历史语境中的具体机构和个人，而这些机构和成员都具有自己的文化属性，同样存在本身的各种偏见和局限。因此，文学经典化的过程受到了种族、阶级和性别歧视的影响，造成了某些群体和个人的作品被不公正地排斥在经典之外。经典作品来自特定的兴趣，而这些兴趣产生于特定的社会和历史背景下，其价值总是读者与作品在历史语境中碰撞的结果。因此，经典作为一种价值结构，表达了某些特定的文化权力关系。

正是因为对于经典形成上的分歧意见，自 20 世纪 70 年代后，英美学界逐步出现了针对经典问题的研讨热点，在 90 年代初期趋于成熟，主要围绕"捍卫经典"与"修正经典"的议题展开，对文学经典的内涵、外延、历史演变及其审美、政治、文化功能的众多方面进行了广泛深入的研究，出现了一系列有影响的论著成果。在其中，两种激烈冲突的观点成为这个话题讨论的突出特色："捍卫经典"者认为，伟大的文学作品具有超阶级、性别和种族的美学标准，其优秀品质是显而易见的；"修正经典"者认为，任何作品入选经典和成为经典的过程都难免有偏见，因此，经典这一概念就值得质疑，不足为典范。双方对一系列问题展开争论，比如经典选择的原则究竟是艺术的还是政治的，某个具体作家或作品是否应该纳入学校课本和教程，某作家或作品是否具有文学核心地位等。2017 年中国外国文学学会第十四届双年会就以"外国文学经典重估与当代国民教育"为会议主题，[①] 推动了国内学界的关注和讨论。

在英美学者中，弗兰克·克默德（Frank Kermode, 1919—2010）出版有三部论述经典的专著《经典》（*The Classic*, 1983）、《历史与价值》（*History and Value*, 1988）以及《关注的形式》（*Forms of Attention*, 2011），备受瞩目；罗伯特·奥尔特著有《意识形态时代的阅读乐趣》（*The Pleasures of Reading in an Ideological Age*, 1989）和《经典与创造性》（*Canon and Creativity*, 2006）、约翰·基洛利（John Guillory）的《文化资本：文学经典的建构问题》（*Cultural Capital: The Problem of Literary Canon Formation*, ）也有较大影响力。克莫德 2001 年在加州大学伯克利分校的坦纳人类价值讲座（Tanner Lectures）做了关于经典研究的系列演讲，上述学者都与会，奥尔特将克莫德与他和杰弗里·哈特曼（Geoffrey Hartman, 1929—2016）、基洛利以及凯里·佩罗夫（Carey Perloff, ）三位与谈人的发言编辑出版为《愉悦与变革：经典的美学》（*Pleasure*

---

① 彭青龙. 外国文学经典重估与当代国民教育——中国外国文学学会第十四届双年会综述 [J]. 外国文学评论，2017（3）：227–234.

and Change：*The Aesthetics of Canon*，2004）。几位学者的立场各有不同观照重点，也有一定共识。他们都反对传统学院派的文学批评体制下精英批评家对经典设立的静止的永恒尺度，认为经典的形成过程受到包括政治在内权力话语的影响，并且随着时代的变迁不断演变，当代人有必要对经典问题投以审视的眼光，去发现其中隐秘或未被说出的因素和机制。克莫德用愉悦（pleasure）、变革（change）和机遇（chance）三个关键词统领自己的发言。他的"变化"概念表示，经典的形成和演变都不能仅凭作品的内在品质来解释，还必须与复杂的社会文化历史因素联系起来。[1] 他的机遇概念则从微观层面观照了经典形成过程中各种在历史逻辑之外的偶然因素导致的结果，他用例子来证明，经典的形成更像是棋弈游戏，棋子会不时被环境中一些盲目力量所扰乱。对于愉悦这一概念，几位学者都认可它是一种评判经典的有用标准，并且支持人类愉悦的多样性和非等级观念，都对阿诺德、利维斯等文化精英派关于审美愉悦分高下等级的做法持强烈的批判态度，奥尔特甚而认为连所谓"简单愉悦"和"复杂愉悦"的划分也没有太大意义，[2] 这些学者对经典的认知折射出他们对大众审美的兼容开放态度。佩罗夫既是活跃的学者，也是旧金山美国戏剧学院的艺术指导，她特别强调艺术家在经典形成中的主体作用，认为艺术的形式来自艺术家与其他艺术作品的紧张交锋。[3]

　　与上述学者形成对照，美国作家和文化批评家哈罗德·布鲁姆是捍卫经典的代表人物，他坚持经典具有审美性、原创性、终极性的立场，极力抵制大众文学和通俗文化，致力于重建经典的批评事业，其理论实践被称为"对抗性批评"（antithetical criticism）。[4] 他在《西方经典：古往今来的书和学校》（*The Western Canon*：*The Books and School of the Ages*，1994）等著作中申明：经典毕竟经过了长期的历史考验，因而确实代表了西方优质的文化、艺术和知识成果，并受到广泛的欢迎。布鲁姆认为，一部经典的形成并非单纯由当时的一个决策机构所能决定，它还要经历时间的考验，经常要历经很多代人和几百年的时间洗礼。他还指出，研究者无法脱离具体的环境和人来谈绝对标准。因为即使被

---

①　Frank Kermode. *Pleasure and Change*：*The Aesthetics of Canon* [M]. Oxford & New York：Oxford University Press，2004：12.

②　Frank Kermode. *Pleasure and Change*：*The Aesthetics of Canon* [M]. Oxford & New York：Oxford University Press，2004：6.

③　Frank Kermode. *Pleasure and Change*：*The Aesthetics of Canon* [M]. Oxford & New York：Oxford UniversityPress，2004：76-77.

④　江宁康. 西方正典：伟大作家和不朽作品（译者序）[M]. 哈罗德·布鲁姆著. 南京：译林出版社，2015：4.

大多数人公认的优秀作品，其优点和长处在不同读者和评论那里也是众说不一。布鲁姆认为经典必须有独创性（originality），应该挑战和超越以往的文学，能让一部文学作品赢得经典地位的独创性标志是某种陌生性（strangeness），即赋予熟悉的内容和形式以一种"神秘和离奇的力量"（uncanniness），让读者感到"陌生的熟悉"（feel strange at home）。这种陌生性，我们要么永远也不能将之同化，要么是对它的特质视而不见。① 对于布鲁姆而言，经典（canon）就是标尺和模范，值得也应该被创作者比照和学习。据此，他提出了其"影响的焦虑"理论，核心思想仍然是坚守高水平的美学理想和知识标准，他认为所有经典作家的创作过程都处于焦虑状态之中，力图追攀过去的经典作品并实现超越。布鲁姆并未否认经典评价标准的具体局限性，他紧紧抓住文学作品的艺术属性，将重点放在文学作品的艺术创新性方面，凸显文学传统中具有稳定性的因素，具有很大的说服力。其观点在当代文学和文化研究中产生了巨大的影响。作为精英派批评家的布鲁姆坚持审美理想，对通俗文学持否定和抵制态度，极力反对大众文化对文学经典的侵蚀。他批判当代打着"社会和谐与历史公正"旗号所进行的"扩大经典"（Expansion of the Canon），实则因为放弃了审美和知识标准，反而造成了"经典的毁灭"（destruction of the Canon）。②

　　与此同时，修正经典的呼声也此起彼伏，它源自对现有经典的不满和质疑，表现为"去经典"、"打开经典"（to open the canon）和"拓宽经典"（the opening-up of the canon）等具体主张，成了对西方传统文学经典的挑战和冲击。他们深受女性主义、马克思主义、后殖民主义、新历史主义、拉康派、符号学③以及解构主义等理论的熏陶洗礼，带有鲜明的政治批判意识和颠覆作用。主张拓宽经典者指出，过去的经典基本来自"已故的欧洲白人和男性"（Dead White European Males），带有明显的种族歧视、帝国主义以及男性霸权色彩，不公正地将少数族裔、劳动阶层和妇女作家及作品边缘化。他们主张拓宽现有经典，力图使经典代表多元文化，包括更多的女作家和少数族群作家。他们还提出改变经典的标准，呼吁消除经典选取中的精英和社会等级意识。

　　综上所述，我们可以得到以下结论：文学经典经历了时间和读者接受的洗礼，本身具有重要的艺术传统价值；经典的评定在不同程度上受政治和文化偏

---

① Harold Bloom. *The Western Canon: The Books and School of the Ages* [M]. New York: Harcourt Brace & Company, 1994: 4.

② Harold Bloom. *The Western Canon: The Books and School of the Ages* [M]. New York: Harcourt Brace & Company, 1994: 7.

③ 以上五个流派被布鲁姆谑称为"憎恨学派"（School of Resentment）。

见的影响，不属于单纯的艺术内部自足讨论范畴；经典的形成和留存是一个持续的动态流变过程，经典与非经典的界限并非断然分明，二者可以相互转化。可以说，对经典的界定就是对作家和作品的"阐明"（articulation）行为。借鉴新葛兰西主义等西马理论家的分析和伯明翰派的霍尔的说法，各种文化作品和实践应该是"混杂的"（hybrid）。[①] 也就是说，它们可能由不同的人出于不同的政治目的，放在不同的话语和社会背景下，用不同的声音表达出来。通俗小说也有不同层次，既有大量平庸和低劣之作，也不乏优秀的精品。如果忽视对女性通俗小说作品和实践的深入和细致研究，只是局限于"文化/文明"框架下的僵化文化研究思维，泛泛地将女性通俗小说贬为小说艺术走入穷途末路和文化衰落的表现，必然会导致我们通俗小说领域研究的绝境，也是无视文学史发展中鲜活事实的做法，无法对女性写作历史与通俗小说发展的历史做出满意的解释。

二、来自西马理论的启发

马克思主义理论对审视女性通俗小说传统极具启发，而以法兰克福学派为代表的西马理论家的文化批判理论以富有洞察力的文化政治视野对通俗文化中的概念和关系进行批判反思，对大众文化认知领域的"谎言"和欺骗予以揭露，体现出鲜明的当代性和犀利的斗争锋芒，尽管其中不乏偏激之处，却仍具有极大的启发性。法兰克福学派在 20 世纪三四十年代开始将大众文化批判作为其最关注的问题，认为大众文化凝聚了社会意识形态最显著的部分，并全面渗透到社会意识的肌理之中。[②] 在他们看来，大众文化用强制性、规范性、绝对同一性要求大众，因而具有集权主义性质。[③] 他们对大众文化的所谓"大众性"进行了批判，集中在"物化"（reification）和"异化"（alienation）视角上，指出"大众文化"这个概念所具有的隐蔽欺骗性。卢卡契（Georg Lukács, 1885—1971）将物化定义为"商品价值统治一切的社会现象"，这种商品价值崇拜渗透到社会活动与人的意识中，已经形成了商品拜物教。他们认为，所谓大众文化并不等同于"大众真正需要的文化"，它不是大众自发或自由的选择，而是在资

---

① Stuart Hall & Paul Du Gay. eds. *Questions of Cultural Identity* [M]. London: SAGE Publications, 2002: 58.

② 杨小滨. 否定的美学：法兰克福学派的文艺理论和文化批评 [M]. 上海：上海三联书店，1999: 49.

③ 杨小滨. 否定的美学：法兰克福学派的文艺理论和文化批评 [M]. 上海：上海三联书店，1999: 53

本主义"民主"幌子的欺骗氛围中由商品社会特定的意识形态进行体系化操控的产物，是彻底物化的意识形态的产物，这种异化劳动之余作为消遣的大众文化就是异化劳动的延伸，而大众的趣味和选择是被精心制造建构出来的。

在法兰克福派思想家中，洛文塔尔（Leo Lowenthal）聚焦大众文化的研究极为突出，他尤其从通俗文学的历史审视大众文化与社会的关系。在影响巨大的专著《文学、通俗文化与社会》（*Literature, Popular Culture and Society*，1961）中，他承认大众的欲求与控制力量对大众施加的灌输之间有相互依存关系，其中控制性的宣传有力图维持自己统治地位的需要，但是在各种媒介形式里，通俗文化的特性表现为标准化、陈腐、保守主义、平庸、操纵化的消费者商品等方面，① 大众文化的媒介宣传只是提供娱乐和消遣，对价值深度漠不关心，没有革命性和超越性可言。通俗文化产品迎合普通人现实生活中因不满足而产生的欲望要求，用关于财富、冒险、爱情、权力的虚假叙事快速满足其幻想，帮助他们逃离难以忍受的现实，虚假地快速缩短理想与现实的距离。② 大众文化遵行商品生产中的"标准化"原则，不可避免地刻上了"批量生产"的物化烙印。如同机械化生产通过机器榨取劳动者的剩余价值而将他们异化一样，包括通俗小说在内的大众娱乐则以标准化的情节或机械性的节奏（比如流行音乐）压榨人的生命能量。文化不再标志着富有创造性的生命的对象化，而是表现为对个性的消灭。所以，洛文塔尔认为，在现代文明的机械化运作进程中，正是个体的衰微带来了大众文化的兴起。③ 对于大众文化改进的前景，洛文塔尔的观点比较悲观，认为关于提升大众文化以使其更好地服务和改造社会的想法至今尚无良方兑现，不论是提供更具美学品质的商品，还是在大众中创造更有价值的生活品位，在日前的社会权力结构中都没有任何改善的希望。④

马克斯·霍克海默（Max Horkheimer，1895—1973）和西奥多·阿多诺从社会哲学和心理学角度对大众文化进行了批判研究，他们严厉批判大众文化中批量生产的物化特征，主张用"文化工业"（cultural industry）代替"大众文化"的概念，以揭示后者意识形态的欺骗性。他们认为，文化工业以启蒙为幌子对

① 杨小滨. 否定的美学：法兰克福学派的文艺理论和文化批评［M］. 上海：上海三联书店，1999：52.

② Leo Lowenthal. *Literature, Popular Culture and Society*［M］. Englewood Cliffs：Prentice-Hall, Inc., 1961：11.

③ Leo Lowenthal. *Literature, Popular Culture and Society*［M］. Englewood Cliffs：Prentice-Hall, Inc., 1961：10.

④ Leo Lowenthal. *Literature, Popular Culture and Society*［M］. Englewood Cliffs：Prentice-Hall, Inc., 1961：11.

大众施行欺骗和压榨，是启蒙意识形态的倒退。其所谓启蒙沦落为对制作和传播效果、技术的算计，在具体内涵上，意识形态则集中体现为对存在者和控制技术的权力的"偶像化"。① 阿多诺和艾瑞克·弗洛姆（Erich Fromm，1900—1983）甚至用术语"施虐—受虐狂"来指明大众心理中通过主体对权威的无条件屈从来获得满足的状况。② 阿多诺对文化工业持忧虑态度，将娱乐活动视为文化衰败的"活证"，认为文化商品被迫迎合消费者的趣味，因而必然会欺骗消费者，表面上繁荣的艺术种类与艺术复制实际上早已衰亡和失去意义。③

路易·阿尔都塞（Louis Althusser，1918—1990）和安东尼·葛兰西（Antonio Gramsci，1891—1937）对意识形态、霸权以及协商（negotiation）等问题的讨论也富有意义。在西马理论框架中，意识形态是通俗文化研究的重要概念，也是女性通俗小说艺术中的关键词之一。通俗小说作品反映社会环境和社会关系，它表现世界特定表象的方式能够以某种方式影响读者的倾向和看法，本身带有强烈的政治色彩，是具有实践意义的意识形态。比如，言情小说被普遍认为脱离现实，刻意制造所谓的"错误意识"，然而，那些非现实的错误与当时社会的主流文化价值却往往是一致的。另外，制定并推行文学艺术标准的过程不能完全脱离意识形态斗争和话语权力的"谈判"，并非纯粹的艺术评价活动。西马思想家认为，意识形态具有某种掩盖、歪曲和隐瞒的特点，因此可以通过研究意识形态来揭示现存的某些文化作品与实践是如何扭曲现实的。经典马克思主义的基本假设之一指出："物质生活的生产方式制约着整个社会的社会生活、政治生活和精神生活的过程。不是人们的意识决定人们的存在，而是人们的社会存在决定其意识。"④ 阿尔都塞则将社会存在和意识的领域做了拓宽解释，明确了通俗小说传统的物质属性。他指出，任何意识形态都存在于一种社会机构及其实际运作中，而这种存在形式是物质。⑤ 这提醒我们不能简单化地把意识形态看作一系列思想，还必须从物质实践的角度考察它。因此，女性通俗小说写作、出版、流通、消费和接受的实践活动都是意识形态在历史语境中的演绎。我们应该对它的物质属性给予足够的重视，以此发现在这些文化因素与

---

① 马克斯·霍克海默，西奥多·阿道尔诺. 启蒙辩证法：哲学断片 [M]. 渠敬东，曹卫东，译. 上海：上海人民出版社，2006：5.

② 杨小滨. 否定的美学：法兰克福学派的文艺理论和文化批评 [M]. 上海：上海三联书店，1999：53.

③ 阿多诺. 美学理论 [M]. 王柯平，译. 成都：四川人民出版社，1998：30-32.

④ 卡尔·马克思. 政治经济学批判（前言与导论）[M]. 王苏谈，译. 北京：外文出版社，1975：3.

⑤ 赵一凡. 西方文论讲稿续编：从卢卡奇到萨义德 [M]. 北京：三联书店，2009：566-567.

艺术实现环节中的事实。反之，如果我们脱离实证的物质依据去抽象地研究通俗小说传统，将会陷入空谈的泥潭，甚至得出不当的结论。

葛兰西的"霸权"概念和"折中协商理论"是他对通俗文化政治学的重要贡献。葛兰西主义将通俗文化看作是霸权产生和再生产的主要场所，是统治集团的利益与被统治集团的利益相互斗争与妥协的场所，这对我们深入理解通俗文化概念带来启发。关于通俗文化，存在两种各自简单化而又相互冲突、敌对的传统观念：第一种把通俗文化看作是资本主义文化工业强加给人们的结构性产品，它为利润和意识形态控制服务；第二种把通俗文化视为从社会底层自然出现的产物，是来自人民的"声音"，是"纯真的"工人阶级文化，是一种作为"动因"的通俗文化。葛兰西对两者都进行了批判，指出通俗文化既不是所谓纯真的工人阶级文化，也不是资本主义文化工业强加的文化，而是这两者的"折中平衡"，是来自上层和底层的各种力量的矛盾混合体，既有商业色彩，又不全失纯真，其标志是既抵抗又妥协，既是结构又是动因。① 在 20 世纪 70 年代，英国文化研究领域借鉴葛兰西的霸权概念，兴起了对通俗文化在上述两个方面的重新思考。托尼·贝内特（Tony Bennett）指出，通俗文化既不是简单地由与统治阶级意识形态相一致的强制的大众文化构成，也不是简单地由自发对立的文化构成，而是由两种文化交融渗透形成的领域。在该领域中，统治的、被统治的以及对立的文化与意识形态的价值和要素错综复杂地混合在一起。② 即使在小说文本阅读的过程中，读者的思想与文本意义之间也存在相互对话，是一个协商过程。

与利维斯等人的文化忧思不同，法兰克福学派对大众文化的批判不是高级文化对通俗文化的蔑视，也没有通过褒扬精神需求来贬低物质和具身存在的价值。它进一步批评大众文化并未真正肯定身体的欲望需求，只不过是用廉价幻觉提供欺骗性的满足，用媚俗的抚慰压抑了反抗的欲望而已。批判美学的任务就是解开虚幻伪饰，打破它的压抑，指明进步文化的方向。③ 历史和现实的例子证明，英国女性通俗小说传统的发展是在各种社会文化的合力中进行的，它需要对各种利益冲突进行调适，经历的正是葛兰西所称的"折中平衡"运动。因

---

① 约翰·斯道雷.《文化理论与通俗文化导论》（第二版）[M].杨竹山等，译.南京：南京大学出版社，2006：1.

② John Storey. *Cultural Theory and Popular Culture: An Introduction* [M]. 8th edition. London & New York: Routledge, 2018: 10.

③ 杨小滨. 否定的美学：法兰克福学派的文艺理论和文化批评 [M]. 上海：上海三联书店，1999：56.

此，我们应该了解女性通俗小说研究的复杂性，必须对通俗文化的生产、传播和消费的详细情况进行敏锐观察和动态关注，不能一劳永逸地根据某些偶然现象妄下结论。

三、通俗小说的当代文化研究

"文化研究"（Cultural Study）衔接"艺术与文化"两个领域，是当代学界研究的热点。这种研究方法源自 19 世纪末到 20 世纪初的文化社会学研究。到 20 世纪末，文化研究真正崛起为一种新的文论研究方法。文化研究从广阔的社会文化大背景中去解释文学的起源、文学自身的状态和命名以及文学的社会文化意义，突破了形式主义批评的局限。它是一种具有跨学科性质的文化研究方法，重视通俗文化与精英文化、通俗与经典、文本研究与传媒研究之间的复杂关系，注重研究者自我身份及文化身份的考量，对研究者的国家、民族、阶级、性别等文化特征都投以关注。它还重视中心文化与相应的边缘话语的研究，对跨国资本以及消费主义等的论述都做出了贡献。[1] 在当代英美学界，涌现出一大批文化研究理论名家，各有独特建树。这里择述几个启发本项研究思路的例子，包括阿诺德·豪塞（Arnold Hauser, 1892—1978）的"艺术社会学"、罗贝尔·埃斯卡皮（Robert Escarpit, 1918—2000）的"文学社会学"、吕西安·戈德曼（Lucien Goldmann, 1913—1970）的"发生学结构主义"（sociological and structural approaches to literature and philosophy）以及英国当代文化研究中心的伯明翰学派。

匈牙利艺术史家豪塞关注社会结构变革对艺术的影响，他主张从哲学、社会学、心理学、民俗学、历史学等多学科角度去研究艺术现象。在其著作《艺术史的哲学》（*The Philosophy of Art History*, 1959）中，他指出艺术是对生活的一种解释，因此需要把握艺术中流露出来的意识形态观念。他不仅讨论艺术消费、艺术市场、传播媒介、大众艺术、艺术预测，还从社会发展的角度出发来论述"艺术的消亡"问题。豪塞的研究使理论界广泛地注意到艺术的文化社会学层面的问题。[2] 法国文艺社会学家埃斯卡皮则注重吸收经济学、传播学、信息论等学科的理论和方法来研究文艺社会化的过程。[3] 他还把文学带出了象牙塔，提倡将写作当作职业予以研究，从文学传播与接受环节中讨论文学价值生成，

---

①　王岳川. 当代西方最新文论教程 ［M］. 上海：复旦大学出版社，2008：427.

②　王岳川. 当代西方最新文论教程 ［M］. 上海：复旦大学出版社，2008：428.

③　王岳川. 当代西方最新文论教程 ［M］. 上海：复旦大学出版社，2008：428.

从而使文学成为当代文化所关注的文化符码。他著有《文学社会学》(*Sociology of Literature*, 1958) 一书, 具有一定的影响。法国哲学家、社会学家戈德曼同样强调了文学的文化研究维度, 他将研究重点放在作品同社会结构以及特定社会集团的思想体系结构之间的对应关系上。他认为人文科学是社会精神生活的一部分, 并可以改变社会生活。①

1964 年创于英国伯明翰大学的当代文化研究中心 (Center of Contempary Cultural Studies, 简称为 CCCS) 曾是英国文化研究的重镇, 也为通俗文化研究开辟了新的道路和局面。它由理查德·霍格特 (Richard Hoggart, 1918—2014) 一手创办, 还聚集着一批极为活跃的文化研究者, 包括雷蒙德·威廉斯 (Raymond Williams, 1921—1988)、E. P. 汤普森以及斯图尔特·霍尔等学者。其中, 霍格特、汤普森和威廉斯的理论观点被合称为"文化主义", 成为英国文化研究中最活跃和极具本土特色的部分。他们的理论对研究英美女性通俗小说传统提供了知识论平台和方法论背景。霍格特对通俗文化的研究与利维斯派既有共性, 也存在差异。首先, 他也提出了通俗文化导致文化衰落的问题, 其次也把教育看作抵制大众文化的手段, 此外, 他还对工人阶级文化给予格外关注。不过, 霍格特极力抨击的是 20 世纪 50 年代的通俗文化热潮, 而被利维斯彻底否定的 20 世纪 30 年代却成为霍格特所赞美的"健康的工人阶级文化"的发展期。霍尔与帕迪·沃内尔合著《通俗艺术》(The *Popular Arts*, 1964), 力图寻找对通俗艺术进行价值和评估的可行办法。他们认为早期学者对通俗文化的概括充满误解, 反对利维斯派等全盘否定通俗文化并全盘肯定高雅文化的做法。他们指出, 大多数高雅文化是好的, 同时有些通俗文化也是好的, 其关键在于大众辨别鉴赏的问题。② 这一区别遴选的积极批评态度具有重要的进步意义, 既符合文化表达的现实, 也有利于对通俗文化进行深入把握和调控。

威廉斯在文化研究领域卓有成就, 提出了其独到的文化分析理论。他采用扩展性的文化定义列举了文化的三种分类: 作为理想、作为文献记载和作为"存在着文化的社会"而存在。第一种情形, 文化是从绝对普世价值角度上的人类自我完善的一种状态或过程, 它是一种发现和描述, 建构在社会评判过程基础之上, 能为普世性的人类状况提供参考借鉴;③ 第二种情形, 文化指有记录的文化作品和活动, 文化是智力和想象性作品的总称, 用丰富多彩的方式记录了

① 王岳川. 当代西方最新文论教程 [M]. 上海: 复旦大学出版社, 2008: 428.

② John Storey. *Cultural Theory and Popular Culture*: *An Introduction* [M]. 8th edition. London & New York: Routledge, 2018: 53.

③ Raymond Williams. *The Long Revolution* [M]. London: Penguin Books, 1961: 57.

人类的思想和精神;① 第三种情形里,文化是一种特殊生活方式的描述。最后一个定义是构成文化主义的重要语境。威廉斯所说的文化主义倡导通过文化分析来重建"情感结构"(structure of feeling)。他说的情感结构指特定群体、阶级或社会所共享的价值,分析目标包括一种文化赖以生存的实际经历、文化中重要的共性因素以及文化中特定的"经验集体"。他提出文化分析必须从有文化的文字记载入手,从而在一定程度上理解文化传统的选择性。在《文化与社会》(Culture and Society, 1958)一书中,威廉斯指出了文化传统选择与当下意识形态之间的关系。他说:"在一个特定的社会里,选择会被许多各种特殊利益,包括阶级利益所左右。社会发展、历史变化过程会在很大程度上决定传统选择。社会的传统文化总是与时代的兴趣爱好和价值体系相吻合,因为它不是一堆绝对的一成不变的东西,而是一个连续不断的选择和阐述过程。"威廉斯模糊高雅文化与通俗文化的边界,他的研究从不使用"大众"(mass)一词,而是使用"共同文化"(common culture)这一概念。他对精英文化持清醒的批判态度,并努力提升大众文化的地位。他的理想是倡导一种各阶层、多元社群共享的"民主的共同文化"(a democratic common culture),以此打破英国社会中固有的阶级文化框架,为大多数人提供一种想象空间和精神家园,最终整体提升社会文化水准。伯明翰学派的文化研究直接面对大众,打破精英文化与大众文化、高雅文学与通俗文化之间的人为界限,具有突破性的意义。在威廉斯以及其他多位学者的努力下,这一学派凸显了文化形式、文化实践与文化机构及其与社会和社会变迁的关系,为西方文化研究做出了重大贡献。

四、重建文化情感结构:走出文化/文明二元对立论的通俗文化观

作为文学现实,英国女性通俗小说稳定发展出自己的文化历史传统,并在大众读者中具有广泛而深远的影响。然而,在中西方文化批评界,尤其在具有精英意识的文化批评家那里,通俗小说却通常处于备受指责、被轻视甚至敌视的边缘境地。这种悖论的根源之一来自西方文化的深层情感结构,来自西方文明素有的将高雅文化与通俗文化截然对立的文化/文明的二元对立观念。各种文化思潮与文学批评流派对包括通俗小说在内的通俗文化做出过评价,其中虽然分歧巨大,但是基本都围绕着社会文化语境因素相对于通俗作品的关系展开。其中西方精英派文化批评体系以柯勒律治、阿诺德和利维斯主义为代表,他们

---

① Raymond Williams. *The Long Revolution* [M]. London: Penguin Books, 1961: 57.

凭借文化/文明二元对立的框架，推崇精英品质的文化，对大众文明持鄙视、怀疑和恐惧的悲观态度，全盘否定通俗文化，反感通俗小说的消遣功能，造成了通俗小说与高雅小说相敌对的成见。通俗小说被众多学者和理论家断定为"糟糕"的低俗文化产品，完全有别于含有内在艺术价值的严肃高雅文学。

我们对这种通俗文化观应保持辩证的态度。首先，其包含文化忧思的观念的确具有其现实理据。通俗小说数量巨众，泥沙俱下，对传统学术和文化阶层带来品位以及价值层次的强烈冲击，打破了严肃文学的阅读和评论期待定势，它作为一种颠覆性的力量，造成了文学与文化传统中的危机认知。具体看，在现实文化语境中，模式化复制方式与迎合大众消费意识的态度也使它带有低俗化的倾向。当代文化批评家理查德·霍格特将通俗小说看作文化衰落的例证，他认为由通俗文化这种"浅薄枯燥"的大众精神食粮滋养出的人必然极其虚弱，并导致文化的衰落。为证明其观点，霍格特专门戏仿了一部当代通俗作品，并将其与乔治·爱略特的《亚当·比德》和《伊斯特·林赖》的选段加以比较，以此例证通俗小说与严肃小说的殊异，抨击通俗小说的低下品质，他的忧思不无道理。此外，在现当代消费主义盛行的情况下，通俗小说中色情化问题更是突出，某些通俗小说缺少道德意识，思想空虚浅薄，一味以低俗和腐败堕落诱惑和满足读者，像"精神鸦片"一样腐蚀社会的文化肌体，已成为西方尤其是美国文化中的痼疾隐痛。

然而，文化忧思不应蜕化为悲观消极的"文化精英论"，也不应退缩到狭窄片面的"纯艺术评价论"的死胡同中。威廉斯认为，价值观的差异是高雅文化和通俗文化之间的基本差别。法国文化理论家罗兰·巴尔特指出，意识形态在作品的内涵层面上起着重要作用，在确定内涵、限制内涵和创造新的内涵的过程中以及在确立权威的斗争中至关重要。因此，我们必须形成如下认识：通俗小说传统关乎文化政治学，并不是单纯的语言形式问题，更不是自足的艺术领域的内部系统问题。

五、通俗小说中的文化政治学

文学隶属于大的文化范畴，它是意识形态作用的结果，同时也参与意识形态的创造。小说的发展受各历史时期政治、社会与文化思潮的影响。在通俗小说伴随大众文化崛起的时代，正是西方传统文化权威走向衰落的时刻，女性通俗小说的成长始终与西方学界的文化危机意识相伴而行。西方的文化和文明对立观念由来已久，尤其随着工业化和现代化的进程显得日益突出和迫切。而通俗小说就是反映这一对立冲突的最灵敏的表达之一。文艺复兴时期的画家丢勒

（Albrecht Dürer，1471—1528）认为，美是由实践的艺术家们决定的，而不是由"易变且无知的大众"（the fickle and ignorant multitude）决定。① 柯勒律治曾提出"文明/教养论"。他区分了"文明"和"教养"，认为前者适用于整个民族，而教养只被知识分子这一小部分人享有，因而有教养的知识阶层有责任引导文明的发展进步。也就是说，代表少数精英传统的文化权威是优于大多数人享有的大众文明。这是否定通俗文化的较早的表达。19世纪诗人和批评家马修·阿诺德是对现代通俗文化展开严肃批评的先驱，他的文化政治说影响广泛而深远。阿诺德受柯勒律治影响，也持精英统治论，认为"文化一直掌握在少数人手里"。他将通俗文化作为"无政府主义"的同义词，而两者都被他用来批判工人阶级文化。阿诺德的文化观带有鲜明的阶级性，他将英国的社会阶层分为贵族、中产阶级和工人阶级，分别叫作野蛮人（Barbarians）、市侩（Philistine）和群氓（Populace）。② 他认为，工人阶级在社会机构中基础广泛却修养粗劣，在失去了封建等级制度和差别习惯的严格制约后，必然会对社会构成巨大的危险。阿诺德对通俗文化持鲜明的蔑视和否定态度，声称："少数受过良好教育的人，而不是大多数没有受过良好教育的人，会始终充当人类知识和真理的喉舌。知识和真理的充分意义，是人类中的大众根本无法企及的。"③ 在阿诺德眼中，通俗文化是令人不安、导致社会不稳定的倾向，丝毫不应获得存在和发展的合理身份。对通俗小说和通俗文化持否定态度的还有影响巨大的利维斯主义。

20世纪30年代到50年代，对通俗文化批评影响较大的是F. R. 利维斯和Q. D. 利维斯夫妇。他们借助自己的批评杂志《细查》（Scrutiny），大力倡导对严肃文学的严肃批评，呼吁对通俗文化泛滥的警惕和反击。F. R. 利维斯的著名论文《大众文明与少数人文化》以及Q. D. 利维斯的著作《小说与读者大众》等集中阐述了他们的通俗文化观。在这部书中，Q. D. 利维斯表达了她对少数人制定的文化权威和文学权威受到挑战的忧虑之情。诚如阿诺德曾担忧的无政府主义文化混乱，她对埃德蒙斯·高斯话语的引用非常具有代表性：

从高涨的民主情绪，我早就预见到一种危机，即文学品味和文学经典等传统已被公众改变。到目前为止，没有受过教育和未接受充分教育的民

---

① Ekbert Faas. *The Genealogy of Aesthetics* [M]. Cambridge：Cambridge University Press, 2002：77.

② Matthew Arnod. *Culture and Anarchy* [M]. Oxford：Oxford Uniersity Press, 2006：156.

③ John Storey. *Cultural Theory and Popular Culture：An Introduction* [M]. 8th edition. London & New York：Routledge, 2018：23.

众形成了读者群中的绝大多数，虽然他们不能也不会欣赏自己民族的经典著作，但他们满足于传统的优越感。近来，我发现有一些迹象，特别是在美国，表明有一群乌合之众反对我们的文学巨匠……如果文学由公民投票表决，如果民众承认文学的力量，那么文学反对品位的革命一旦开始，就会把我们置于无法回复的混乱境地。①

她坚定地认为阅读通俗小说是"一种毒瘾"（a drug addiction），阻碍了读者真正的感觉和认真的思考。② F·R·利维斯同样接受了阿诺德的观念，并进一步指出"文明"与"文化"已成了一组对立词。他认为语言作品身份的降级不仅是文字本身的衰落，而且更是拉低了人们的情感质量和生活质量。他将商业文明兴起之前的 17 世纪看作文化的"黄金时代"，历数了其后文化堕落的历程：英国平民文化在 17 世纪开始活跃，它在经历了工业革命的洗礼后，分裂为两种文化：一种是少数人文化，另一种是大众文明；少数人文化被认为体现了"世界上最好的思想和言论"的价值与表征，形成了伟大的文化传统，这是一种有教养的少数人的文化。它的对立面是包含了大众文化的大众文明，是一种没有受过教育的大多数人消费的商业文化，而 20 世纪 30 年代已被这种开始泛滥的大众文化所威胁。利维斯强烈抨击通俗小说的消遣作用，视其为低级的"补偿办法"。他认为这种"补偿"与娱乐截然不同，不能加强和振奋对生活的迷恋，而是导致习惯性的软弱和逃避现实，反而"会增强对社会的不适应"。③利维斯还进一步提出了其拯救文化没落的补救措施，来主动抵制通俗文化。他建议派遣一支小规模的、秘密的文化知识分子队伍，即所谓的"文化传教士"，④ 在大学里建立起捍卫文学和文化传统的前沿阵地，将学校作为反对"大众文化"的平台。

　　在二战结束后的十五年左右的时间里，美国知识分子曾掀起一场关于大众文化的大讨论。其中一个核心人物德怀特·麦克唐纳（Dwight Macdonald，1906—1982）在其著名论文《大众文化理论》（A Theory of Mass Culture, 1953）中指责大众文化是一种寄生文化，"将大众纳入了一种庸俗化了的高雅文化中"，

---

① Q. D. Leavis. *Fiction and the Reading Public* ［M］. London：Chatto & Windus, 1965：190.

② Q. D. Leavis. *Fiction and the Reading Public* ［M］. London：Chatto & Windus, 1965：152.

③ Frank R. Leavis & Denys Thompson, *Culture and Environment：The Training of Critical Awareness* ［M］. London：Chatto & Windus, 1960：100.

④ John Storey. *Cultural Theory and Popular Culture：An Introduction* ［M］. 8th edition. London & New York：Routledge, 2018：28.

认为它从高雅文化汲取营养，不但没有任何回报，反而破坏了高雅文化的生命力。① 麦克唐纳对通俗文化毫无益处的断言显然有失偏颇，因为在 20 世纪通俗文化高速发展的过程中，我们可以观察到优秀的通俗小说与严肃小说之间存在密切的互动联系。

总之，西方精英派文化批评体系中存在着根深蒂固的文化/文明二元对立框架，形成柯勒律治的文明/教养论——阿诺德的文化政治说——利维斯主义的链条传统。他们都推崇精英品质的文化，对大众文明则持轻视、怀疑和恐惧的悲观态度，利维斯甚至大力呼吁抵制通俗文学来拯救所谓的"文化没落"。当代很多学者认为，利维斯对通俗文化的看法过于悲观和保守。与利维斯全盘否定通俗文化的保守性相反，斯图尔特·霍尔与帕迪·沃内尔（Paddy Whannel，1922—1980）等人则主张重新对通俗艺术进行价值评估。西方马克思主义、女权主义以及后现代文化研究都是具有文化政治批判意识的流派，都对深入评价女性通俗小说提出过建构性的观点，其中多有启发之见。我们认为，通俗小说体现了霸权话语与抗议话语之间的斗争与妥协，是各种文化力量的矛盾混合体。女性通俗小说是妇女在父权制文化语境中对各种社会和文化力量进行"折中平衡"的产物。它以商业生存为前提，协调娱乐与意义的搭配，是打破通俗与高雅对立、重建文化情感结构的有益实践。从社会心理学意义看，成功的女性通俗小说注重对文学传统的借鉴摹写，满足和疏导大众寻求愉悦的多元化情感心理需求，是文化的重要有机组成部分。

第二节 重思性别文化结构：再现文学史上缺场的他者

女性作家的创作和接受过程深受政治和文化现实的钳制，与男性相比，她们在权利和机会上处于不对等的状态。比如，在 18 世纪，女性受教育的机会比男性少，因此后来有能力从事文学创作的基本只有中产阶级女性，而且她们大多只涉足大众化的文类，比如日记、游记、小说等，很少问津诗歌和悲剧文类，即使有少数女作家如伯尼一样尝试戏剧写作，也总是受到压制和漠视。这些事实说明，小说作品能否被纳入正典，并非仅由纯美学或纯艺术的因素所决定。人们对于作家和作品的遴选通常与当代的兴趣和爱好息息相关，而且，在女性

---

① John Storey. *Cultural Theory and Popular Culture：An Introduction* [M]. 8th edition. London & New York：Routledge, 2018：30.

的写作史乃至文学史上，作家声望的沉浮起落以及价值重新发现的案例也屡见不鲜。因此，关于一部女性通俗小说价值的评判，只能在长时段的连续动态过程中做出当下语境的阐释，难称终极定论。

在文化历史中，女性作为群体，长期受到男性占主导地位的社会制度的规约。父权社会的意识形态力量往往对两性关系的真相加以掩饰、隐瞒或扭曲，并以各种形式抑制女性通俗小说的创作和接受。正是得益于女权运动的推动，性别问题和女性通俗小说方才进入学术研究的视野。在修正和重建经典、将妇女写作传统纳入其中的过程中，具有女权主义视角的研究者充当了有力的急先锋。女权主义的各流派见解各异，但是都关注女性受压迫的社会地位，努力揭示父权制度、资本主义制度或者是男性对女性的偏见和限制等，具有解放思想的启蒙意义。英国学者、葛兰西研究专家约翰·斯道雷（John Storey）指出，女权主义著作对通俗文化研究做出了巨大贡献。

"女性主义"（feminism）这个概念指称的是"寻求性别平等和女性权力"的运动，在1890年从法语传入英语，因其启蒙主义源头而成为一种西方意识形态，在21世纪日趋进入主流，并在后工业国家不断走向商品化。① 在西方文化中，女性主义思想源远流长，其中由女性作者撰写的著作在其中贡献巨大。女性主义思想史中，有七部重要文献为妇女和女性写作呼请权利，被列为女性主义的奠基作品。第一部是15世纪彼赞（Christine de Pizan）的《女性之城》（*The Book of the City of Ladies*，1405）。该书列举历史和神话中记载的卓越女性的"天然"优越品性，来反驳了关于女性的"天然"低劣性的观点，她的观点虽然也没有顽强脱离本质主义的视角，但是质疑了当时盛行的仇女观念。第二部是玛丽·沃斯通克拉夫特的经典论述《为女权辩护》（*A Vindication of the Rights of Woman*，1792），发英国女性解放的先声。沃斯通克拉夫特受到法国革命的启迪，对女性作为理性人类主体所拥有的权利做出了哲学层面的辩护。她指出，虽然女性被认为温柔、缺乏抱负、有女气的弦黠，但是性别气质的区分是人为的，不是自然的。女性应当服从正义，而不是慈善，应当对自己的生活负责。她对将女性排除在教育之外和否定女性理性能力的社会后果进行了有力的批判。第三部是伍尔夫的《一个自己的房间》。她的著作倡导女性文学在经济和艺术上的独立性，并提出了女性写作的差异性和记录一般女性生活的必要性。第四部

---

① G. Bonnie Smith & Nova Robinson. eds. *The Routledge Global History of Feminism* [M]. London：Routledge，2022：9. 转引自金莉. 再现全球女性主义思想与运动的宏伟画面——《劳特里奇女性主义全球史》述评 [J]. 外国文学，2023（4）：176-191.

是波伏瓦（Simone de Beauvoir）的《第二性》（*The Second Sex*，1949），以黑格尔主奴关系的论述为起点，分析了女性作为男性"他者"的处境。波伏瓦考察了生理学、历史和心理分析方面与女性有关的论述，提出了那句脍炙人口的名言："一个人并不是生而为女性，而是变成女性的。"第五部是贝蒂·弗里丹的《女性的奥秘》（*The Feminine Mystique*，1963），描绘了1950年代美国女性对家庭主妇角色的不满，批判了文化人类学和社会学中保守的结构主义，表达了当时女性要解放、要自由的强烈愿望。第六部是格里尔（Germaine Greer）的《女太监》（*The Female Eunuch*，1970年在英国出版，1971年在美国出版）。格里尔指出在男权社会中，每个女人都像太监一样被去势，以便获得女性气质，然而强大独立的女性气质才是全人类革命性的未来。第七部是米利特的《性政治》（*Sexual Politics*，1970年在美国出版，1972年在英国出版），以文学批评为主，批判了性别之间的不平等关系。米利特指出，社会的所有权力、领导位置，包括强制力量全部都被掌握在男性手中，西方文明中的基督教神学、古希腊哲学以及弗洛伊德心理学全都是男权制的产物，以此清算了父权制度对女性实行的性政治。米利特对D. H. 劳伦斯、亨利·米勒、诺曼·梅勒和让·热内四位男作家作品中的男性优势和性暴力予以批判，对男性主宰的西方文学经典提出了质疑和挑战，并且为后来的女权主义文学批评提供了模式，① 米利特也被视为重新评价西方经典的带头人。

在文学评论领域，女性批评也具有重要的思想启蒙和实践推动作用，并且与女权运动相呼应，共同推动了女性写作传统。克拉拉·里弗的《传奇文学的发展》（1785）以及安娜·莱·巴伯德（Anna Laetitia Barbauld，1743—1825）的《英国小说家》（*The British Novelist*，1810）都是女性小说研究的早期著作。她们的研究说明了女性作家个体与群体身份之间的对立互动关系，但是对女性作家包括女性通俗小说家，她们仍然持漠视态度。直到20世纪初，才华横溢的作家伍尔夫才旗帜鲜明地提出了女性在写作、教育、文化以及其他社会领域中的权利要求。她的《一个自己的房间》成为英国女权主义文化和文学观念的代表作，有力地佐证了英国女性通俗小说发展的历史困境。

不过，作为一种政治运动，女权主义自19世纪末才开始在西方世界全面展开，并对争取妇女平等权利、激发女性自我意识和加快妇女融入社会生活的步伐产生了切实、深远的影响。女权主义对于女性小说艺术与英国女性通俗小说传统的研究推动巨大，直接带动了女性小说的创作、出版流通以及读者接受和

---

① 赵一凡，等主编. 西方文论关键词［M］. 北京：外语教学与研究出版社，2006：284.

批评阐释等诸多领域。比如，约翰·斯特雷观察到，20世纪言情小说的蓬勃发展与20世纪70年代的女权主义运动几乎并行。[①] 正是在女权主义者的倡导呼吁和实证挖掘下，大量在文化和文化史中被忽视、埋没的女性作家和文本才重见天日，获得新生。这一点在18世纪文学与通俗小说研究领域尤其突出。与女权主义运动相关，有两个较为广泛接受的历史脉络图可以作为基本参照，其一为女权主义运动历程，其二是由英国学者伊莱恩·肖尔瓦特绘制的英国女性小说历史图表。

在19世纪末和20世纪初，妇女致力于争取选举权的妇女解放运动，这是女权主义发展的第一个阶段；20世纪六七十年代，女权运动进一步深化，提出女性自由的各种权利，引起了当代西方学术界对于女性论题的理论思考；20世纪八九十年代后至今，是女权运动第三阶段，妇女运动更加成熟理性。对性别问题的研究在20世纪80年代高涨，成为人文科学方面引人注目的现象。这是欧美妇女解放运动在一个世纪里走过的主要历程图，其中，英国的情况大致同步。对于我们定位女性小说家及其作品的历史文化语境，这一文化思潮轨迹具有一定的借鉴价值。与之相呼应，肖尔瓦特在《她们自己的文学：从勃朗特到莱辛的英国女性小说家》中，把英国女性文学创作的历史划分为三个阶段：分别是女人阶段（feminine phase，1840—1880）、女权主义阶段（feminist phase，1880—1920）和女性阶段（female phase，1920至今）。她指出，在第一阶段，女作家模仿并采用男性文化的标准，其标志是当时流行女作家采用男性化的笔名，如勃朗特姐妹采用笔名柯勒·贝尔，安·埃文斯化名为乔治·爱略特。在这一阶段，妇女小说向着包容一切的女性现实主义（female realism）发展，从广泛的社会角度探讨在家庭和社区中妇女日常生活和价值观念。有人称这一阶段的妇女作品为"家庭现实主义"。第二阶段，妇女开始反对社会对她们的歧视，要求与男子一样具有选举权，甚至一些女权主义者主张激进的、带有乌托邦色彩的分离主义。在多数女权主义作家的生活和作品中，她们表达了对性（sexuality）的自觉意识和厌恶，并且在社会和政治领域提出与男性平等的要求。在第三阶段，妇女作家既反对男性文学的模仿，也超越了单纯的反抗。她们抛弃了男性社会和男性文化的标准和价值观念，大胆进行自我探索，追求自我实现和自主地位。她们把女人自身的体验看作是自主艺术的源泉，把女权主义的文化分析扩展到文学上，试图建构真正的女性文学。

---

① John Storey. *Cultural Theory and Popular Culture*：*An Introduction* [M]. 8th Edition. London & New York：Routledge, 2018：158.

　　肖尔瓦特描绘的英国女性小说家概貌图涉及上百位英国女作家，除了奥斯丁、勃朗特姐妹、盖斯凯尔、乔治·爱略特、伍尔夫、莱辛等严肃作家，还有弗洛伦斯·南丁格尔、伊丽莎白·琳·林顿、夏洛蒂·杨、戴娜·穆洛克·克雷克、玛格丽特·奥利芬特、萨拉·格兰德、奥利弗·施莱娜和乔治·埃杰顿等一直被文学史忽略的各阶段女小说家。虽然其时间划分和女性主义视角的艺术自觉未必能适用于所有英国女性小说作家和文本的具体个案，但是基本反映了英国女性小说在文化语境中的写作历史脉络，得到较为广泛的认可。这一描述跟上面女权运动的历史概况图一样，都反映了女性写作经历的共同规律：妇女主体意识在不断觉醒和提高，在社会实践和艺术实践上逐步走向自觉成熟。可以说，随着18世纪英国小说的兴起，女性通俗小说一直伴随其间稳步发展，积淀着自己的传统，只不过作为被忽视、误解的创作领域，成为在理论地表之下无声奔淌的地下暗河。

　　美国学者埃伦·莫里斯（Ellen Moers，1929—1979）的著作《文学妇女》（*Literary Women*，1976）是研究西方女性文学创作的又一部开拓之作。这本书集中考察了浪漫主义文学运动以来英、美、法各国文学中的"伟大的文学女性"，时间上涵盖18世纪到20世纪的跨度。莫里斯反拨了新批评封闭的批评方法，对作家生平和人物传记资料给予高度的重视。她把西方文学传统中重要的和次要的女性作家混聚在一起，通过描写女人写作的历史和她们在创作中反复出现的主题、意象、写作风格等，发现这一历史是一股与男性的主要文学传统并肩前进的，或者是这个传统底下的强大暗流。她指出，那种女作家简单地从男性文学成就中吸取营养的做法已成历史，已被男女作家阅读相互的作品取代，被一种密切的、交混回响的阅读所取代。莫里斯还率先将女性主义理论引入了哥特研究，并提供了大量女作家作品的故事梗概。虽然此著作在作家选择及论述上都缺乏条理性，但是却对女性文学史的研究具有独特的导读价值，为后来成熟的女权主义文学史奠定了基础。1978年，伯明翰当代文化研究中心的"妇女研究小组"选编了一本名为《妇女们说"不"》（*Women Take Issue*）的论文集，收录了女性作家在通俗文化研究领域的早期作品，具有较大的文献价值，在此文集的作者中，夏洛蒂·布朗斯顿、道洛蒂·赫伯逊、安吉拉·麦克罗比以及珍妮丝·温史普等都是在女性主义文学研究上颇有造诣的专家。

　　女性通俗小说对于培养英国小说艺术传统具有重要意义，对女性经典作品的形成则提供了各个层面的文化依托。首先，通俗小说的存在和繁荣是文学经典杰作萌芽的肥沃土壤，它壮大了读者群体，营造了社会的文学艺术氛围。其次，严肃小说含义的界定往往依赖通俗小说来逐渐获得某种稳定属性。流芳万世的小说大家不是来自真空，而是个人天赋和学习文学传统结合的产物。正是在文学历史长河奔腾不息、大浪淘沙的过程中，具有超越性的优秀作品才进入历代读者的视野，铸就经典。德里达曾对高雅文化和通俗文化的关系做过中肯的评价，他指出两者并非纯粹的对立面，而是一个总由另一个激活。① 女性通俗流行作品与经典文学之间存在复杂的历时与共时联系。比如，奥斯丁极为熟悉伯尼等女性通俗小说家的作品，并在自己作品中有众多直接引用或间接借鉴。② 奥斯丁在《诺桑觉寺》第五章中描写到女主人公如痴如醉阅读女作家写的通俗小说的情境，提到伯尼的《塞西莉亚》《卡米拉》和埃奇沃思的《贝琳达》，并借助小说人物表达其艺术观，对小说这种文艺体裁予以辩护。伯尼的家庭婚恋题材、女性经历、女性困境以及金钱婚姻问题都被奥斯丁继承，并得到进一步突破性的艺术表现。从历史角度来看，正是通俗小说艺术精华的沉淀构成了经典。自小说早期发展阶段，女性作家就以创作通俗小说的方式投身其中，已经成为英美小说传统的有机组成部分。对英国女性通俗小说的良好定位必然有助于发现小说艺术传统在起源、发展和衍变过程中固有的连续性。只有这样，我们才有可能廓清女性写作与通俗小说传统的内在关系，发现文学经典和通俗创作之间的有机联系。也唯其如此，我们才能摒弃定势偏见，以更加全面包容的姿态面对复杂变动的文化现象，在多元文化并存、新事物快速涌现的后现代语境中立于主动地位，既有兼容并蓄的胸怀，又有辨别分析的能力，真正对文学和文化现象产生积极的引导作用。

第三节　重写文学史：超越雅俗和性别偏见

在创作现实中，女性写作和女性通俗写作一直具有悖论意味。它与英国现代小说几乎是同步诞生并且始终活跃其间，但是，在文学史领域，女性作家长期成为"被压抑而寂然无声的群体和个人"，③ 即使在深受女权主义洗礼后的当

① John Storey. *Cultural Theory and Popular Culture：An Introduction* [M]. 8ᵗʰ Edition. London & New York：Routledge, 2018：132-133.
② Isobel Grundy. Jane Austen and Literary Tradition [M] //eds. Edward Copeland & Juliet Mcmaster. *The Cambridge Companion to Jane Austen*. Cambridge：Cambridge University Press, 2001：204.
③ Susan S. Lanser. *Fictions of Authority：Women Writers and Narrative Voice* [M]. Ithaca & London：Cornell University Press, 1992：3.

代，女性通俗写作传统也在作为学术正典的文学史中被有意无意忽视，其作用和贡献被低估。伍尔夫曾以文艺复兴时代为例，用讽刺的口吻尖锐质疑文学史对女性写作传统的不当歧视："为什么在那个文学如此繁茂的时代，每两个男人之中必有一个会写诗歌，而妇女们却没有贡献过一字一句呢？这实在是一个永不可解的谜。"① 这个谜已被伍尔夫自己点破并得到广泛认可，那就是：文学从未独立于社会政治现实而存在，文学史正是受到意识形态染色的文化史的一部分。女性通俗小说创作经历了曲折的社会认可之路，从私密写作到公开出版，从业余自娱到职业创作，从最初宣泄、模仿式的客厅文学到逐步获得独立艺术品质，并被纳入文学正史，在三百多年中经历了沧海桑田的变化。女性通俗小说受到西方女权主义运动的启迪推进，抓住了大众教育普及和媒体出版业发展提供的机遇，顺应女性社会就业趋势与职业写作的潮流，得以迅速成长，并对整个小说及文学传统做出了独特的历史贡献。基于这种认知，重估英国女性通俗小说在文学史中的地位已经刻不容缓。首先，有必要恢复女性写作在西方小说传统中的在场地位；然后，在深入和广泛评介女性小说传统的基础之上，重新书写多元兼顾、超越雅俗的新文学史。

女性写作被认为表现出一些共性特点：优点方面包括细节描写细腻、心理刻画微妙、情感表达丰富、女性经历与女性人物塑造精彩等；缺点方面涉及取材狭窄固定、理性和智性欠缺、男性人物刻画吃力以及社会生活视角有限等等。其中的"缺点"即使在像奥斯丁与勃朗特这样的佼佼者那里也是较为突出的。有趣的是，相对于其作品中的光彩，女作家的缺陷总是被放大突出，而且进而引发对其整体艺术的否定性评价。比如，维多利亚小说研究权威戴维·塞西尔评价盖斯凯尔夫人异常聪慧，但那却是"一种女人的聪明，一种凭借直觉和经验所做出的判断，在具体细节上熠熠闪光，但在大的智性结构上却相反"。② 也就是说，符合男性气质的作品才有可能被正统的文学评价标准所认可，否则就容易被冠以欠缺艺术水准之名。在这种单一主观的评价体系下，众多女性小说家必然被轻率地排斥在文学传统之外，在文学史中受到忽视。

一、恢复文化在场

女性小说在文学史中的"第二性"地位是西方文化父权传统对妇女压制的

---

① Virginia Woolf. *A Room of One's Own* [M]. eds. David Bradshaw & Stuart N. Clarke, Chichester: WileyBlackwell, 2015: 31.

② 盛宁. 伊丽莎白·盖斯凯尔的"复活"[J]. 外国文学评论, 2007 (1): 154.

反映和结果。在西方评论传统中，长期存在着根深蒂固的等级观念，通俗小说通常列为低于高雅文学的"次品文化"，而女性小说又往往被轻易打入所谓"通俗写作"的另册。在一定程度上，这种现象是因为男性标准垄断的评论价值体系在作祟。女性被认为在智性和艺术方面皆逊色于男性，不适合进行严肃的文学创作。直到 20 世纪前二十年，作家兼评论家阿诺德·贝内特（Arnold Bennett）在文章《我们的妇女们》（Our Women，1920）中仍持如是观，并引发了伍尔夫的强烈批判。① 女性文学素有一个含义复杂的称号"客厅文学"（parlor literature）。这不仅仅是因为女作家更经常和更擅长描写家庭生活小圈子内的风波，还主要因为她们的写作权力和价值常被忽视。女性不仅在题材选择和主题表达上顾虑重重，甚至在获得写作时间、空间、出版方式等方面都备受阻碍。不论在社会中还是在家庭中，女性的写作身份都长期未得合法地位。比如，20 世纪之前，很多女性的写作就是在客厅中利用闲暇时间进行私密写作，通常需要掩人耳目。包括英国的奥斯丁和美国的斯托夫人都是在客厅中创作。伍尔夫认为，上述问题对于真实体现女人性格和小说形式都是至关重要的障碍，为此，她富有深意地宣称："一个女人如果要写小说，她必须得有钱，还要有一个自己的房间。"② 缺乏物质和精神的切实保障是女性创作举步维艰的历史现实。作家琼·海德瑞克（Joan Hedrick）指出，虽然妇女作家"经常被轻视为微不足道的作家，但是却对民族文学的发展起着关键的作用"。③ 女性文学和女性通俗文学就是这样在客厅中起步、慢慢迈向更广阔的天地。

学者理查德·沃纳（Richard Warner）在《让愉悦通行：文学史和早期现代英国小说》（Licensing Pleasure：Literary History and the Novel in Early Modern Britain）中指出，尽管里弗等文学史家将贝恩、曼雷和海伍德等排斥在文学正史之外，但是她们"从来没在其中消失过"，而是作为一个卑微的起源（abject trace）和被贬低的"它者"（degraded "other"），保障了像理查逊和菲尔丁的作品那样的所谓"真正的小说"的地位，④ 此言不谬。女性通俗小说传统与时俱进，体现了历史的进程，并以其巨大的活力推动着时代的潮流。对女性通俗

① Virginia Woolf. *A Room of One's Own* [M]. eds. David Bradshaw & Stuart N. Clarke, Chichester：Wiley Blackwell, 2015：xii.

② Virginia Woolf. *A Room of One's Own* [M]. eds. David Bradshaw & Stuart N. Clarke, Chichester：Wiley Blackwell, 2015：3.

③ Joan Hedrick. Parlor Literature：Harriet Beecher Stowe and the Question of "Great Women Artists" [J]. *Journal of Women in Culture and Society*. 1992（Winter）：275-303.

④ John Richetti. ed. *The Columbia History of the British Novel* [M]. Beijing：Foreign Language Teaching and Research Press, 2005：15.

小说持全然漠视或者笼统否定的态度并不能促进社会艺术品位的提高。积极的做法是立足社会的写作与阅读消费现实，让女性写作和通俗小说在文学和文化史中现身，并对通俗小说进行具体的内在鉴别，让优秀的通俗小说像优秀的严肃小说一样得到充分的重视和评介。这有利于尊重和引导读者大众的艺术消费，并且有助于培养出修养和艺术要求更高的读者群体，从而对文化产生积极的影响。

二、国内外传统文学史撰写中的问题

从女性小说创作和通俗小说传统研究的角度来看，中西方现有文学史的撰写现状都存在类似缺憾。不论是作为英国文学史中的一个必要组成部分，还是对英国女性通俗小说史的独立写作，中西方学界仍然未达成广泛的共识认可。迄今为止，国内尚未出现一部体系较为完整的女性通俗小说史或者英国女性通俗小说史。在综合的英国文学史或英国小说史中，对女性通俗小说传统的重视和阐述都不够充分。比如，连通俗文化极为活跃的美国，虽然其文化研究风气十分浓厚，但是对本国女性小说家以及通俗小说创作的梳理和聚焦基本局限于模式类型主题上，在通史和断代史撰写上还是空白。在我们国内已有的文学史著作中，虽然已有前辈学者进行了重要开拓，但是引发的学术关注不够，持续出版成果数量不足，仍然存在巨大研究空间。

依据前面分析可以看出，国内外文学史撰写上不尽人意的现状主要受制于以下四个原因：一、僵化的二元对立思维模式根深蒂固，造成文学观念上对通俗小说体裁模式的偏见和歧视。二、男权社会的文化传统对话语权力的垄断，形成带有定势思维的性别政治，妨碍了对女作家的正确认知。三、女性通俗小说在各层次的研究存在众多知识空白和定势偏见，这进一步导致宏观史观上的争议和混乱，加大了文学史撰写的难度。四、女性通俗小说创作自身存在的某些问题，比如作家作品数量巨大、评价中遭遇的文学和社会伦理困境等，都进一步加大了认知的难度，干扰到文学史家的遴选原则。正是因为这些困难的存在，才出现了一方面当代通俗文化和通俗小说空前繁荣并且模式类型小说研究成果迭出，但另一方面具有重大创新意义、立场鲜明的体系化的女性通俗小说史撰写上未有突破，这种写作、批评与理论构建不均衡的悖论情形亟待引起重视。

文学史的写作对于确立文学传统和形成经典具有深远的影响。不过，文学史学家通常因自己的文化身份各携成见，因此，正如新历史主义者所倡导的，对学术领域自身的反思则极为必要。我们应该将历史考察带入文学研究中，在

回顾历史的细节之中对英国女性通俗小说做出评价，以明确它在文学史中的地位。当前一个迫切的工作就是建立通俗小说的美学评价标准和恰当的文学价值观体系。但是，要推动在理论自觉下对通俗小说传统和创作现状的研究和批评，必须充分了解文学和文化深层结构及其历史发展进程。具体来看，新的评估涉及两个方面：一方面，它应该既涉及对众多英国女小说家的考古甄别，用历史文化分析的方法例证女性在 17 世纪末以通俗文学体裁开始介入小说传统的事实，对具有良好艺术品质和历史文化价值的个案予以深入挖掘，凸显其艺术特色价值，肯定其社会文化价值；另一方面，它应树立起恰当的宏观评价标准，尤其是适合通俗小说的美学评价标准和文学价值观体系，对英国女性通俗小说家创作群体做出理性的批评，充分认可它所做出的历史文化贡献。即使对于资质平庸、艺术形式有欠缺的众多女性通俗小说家，我们也应有清醒的认知，虽然她们的作品已经绝版，像明日黄花一样失去读者市场，但是其历史的存在与作用却不应该被完全抹杀和忽视。

三、超越雅俗的新文学史

基于前面各章阐述，我们主张修正文学研究和文学史撰写的思路，进一步增强历史意识，拓宽文化视野，正视文化现实，对女性通俗小说给予严肃的评价和重估，书写新时代的文学史。英国女性小说的历史传统源远流长，并在早期以通俗小说的形式加入创作和消费大军，成为社会文化构成中的活跃力量。一方面，女性写作群体形成了有别于男性作家的表达方式和艺术成就；另一方面，女性写作又深深植根于英国的具体社会文化语境中，作为一个文化有机体与男性写作传统血脉相连。部分优秀的女性通俗小说家甚至逐渐被文学正典所认可接纳，打破了通俗与严肃截然对立的局面。21 世纪的通俗小说已成为通俗文化的重要组成部分，不但在历史演变中形成较为固定的艺术传统，而且在消费文化的推动下，展现出新的发展面貌和趋势。这些都应该成为新文学史的重要组成部分。在文学历史上，众多作家作品的例子证明艺术和文化认知的复杂流变特色。比如，莎士比亚、狄更斯、马克·吐温、夏洛蒂·勃朗特等现在都被列为严肃小说家和经典作家，但在其生活时代，尤其在其创作初期却都是以通俗作家的身份被世人所认可，甚至也曾遭到"低俗"的讥嘲评价。即便是已经被写入经典的作家、作品，也依然要继续经受时代发展的考验，有些还会逐渐从中心走向边缘，甚至会遭到剔除和抛弃。我们应该对文学与历史之间的相互作用有清醒的认识，认真考察文学与权力政治的复杂关系，展现文学与文化的联系。

从发生学的角度看，文学创作、文学批评、文学理论和文学史这四个研究领域之间有客观存在的复杂互动和因果联系。文学创作、文学批评与文学理论的发展必然会引起文学史的变革，所以文学史的撰写与研究必然是动态的。学者范伯群对文学史的撰写提出了建设性意见："现代文学史研究者正在形成一种共识，应该将近现代通俗文学摄入我们的研究视野，纯文学和通俗文学是文学的两翼，今后撰写的文学史应是双翼齐飞的文学史。"① 这一思路富有洞见，并且与国内外其他学者的研究成果不谋而合，也是本研究认同的重要观点。

以马克思主义理论视野来看，文学生产力的发展和人们的社会实践活动影响着文学体裁和文学类型的发展。英国女性通俗小说传统的研究涉及丰富的文学和文化因素，它关涉通俗小说和女性写作传统这两个各自独立又密切关联的领域。就创作活动而言，英国女性小说写作的传统源远流长，而且与通俗小说之间具有由社会文化因素所撮合的密切渊源。自现代小说体裁在 18 世纪诞生后，英国女性就成为小说书写传统的重要组成部分，生发成一股生生不息的文学流脉。其中不乏独具艺术特色和较高美学品质的作家、作品，不仅深受读者青睐，而且逐渐被文学正典所接纳，成为女性写作领域的地标性人物。由于妇女在社会文化语境中特有的历史身份，一方面，女性写作群体在写作模式上形成了有别于男性作家独特传统，另一方面，女性写作又始终深深植根于民族国家的社会文化语境，是英国小说传统有机体的组成部分。在 21 世纪，通俗小说已成为通俗文化的重要组成部分，不但在历史演变中形成较为固定的艺术传统，而且在信息传媒技术和消费文化的推动下，展现出新的发展面貌和趋势。这些文学源流的历史交流运动以及写作传统的演变，都值得写入文学史和小说史中，为我们了解文学传统全貌提供借鉴。

综上研究，我们主张将英国女性通俗文学摄入研究视野，推动在理论自觉下对其传统的研究，其中一个迫切任务就是重新制定合理的文学、文化评价标准，重估通俗小说和英国女性写作传统，恢复两者在文学史和文化史中长期被忽视的"在场"地位，认可英美女性通俗小说传统在英国文学史中作为文化有机体的功能和意义。我们期待在全面的文学研究和文化批评的基础上，补充加入英国女性通俗小说写作传统的历史，以促进文学史的更新和发展。这种女性通俗小说史应以对女性写作与通俗文化有效的研究范式为指导，重视女性在文学传统形成中的意义和影响，明确女性作家在通俗小说创作进而在整个文学传统中的作用和贡献。这种研究立足整个小说文化历史传统的框架之中展开，对

---

① 范伯群.《中国近现代通俗作家评传丛书》总序［J］.通俗文学评论，1995（2）：21-24.

女性写作与通俗小说传统兼备具体实证的历史细描，重视文学经典和通俗创作的内在联系，应该成为"全面而完整"的小说历史。这种新的文学史一方面重视小说传统中的艺术与思想传统的价值甄别，另一方面又与繁荣的通俗文化息息相通，尊重多元化并存与信息交流密切的全球文化现实，成为包含通俗文学和严肃文学的一体双翼的多声部文化记录。

参考文献

一、英文原著

[1] Arnold, Matthew. *Culture and Anarchy*. Oxford: Oxford Uniersity Press, 2006.

[2] Ashley, Mike. *The Age of the Story Teller: British Popular Fiction Magazines, 1880—1950*. London: The British Library & Oak Knoll Press, 2006.

[3] Austen, Jane. *Selected Works of Jane Austen*. Shanghai: World Publishing Corporation, 2009.

[4] Backscheider, Paula R. & John J. Richetti. *Popular Fiction by Women 1660—1730: An Anthology*. Oxford: Clarendon Press, 1996.

[5] Bloom, Clive. *Bestsellers: Popular Fiction Since 1900*. Cham: Palgrave Macmillan, 2021.

[6] Bloom, Harold. *Novelists and Novels, Vol. 1*. Philadelphia: Yale University, 2005.

[7] Bloom, Harold. *The Western Canon: The Books and School of the Ages*. New York: Harcourt Brace & Company: 1994.

[8] Booth, Wayne C. *The Rhetoric of Fiction*. 2nd edition. Chicago: The University of Chicago Press. Penguin Books, 1983.

[9] Burney, Fanny. *The Wanderer*. Oxford: Oxford Univerisity Press, 2001.

[10] Copeland, Edward & Juliet Mcmaster. eds. *The Cambridge Companion to Jane Austen*. Cambridge: Cambridge University Press, 2001.

[11] Craik, W. A. *Jane Austen*. New York: Barnes & Noble, 1965.

[12] Davis, Lennard J. *Factual Fictions: The Origins of the English Novel*. New York: Columbia University Press, 1983.

[13] Dove, George. *Suspense in the Formula Story*. Visconsin: Popular

Press, 1989.

[14] Doyle, John A. ed. *Memoir and Correspondence of Susan Ferrier*. London: Murray, 1898.

[15] Eco, Umberto. *On Ugliness*, trans. By Alastrir McEwen. London: Harvill Secker, 2007.

[16] Eliot, George. *Silly Novels by Lady Novelist*. London: Penguin, 2010.

[17] English, James F. ed. *A Concise Companion to Contemporary British Fiction*. Oxford: Blackwell Publishing, 2006.

[18] Faas, Ekbert. *The Genealogy of Aesthetics*. Cambridge: Cambridge University Press, 2002.

[19] Fiske, John. *Understanding Popular Culture*. London & New York: Routledge, 1989.

[20] Forster, E. M. *Aspects of the Novel*. Harmondsworth: Penguin Books, 1962.

[21] Foucault, Michel. *The History of Sexuality*. New York: Pantheon Books, 1978.

[22] Gelder, Ken. *Popular Fiction: The Logics and Practices of a Literary Field*. London: Routledge, 2004.

[23] Gilbert, Sandra & Susan Gubar. *The Norton Anthology of Literature by Women*. 2nd edition. New York & London: W. W. Norton & Company, 1996.

[24] Gillie, Christopher. *A Preface to Austen*. Beijing: Peking University Press, 2005.

[25] Glen, Heather. ed. *The Cambridge Companion to the Brontës*. Beijing: Shanghai Foreign Language Education Press. 2004.

[26] Hall, Stuart & Paul Du Gay. eds. *Questions of Cultural Identity*. London: SAGE Publications, 2002.

[27] Hassan, Ihab. *The Postmodern Turn: Essays in Postmodern Theory and Culture*. Columbus: Ohio State University Press, 1987.

[28] Hayes, Kevin J. ed. *Edgar Allan Poe*. Cambridge: Cambridge University Press, 2002.

[29] Huyssen, Andreas. *After the Great Divide: Modernism, Mass Culture and Postmodernism*. Bloomington & Indianapolis: Indiana University Press, 1986.

[30] Ihimaera, Witi. *Dear Mansfield: A Tribute to Katheleen Mansfield Beauchamp*. Auckland: Penguin, 1989.

［31］ Jameson, Friedrich. *Postmodernism, or, The Cultural Logic of Late Capitalism.* London & New York: Verso, 1991.

［32］ Johnson, Claudia L. *Equivocal Beings: Politics, Gender, and Sentimentality in the 1790s.* Chicago & London: University of Chicago Press, 1995.

［33］ Kermode, Frank. *Pleasure and Change: The Aesthetics of Canon.* Oxford: Oxofrd University Press, 2004.

［34］ Keymer, Thomas & Jon Mee. eds. *The Cambridge Companion to English Literature 1740—1830.* Cambridge: Cambridge University Press, 2004.

［35］ Lanser Susan S. *Fictions of Authority: Women Writers and Narrative Voice.* Ithaca & London: Cornell University Press, 1992.

［36］ Lass, Abraham H. ed. *Plot Guide to 100 American and British Novels.* Boston: The Writer, Inc., 1966.

［37］ Leavis, F. R. *The Great Tradition.* New York: Doubleday & Company, 1948.

［38］ Leavis, Frank R. & Denys Thompson. *Culture and Environment: The Training of Critical Awareness.* London: Chatto & Windus, 1960.

［39］ Leavis, Q. D. *Fiction and the Reading Public.* London: Chatto & Windus, 1978.

［40］ Lowenthal, Leo. *Literature, Popular Culture and Society.* Englewood Cliffs: Prentice-Hall, Inc., 1961.

［41］ Mandal, Anthony. *Jane Austen and the Popular Novel: The Determined Author.* London: Palgrave Macmillan, 2007.

［42］ McKeon, Michael. *The Origins of the English Novel, 1600—1740.* Baltimore & London: The Johns Hopkins University Press, 2002.

［43］ Miller, Robert Keith. *Motives for Writing.* London & Toronto: Mayfield Publishing Company, 1999.

［44］ Modleski, Tania. *Loving with Vengeance: Mass-Produced Fantasies for Women.* New York & London: Routledge, 1990.

［45］ Moi, Toril. *Sexual/ Textual Politics: Feminist Literary Theory.* 2nd edition. London & New York: Routledge, 2002.

［46］ Mordell, Albert. *The Erotic Motive in Literature.* New York: Collier Book, 1962.

［47］ Pippin, Robert B. *Modernism as a Philosophical Problem: On the*

Dissatisfaction of European High Culture. 2nd edition. Malden: Blackwell Publishers, 1999.

［48］Probyn, Clive T. *English Fiction of the Eighteenth Century, 1700—1789.* London & Newyork: Longman, 1987.

［49］Radway, Janice A. *Reading the Romance: Women, Patriarchy, and Popular Literature.* Chapel Hill & London: The University of North Carolina Press, 1991.

［50］Richetti, John. ed. *The Cambridge Companion to The Eighteenth Century Novel.* Shanghai: Shanghai Foreigh Language Education Press, 2000.

［51］Richetti, John. Ed. *The Columbia History of the British Novel.* Bcijing: Foreign Language Teaching and Research Press, 2005.

［52］Rosenberg, Betty & Diana Herald. *Genreflecting.* Englewood: Libraries Unlimited, Inc., 1991.

［53］Rowland, Susan. *From Agatha Christie to Ruth Rendell: British Women Writers in Detective and Crime Fiction.* London: Palgrave Macmillan, 2001.

［54］Rubinstein, Annette T. *The Great Tradition in English Literature: From Shakespeare to Shaw.* Beijing: Foreign Language Teaching and Research Press. 1988.

［55］Sabor, Peter. ed. *The Cambridge Companion to Frances Burney.* Cambridge: Cambridge University Press, 2007.

［56］Schor, Esther. ed. *The Cambridge Companion to Mary Shelley.* Cambridge: Cambridge University Press, 2003.

［57］Seaman, Gerda. *British Novelists Since 1960.* ed. Jay L. Halio. Detroit: Gale, 1983.

［58］Showalter, Elaine. *A Literature of Their Own: British Women Novelists from Brontë to Lessing.* Beijing: Foreign Language Teaching and Research Press, 2004.

［59］Sontag, Susan. *Against Interpretation and Other Essays.* New York: St. Martin's Press, 1966.

［60］Stam, Robert & Alessandra Rengo. eds. *Literature and Film: A Guide to the Theory and Practice of Film Adaptation.* Peking: Peking University Press, 2006.

［61］Storey, John. *Cultural Theory and Popular Culture: An Introduction.* 8th cdition. London & New York: Routledge, 2018.

［62］Sutherland, John. *Bestsellers: A Very Short Introduction .* Oxford: Oxford University Press, 2007.

［63］ Sutherland, John. ed. *The Stanford Companion to Victorian Fiction*. Stanford: Stanford University Press. 1989.

［64］ Thompson, E. P. *The Making of the English Working Class*. London: Victor Gollancz Ltd., 1964.

［65］ Todd, Janet. *The Cambridge Introduction to Jane Austen*. Shanghai: Shanghai Foreign Language Education Press, 2008.

［66］ Todd, Jannet. *The Sign of Angellica: Women, Writing and Fiction, 1660—1800*. Longon: Virago, 1989.

［67］ Vinson, James & D. L. Kirkpatrick. eds. *Contemporary Novelist*. London: St. Martin's, 1976.

［68］ Virginia Woolf. *A Room of One's Own*. eds. David Bradshaw & Stuart N. Clarke. Chichester: Wiley Blackwell, 2015: 49.

［69］ Watt, Ian. ed. *Jane Austen: A Collection of Critical Essays*. Englewood Cliffs: Prentice-Hall, Inc., 1963.

［70］ Watt, Ian. *The Rise of the Novel: Studies in Defoe, Richardson and Fielding*. London: Chatto & Windus, 1957.

［71］ Wenno, Elisabeth. *Ironic Formula in the Novels of Beryl Bainbridge*. Hogskoletryckeriet: Karlstad, 1993.

［72］ Williams, Raymond. *Keywords: A Vocabulary of Culture and Society*. London: Fantana Press, 1976.

［73］ Williams, Raymond. *The Long Revolution*. London: Chatto & Windus, 1961.

［74］ Woolf, Virginia. *Contemporary Writers*. London: The Hogarth Press, 1965.

二、英文期刊论文

［1］ Ayres, Brenda. Frances Trollope ［N］. *The Literary Encyclopedia*. 2006-02-13.

［2］ Baker, William. Jane Austen Once More ［J］. *Studies in the Novel*. 2007 (3): 357-367.

［3］ Brown, Craig. Beryl Bainbridge: An Ideal Writer's Childhood ［N］. *The Times*. 1978-11-04.

［4］ Budge, Gavin. Realism and Typology in Charlotte M. Yonge's The Heir of Redclyffe ［J］. *Victorian Literature and Culture*. 2003 (1): 31.

[5] Hedrick, Joan. Parlor Literature: Harriet Beecher Stowe and the Question of "Great Women Artists" [J]. *Journal of Women in Culture and Society*. 1992 (Winter): 275-303.

[6] Higgins, Charlotte. Bainbridge is Seen Through a Grandson's Eyes [N]. *The Guardian*. 2007-05-25.

[7] Jakeman, Jane. The Fine Arts of Mystery in Notting Holl [N]. *The Independent*. 2008-11-21.

[8] James, Henry. The Lessons of Balzac [J]. *Atlantic Monthly*. 1905 (96): 166-180.

[9] Preston, John. Every Story Tells a Picture [N]. *Telegraph*. 2004 10-04.

[10] Showalter, Elaine. Feminist Criticism in the Wilderness [J]. *Critical Inquiry*. 1981 (2): 179-205.

[11] Sinclair, May. The Novels of Dorothy Richardson [J]. *The Egoist*. 1908 (4): 57.

[12] Stasio, Michael J. An Evolutionary Application to Jane Austen Prehistoric Preferences in Pride and Prejudice [J]. *Studies in the Novel*. 2007 (4): 133-146.

[13] Stevenson, Jane. Queen of Crime [N]. *The Guardian*. 2006-08-19.

[14] Taylor, Alan. A Grisly End: Interview with P. D. James Following Publication of the Private patiend [N]. *The Sunday Herald*. 2008-03-11.

三、中文译著

[1] 阿多诺. 美学理论 [M]. 王柯平, 译. 成都: 四川人民出版社, 1998.

[2] 阿尼克斯特. 英国文学史纲 [M]. 戴镏龄, 等译, 北京: 人民文学出版社, 1989.

[3] 艾弗·埃文斯. 英国文学简史 [M]. 蔡文显, 译, 北京: 人民文学出版社, 1984.

[4] 贝蒂·弗里丹. 第二阶段 [M]. 小意, 译. 南京: 江苏人民出版社, 2007.

[5] 弗吉尼亚·伍尔夫. 弗吉尼亚·伍尔夫文集 [M]. 瞿世镜译, 上海: 上海译文出版社, 2000.

[6] 弗吉尼亚·伍尔夫. 论小说与小说家 [M]. 瞿世镜, 译, 上海: 上海译文出版社, 2009.

[7] 弗洛伊德. 性学三论与爱情心理学 [M], 许蕾, 译, 重庆: 重庆出版社, 2017.

［8］哈罗德·布鲁姆. 西方正典：伟大作家和不朽作品［M］. 江宁康，译. 南京：译林出版社，2015.

［9］简·奥斯丁. 理智与情感［M］. 孙致礼，译. 南京：译林出版社，1999.

［10］卡尔·马克思. 政治经济学批判［M］. 王苏谈，译. 北京：外文出版社，1975.

［11］凯特·米利特. 性政治［M］. 宋文伟，译. 南京：江苏人民出版社，2000.

［12］马克斯·霍克海默，西奥多·阿道尔诺. 启蒙辩证法：哲学断片［M］. 渠敬东，曹卫东，译. 上海：上海人民出版社，2006.

［13］玛丽·伊格尔顿编. 女权主义文学理论［M］. 胡敏，陈彩霞等，译，长沙：湖南文艺出版社，1989.

［14］米兰·昆德拉. 小说的艺术［M］. 董强，译，上海：上海译文出版社，2004.

［15］P. D. 詹姆斯. 相对公正［M］. 卢永建等，译，南京：译林出版社，2004.

［16］瓦尔特·本雅明. 迎向灵光消逝的年代：本雅明论艺术［M］. 许绮玲，林志明，译. 桂林：广西师范大学出版社，2004.

［17］约翰·斯道雷. 文化理论与通俗文化导论（第二版）［M］. 杨竹山等，译，南京：南京大学出版社，2006.

［18］詹姆斯·冈恩. 过眼烟云：英国科幻小说［M］. 郭建中主编，北京：北京大学出版社，2008.

四、中文专著及硕博论文

［1］傅守祥. 审美化生存：消费时代大众文化的审美想象与哲学批判［M］. 北京：中国传媒大学出版社，2008.

［2］关桂云. 文学术语［M］. 北京：中国社会科学出版社，2017.

［3］郭星. 符号的魅影：20世纪英国奇幻小说的文化逻辑［M］. 天津：南开大学出版社，2013.

［4］侯维瑞，李维屏. 英国小说史［M］. 南京：译林出版社，2004.

［5］胡全生. 英美后现代主义小说叙述结构研究［M］. 上海：复旦大学出版社，2002.

［6］黄禄善. 美国通俗小说史［M］. 南京：译林出版社，2003.

［7］黄禄善. 英国通俗小说菁华：18—19世纪卷［M］. 上海：上海大学出版社，2007.

［8］黄禄善等. 英美通俗小说概述［M］. 上海：上海大学出版社，1997.

［9］黄梅. 推敲"自我"：小说在 18 世纪的英国［M］. 北京：生活·读书·新知三联书店，2015.

［10］黄梅编选. 吴尔夫精选集［M］. 刘炳善，译. 济南：山东文艺出版社，2000.

［11］黄巍. 推理之外：阿加莎·克里斯蒂的小说艺术［M］. 上海：上海交通大学出版社，2014.

［12］蒋承勇. 英国小说发展史［M］. 杭州：浙江大学出版社，2006.

［13］孔庆东. 超越雅俗［M］. 重庆：重庆出版社，2008.

［14］赖骞宇. 18 世纪英国小说的叙事艺术［M］. 北京：中国社会科学出版社，2009.

［15］李维屏. 英国小说艺术史［M］. 上海：上海外语教育出版社，2003.

［16］李维屏. 英国小说人物史［M］. 上海：上海外语教育出版社，2008.

［17］李维屏，宋建福等. 英国女性小说史［M］. 上海：上海外语教育出版社，2011.

［18］李伟昉. 黑色经典：英国哥特小说论［M］. 北京：中国社会科学出版社，2005.

［19］刘文荣. 欧美情色文学史［M］. 北京：文汇出版社，2009.

［20］刘象愚. 外国文论简史［M］. 北京：北京大学出版社，2005.

［21］刘扬体. 流变中的流派［M］. 北京：中国文联出版公司，1997.

［22］马建军. 乔治·爱略特研究［M］. 武汉：武汉大学出版社，2007.

［23］梅丽. 当代英美女性主义类型小说研究［M］. 上海：复旦大学出版社，2013.

［24］欧阳友权主编. 网络文学概论［M］. 北京：北京大学出版社，2008.

［25］瞿世镜. 当代英国小说［M］. 北京：外语教学与研究出版社，1998.

［26］任翔. 文学的另一道风景：侦探小说史论［M］. 北京：中国青年出版社，2000.

［27］舒伟等. 从工业革命到儿童文学革命：现当代英国童话小说研究［M］. 北京：中国社会科学出版社，2015.

［28］汤哲声主编. 中国当代通俗小说史论［M］. 北京：北京大学出版社，2007.

［29］汪民安主编. 文化研究关键词［M］. 南京：江苏人民出版社，2007.

［30］王恩铭. 20 世纪美国妇女研究［M］. 上海：上海外语教育出版社，2002.

［31］王逢振主编. 当代西方著名科幻小说集［M］. 北京：大众文艺出版社，2000.

[32] 王晶. 西方通俗小说：类型与价值 [M]. 昆明：云南人民出版社，2002.

[33] 王守仁，何宁. 20 世纪英国文学史 [M]. 北京：北京大学出版社，2006.

[34] 王守仁等. 战后世界进程与外国文学进程研究（第四卷）[M]. 南京：译林出版社，2019.

[35] 王岳川. 当代西方最新文论教程 [M]. 上海：复旦大学出版社，2008.

[36] 杨建玫. 女性的书写：英美女性文学研究 [M]. 北京：经济管理学院出版社，2012.

[37] 杨静远编. 勃朗特姐妹研究 [M]. 北京：中国社会科学出版社，1983.

[38] 杨小滨. 否定的美学：法兰克福学派的文艺理论和文化批评 [M]. 上海：上海三联书店，1999.

[39] 殷企平主编. 外国文学经典生成与传播研究（第七卷上）[M]. 北京：北京大学出版社，2019.

[40] 于洪笙. 重新审视侦探小说 [M]. 北京：群众出版社，2008.

[41] 张耘. 荒原上短暂的石楠花：勃朗特姐妹传 [M]. 北京：中国文联出版社，2002.

[42] 赵一凡. 西方文论讲稿续编：从卢卡奇到萨义德 [M]. 北京：三联书店，2009.

[43] 赵一凡等主编. 西方文论关键词 [M]. 北京：外语教学与研究出版社，2006.

[44] 朱光潜. 西方美学史上卷 [M]. 北京：人民文学出版社，1984.

[45] 朱虹. 英国小说的黄金时代 [M]. 北京：中国社会科学出版社，1997.

五、中文期刊论文

[1] 安燕. "新世俗神话" 与 "泛审美" [J]. 贵州民族学院学报，2004（3）：101.

[2] 陈光孚，欧荣：英国小说研究的最新成果——评《英国小说批评史》和《英国小说艺术史》[J]. 外国文学研究，2005（2）：165-167.

[3] 陈众议. 文学的变数与常数——兼论 "外部研究" 与 "内部研究" [J]. 中国社会科学，2023（4）：83-98.

[4] 邓楠. 论 19 世纪英国女性文学繁荣的原因 [J]. 求索，1998（4）：105.

[5] 范伯群.《中国近现代通俗作家评传丛书》总序 [J]. 通俗文学评论，1995（2）：21-24.

[6] 黄重凤. 试论柯勒律治对伍尔夫雌雄同体观的影响 [J]. 国外文学，

2014（3）：26-33.

[7] 金莉. 再现全球女性主义思想与运动的宏伟画面——《劳特里奇女性主义全球史》述评 [J]. 外国文学，2023（4）：176-191.

[8] 林玉珍，胡全生. 后现代主义小说中的通俗性——通俗小说类型在后现代主义小说中的使用 [J]. 当代外国文学，2006（3）：51-58.

[9] 刘新民. 简评奥斯丁的早期作品及其未完成的小说片段 [J]. 四川外语学院学报，2005（2）：2.

[10] 刘云杉. 数字资本主义与虚拟空间的精神政治——一种历史唯物主义的批判路径 [J]. 理论导刊，2023（2）：78-84.

[11] 彭青龙. 外国文学经典重估与当代国民教育—— 中国外国文学学会第十四届双年会综述 [J]. 外国文学评论，2017（3）：227-234.

[12] 盛宁. 伊丽莎白·盖斯凯尔的"复活" [J]. 外国文学评，2007（1）：154.

[13] 王守仁. 谈后现代主义小说——兼评《美国后现代主义小说艺术论》和《英美后现代主义小说叙述结构研究》[J]. 外国文学评论，2003（3）：142-148.

[14] 张和龙. 小说史的模式、问题与细节：评《当代英国小说史》[J]. 当代外国文学，2009（4）：163-167.

[15] 张琳编译. 告别幻象——马丁·艾米斯访谈录 [J]. 当代外国文学，2004（2）：158-163.

[16] 张颖. 女性电影中的"想象的父亲"与"雌雄同体" [J]. 苏州大学学报（哲学社会科学版），2013（4）：146-150.

[17] 朱振武. 论福克纳小说创作的通俗意识 [J]. 上海师范大学学报（哲学社会科学版），2003（4）：100-108.

[18] 于程蕾. 网络同人小说研究 [D]. 山东师范大学硕士论文，2021.